酷威文化

图书 影视

初恋

雪莉 著

江苏凤凰文艺出版社
JIANGSU PHOENIX LITERATURE AND
ART PUBLISHING

图书在版编目（CIP）数据

初恋 / 雪莉著. －－ 南京：江苏凤凰文艺出版社，
2025.2. －－ ISBN 978-7-5594-9324-8

Ⅰ．I247.5

中国国家版本馆 CIP 数据核字第 2025R788N9 号

初恋

雪莉 著

责任编辑	项雷达
特约编辑	周子琦　徐晨晓　刘雪华
装帧设计	@Recns
责任印制	杨 丹
出版发行	江苏凤凰文艺出版社
	南京市中央路 165 号，邮编：210009
网　　址	http://www.jswenyi.com
印　　刷	天津鑫旭阳印刷有限公司
开　　本	880 毫米 ×1230 毫米　1/32
印　　张	13.25
字　　数	360 千字
版　　次	2025 年 2 月第 1 版
印　　次	2025 年 2 月第 1 次印刷
书　　号	ISBN 978-7-5594-9324-8
定　　价	42.80 元

江苏凤凰文艺版图书凡印刷、装订错误，可向出版社调换，联系电话 025-83280257

目录
CONTENTS

第一章　Chapter 1　避之不及　001

第二章　Chapter 2　旧人再遇　045

第三章　Chapter 3　记忆解封　091

第四章　Chapter 4　主动求和　141

第五章　Chapter 5　我喜欢她　173

第六章	Chapter 6	**心甘情愿**	229
第七章	Chapter 7	**倾心相伴**	277
第八章	Chapter 8	**痛苦回忆**	327
第九章	Chapter 9	**知你欢喜**	365
番 外	Extra	**重逢以前**	409

第一章

避之不及

Chapter 1

于筱冰又换了份工作,这次她面试 B 市的一家公司。

家里人生怕对方反悔,昨夜刚挂了面试电话今天就让她赶过去,迫不及待地想让她稳定下来,因为她上一份工作是在加油站里拿钥匙给车加油。于筱冰觉得这工作挺好的,至少她刚去就上手了,但父母不同意,说村里人看不上这份工作,她哪怕跑去外面打工都比现在强。

B 市那份工作其实是托关系弄来的,电话里也没说十拿九稳,就只让她准备着简历先去试试,毕竟亲戚本人并不在那里上班,这事谁都没底。

于筱冰这几年确实关注了基建,但大学时从未了解过土木工程,就这么大脑空空地被赶去面试,她心里实在怵得慌。

窗外下着很大的雨,狂风大作,能见度很低,不时就来个打雷闪电。

由于雷暴天气飞机不能起飞,这会儿机场大范围晚点。于筱冰下午三点的飞机已经被拖到了晚上七点,也依然没有雨停的迹象,仿佛老天爷都在故意拉长时间折磨她,跟她说:进不了的,你不要去。

但她不去的话,她爸妈恐怕就不会让她再回家了。

于筱冰是农村女孩,家庭条件一般,二十九岁了还没嫁人,自己没存款也没工作，真的很可怕。

想着明天不知道会是什么情况的面试，于筱冰坐在椅子上觉得底下仿佛有针尖在不停扎她。她实在受不了了，反复浏览起公众号里那些心理咨询师的介绍，指尖在"是否进行咨询"的页面上停留了一下，随后按了"确定"，付了费。

联系到的心理咨询师很快有了动静，对方给她发了一条消息过来。

你好，最近是有什么让你感到不开心的事吗？

于筱冰开始思考该从哪里说起，最后还是说了眼下最让她感到焦虑的事。

就是……去年我把干了七年的本职工作辞了，明天要去面试一份我之前完全不了解的新工作，这是走了亲戚的关系才争取到的面试机会，但我感觉自己什么都不会，很紧张。

咨询师回复：

能电话聊吗？这样时间会利用得更充分一些，当然如果你不喜欢，咱们也可以继续用文字聊。

于筱冰接受了她的提议，咨询师很快就打来了电话。对方的年龄与她相近，声音听起来有种很温柔的感觉，这让即将孤身一人去往北方城市工作的于筱冰心里多少产生了一点安全感。

"所以你现在的问题，就是因为要去面试一份完全不了解的新工作，心里感到很不安，是吗？"咨询师声音轻柔地询问。

"嗯，他们说女孩子在一家稳定的公司工作好嫁人。你知道吗？村里人都喜欢说三道四，还爱多管闲事。我现在二十九岁了，他们总说我家里没把我教好，他们家那些女儿都快添三胎了。"

"能冒昧问一下吗？你之前那份干了七年的工作是什么行业？为什么突然决定转行呢？转行前有没有考虑先换一家公司或换另一座城市？"

于筱冰的手指在衣服上揪了揪,她开口慢慢地说了起来:"我之前是做电影的,是那种二维动画电影,后来辞职就跑去加油站打工了……不想继续干是因为我很抗拒,一画画就会想起我前男友,我这几年在工作上跟他的接触非常多。"

"前男友对你做了很过分的事情,对吗?"

被问到这个后,于筱冰沉默了几秒,点了点头:"我跟他本来打算在去年小年的时候结婚,亲戚也全部通知了,但就在家里人给我办发嫁酒的前两天,他跟来参加我婚礼的闺密发生关系了。"

咨询师抓住了重点:"所以现在最让你难受的不是新工作的面试,而是未婚夫和闺密对你的双重背叛,没错吧?"

候机厅里响起了广播声,像是有航班要起飞了,人潮开始陆续往登机口涌动。

于筱冰盯着一个角落,微微皱起了眉:"我不知道……刚认识他的时候我就知道他是那个样子,我们在一起六年,他从来都没有碰过我。"

"这是为什么?他为什么不……"

"他长得很好看,家里也有钱,还是个很有才华的导演,我身材不好还总长痘,条件太一般了,他大概看不上我吧。"

这回轮到咨询师沉默了,她过了好一会儿才说道:"可他会选择你肯定是有原因的,他一定是看中了你身上的某个闪光点。"

"嗯,我很听他的话。"

于筱冰的声音从头到尾都十分冷静,这话明显不符合当下年轻人的婚恋观,这番说辞还是给咨询师带来了一些冲击,对方开口时都有些犹豫了:"所以你能忍受他在外面乱来,但是不能忍受他在结婚前和你的闺密发生关系,是这样吗?"

于筱冰的视线发散,最后她还是很缓慢地摇了摇头:"我就是感觉自己整个人生都走错了路。"

于筱冰感觉好像有什么液体流了下来，她抬手摸了摸脸，指腹上触感温热。擦去眼泪再开口时，她说话的声音变得哽咽而沙哑，可情绪上还是很克制："你不知道，当时第一眼看见他，我就觉得他很像我的初恋，他们眼角都有一颗很小的泪痣。"

而且他们都是那种一旦站在人群里，就会变得很耀眼、很出彩的人。

咨询师似乎还在想该怎么说，于筱冰这时留意到了自己乘坐的那趟航班即将起飞。

"抱歉，我刚听到机场广播念我的名字，我得登机了，不能继续聊了。"

"一小时还没到，你加我的微信吧，等之后你有空了，咱们再把时间安排一下，可以吗？"

"好……谢谢你。"

于筱冰挂了电话收起手机，背上背包，走到前面通过最后一次登机检查，进入了廊桥。

其实时隔十一年，她早就忘记了自己的初恋长什么样，可过去了这么久，他当时说过的话居然至今都让她完全无力反抗。

"其实你一直都知道自己想要的是什么，你想要属于我。"

他说那句话时语速很慢，声音也很温柔。

所以临近结婚的时候，她就突然开始茫然失措，好像自己整个人都仍然处于无形的束缚之下，就连结婚对象都找了一个跟他有几分相似的人。

十一年了，她从来都没有真正解脱过。

夜间，航班上开始发放飞机餐，于筱冰老老实实地吃完，在飞机夜间落地后，于筱冰开始用手机导航地铁路线。她拎着行李箱中转了两次，终于到了最后一站。

第一章 避之不及

排队从地铁口出来后,她发现 B 市这会儿也在下雨,大风刮得人冷得腿抖。出门的时候天气正常,她就没拿伞,结果出门后这雨就没断过,她觉得自己是有点倒霉在身上的。

于筱冰搓了搓薄衫里的手臂,想买把伞,可顶着风雨走了几百米,硬是没看见超市。到达公司附近那家提前订好的连锁酒店后,她被雨淋得差不多了,也用不着伞了。

办入住的前台妹子见客人被雨打得湿漉漉的,接过她的身份证后又抬手往里面指了下:"那边有台饮水机,里头有热水,您可以去接杯热水暖暖身子,小心烫。"

"啊,好的,谢谢。"于筱冰闻言,去接了杯热水回来。验证完身份,前台妹子把房卡和身份证一起递给了她。

"给您开了一楼的房间,直走进去往左手边拐,里头水热着呢,赶紧洗洗吧,这天气别感冒了。"

"嗯嗯,我知道了,真的谢谢你。"

"客气了,应该的。"

于筱冰对这个前台妹子产生了强烈的好感,想着自己初来乍到,不认识的人都能对自己这么好,连带着对 B 市的印象也好了起来。

她进入房间后拉上窗帘,打开空调,拿上换洗衣物就去洗澡了,吹完头发出来时头顶还带着水汽。

只开了廊灯的房间光线偏暗,于筱冰奔波了一整天,这下总算放松地躺倒在了床上。

她拿出手机,习惯性地打开 QQ 和微信,可里面全是空荡荡的。她这才记起自己为了断掉跟过去的联系,重新注册了社交账号,就连电话号码都换了。

想起婚前那天撞见的画面,于筱冰不由得垂下了头。

初恋和前男友那两个人,真的像吗?

她总觉得自己没看清实质，当时初恋在学校里被女生们众星捧月，可他眼里没她们。

屋里的空调温度开得很高，不盖被子也很温暖，她慢慢放松下来，睡意也逐渐上涌。

她半梦半醒，像是开始做梦了，即使很多事情她自己都已经忘了，可在记忆深处仍能窥到一角。一切好像是从那天下午放学，一起打扫公共区的女生在教学楼后面好久都没有出来开始的。

于筱冰拎着扫帚，想去看看同伴扫完了没有，需不需要帮忙，结果听到了那个女生在对人撒娇。

就在不远处的拐角后的墙边站了两个人，长相漂亮的女生像是有话要说，而男生背靠着墙壁，洗净的校服松垮地搭在了他的腰身上，人看起来很干净。

于筱冰跟他们之间只隔了一个拐角的距离，她眼前的红砖已经老旧，手指碰到会往下掉细小的砖碴，发出窸窸窣窣的声响。不过她好像完全没被人注意到。

"我说过我不加不熟悉的人的联系方式，你到底还想干什么？"他的声音很冷淡，脸上毫无情绪，看不出他此刻到底是何种想法。

女生被他盯得脸上滚烫，耳后的皮肤红了一大片。她伸出一只手，可还没等她碰到他的衣服，他立刻躲开了。

女生落空的那只手开始微微发抖。看着站在自己面前的人，她委屈了起来。

他甚至懒得跟她解释了，完全拒她于千里之外。

男人在少年时的长相总是偏向清隽的，明明有一身凌厉的气质，右眼角下方那颗小泪痣却又莫名地吸引人靠近他。

那女生就崇拜他身上这股冷淡劲儿，而且他长得……单说帅都觉得委屈了他这张脸。

她又小声地说:"到底要怎么做,你才能答应加我的联系方式?"

他转过头看向别处,叹了口气,眼神有点难以描述:"你是不是根本没听我刚才说的话?"

一阵风从墙后吹过,身后的树叶飒飒作响,有一片叶子轻飘飘地掉到了于筱冰的鞋边。

明明耳边和脖颈上都刮起了清凉的微风,她却感觉后背出汗了,皮肤上充满了闷和热。

在场的三人里,她这个凑巧撞见的人才是最紧张的,她往后退想走掉时,脚下正好踩到了那片干树叶。咔嚓一声脆响,树叶彻底碎裂。

他像是感觉到了什么一样,转过了头,毫无波澜的视线与她在半空中骤然碰撞上。他的目光就像一柄出鞘的利刃,锋利、漠然、透着寒光,仿佛再走近一点,便能将她伤到。

于筱冰浑身颤抖,有种不知从何而来的强烈的危险感。他的目光像是在问她:你在看什么?

太阳已经快要落到地平线下,天边大片的火烧云正在被夜幕替换,四处都暗淡了下来,就连教室玻璃也不再像刚才那样亮晶晶的,折射出了来自夕阳的暖橙色光线。

于筱冰的脸烫得惊人,她几乎无地自容,感觉自己脸上涨红的状态大概无比滑稽。

她什么都顾不上了,只记得落荒而逃。

整个世界好像都在那一瞬间被掀翻了个面,开始变暗、变冷。

强烈的失重感在浅眠中出现,她猛地睁开了眼睛,摊开手看了眼,掌心全是汗。

恍惚了好一会儿,于筱冰才反应过来自己现在到底在哪儿。她擦了下额头,感觉自己浑身上下都在冒汗,于是忍着热拿过遥控器将空调关掉了。

她起身下床,走过去拉开窗帘,推开扇窗透气。大自然的凉意沿着脖颈与领口瞬间蔓延全身,凉得她直泛激灵。

一楼正好能看见后院里的绿化,路灯沉默地亮着。

雨停了,不远处人说话的声音也能听清,小叶黄杨上挂着一层薄薄的水,水顺着叶尖往下滴,滴答作响。

于筱冰站在窗边,探出头去,让脸接触屋外潮湿的空气。凉爽清新的夜风刮进屋里,顺便舔着她衣服底下汗湿的背,吹散了空调带来的干燥与闷热。

以前不小心看到过他的身份证,她记得他是 B 市人。她现在也在这里了,还能看到他吗?

想到这儿,于筱冰将额头靠在窗户上,对着玻璃哈了哈气,一片薄雾瞬间就蒙了上去。

刚刚她好像出现了一些不切实际的想法。她伸手揉了揉自己被玻璃贴得冰凉的额头,反手关了窗,开了瓶水灌下去一半,躺下继续睡觉了。

别再做梦了,现实里要真看到他了,她肯定要跑。

公司离地铁口很近,走路大概六七分钟。

第二天上午九点左右,于筱冰换好衣服从房间出来打算去面试。路过大厅看到昨晚的那个前台妹子时,于筱冰没忍住跟她打了个招呼:"早。"

妹子很阳光地笑道:"早,您来 B 市是打算玩儿的吗?"

于筱冰摇摇头,说道:"不是,我要去前面那栋写字楼面试。"

"哦,是大学要毕业了吧?您跟我妹妹差不多年龄,她大学刚毕业也忙着到处投简历呢。"

"不不不,我其实……"于筱冰傻了,她明年都要三十了。

前台妹子突然朝于筱冰招手,她过去后,对方从柜台后面的桌子上拎了一袋鸡蛋灌饼塞给她。

"今早正好买了两袋,这袋就送给您当早餐吧,祝您面试顺利。"

就这样于筱冰莫名被一个可能比自己小的女生"投喂"了,而且还没能推辞。最后她道了谢,耳根发热地嚼着鸡蛋灌饼离开酒店。

吃过早餐,她跟上那些去上班的人的脚步,经过保安亭,走到大厦楼下。

面试的公司在 B 栋,面试地点是八楼的人事科。

于筱冰进去后,听到门口的保安在跟人打招呼。

"裴总,早。"

"早。"

大概有人跟她前后脚进来,于筱冰听出是个男人的声音,但她压根就没去关注,因为前面的电梯门眼看快要关上了。

早餐的能量大概小小地爆发了一下,她浑身的细胞瞬间都被调动起来,总算赶在安全时间内把自己推进电梯间。

而慢她一步的男人此时也已经走了过来,他不急不缓地站在一旁,边喝咖啡边看手机,看样子是打算等下一趟。

电梯里挤满了人,于筱冰好不容易伸手按亮了"8"。在电梯门即将关闭时,她往外瞥一眼,看到了那个男人腕骨上的黑色表盘。

男人手指指节修长,拎着咖啡的手筋骨绷直,每一根手指都生得很精致。

电梯门缓缓合上了,于筱冰的心怦怦跳了几下,感觉自己的审美点被这双手完美击中。她没想到大早上还能看见这么修长又干净的手,心情突然就变得有点微妙起来。刚才在保安那里,她没能转身看一眼这只手的主人,不知道他的脸长什么样子,不免有些遗憾。

电梯上行的速度非常快,到达八楼后,于筱冰从电梯出来。她绕了小半圈，最后在右侧走廊看到了人事科的标牌。

这里与她之前那种强调艺术创意与关照人文氛围的工作环境完全不一样，不光建筑结构看着利落开阔，就连装修都非常简洁与正式化，到处都能看到二字或四字的企业精神文化标语，有面墙上还写有社会主义核心价值观。

于筱冰努力克服了心里那点"走关系"的羞耻感，给上次联系的HR（人事经理）打了电话，在对方确定了她的位置后，她很快就听到了身后传来的高跟鞋声。

"嗨。"

于筱冰回头看去，来人是个肤白貌美的女子。她化着精致的妆容，头发盘在脑后，穿着正规的职业套装，胸前挂着工作牌。

眼前的女性即使身着常规职业装，仍能看出对方身材凹凸有致，性感苗条。而于筱冰去年为了确保电影进度，待在制作组里疯狂画图，缓解压力全靠吃饱饭，根本没注意身材管理，离职时才发现自己的体重又回到了高中时期。

其实就算瘦下来，于筱冰也还是这张娃娃脸。当时的同事都说她看上去跟正处于青春期的高中女生没什么区别，长相显小是一方面原因，经常长痘是造成误会的另一方面原因。

"你是于筱冰吗？过来面试对吧？"

"嗯，是的。"

HR推开了右侧房间的门，于筱冰看了眼里面，发现里面并没有人。

"请进吧。"

直到面试正式开始，于筱冰都还没觉得紧张，可当她真的递出简历，坐在对面的椅子上等HR翻看时，整个人好像都开始发怵了。

对面的女人看得很认真，看完之后，她的表情有点为难："美院毕业的……嗯，专业其实不是很对口，你的简历看着不是很适合我们这一行。"

第一章 避之不及

出现了……于筱冰忍不住想逃跑。

HR抬头看了看她,问道:"你对自己的工作岗位有什么想法吗?我这边尽量帮你安排。"

于筱冰听出对方话里有通融的意思了,好不容易才稳住心慌,忙开口道:"我都行,哪里要我,我就去哪里。"她说完,像是想起什么似的,又补充了一句,"只要不去干财务,那个我真的做不来。"

HR笑出了声,说道:"你刚好走反路,我们这边好多女生都羡慕财务那边的人。"

"为什么?"于筱冰有些不解。

"他们的领导长得实在太养眼了。"

"王薇薇。"外面突然走进来一个人,于筱冰看过去,发现来人是个四十岁左右的女性。她没有穿那么正式的套装,脚上踩了双矮跟鞋,里面还穿了肉色短袜,看起来特别像自己小学的语文老师。

"语文老师"过来后直接把手搭到了王薇薇的肩上,按着她前后摇晃:"我跟你说过八百遍了,我们科缺人!上次借调过来的人手又被项目部要回去了,我现在是把一个人掰成两个用。"

"是!是!黄科长,我知道的,可关键你们科室人员是满编啊!"

"满编?装配式那边的物设科工作全是我们在做,你敢跟我提满编?"

"不是,咱们制度就是这样,物设科只能有这么多人……对了,您看今年马上就来新人了,要不到时候我请示一下领导,看能不能给你们留下一个帮忙,行吗?"

"说什么马上,眼前这个不就是?"黄科长说着拿起于筱冰的简历看了起来。

"学画画的应该蛮有耐心的,心也够细。"评价完后,黄科长又看向了于筱冰,"你刚才说的话我都听到了,你要是去哪儿都行的话,不如就来我们科室吧。"

于筱冰突然被这位黄科长盯上了，不由得吞咽了一下："好，我去。"

她看着黄科长，而黄科长也在看她，不同的是，黄科长见她答应得这么快稍微有点诧异。

王薇薇既怕自己没把她安排好，又担心黄科长要了个吃不了苦的人过去，像在提醒双方一样，开口问道："黄科，你们最近还总加班干活吗？上次赵思静忙到好晚才回来，我感觉她都要扛不住了……"

黄科长犹豫了一下，回道："其实也就月底和季末有点忙，不过有时候确实需要加点班。"

"没关系，我可以加班的。"于筱冰看着黄科长投过来的目光，说道，"我以前出图忙的时候都睡在组里，什么工作强度基本都能适应。新工作需要掌握的技能还得麻烦您教我。"

她现在只需要一份足够稳定的工作，吃点苦不重要，对眼下的她来说，反正不会比家里人疯狂催她结婚更苦了。

黄科长对于筱冰的回答感到非常满意："好了，那这边先暂时就这样，其他的事就麻烦你尽快安排下来。"

王薇薇有点无奈地叹了口气："是，都给您安排好，下回见面可别再催我了。"

面试完之后，王薇薇就开始跟于筱冰谈起了福利待遇方面的问题。

这份工作是朝九晚五的，按法定节假日休息。新人经过半年的试用期后根据上级推荐决定是否转正。至于工资的话就是普通水平，但肯定比她在加油站要高很多，试用期中奖金和福利都照常发放，还包吃住。

于筱冰刚来这边，生活用品都可以直接上综合办领，宿舍是公司以前的老楼，就在新大楼后面不远，里面有单人间也有双人间，但分给新员工的宿舍里通常会放好几张床。现在尴尬的是，宿舍那边就算挤也挤不下了。

其实目前空屋很多，但都是给领导留的。领导们在B市基本都有房，大多时候回自己家住，但不排除他们事多要加班，可能隔三岔五去宿舍住一下的情况。而旧楼虽然本身很大，但改成公寓后，还租了一部分给其他公司，别家的租期还没到，目前自己这边就已经塞不进人了。

这一直是件挺棘手的事，因为涉及领导，且公司也不是经常来新人，所以下面就没人想出头处理这个问题。王薇薇没办法，只能暂时先让于筱冰继续住外面那家酒店，到时候开发票公司报销住宿费。等办公室去协调看能不能找间稍微空点的房子，好把她安排进去。

于筱冰签了合同，明天正式上班，今天剩下的时间就先去休息。

拿到门禁卡后，她本想回酒店去跟前台妹子报个喜讯，对方大概是换班了，于筱冰没见着人。

于筱冰在房间里给父母打电话，说了一下面试通过的事。午睡之后，下午她又一个人去看了场电影，买了些吃的带回去，就没再出去。

第二天去上班，于筱冰认识了自己的新同事，也大概了解了新工作。她所在的物设科全名是物资设备科，平时主要就是管理下面那些项目部施工时所要用到的物资跟设备。黄科长是副科长，这边的正科长姓胡，是一个有点秃顶的中年男人，听说再干几年就要退休了。

他们科室里目前有六个人，黄科长带包括于筱冰在内的三名女性，主要管理物资方面的事；而胡科长就带着科室里的另一名男性，专管设备。

介绍完之后，黄科长就把于筱冰交给了昨天面试时王薇薇提到过的赵思静，由她来负责带于筱冰熟悉工作上的事。

赵思静是个北方姑娘，今年三十一岁了，还没结婚，笑起来特别平易近人。身高足有一米七五，比于筱冰高了十厘米，再穿双高跟鞋，于筱冰看她都得抬头。

第一次接触，于筱冰没太记住人，光拿小本子跟在赵思静旁边记事了。

第一天结束得匆匆忙忙，第二天赵思静有事要忙，于是于筱冰一整天都在学物资管理的规章制度。

于筱冰在酒店连着住了四晚，第三天去上班的时候，赵思静看起来更忙了，一上午屁股都没从椅子上面挪开过。

于筱冰知道人忙起来是什么状态，就没去打扰赵思静，自己在那里认真地熟悉赵思静之前发给她的文件。

快到十一点的时候，赵思静突然拿着一份资料从胡科长办公室匆匆出来，走到了于筱冰的工位前："救急救急，筱冰，能不能麻烦你帮我去找一下领导在这份表上签下字？午休前就得上报给局里，但我手上现在还有别的急事。"

于筱冰接过来看了一下，内容看不太明白，但下面一共有四个要签字的地方。赵思静自己签了一个，胡科长签了，财务科的科长也签了，还差个总会计师的签字。

"是签这个地方吗？"

"对，昨天领导都出去开会了，没找着人，但他今天应该在公司。"赵思静弯腰跟她说了下面几页要签字的地方，都是差同一个人的签字。"麻烦了，就这几张表，你上九楼，总会计师的办公室在会议室右手边，我昨天跟他说了这份资料，他知道是什么内容。"

"好，我去找他签。"于筱冰拿了支笔，带上资料就起身出去了。

这家公司的组织架构跟于筱冰过去接触过的公司很不一样，执行董事和总经理下面是三总师，即总工程师、总经济师、总会计师，再加三名副总。

这些人组成领导班子，接下来就是各科室的科长和副科长，科长下面是科员，再往下还有分布在全国各地的项目部。这些项目部是完整而独立的组织机构，小规模的有二三十人，大规模的则有上百人，直接与现场工地对接，但各方面指标还是由公司总部来把控管理。

其他领导于筱冰都不太眼熟，她以前的工作从没接触过，但总会计师这职位大概能猜到一点，这位领导应该是管资金方面的。于筱冰从小数学一直不好，两位数以内的加减都恨不得摁计算器，所以自然对和数学打交道的财务人员有颗天然的敬畏心。

她从办公室出来直接爬楼梯到九楼，来到这里后首先感觉到的就是寂静，四周一点声音都没有。按赵思静的提示，于筱冰往右手边走，一直到最里面，才看到门口标牌上写着总会计师办公室，再往里就是总经理办公室了。

看到大领导的办公室都在这边，于筱冰莫名地有点紧张，久违的心跳加速感又回来了。她来到办公室门口，伸手轻轻叩响了半虚掩的门，没人应声。于筱冰探头进去看了一眼，发现里面确实有人在，于是又敲了敲门。

过了一会儿，里面终于传出了一个男性声音："进。"

得到答复，她这才推开那扇虚掩的门。

空气中有股淡淡的烟草味，应该是开窗通风的缘故，这间空旷的屋子比楼下的温度要低许多，仿佛早晨的冰凉还滞留在此处，让在楼下脱了外套的于筱冰稍微有点冷。

她瞥了一眼，发现办公桌后的人正靠在黑色皮椅上侧对着她，很专注地看着手里的文件。

他的骨相有着男性极致的美感，下颌线条干净利落，那张极为优越的侧脸逆着窗外的阳光，冷淡中还掺杂了点不近人情的意味。也不知道是不是文件中的哪句话写得不对了，他的眉头微微往下皱了些，抬手扯了扯颈间的领带，呼吸声变得沉重起来。

于筱冰只瞥了一眼就匆匆把头低下来了，没敢仔细瞧，也庆幸自己没有冒犯到他。

"你有什么事？"他又翻了一页，继续看手里的文件，开口说出的话像是冰块碰撞到了玻璃杯壁，声音好听但有着异常的冷意，让人倏地醒神。

屋内除此以外一切皆无声，寂静感与低室温彻底融合在一起，更让人感觉阵阵发冷。于筱冰手里捏着资料，想着要叫人，结果却发现自己根本不知道他叫什么，也不知道该如何去称呼他。

"领……领导，麻烦您签下字。"在这种莫名局促的环境里，于筱冰头皮发麻，豁出去般叫了一个绝对不会出错的称呼，然后将手中的资料很小心地放到了他的桌面上。

面前的人似乎正在看她，但是她不敢抬头。

对面的人沉默了良久，于筱冰敏锐地听到了拧开钢笔的磕碰声，接着纸面上响起了签字与翻页的沙沙声。

在等他审阅签字时，她无意中看到了这位年轻领导斜搭在桌面上的微弯的手指。他的指尖干净，手指修长，如玉般温润细腻，手背的指骨凸起，皮肤轻微往下凹陷，形成了轮廓分明的窝，皮肤下隐隐可见几根青筋。

这是只男人的手，但它具有压倒性的美感，以至于让于筱冰想到了一个人，一个埋藏心底许多年的人……

等他签好字，于筱冰也回过神来，只是一只手而已，她就企图在一个陌生领导身上找到过去的人的影子，说不定人家孩子都会打酱油了。

"谢谢领导。"于筱冰忙不迭从嘴里蹦出来一句感谢，迅速抽出他手里刚签完字的资料，完全没看明白第一页上那鬼画符似的艺术签名，转身立马就走了。

中午下班，赵思静拉于筱冰一块去楼下的餐厅吃饭，他们公司的员工餐做得很好，海鲜、蔬菜基本都有，主食都分好几类，饭后还有酸奶跟水果。

于筱冰吃完后拿着香蕉从餐厅出来，正准备去酒店午睡一会儿，在路上突然被一个不认识的人叫住了："于筱冰，等一等。"

第一章 避之不及

她闻声停下脚步,回头看向对方,感觉来人和她妈妈差不多岁数,但她更显年轻。

"我是办公室的鲁姐,你宿舍的事谈好了。"

"我要搬了吗?"于筱冰莫名地有点紧张,毕竟之前也说过,宿舍里很多人挤着住,她不知道室友会不会嫌自己挤到了她们。

鲁姐走到于筱冰身前,看起来挺兴奋,说话语速都快了一点:"能搬啦,我跟你说,你到时候就自己低调点搬进去,也不要主动跟公司其他人说你住在哪里。"

"啊?"于筱冰有点蒙,"我不是就住公司的宿舍吗?"

"是宿舍,但你比一般人住得都要好,就连科长都是双人间,你的是单人间!"

于筱冰人都傻了,忍不住问道:"怎么会这样?"

鲁姐说:"听说是有领导把自己的屋腾出来让给员工住了。"

于筱冰都要迷糊了,她是有个远亲在公司当领导,但他根本就不在这家公司,只是跟这边的总经理是大学同学。难道靠这种关系就能让她在公司里过得这么滋润吗?更何况她最近压根就没跟谁打电话提过宿舍的事。

鲁姐像是看出了她的忐忑,马上又转移了话题:"好了,你也不要想太多,咱们公司很多领导在B市都有家庭,下班是要回家的,宿舍放那儿空着也是空着。"

"那我能问一下,是哪位领导给我腾了宿舍吗?"

鲁姐笑了起来,说道:"哎呀,肯定是你认识的人啊,不然他怎么会给你腾房间?"

于筱冰只能尴尬地弯起嘴角,心想:我说我在这里谁都不认识你敢信?

"你今晚过去说不定还能碰上他搬东西……虽然领导说让你今晚就住进去,但我个人建议你还是明天再住进去,咱们给领导多留一点搬家的时间,别显得太着急了。"

"嗯，鲁姐，谢谢你跟我说这件事。"于筱冰最后还是选了较为妥帖的话回复她。

鲁姐也很痛快："没事，不用客气，你明天上班来综合办找我拿钥匙。"

"好。"于筱冰点点头。

目前她也只能默认是家里人的那些关系起到作用了。毕竟她在这里人生地不熟，实在不知道还有谁会那么想着她、照顾她。

下班回去后，家人又给于筱冰打来了电话。

当她聊到分宿舍的事时，他们比她还要吃惊，当场就让她赶紧给叔叔打个电话，说感谢叔叔劳心劳神地给她介绍这份工作，她会争取今年就找个男朋友，不让叔叔替她操心。

总之他们话里话外都在暗示于筱冰别拖了，赶紧结婚，说她明年就三十了，还说她这年纪要是放在隔壁村，再过几年家里三娃都能上初中了。

于筱冰感到一阵窒息，好不容易才把电话挂断，脑仁都在疼。她真觉得应付家人比应付工作更累。

第二天，于筱冰去公司找鲁姐拿了宿舍钥匙，又领了生活用品，还在她的陪同下一块过去收拾宿舍。

这是一间三十多平方米的公寓式单间，家具齐全，可以直接拎包入住。早上卫生阿姨提前来打扫过了，整理得非常干净。于筱冰甚至感觉自己就是从一家酒店搬到了另一家酒店，住宿条件特别好不说，还不用交房租，通勤时间只要六七分钟，散个步就回家了。这种条件在她来B市之前根本都不敢想。

从宿舍出来后，鲁姐回公司之前给于筱冰发了发票抬头，让她找酒店按这个要求开住宿费的发票。办完退房后，于筱冰带着发票回了公司。

没一会儿，对面工位的赵思静突然开口问她："筱冰，黄科长有没有让你加咱们物设科的群呀？"

于筱冰来这里后没加过任何群,于是从电脑屏幕后露出双眼睛看向她,道:"没有加。"

"我拉你进来。"

很快赵思静就发来了群邀请,于筱冰进群后发现这个群里居然有一百七十多号人。

胡科长是群主,他们科室其他人全是群管理员。

于筱冰莫名地有点紧张,她查看了一下群成员,发现群成员昵称都是项目名称加姓名,人少的项目只有两三人,多的话能有六七人。还没等她滑到底,赵思静就又发来了好几个群邀请,她加了七八个QQ群,然后赵思静又开始拉她进微信群。

一开始于筱冰还会仔细看看群里的人,看到最后她都麻木了,光是按照规定改备注她都改不过来,还要听赵思静介绍群用途。给比较重要的领导都加了特别关注后,赵思静让她看了一条上午刚发的通知,局里让各公司统计一个大表,上报时间是明天上午九点,也就是一上班就得交上去。

通知是群发给各家分公司的,公司还得从各项目处收集原始数据。

赵思静直接站到了于筱冰的电脑面前,开始耐心地教她工作上的事。

于筱冰听后点点头,说道:"有不懂的我可能会问你。"

"其实就是耐心往里填初始数据,并不是每个都要自己算,很多地方可以用Excel里的公式。这个我会跟你一块做,别怕。"

"嗯,好。"

两人谈话间,于筱冰突然接到了一条QQ群通知:总承包物设人员管理群已将你设置为管理员。处理人:胡利鸿。

看到这条消息,赵思静用食指点了点下巴,说道:"筱冰,你今天刚进群,要不先发个自我介绍吧。"

于筱冰连忙低头噼里啪啦一阵敲键盘,打完字之后,又询问赵思静这样可以吗,赵思静比了个"OK"的手势。

"我第一个欢迎你,我做好准备了。"说着,赵思静还摩拳擦掌准备了一下。

可就在于筱冰把自我介绍发出去后,科室的另一个女生邵婷就连着发了一串的烟花,后面跟着四个大字:欢迎欢迎。赵思静慢了一步,只能做了第二个欢迎的人,忍不住说道:"邵婷,我还以为你没在听呢,不声不响地就把我的首发抢了。"

邵婷笑了笑,说道:"谁说我没听?筱冰,再次欢迎你来我们科室。"

很快胡科长和黄科长也都发了欢迎的话,项目上的人估计都关注着公司群消息,回复速度极快,眨眼就刷新了二三十条花式欢迎消息。

于筱冰没想到会有这么多人回复,只能又发了一条消息表示感谢。赵思静看到群里的活跃状态,哼笑一声,又回到自己工位上开始编辑群通知:"这群人平时让他们填表,一个个都给我玩失踪,今天终于'诈尸'了,我要来炸个'鱼'。"

下一秒,通知随着表格附件一起发送出去,群里又接二连三冒出了"收到",只不过这次收到的回复数,跟刚刚的欢迎比起来差远了。

"好啦,我先忙了,待会儿可能会有人来问你表里的细节怎么填,你叫我来看看就行了。"赵思静又回到了工作状态。

"好。"于筱冰点点头,打开那张表自己研究起来,没研究一会儿,公司主群的鲁姐就发了一条今晚组织全体人员聚餐的消息。

于筱冰只看了一眼就没再关注了,全心投入到了工作里,这是入职后安排给她的第一份正经工作,她一定要做好。

消息发出去后,开始陆续有项目部往于筱冰这里发填好的文件,赵思静跟她一块整理了两个项目部的资料,接下来于筱冰就开始独立整理。

下午于筱冰在群里又催了一次,但快下班前也还是没收集齐表格。

赵思静跟她一块着急,按照平时的节奏来看,今天是一定要加班的,但偏偏晚上还有个必须要参加的公司聚餐。

黄科长拿着外套出来,路过她们两人时,在工位旁停了一下,看着电脑问道:"是在做局里要求明天上报的表吧?进度怎么样了?"

"还有六个项目部没交。"于筱冰将手从鼠标上拿下来揉了揉,掌心里都冒汗了。

"别急,你把那几个没交的项目部报给我,我在群里再催一下,今天肯定让他们填完。"

黄科长说着又看向赵思静:"你们先去吃饭吧,等吃完回来应该就交得差不多了,到时候再加班汇总,辛苦了。"

"不辛苦。"两人连忙回应,拿起外套跟在黄科长后面起身离开。

走出公司大门后,赵思静长吁了一口气,拉着于筱冰蹭他们科室管设备的周启宇的车,一块去了聚餐的地方。

聚餐地点是家烤肉店,据说是总经理出门前特意看老皇历后组的局。因为第二天还要上班,基本原则是大家都不喝酒,吃完随时就能走,确保所有人能安全回家。

入座后,赵思静边烤肉边开始跟于筱冰忆苦思甜,说公司去年业绩好,总产值超过了H市的公司,在局集团里排第一。但其实前两年他们公司都快倒闭了,能搞成现在这样,主要还是因为上面来了一次大换血。新总经理姓韦,他自己带着班子去新区搞市场开发,现在新区马上就要成立装配式分公司,新机场那边也有临空经济区的项目,最近好像还开始往其他城市扩展了。

上面这些人肯定分钱分到手软了,因为去年就连她的绩效都比往年翻了几倍,看见奖金入账的那一刻,赵思静还以为公司打错了。她进总承包都九年了,还是第一次拿那么多钱,真是全靠这些领导们有本事拿项目。

于筱冰跟赵思静小声聊天,时不时点点头,作为听众她一直都是相当合格的，因为她一直都很有耐心。

吃了点东西后，黄科长突然在嘈杂声中靠近她，说道："走，你拿点酒，我带你去跟其他科室的人打下招呼，以后工作上可能要接触。"

"好。"于筱冰连忙准备好酒，跟着黄科长一块过去了。每桌聊上几句后，她都得跟两个科长喝一杯酒。黄科长带她认识了一圈人，就这么一小会儿工夫她喝了三大杯。最后到财务那边，于筱冰发现他们科室暂时没有正科长，只有个副科长，心里还松了口气，能少喝一点是一点，她酒量是真的不行。

副科长看起来长得很干净，还挺帅，她敬酒的时候他站起来跟她碰杯了，也就是这时他露了短板——他个子比较矮，不知道有没有一米七。

把所有人都认识了一遍后，黄科长让她回座位。赵思静看她回来后一脸上头的模样，给她递了瓶矿泉水："没事吧？你是不是不太能喝酒啊？"

"刚才可能有点喝急了，我缓会儿就好。"

两人吃了六七分饱后，胡科长又从外面进来，朝他们科室这边比了个都起来的手势。

"裴总刚刚到了，我看那边领导都来齐了，走，都满上酒，挨个儿找他们敬酒去。"

周启宇举了下手："胡科，我开车来的。"

胡科长摆摆手："行行行，那你倒个雪碧去，咱们不开车的多少喝点，意思一下，敬完了再回来继续吃。"

于筱冰就跟提线木偶似的，又跟着众人一块站了起来，端着酒杯往领导那边走。她刚站起来就有点想吐，但还是努力忍住了。

到领导班子那边后，于筱冰又跟着连敬了领导们好几杯酒，这次是真上头了，就连身边人说什么她都没听清，冒着汗只想去厕所吐。

"裴总，这是这周刚来我们科室的于筱冰，以后她工作上有不懂的事情还要麻烦您多指点。小于,这是裴总。"

于筱冰都没注意他们说了些什么,直到胡科长在旁边推了她一把,她才意识到轮到自己了,于是她朝胡科长口中的"裴总"伸出了酒杯,艰难地寻找着所存不多的记忆,开口说道:"裴……裴总,以后麻烦您了。"

他听完她的话,只是垂下眼睛,看着她抖得几乎拿不稳杯子的手。

于筱冰不知道领导为什么没有反应,还以为是自己声音太小了,于是又把音量拔高了点:"裴总,我能不能敬您一杯?"

对方依然没跟她喝,而是看向了她身后的胡科长:"胡科,别带人喝酒了,明天还得上班。"

这算是领导的要求,也算是一种正式的提醒。胡利鸿一看于筱冰,发现这丫头脸上两团酡红,人像是有点晕了,视线涣散,身子都在发飘。

"没多喝,也就跟你们几位领导碰了下,小于可能喝酒这方面不太行。"

虽然话是这么说了,但下属的杯子都已经举起来了,也不好就这样收回去,不知道的还以为领导对她有意见。

于筱冰正处于一种恍恍惚惚的状态,就看见眼前的人把她手里的杯子拿出来,给她换了杯水。

随后他跟她碰了一下,声音很温柔:"你以后有什么不方便的事就来找我。"

于筱冰压根没认出来眼前人是谁,这个人长得太好看了,身材也很挺拔,任何一张脸和他同时出现都会显得清汤寡水。她没怎么抬头跟他对视,只是机械地应了声好。

两人都一饮而尽。喝完这杯后,于筱冰自觉站到旁边等科室的其他人一块走。

她擦了下嘴角的水渍,尝出这位领导刚才给她换的水里好像有柠檬淡淡的酸涩味,这应该是他从桌上摆的水壶里倒出来的,可他刚才并没有倒水。

等等，自己敬酒那会儿用的是谁的杯子？于筱冰突然回过味，抬眼朝那边望去，脑子里正想着怎么回事，胡科长差不多刚好跟领导们聊完了。

周围突然没人说话了，于筱冰连忙打住自己发散的思维，跟上胡科长和同事一块走了，没敢多停留。

人是已经走了，但她脑内的困惑始终没解决掉。

她想不通。

于筱冰本来就只有几罐啤酒的酒量，回到之前的位置后，已经醉得比较厉害了。她现在什么都吃不下了，只能在桌前闭着眼睛缓解着难受劲，突然感觉一阵反胃，于是默默起身离席去询问服务员洗手间的位置。

除了公司聚餐的同事，餐厅的其他区域还有正常来进食的客人。

于筱冰拐过走廊，到洗手间后扶着马桶忍不住吐了一通，她几乎把今晚吃的所有东西都吐出来了，直到最后实在没东西可吐了才感觉好受点。

她去外面洗了把脸，又稍微漱了下口，从洗手间里慢腾腾地出来了。

喝多了酒，她身体本就热得不行，额头、后背都在发汗，空调还一阵阵地对着她吹热风。她抬起下巴拎起衣领用手扇风，几乎算是半闭着眼睛走路。走了没几步，她突然踢到了台阶，好在她及时扶住了墙。

刚才那一个趔趄让于筱冰瞬间清醒，一个激灵，身上的热汗全都变成了冷汗。

走廊里光线偏暗，远处能听到餐车路过的声音。就在这时，于筱冰闻到了一股很淡的烟草味，她又往前走了几步，可很快又停住了。

有个身形修长的男人垂眸靠在前面的过道，他夹了支烟，看着某处出神，像是正在等人。

橙色的火光在他的指尖忽明忽灭，香烟缓慢燃烧着，烟雾丝丝缕缕地缭绕在他的周围。

这张脸可以称得上真正的毫无瑕疵，男人的肤色冷白，眼尾下方的那颗黑色的小泪痣与他冷淡的神情极不匹配。

于筱冰有那么一瞬间忘了眨眼,可眼前这一幕似乎与很久以前的画面重合,她脑子嗡的一声,终于把他认了出来:"裴……裴译?"

裴译侧目看到她时,那双好看的眉眼似乎都放松了不少:"喝多了吧,我送你回家。"

手指在不停地颤抖,于筱冰真想找个什么洞钻进去,恨不得让自己原地消失。可往后退了几步,她的眼眶竟然先红了起来,眼泪直接不受控制地开始往下掉。

于筱冰怀疑自己可能要栽在这人手里了。以前她曾经妄想过自己能永远跟他在一起,可那段感情很快就被他亲手结束掉了。当时留下的痛楚到现在依然如影随形,她一直都无法摆脱他的影子,被折磨成这样还不够,他现在居然又成了她的上司。

过道边光线暗淡,顶部的光源离他们两人都有一段距离,所以他们几乎都处于阴影里。见她不回应,裴译便动身朝她走来,也不知想要做什么。

两人间的距离越来越近,于筱冰闻到了他变得陌生的气味。男人应酬时的烟酒味道却挡不住他自身散发出来的干净的清冽感,唯独这点跟过去极为相似。

于筱冰手脚酸软,几乎快要站不稳。她根本不知道自己现在该做什么,过去那种茫然无助的痛苦又迅速回来了,她想抬起手挡住头,隔开他与自己之间的距离。

她强忍着酸涩,喉管里时不时冒出呜呜的哭声,泪眼婆娑,什么都看不清楚,她真的害怕了。

也就在这时,他们之间的对峙被人突兀地打断。

赵思静担心于筱冰身体不适,见她去洗手间这么长时间都没出来,便想着过来找她。结果刚转进拐角,就看到她醉得一塌糊涂,正在领导面前哭。

"筱冰。"赵思静忙走过去伸手把于筱冰抱到了自己怀里,边跟裴译道歉,边伸手抚着她的肩背,"裴总,不好意思,她可能喝多了,刚刚黄科长还带她去给各科室的科长敬了一圈,她酒量不太好。"赵思静也没想那么多,还以为裴总只是碰巧撞见了她们科室走不稳路的醉鬼。

裴译并没有说什么,只是点了点头,漫不经心地从于筱冰身上收回了视线。

周围仿佛充斥着一种诡异的寂静,赵思静莫名地感觉有点不太舒服,应付完领导之后就连忙扶着于筱冰匆匆离开了。

脚步声消失后,空间里再次只剩下一个人。裴译抖动指尖,轻轻掸掉烟灰,又吸了口烟,随后缓缓地吐了出来。身影被烟雾笼罩,而此时的他与背后那幅人物肖像画都陷入在了晦暗中。

路灯早在黄昏时分就已经沿着道路亮了起来,远远看去,灯光仿佛坠落地面的星河。

出租车后窗开了点,于筱冰伸手攀着车门,呆呆地看着窗外。

她的眼前不断闪过陌生的风景,深植于她脑中的却是发生在过去的那些更久远的画面。明明已经过去很多年了,她似乎已经不再留恋过去,开始重新生活,可这一切全部毁于今晚。

她觉得自己配不上现在的裴译,或者应该说一直都配不上他。在自己最狼狈的时候去面对裴译这种男人,简直就是滑天下之大稽。

因为肖想他、喜欢他,她让自己摊上了那样的前男友,当时反应过来后就已经觉得这是极限了。

可如今在裴译面前,她发现前男友已经无关紧要了。她开始考虑辞职重新找份画画的工作,她想逃跑了。

但眼下还有份很紧迫的工作要做,于筱冰没来得及难过就被赵思静拉了回去。

赵思静要送她回宿舍睡觉，可于筱冰现在已经知道自己那间宿舍是哪位领导腾给她的了，反复说自己已经清醒了，没事了。最后两人一块加班到深夜，才总算把这个东西弄完了。

晚上聚餐时吃的东西最后都吐了出来，于筱冰现在饿得不行，楼下不远处就有家罗森便利店，赵思静跟她一块去那边转了一圈。最后她们买了两块金枪鱼饭团加热了，坐在店门外的椅子上慢慢吃。

"你今晚怎么哭了？"赵思静咽下饭团，"是有什么伤心的事吗？"

于筱冰垂下眼睛，看着手里的饭团，轻声说道："可能是因为我去年过年本来打算跟男朋友结婚，但婚前他跟我闺密在一起了，我想起那件事所以有点难过。"

赵思静没想到于筱冰还有段这样的恋情，被惊到了："他怎么这样？你跟他谈恋爱的时候发现过吗？"

"我不想提他，你呢？你有对象吗？"于筱冰直接切了话题，不想在这件事上多做解释。

赵思静犹豫了一下，点点头："其实我去年就想辞职了，男朋友催我回老家结婚。"

"黄科跟胡科也都知道？"

"嗯，我的年龄确实不小了，但是这份工作我从大学毕业一直干到现在……两边都拉着我，公司现在处于上升期，特别忙，所以我真的很想早点把你培养出来，这样走得比较放心。"

眼看于筱冰陷入沉默，赵思静怕她会因为自己刚说的话产生压力，忙又换了话题："给你看我男朋友的照片吧，别人都说他长得特别有福气。"

"我看看。"于筱冰很配合地接过赵思静的手机看了一眼，照片中的男子白白胖胖的，不做表情也天然带笑，看起来很和善。

"确实很有福气。"

赵思静叹道:"他就是长得普通了点,但其实很细心,对我很好。"

不知为何,于筱冰听到这话,脑海中竟清晰地浮现出了她跟裴译的第一次相遇,她之所以会开始留意他,其实是因为那天他给她留下了一盒创可贴。

那是十三年前的事了,当时于筱冰到陌生的大城市读高中,长了很多痘,不光是脸,就连背上跟腰上都长了。可她的家人认为这不是一件很严重的事,所以连带着她也觉得身上只是长几颗痘痘,没什么关系。

直到那天去公共澡堂洗澡,她在水花声中听见背后有人在小声议论。

"欸,你看那是不是我们班的于筱冰?她身上好多红点点啊。"

"有点恐怖,别看了。"

于筱冰莫名地感觉自己很害怕,拿着香皂的手不受控制地颤抖,香皂一个不小心就滑到了地上。

她没去捡,匆忙冲洗干净泡沫,关了水穿上衣服就低头离开了。

明明只是女生之间一段简单的对话,却让于筱冰浑身的血液都开始往头顶上涌,脸颊和耳根都在发烫。

那时于筱冰家庭条件很差,妈妈总说家里还欠着别人几十万,爸爸在工地打工也赚不了多少钱,所以几乎没有给过她零花钱。家里买了半块西瓜她都不敢多吃一口,还得想着留给妈妈和弟弟吃。但是那次于筱冰回去,跟妈妈说了自己长痘痘被班上女生笑话的事之后,她妈妈还是给了她一百块钱,让她去医院看一看。

于筱冰叫了当时跟她关系最好的一个女生陪她去中医院看皮肤科。轮到于筱冰的时候,那老医生眼睛都瞪大了,连忙让周围的实习生都围上来看。于筱冰没听明白他们谈论的内容,只知道医生最后给她开了一张中药处方,让她去结账拿药。

喝中药调理要花一千二百多块钱,于筱冰很怕家里不给她出钱,但

第一章　避之不及

她还是抱着一丝微弱的希望去给妈妈打电话。

陪于筱冰一起来的女孩看她回来后正想跟她一块去拿药，可没走几步，于筱冰憋不住开始哭了起来："我妈说她没钱，让我看完赶紧回去给她看店。"

"她还说青春期都会长痘，过了这个年龄段就好了，只有我要花这么多钱看病、吃药，就我娇贵。"她蹲在医院门口一直哭，哭得连眼前的路都看不清了。

别人都有的她不可以有，她想要就是她不懂事，可大家不喜欢的东西全部在她身上，为什么会这样啊？

于筱冰被朋友安慰了好久才总算停止哭泣。坐公交回家后，妈妈急着去进货，见她终于回来了，忙交代了一句"你待在家看店"，然后就拎着袋子匆匆出去了。

家里开了家小书店，就在于筱冰的高中附近，说是书店，其实更像文具店或玩具店。因为自从对面拐角开了家规模更大的书店后，过来买东西的人也就只剩下一些小学生了。

于筱冰趴在柜台后面，一个人又哭了很久，但是她也知道没办法，家里收银抽屉里一千块钱都没有。

爸爸在工地当厨子，妈妈每天都在这里看店做小本生意养着他们姐弟，没什么人来买她的东西，她心里也着急，换个角度想，其实妈妈也很辛苦，很可怜。

这么想着，于筱冰心里更难过了，她发现自己全家人这辈子好像都过得浑浑噩噩的，眼睛又开始湿润，就连店里进了个人都没看见。直到对方走到她前面，把参考书放到柜台上要结账时，她才抬头看见了人，忙用袖子擦了眼泪，开始看单子，跟他说了价格。

对方话很少，听完后，从口袋里掏了张一百元给她。

于筱冰接过钱后忙去抽屉里找零，可翻了好一会儿，还是少五块钱。

她脑子很乱，怕他等急了，突然想起自己身上还有零钱，连忙伸手去掏口袋，可挥手时，她不小心被老旧的柜台玻璃割破了手指。

等她找到五块钱递给他的时候，那个男生好看的眉都皱起来了。他盯着于筱冰看，半晌才吐出两个字："有血。"

于筱冰有点茫然，直到看见给他的钱上沾了血，这才赶忙从柜台下面掏了张纸出来，把他手里的钱又拿了过来，按在柜台上细心擦拭了起来。

她哭了一下午，眼睛又红又肿的，里面还有红血丝，可她还是在专心干着家里交代给她的事情，一点抵抗情绪都没有："不好意思，只有这一张五块钱了，我擦干净了，你收下吧。"

她恳求地抬眼看着他，那男生像是无可奈何了，伸手指了指她左手的食指关节处："我是说你的手受伤了，一点都不痛吗？"

"我用纸按一下就好了，没关系，不用管的。"于筱冰没有想那么多，把擦好的钱给他，又扯了点纸包在了手指上，坐到柜台后的凳子上，默默地等伤口上的血凝固。

那个男生拿着书离开了，可过了没一会儿，他又折了回来，手里还拎着一个小塑料袋。他把袋子放在她面前的柜台上，一个字也没说，转身就走了。

于筱冰本来还以为他是因为书质量有问题过来退货的，可翻开袋子一看，才发现里面只有一盒创可贴。

树叶窸窸窣窣地响了一阵，落在店门口的树影轻微地晃动，周围的一切都因吹在她脸上的那阵穿堂风而拂动。

她看了眼自己手指上的伤口，血早就已经凝固了，虽然有点疼，但伤得真的一点都不重。

于筱冰后知后觉地反应过来，自己刚才忘记向他道谢了。

只不过那个时候的她不知道，她和他之间的拉扯会一直持续上十三年。

第一章 避之不及

夜已经很深了，街上几乎看不见人。

于筱冰和赵思静吃完东西后准备回宿舍。正当她们到楼下时，赵思静突然被身后的于筱冰叫住了，她小声说："我突然想到还有东西没买，你先上去吧。"

赵思静反应过来后，点了点头："嗯，那晚安了。"

"晚安。"于筱冰跟赵思静道完别后，自己又漫无目的地在街上转了一圈。知道那里是裴泽以前住的房间后，她就没法再回去住了，可是去酒店的话又要花钱。

于筱冰在银行前面的台阶上抱着腿坐下了，看见隔得远远的街上有条流浪狗在拱地面。过了一会儿，那条狗翘着尾巴跑到了她面前，哼哧哼哧喘着气。于筱冰伸手摸了摸它，觉得它大半夜还出来觅食，有点可怜。

她去附近的二十四小时便利店买了几块水煮鸡胸肉喂给狗吃。看它吃东西的时候，她才总算知道这条无家可归的狗像谁——像她。她既没办法坦然面对裴泽，也没办法去满足家人对她的期望。小狗吃完东西后，没过多久就走了。

于筱冰最后又回到了公司大楼，伏在自己的工位上闭上了眼睛。临睡前她想起赵思静想培养她接替工作，觉得自己还是不要耽误赵思静回老家结婚了。

她早点走的话，黄姐就能早点招新人，她决定尽快辞职。

第二天，于筱冰在洗手间简单清洗了一下，开始继续工作。

上午快午休的时候她忙完了手中的活儿，于是去人事科找了王薇薇。她把王薇薇单独叫到外面去，开口问道："薇薇，我想问一下，就是我现在离职的话，需要办什么手续吗？"

王薇薇的眼睛都睁大了一些，她转头看了看两旁确定周围没人，对

033 ♥

着于筱冰压低声音问道:"你有没有跟你们科长说?"没等于筱冰回答,她又立刻接上了一句,"是不是物设科太忙了你待着感觉不合适?要不要换个科室?"

于筱冰全部一一否认,表示自己只想走。

她昨晚没睡好,上午又有些忙,现在的状态看起来也不佳,王薇薇看她这样很想说些什么,可又不知该从何说起,刚好这时手机响了,王薇薇只能先去接了电话。打完电话后,王薇薇又回到了于筱冰身边,把手搭在她胳膊上,说:"到吃饭的点了,你先去吃饭吧,这事咱们下午再说,好吗?"

"嗯。"于筱冰点点头,很自觉地不去耽误人家中午休息的时间,转身就往电梯口走。

王薇薇看到于筱冰的背影已经完全消失在走廊里,转身又打开手机拨了个号,给人打了电话过去:"喂……"

周围吃饭的人都已经排完队了,于筱冰打好菜,拿了餐具坐到一旁开始慢慢往嘴里扒饭。

吃到一半的时候,手机突然响了,她拿出来一看,居然是那个给她介绍工作的叔叔于海。

她忙接通电话放到耳边,咽下嘴里的饭,开口道:"海叔叔。"

电话那头的人声音很正常,不过他也没跟于筱冰说普通话,直接说他们家乡那边的方言。

"筱冰,吃饭了吧?"

"嗯,我正在吃。"

"筱冰,我怎么听说你要辞职?"

于筱冰闻言捏紧了手里的筷子,她沉默片刻后,垂眸看着碗里的饭,还是用之前敷衍王薇薇的那套说辞:"就是不适应,以前的工作比较有创意性一点,现在这样按部就班的感觉不太适合我。"

于海沉吟片刻，继续道："叔叔劝你再好好想想，这份工作很不错的，压力也并不大，公司里的人都很好。我之前也在总承包公司待过五六年，认识些人，可以帮到你。"

"好，我知道了，谢谢海叔叔。"

于筱冰挂断电话后，拿着手机沉默了。

她不想吃剩下的饭了，起身端去倒掉，又回到了楼上办公室里坐着等午休时间过去，打算下午继续和人事谈离职的事。

可还没过多久，于筱冰就又接到了家里人的来电。她盯着手机屏幕上跳动的接听键，想了想还是拿着手机走到外面的楼梯间接通了电话。

她还没来得及开口叫人，对方就直接劈头盖脸地骂起来："于筱冰，你以为自己还小吗？你居然敢辞职？你也不看看你以前打的都是些什么工！钱没赚到多少，未婚夫还看上别人了，你绝对不能辞职，我不同意！"

于筱冰听着电话那头的声音，眼睛莫名有点发胀。她过了一会儿才接话："我想辞职跟你们有什么关系？这是我自己的事。"

"还你自己的事？你再这么稀里糊涂过下去，以后就真嫁不出去了！"

妈妈以前就是这样，嗓门特别大，哪怕周围很安静她都会扯着喉咙喊，很有威慑力，于筱冰从小就怕妈妈骂自己。

于筱冰侧目看向旁边，眼圈开始发红。她强忍住喉间那股酸涩感，努力让自己的声音保持稳定："我想结婚就结婚，我想怎么样就怎么样，我嫁不嫁得出去你都管不着。"

电话那头是长久的沉默，半晌，声音突然低了些，念叨似的说道："我当时给家里亲戚都挨个打电话过去，说你要结婚了，我在家里给你操办发嫁酒，两三天都没睡好觉，结果就闹了这么个笑话。"

她的声音也开始有些发颤了，但语气还在强撑着："你又不是个有本事的人，在外面也顾不好自己，你就在那里干下去，让自己能有份稳定的工作也是好的。快三十岁了还这样不懂事，你以后要怎么办啊……"

于筱冰的眼泪扑簌簌地往下掉，鼻翼抽动着，一点声音都没发出。她只是咬着唇，蹲在地上，任凭眼泪滴答着砸落在地面上。

"知道了……我在这儿待着就是了。"她答应了，眼前一片模糊，看什么都看不清楚了。

楼梯间里一片安静，讲电话的声音停下来后，就只剩下于筱冰在抽泣。她把下巴搭在膝盖上，盯着地面不断地掉着泪，心脏难受得像是快要炸掉了一样。

楼下有脚步声传来，于筱冰把头埋进了胳膊间，想稍微避开对方。过了一会儿，她发现来人似乎在她身边停下来了。于筱冰心里难以言说地紧张起来，手指发抖，不知道来的是不是那个人。可现实总是不如电影那般巧合，对方开口说话了，于筱冰一听声音就知道不是他。

"不好意思，我刚才在下面抽烟，已经抽完了，但是听到你打电话在哭，我也不好上来。"

她用衣服把自己的眼泪都擦干净，抬头刚好看见说话的男人向她伸出的手，他的手里拿着一张纸巾。是她昨晚见过的人，财务科的副科长郭义翔。他们科室没有正科长，他模样也很干净帅气，就是个子矮些。他本人的记忆点又很多，所以于筱冰对他的印象格外深一点。

她接过纸巾擦了下眼泪，站起身来跟他低头道谢："谢谢你。"

郭义翔皱起眉，看着她问道："你想辞职吗？"

于筱冰点头，没说话。

郭义翔又说道："其实我也总想辞职，昨晚听黄科说你以前是画画的，我就在想，你能画画干吗还跑来干这个，一入工地深似海啊。"

于筱冰被转移了注意力，声音也没有刚才那么沙哑了，她摇头道："画画也不好，脖子、肩膀、腰、胳膊和手腕，没一处是好的。"

"你这哪里是打工，算是卖命了吧。"他不由得笑出了声。

于筱冰的表情也有所松动，她弯了下嘴角，又低头擦了擦眼睛。

"我能跟你买个设计吗？就是你帮我画个卡通头像，按照片画的那种简笔画，我付你钱。"

于筱冰忙抬头看向他并摆手："不用了，画那个很快的。"

"别，不能让你白忙，我知道你们画画的经常被人找，说什么'欸，你不是画画的吗？那你帮我设计个东西呗？'然后你问他要钱，他就说'都是朋友你还收我钱？'这种人可烦了是不是？"

于筱冰这次是真的被逗笑了。她眼里的泪水还没干，那双眼尾向下垂的干净小狗眼看起来格外无辜，很有亲和力的娃娃脸本来就让她看起来像个邻家妹妹，这会儿更是整个人都带了点钝感。

郭义翔突然觉得她笑起来的样子很甜，跟他前女友差不多。

被郭义翔盯着看了几秒，于筱冰不由得将视线转移到别处，轻声说："我没关系的，不会烦。"

"那你实在不收钱的话，我就请你吃顿饭，行吧？"

于筱冰有点没反应过来，但她还是条件反射地点了点头："我都行，看你。"

下午刚上班，郭义翔就加上于筱冰的微信了。她看见他的添加来源是公司的大群，心里莫名一抖，手指不听话地移到了群成员列表上，点了展开。

她走马观花地往下看了一遍，随后目的性很强地划到了最上面。

公司群里同事的昵称用的都是真名，于筱冰几乎一眼就看见了"裴译"两个字。她缓了会儿，点开了裴译的头像，进入到他的个人信息界面。裴译的微信名就是本名，头像是只成年萨摩耶，狗狗仰头看着屏幕在笑，感觉又憨又可爱。

这跟他本人那冷淡又强势的性格截然相反，不知道他怎么会用这样的图片当头像。

于筱冰趴在桌上，低头用手指抠着桌面。过了一会儿，微信传来了"叮咚"一声，她打开聊天窗口，发现是郭义翔给她发了张自己平时日常生活中的照片。他戴着帽子穿着黑色牛仔外套，光看脸的话真的还不错，五官长得都很端正。

郭：帮我画这张，可以吗？

于筱冰马上给他回复。

机器人小冰：嗯嗯可以的。

郭：刚才忘记跟你说了，你把路费的报销凭证都收好，还有酒店住宿的发票也一样，等浪潮账号下来了拿过来贴一下报销。

郭：如果有机票的话，你记得赶紧找航空公司打印行程单。

于筱冰之前上班的地方从来都没有报销过路费，所以她对这些东西不是很熟，忙回复了一句"嗯嗯好，谢谢你"，觉得这个副科长人好像还挺好的。

过了几天，于筱冰申请的账号都下来了。

那天她问了赵思静，在赵思静的指导下，在购票软件上花了二十块钱的运费邮寄了行程单，手里的报销凭证这才算是齐了。郭义翔给她汇总打了张单子签字审核，又让她去找领导签字，好在领导里面没有裴译，她签得还算顺利。

签完字还不能直接拿钱，需要在财务共享的浪潮软件上提交报销单。提交报销单的时候，于筱冰又不好意思地去问了赵思静，因为她以前完全没有使用过浪潮这个财务软件。赵思静也不太会，但她很热情，看了以前自己报销通过的单子，教于筱冰如何提交审核，结果下午就被财务初审退了单。

于筱冰当时正在给黄科长统计数据，突然看到微信好友申请，申请人是财务科的班珍。于筱冰通过好友申请之后,对方叫她去财务办公室。

于筱冰吞咽了一下,看了看四周,大家都在上班。她弓着身站起来,尽量降低存在感,拿着手机就出去了。

财务科的门是虚掩着的,于筱冰抬手敲了敲,里面的人都在忙自己的工作,郭义翔不在。她看了一圈,问道:"不好意思,请问班珍是哪位?"

就在她前面,有个背对着她在台灯下按计算器的长发女子举了下手,嗓音清脆地说道:"这里。"

于筱冰忙小跑过去,说道:"我是于筱冰。"

对方忙得头都没抬一下,冒出一句:"稍等啊。"她嘴里念念有词地重复计算着表里的一串数据,然后又在微信上给一个人发了张加了红框的浪潮单据截图。

做完这些之后,班珍打开于筱冰的报销单,看着她伸出手指道:"你是高铁转飞机,高铁票这里的税是可以抵扣的,要价税分离,得列成两行来报销。"

"嗯……"于筱冰有点茫然。

班珍一脸耐心地转头又看向报销单:"你这儿弄错了,我教你一遍,然后你去那边的电脑上登录你的账号直接修改。这笔单我就先给你退回了,好吧?"

"嗯嗯,好的。"

于筱冰打起了十二分的精神开始看,把几个重要的点都记住后,忙到旁边空置的电脑上登录账号,重新提交报销单。

郭义翔这两天请假不在,待于筱冰报销单提交上去后,班珍打过招呼就直接登录了郭义翔的账号通过审核,只见待审核人就从郭义翔变成了更上一级的裴泽。

但于筱冰并没有注意到这点,她听赵思静说过,财务那边通过审核之后，就只要等着打钱到卡上来就好，所以她直接没再关注那些东西了。

可等到下午四点的时候，微信又开始闪动。

她点开桌面右下角的提示，发现自己居然被裴译申请添加微信好友了。那个头像她已经完全记熟了，一想到头像后面的人是裴译她就紧张，轻轻按在鼠标上的手指头都在不受控制地颤抖。

于筱冰强忍住心跳急促的感觉，用另一只手握住手腕阻止它抖，然后点了"同意添加"。

他的微信名就是裴译，所以于筱冰也就没给他备注。成功添加好友后，裴译很快就联系她了，但他说的事是于筱冰想破脑袋都想不到的。她被告知再次退单了。

裴译：高铁票据税费那行的发票类型要选普通发票，你这个地方选错了。

他给她发了一张截图，上面用红框选中了错误的地方，还用红箭头指了一下，她选了增值税专用发票。

裴译：谁教你填的？班珍？

于筱冰头都大了，一下子什么乱七八糟的想法都没了。她噼里啪啦开始在键盘上打字，手指还有点抖，但比刚刚要好多了。

这应该属于低级错误，于筱冰能感觉到裴译似乎有要追责的意思。班珍好像跟她提起过这个，但要注意的地方太多了，她脑子里没有这方面的概念，所以估计就填错了。

机器人小冰：她教了我，但肯定是我的问题，是我弄错了。

机器人小冰：不好意思，我下次一定会注意的。

对话框静了一会儿，于筱冰感觉自己的手又开始不受控制地发抖了。她再次用另一只手捏住了那只手，努力让自己的心跳不那么猛烈。

裴译：单据过了初审和财务负责人的审核，到我这里还是出现了错误，这只能说明财务的审核还不够严谨。

裴译：我没有说你。

于筱冰怕自己害班珍连带着郭义翔一块被裴译骂，一时都不知道该怎么办才好。

机器人小冰：裴总，这笔单我弄错两次了，她真的教过我了，所以可能审得比较快，是我没对得起她的信任。

机器人小冰：真的对不起。

那两条消息发出后，很长时间都没有回应，于筱冰正坐立不安，微信刚好就在这时又响起了，裴译发来了新消息。

裴译：你打开退回的那笔单据，点修改，把刚才我截图给你的那个地方改过来。

于筱冰在迷茫中得到了指引，连忙开始操作起来。她弄完之后，裴译的新信息刚好也发过来了。

裴译：改完之后你全部截图过来给我看看。

于筱冰连忙照做，裴译看完后又让她保存，一步步开始教她在单据里点击生成打印，登录影像系统删除之前的封面，重新拍照上传。上传好后，裴译也没再跟她说别的事情，只是确认完了她的操作流程，然后让她再去找班珍审核。

于筱冰之前那完全不受控制的紧张感也终于随着他的指令与行动结束一点点散去了。

当他的聊天窗口完全陷入寂静后，于筱冰垂下眸子，盯着自己满是汗水的掌心，感觉心也逐渐沉下去了。她有点失魂落魄地起身，又去找了班珍。

班珍的眼睛长得特别大，人也长得非常好看。她瞪着两只大眼睛，看着于筱冰很严肃地问："小姑娘你今年多大了，过二十了吗？"

"我二十九岁了。"于筱冰觉得大概是因为裴译在她面前突然出现又突然消失，搞得她现在有点情绪不高，就连害怕的感觉都抓不住了。

041

"二十九！"班珍抬手捂住嘴开始让自己冷静，但她很快就缓了过来，"我三十三岁了，还是比你大，算了，看在你比我小的分上，这次就不说你了。"

于筱冰很上道地又乖乖叫了她一声："谢谢姐姐。"

班珍被她哄到了，耐下性子伸长脖子，开始给她审核，没想到这次她边审核，还边夸她："不错啊，就连影像都自己重新上传了，你是怎么知道删改的？"

"裴总教我的。"于筱冰老老实实回答。

可班珍听后一脸震惊地转过脸来，好像这件事情相当不可思议："你说他亲自教你做这些？我们领导他怎么了？"

于筱冰被班珍抓着直接来了场三千问，简直就像她跟裴译之间存在着什么不可说的秘密。最后于筱冰被问到脸都开始热了，只能憋出了一点他俩之间的关系。

"我跟他以前是高中同学。"她只说了过去最边角的一点东西，还生怕被人误会自己跟他的关系，马上又补充了一句，"但我们不是一个班的，就是在一个学校读过书，你帮我保密好吗？"

班珍一脸惊讶地说："这有什么好保密的，你们俩不就是高中同学吗？"

于筱冰点头，又说："但是他现在过得很好，我就不去跟他攀关系了。"

班珍看着她犹豫了一会儿，最后转头叹了一声："以前不是很熟的话，现在不好意思过去找他也能理解，OK，我帮你保密。"

班珍说着又忍不住念叨起来："不过裴总人很好的，他就是看着冷了点，其实很……怎么说呢，感觉他对人都很有耐心，也很包容，我平时弄错点什么事他都不会骂我，等你了解他就知道了，不用怕他的。"

于筱冰将目光投向了别处，避开了周围的景物。与其说了解，不如说她其实比谁都要清楚那个人以前脾气就很好了。

刚认识裴译不久的时候，她心里其实还是紧张和惶恐居多的，总觉得他应该是个很难相处的人,可实际上裴译的冷淡里总是带着刚刚好的温柔,就跟那天他给她的那盒创可贴一样,他对陌生人其实也都不错。

两人后来开始交往,他是真的没有嫌弃过她各方面条件都很一般,也是真的对她表现出了依赖感,这让于筱冰无论如何都不希望他不高兴,也不想看见他的眼神会因她而变得冷淡。

她那时最害怕他的冷淡了,哪怕他只是少说了几句话,给他发了消息没有回,她都会忐忑不已。她会担心他是不是不想和她在一起了,在想怎么跟她分手。

哪怕到现在她回忆起来胸腔依然会有点紧张发麻。

明明知道不该再想过去的那些事了,可她的脑子偏偏就是停不下来。她知道自己一直都没有资格去要求他什么,更明白自己跟他之间的差距。

清楚地见过现实的人都知道他们并不般配。

第二章

旧人再遇

Chapter 2

于筱冰连夜画完郭义翔约的那张头像后，第二天一早就给他发了过去。

九点二十分左右，于筱冰再次打开微信的时候，发现郭义翔的头像换了，用了她给他画的那张图。

郭：谢谢，画得真好看。

郭：就这周六中午我请你吃饭吧，你有时间吗？

于筱冰在 B 市就没什么想做的事，她也不爱出去玩，于是就直接给郭义翔回了个"有时间的，谢谢你"。微信这边刚说完，QQ 上突然又有项目部的人找她，给她发来一张限价采购的申请。

于筱冰前段时间才开始接触这些，她根据之前的笔记检查了一下格式和必须要有的内容，打印出来后就起身离开了工位。

上午领导一般都在办公室，于筱冰拿着笔和文件去敲门，胡科长正在一株绿植前打电话，抬手示意于筱冰稍等，于是她又老实地站在旁边看着。胡科长打完电话就坐到了办公椅上，接过她递来的申请看了起来，边签字边开口问道："最近工作习不习惯啊？还想辞职吗？"

于筱冰没跟胡科长提过她想辞职的事，这会儿被他问起，不由得冒出了冷汗。

她有点拘束地说:"最近习惯了,这边的同事人也很好,我会做下去的。"

胡科长签完字把申请推过去给她,于筱冰接过来转身正要走时,胡科长突然又把她叫住了:"筱冰,你过来一下。"

于筱冰还没被领导这么叫过,胡科长之前一直都是叫她小于,她以为胡科长是有什么事要交代她,脚步立马就停住了:"胡科长您说。"

"你叔叔跟我很熟的,他说让我多照顾着你点,工作上的事咱们有一说一,你好好干,不过生活上能顾的我多少还是可以帮一下的。"

"啊?"于筱冰有点蒙,不知道胡科长到底想说什么。

小老头卖了会儿关子,手指在桌上轻敲了几下,终于开口了:"财务那边有个人还挺不错,也是所211大学毕业的,今年三十一岁,比你大两岁。他是D市人,车跟房都在D市买好了,父母都有退休金,你要不要跟他认识一下?"

于筱冰瞬间懂了,胡科长这是在给她相亲。

她不敢不给直属领导面子,点了点头:"好的,我认识一下,谢谢胡科长。"

"嗯,你跟他先接触接触,我把他的微信推给你。"他边说边拿起手机开始往下划。

"嗯嗯,那胡科长我先走了。"

"去忙吧。"

于筱冰从办公室出来后没忍住长吁了一口气,再次点开微信后,她又收到了几条信息,发现胡科长给她推了张名片,是郭义翔。

于筱冰当场有点不知所措。她现在一点都不想谈恋爱,前男友婚前的那些事就不提了,关键是初恋对象裴译也出现了,对她来说,现在并非开启一段新关系的好时机。

但同样，她今年二十九岁了，马上就到三十岁，也是旁人看来最着急结婚的时候。

于筱冰看着电脑里郭义翔的微信头像，昨晚一笔笔画好的时候，她完全没想过自己未来也许会跟他有婚姻关系。但她总不能继续沉迷在裴译的影子里。明知道跟他的差距有多大还要凑过去，哪怕自己在感情里受伤了，别人也只会笑她痴人说梦。

于筱冰关了微信窗口，冷静了一下，开始继续工作，等到快要下班的时候，她给胡科长回复了一句"收到"。

答应这件事后，于筱冰感觉浑身都不自在了。但后天就是周六，她不得不开始考虑如何应付当天的饭局。

回到宿舍后，于筱冰又开始面对那种无处不在的感觉。

她很想忽略裴译在这里住过的事，可越想忽略反而就越容易记起他来。

于筱冰去洗了个澡，出来后打开行李箱，开始在里面找有没有能在周六穿出去的衣服。她希望能对郭义翔保持最基本的礼貌，哪怕是拒绝也该让对方感觉到她的尊重。搭配了一会儿，于筱冰一屁股坐到了床上，看着行李箱叹了口气。她的很多衣服都没带过来，现在让家里人寄也来不及了。

算了……她还是去买吧。

于筱冰把衣服全部叠好后，也不打算把衣服继续堆在行李箱里了，她打开木质的衣柜开始往里放衣服。可当她拉开抽屉，突然看到一条蓝色的斜条纹领带。她看着这个东西，沉默了许久，脑中不由得浮现出那天清晨去找裴译签字时，他修长有力的手指略有些不耐烦地拉扯了一下自己颈间的领带，当时好像就是这一条。

房间里的灯都关掉了,一片漆黑,于筱冰在床上翻了个身,感觉有些燥热,将左边的手臂伸出来,手臂上面还绕着那条蓝色的领带。

她抬起那条胳膊挡住了眼睛,脑子里全是裴译那天在办公室里的模样。

她今晚好像失眠了。

他跟以前很不一样了,于筱冰觉得自己之所以没能认出来,大概跟他少年时身上并没有现在这种冷淡的气质有关,他当时反而有种脆弱感。

他明明在这段感情中居于上位,可当他手指受伤觉得痛的时候,又会去房间里翻出创可贴,然后走到她面前,对她伸出手指,垂下眼睑等着她给他贴,那样子很像个小朋友。

刚刚开始因为那盒创可贴关注他的时候,她并不知道他叫什么名字,也不知道他是哪个班的。

有时在某个地方偶然遇见了他,她会一连几天挑着同一时间出现在那里,她还想看见他,哪怕只是远远望上一眼也好。

她也知道自己这样很惹人厌,可就是忍不住想要偷偷了解他。

有次于筱冰看见他路过学校的某条路时,顺手往垃圾桶里扔了个喝完的瓶子,她犹豫了一会儿,有点胆怯地过去翻起了垃圾桶,偷偷捡出他扔进去的东西,看着瓶子上的标签,记下了他喜欢喝的饮料牌子。

于筱冰正要离开,一转身却看见那个明明已经走掉的少年,就站在她前面不远的地方。

他略微歪着头,撩起薄薄的眼皮看着她,看不出正在想什么,但显然将她刚才的举动都收进了眼底。

被当事人抓了个正着,于筱冰立刻低下了头,脸热得要命。她伸手擦了擦脸颊,其实是想挡住脸,让他不要记住她的长相,怕他觉得她是个变态。

可这种沉默保持了一会儿后,她的眼眶开始变得滚烫,眼泪也逐渐涌了出来。

她知道自己已经被他记住了,因为他一直都站在那里,完全没有动过。

即将入冬了,天气开始变凉,树上的叶子被风吹落一地。

她有种自己的世界都跟着落叶变得支离破碎的错觉。他突然看到她做这种事,不管怎样,第一反应肯定都是觉得她很奇怪。

沉默过后,于筱冰出于本能慢慢地从书包里拿出那个汽水瓶,走到他面前,把他喝过的空瓶子还给了他。

"对不起……"

尾音里能听出她带着哭腔的颤音,而裴译只是看着那个瓶子,并没有伸手去接。

从远处吹来的一股风卷起了她脚边的白色塑料袋,塑料袋紧贴地面被吹出了一段距离。片刻后,他开口说道:"我最近总丢东西,昨天就丢了一支笔。"

于筱冰终于抬头看他了,她眼里全是泪光,很慌乱地摇头对他解释:"不是我,我绝对没有偷拿你的东西。"

他目光干净,声音也温温沉沉的:"嗯,我知道不是你,今天在英语书里找到了,原来就夹在书里。我总乱放东西,自己又找不到,以为它丢了。"

她不知道该说什么,只能低下了头,感觉自己逃过一劫。还好他找到了,不然她真不知道要怎么对他解释。

瓶子还被于筱冰抓在手里,她见他一直不要自己递过去的空瓶子,只能收了回来,以为他是觉得自己奇怪,不想再碰被她抓过的东西。

"对不起,我今天是第一次,瓶子我会放回去的,我以后不会再捡你扔掉的东西了。"

"别怕,不用紧张。"一只指节分明的手从她手里接过了那个汽水瓶。他态度平和且自然,一点都没有对她生气。

少年低声说:"我没有朋友,平时一直都是一个人,如果可以的话,我愿意陪你。"

他没觉得硌硬,也没觉得她奇怪。

这一刻,于筱冰眼眶发热,一个奇怪的念头突然产生了,伴随着掌心仿佛被烈火灼烧的感觉,一同传到了她的大脑里——

他好像还记得她。

回忆到这里,于筱冰忍不住抓紧肩上的被子翻了个身,突然觉得自己有点喘不过气。缠着他领带的那整只手臂都在发麻。

他只不过不小心留了一条拉扯过的领带在这儿,就能让她整宿睡不着觉,所有的身体反应好似都在提醒她,她根本就没有从两人的那段过去里走出来过。

于筱冰知道裴译的习惯,他总找不到自己的东西,不记得放在哪儿,可能不久后就会发现自己有条领带找不到了。但唯独这个,她并不想还给他。

她抬起手,将那条领带盖在了自己的眼睛上,缝隙里透进来的最后一丝光线也消失殆尽。

十一年后,两人再次相遇,她还是怕自己会像当年一样再为他发一次疯,更怕自己余生都会为了这个人燃烧殆尽。

于筱冰把额头压进了枕头里,滚烫的泪水从眼角滑落,渗透了枕头套的表面,晕开了一大片深色印记。

她真的不知道该怎么办了。本来不想面对的相亲,反而成了她这个时候可以抓住的唯一的救命稻草。

早上八点半，朝阳初升，浓烈的金色阳光透过玻璃窗照射到了黑色的电脑屏幕上。办公桌上的绿萝吸足了阳光，正悠闲地野蛮生长，与B市早高峰的快节奏格格不入，又异常相融。

于筱冰提前去把办公室打扫了一遍，然后就坐在工位上开始学习黄科长发给她的那些PPT资料。

二十多分钟后，办公室里陆陆续续来了人。赵思静看了看四周，拉开椅子放下包，看着于筱冰说："冰啊，你又打扫了办公室啊？"

他们科室里有重要合同文件以及账单资料，一直都是内部人员轮班打扫，清洁人员只清理公共区域。不过自从于筱冰来了后，其他人都发现办公室里干净了不少，拿着扫把都感觉没用武之地。

大家当时还讨论过一波，后来才发现，哪里是办公室的脏乱速度变慢了，其实是于筱冰爱干净。

赵思静看着办公室里一尘不染的犄角旮旯，忍不住咋舌："你真是太便宜我们这些人了，我们现在扫地都跟做样子似的。"

于筱冰从PPT上收回视线，揉了揉自己有些发干的眼睛，转头看向了赵思静，解释道："我就是整理桌子的时候顺手收拾了。"

赵思静一脸感叹，拍了拍她的肩膀："真羡慕跟你住一块的人，太省心了，你每天都把家收拾得干干净净的。我遇到的都是比我还不爱收拾的人，尤其是我现在的室友，东西多又特别爱乱堆。"

于筱冰也抬手摸了摸她放在自己肩上的手："那你把我带回家吧，给我口饭吃就行。"

赵思静被逗得直笑，差点抱着她的脸啃她一口。

"对了，思静姐，你能不能帮我看下购物车？"于筱冰打开手机递给了赵思静，她想买点新衣服相亲的时候穿。

赵思静接过来滑动着看了看，嘴巴都扁下来了："怎么尽是些不显身材的啊？你买点修身的衣服穿呀！"

于筱冰有点尴尬:"我本来就没什么身材,身上一捏都是肉。"

"肉多抱起来多舒服啊!你懂那种皮薄馅儿大的感觉吗?你骨架小,看着其实跟班珍的身材差不多,她穿着都很好看的。"赵思静说着拿出自己的手机,给班珍发了微信过去,"刚好她今晚叫我出去吃饭,咱们一起去吧,吃完就去逛街,我让她给你参考。"

于筱冰刚好认识班珍,对她的印象也很好,没太多抗拒的感觉:"她没意见的话就好。"

"嗯,我问问她。"

于筱冰九点整准时开始上班,又开启了新一天的工作。

赵思静今天开始教她审批结算,于筱冰拿着小本本全记下了,把赵思静说的不能出错的点、需要核对的数据,甚至是主办部门意见的填写话术都抄得整整齐齐。

"你真的好像小学生。"教完她之后,赵思静越看越觉得她像个孩子,做什么都认真、一丝不苟,就连字都一笔一画地写,不爱连笔。

"对,我打游戏的时候也经常被人问是不是小学生,说我的操作特别烂。"

于筱冰批了一上午结算,中午匆匆吃了几口饭,下午又开始统计汇总领导需要的一份数据,在工作群和多个聊天窗口中切换。

五点整时,于筱冰堪堪做完手里的事,她有种活在梦里的不真实感。这里不用加班,还能过双休,比之前那份忙到凌晨三四点,睡一会儿再匆匆起床去赶图的工作轻松多了。电影制作组没有法定节假日,忙的时候是黑白颠倒、不分晨昏昼夜。但眼下突然轻松下来也是有后遗症的,她都不知道自己有这么多时间之后该干什么了。

班珍临近下班才给赵思静回了信息,她说她那边没问题,最后三人在楼下集合,一起去一条比较有名的商业街吃饭、逛街。

第二章　旧人再遇

五点的地铁虽然还是没有位置坐，但好歹她们都找到了能靠着的地方。

出地铁后，周围人潮汹涌，都市气息扑面而来，路上随处可见穿着时尚、步伐匆匆的年轻人。身边的大楼彩灯引人注目，顶上的LED屏在不停转换着广告与图案。

赵思静摸了摸肚子，开始念起了经："好饿啊，去吃点什么吧？"

"你们想吃什么啊？"班珍有点心不在焉，她一路上都在给人发微信，时不时还发几条语音，好像在说工作上的事。

于筱冰初来乍到，也不知道有什么好吃的地方，她看向赵思静，赵思静一脸无奈，又看向了班珍。

"珍珍，还是你推荐一下吧，我平时都不怎么来这边吃饭。"

班珍这才将视线从手机上移开，想了一下，说道："这附近有家烤鱼，裴总以前领我去吃过，他还挺喜欢吃鱼的，说那家做得格外好吃。"

"裴总这么爱吃鱼的人都说好吃？那咱们快走吧！"

赵思静关注的重点都在鱼好吃上面，于筱冰却有点愣住了。

以前有一次她给裴译做了盘鱼，他基本没吃，问他怎么不吃，他说刺多，不喜欢。于筱冰就帮他把刺全挑了，把鱼肉递给他，裴译不知为何沉默了好长时间。

于筱冰只记得自己当时很紧张，以为裴译不喜欢她这么献殷勤。

他都说了不喜欢吃了，有没有刺只是他随便找的一个借口，可她还在那里给他挑刺，让他吃鱼。

但他最后还是把那盘鱼都吃掉了。他身上一直都比同龄人要多一份懂得照顾他人感受的细腻。这让于筱冰觉得自己对他做的那些事都很不好，她当时每天反思得最多的就是自己的行为有没有让他觉得勉强。

她心里装着事，心不在焉地跟班珍和赵思静一块去了那家烤鱼店，现在正是饭点，人有点多，需要排会儿队。

055 ♥

班珍总算处理完工作上的那堆事了，随意往玻璃窗口看了一眼，结果一眼就在上次的位置上看见了一个眼熟的背影。她直接把旁边两人叫上一块进去了，听见门口的服务员俯身问道："您好，请问您是用餐还是找人？"

"找人。"班珍匆匆说完就往里面那个位置走，等靠近之后，于筱冰也看清那个独自一人吃饭的是谁了。

"领导！这么巧，您也来这儿吃饭了。"班珍大大方方地走到他桌边，笑道，"您这里刚好四人桌，让我们三个来蹭个桌呗？"

"你自己……"裴译今天的气压本来就有点低，他抬起薄薄的眼皮正要开口说点什么，结果眼角余光又瞥见了站在后面的于筱冰。他收敛了自己目光中的锋利，即将出口的话像是又硬转过了几个弯："……找地方坐吧。"

他答应了。

于筱冰坐下的时候因为拘谨，所以第一时间坐在了赵思静身旁，结果一抬头就看见班珍坐在了裴译旁边。脑子转过来后，她有点后悔。

班珍脱掉外套后，周围出现了一股很甜的淡淡的香味。

"谢谢领导，领导人帅心善，您人怎么这么好呢！"

班珍穿着一条棕色的麂皮绒长裙，外面套着件大衣，裙摆晃动间，长卷发也很有美感地搭在她雪白的肩颈和胸口，她是个从头发丝到指甲盖都很精致的女生。

于筱冰坐下后就低头玩手机。她看着自己购物车里那些不精致又没型的衣服，手指动了动，最后还是把它们都删掉了。

裴译脸上没什么表情，他挽着衬衫袖口，夹了块鱼到碗里，指节分明的手指就连拿筷子夹菜都让人觉得赏心悦目："你们想吃什么都自己点。"

班珍一下班就跟裴译没大没小的，一脸兴奋地问："领导，您是不是要请客啊？"

"嗯，我请。"

没想到周五下班出来玩还能蹭上一顿吃喝，赵思静连忙跟着对面的班珍一起连连鼓掌。

"好人有好报。"赵思静十分笃定地说道。

"裴总一生平安。"班珍跟着她附和。

于筱冰感觉自己好像也该对裴译说点什么，可当她抬头看着那两个一点包袱都没有的女生，嘴里无论如何都说不来任何场面话，只能很生硬地对他说了句："谢谢裴总。"

她们稍微点了些吃的，就开始聊起了天，说的大多都是工作上以前共事过的那些人。提起一个名字总能有人接上一串事迹，但于筱冰一个都不认识，完全插不上嘴。后来她们又开始聊考一级建造师、考注册会计师的事情，于筱冰听到了熟悉的词，终于忍不住开口搭话了。

"一建很难考吗？我以前有个同事就是学土木的，他说他考了几年都没考过，后来就转行来画画了。"

"难啊，我二建过了，但一建是真的考了几年都没考过。"赵思静悲愤地哀号。

班珍这会儿乐了："还好我们干财务的没有那个世俗的欲望，也理解不了那个痛苦，是吧裴总。"

裴译靠在椅背上，长腿没法伸展，感觉有点无处安放。他正散漫地听她们说话，被班珍问到后，扬起嘴角轻笑一声，眼神里带了点调笑的意味："确实不知道，我一年就过了四门。"

"我……"赵思静没忍住说了句脏话，反应过来后连忙摆手道歉。

"抱歉裴总，我没有冒犯您的意思，就是您这学习能力也太让人服气了，关键您平时工作这么忙，您哪来的时间啊？"

"没那么夸张。"裴译垂下眼皮，语气淡淡的，"我一个人住，下班后很闲，晚上只能自己给自己找点事情干……就多学了点东西。"他侧脸轮廓的线条流畅干净，但那双眼睛不知道是在思考还是在自嘲，右侧眼尾下方的小泪痣给他整个人都添了几分性感。

她突然又想起了他不小心留在房间里的领带，那股冷淡的气息仿佛还萦绕在周围。

于筱冰忍不住想喝点水。她尽量降低存在感地抿了几小口，又把水杯轻轻放下了。

"可是领导真不考虑一下找个女朋友吗？您这么一大帅哥，结果晚上光用来考证了，简直浪费良辰美景。"班珍将胳膊搭在了桌面上，手撑着自己的脸，看着裴译直眨眼。

她那双大眼睛看着很灵动，今天的妆容在餐厅的灯光下也正合适，怎么看都是个美女。

裴译拿起杯子，薄唇贴上去喝了口水，随着喉结滚动，他突然低头，弯起唇角笑出了声。

咽下那口水后，他的嗓音听着都清冽了不少："赶我去找女朋友，自己每天晚上都在办公室里看书，凌晨一两点才睡觉，班珍，你想篡我位是吧？"

"对对对，我就是要篡位。你快去找女朋友，不然这么多女同事看着你，都静不下心来好好上班。"

赵思静听着这话，眉头直接皱成了八字："珍珍你想篡位还敢当着面说出来啊？明天裴总就打电话找人把你调到海外事业部去。"

裴译放下杯子，靠在椅子上笑，动作中颇有几分成熟男人的气定神闲："是吧，记得叫班珍从非洲回来的时候给你们带点当地特产。"

班珍眼见自己就要被打包丢去非洲了，连忙转身拍裴译的肩膀想安抚他。

"开玩笑！开玩笑！裴总长得这么好看我怎么舍得篡位，对吧裴总。

裴总好像比我小吧？我出于人道主义关心一下，咱们裴总打算什么时候结婚？什么时候要小孩？"

"我三十岁离异带俩娃，再问这顿饭我不请了，你自己结账去。"

年轻领导侧目看向一旁，很明显不想再参与这个话题。他出门应酬的时候被挨个儿问完了，没想到自己出来吃个饭还要被盘问。

赵思静在旁边笑个不停，于筱冰也一直保持着微笑。

可当于筱冰看见班珍笑到扶着他的肩膀把额头抵上去时，那笑容慢慢就又没了："我去下洗手间。"

她直接起身去了拐角，到了完全隐私的空间后，才低头平复起了自己的呼吸。她不知道自己到底是怎么回事，明明已经跟裴译没有任何关系了，可现在看他跟同事聊天说笑，心里居然会有种发酸的感觉。

她不想看见自己的初恋跟别的女人关系这么亲密，也不想让自己最想得到的人成为别人的。

这个想法虽然卑劣，可理智上她又很清楚，她现在连吃醋的资格都没有。而且裴译和班珍说话时其实并没有那种恋爱的暧昧火花，是她这个旁听者的内心过于敏感。

她想和裴译有这样的健康关系也不是不行，她只要再活泼开朗一点就行了，可她做不到。

于筱冰就这样硬生生地把那股醋意压了回去，低下头用手掬了一捧水洗了洗脸。

她沉默地看着镜子里的自己，整理了一下形象，感觉脸上好像没什么气色，想咬咬唇让嘴唇变红一点，但反复试了几次后，她确定了这是个蠢想法。

上次聚餐从洗手间出来后，他在外面的过道等她，不知道他到底想说什么，她当时太慌了，都没敢听。

于筱冰在心里反复叮嘱自己：不要去想那种事，千万不要去想。就算他这次真的又来找你了,你也不知道该怎么应对他。

可等她真的走出去后,看到外面空无一人,心里那种空落落的感觉反而变得更强烈了,他好像真的很喜欢跟班珍说话。

裴译以前在她面前从来都没有这么开过玩笑。他没有像今晚一样笑过这么多次,也没有表现自己头脑聪明的欲望。于筱冰想着干脆回去算了,甚至都拿出手机开始纠结该怎么给赵思静发信息了,但她就这么一路思考着,双脚最后还是诚实地走回去了。

她真的很不会应对他,但平时在公司里也是真的很少见到他。

这次回去坐下后,于筱冰就不再说话了,低头默默吃鱼。

她刚才去了趟洗手间,这边似乎也没有再聊什么别的话题,只有班珍和赵思静还在时不时说几句最近工作上遇到的事。裴译早就吃完了,但不知为何没有走,而是等她们也吃得差不多之后,才放下了一直拿在手里揉弄的纸巾,抬眼看过来,开口问道:"吃完要不要我送你们回去?"

"不用了裴总,我们待会儿还要陪筱冰去买衣服,帮她改改风格。"

裴译闻言看了于筱冰一眼,于筱冰直接就被呛到了,握着筷子整张脸都红了。被呛到气管很难受,但是她怕惊动更多的人,所以竭力强忍说"没事",可眼睛还是止不住地湿润了。

裴译把手伸向了身边还装了半杯水的杯子,可在他的指尖碰到之前,班珍就已经开了瓶矿泉水放到了她手里:"喝点水。"

"谢谢。"于筱冰捧着瓶子喝了好一会儿,这才感觉好点。

裴译看着她眼眶里的潮意逐渐消退,漆黑的眸子里多了些难以言喻的情绪。他兀自看了一会儿,眼睛垂下来,视线落入了阴影中。

"怎么突然想改风格?你现在这样不就挺好的。"

于筱冰一时间没反应过来他是在跟她说话,正想着自己该怎么回他,班珍也搭上话了。

"老实说我也觉得你这样很好,不就相个亲吗?犯不着改什么,你是不知道那谁小毛病可多了,单据上溅了滴油拿去让他签字,他能当面给你撕了让你拿去重新打印,在办公室里还不许我吃零食!"

班珍越说越愤慨,激动得直接拍桌:"饿了不都得吃东西吗?结果他看见一次就讲我一次。以前梁姐还在我们科室当正科长的时候,她从来都没说过我,甚至还买了跟我一块吃。"

"你是说郭义翔?"裴译打断她,这么问了一句。

班珍连连点起了头:"是啊,就是他,我瞅着跟他相亲的还个个都是美女,都不知道美女怎么会看上他这种人!筱冰,你刚进公司,我必须给你一句忠告,对咱们公司里的这些臭男人就不能哄着,你越哄他还越嘚瑟。"

为了相亲去买衣服改风格的事就这样被曝光了,于筱冰浑身就像被泼了桶冰水,又立刻被浇了盆热水。也不知道裴译会怎么看她,她刚到公司不久就开始找男人,还搞得这么处心积虑的。

结果那边安静了片刻,根本就没有提这件事。裴译的声音冷了不少,话出口时语气完全是严肃的:"班珍,你有问题可以直接去找郭义翔反映,别拿到外面说。"

眼见裴译突然情绪不对,班珍自知说错话了,立马道歉求饶:"裴总,您大人有大量,千万别放心上!"

想到自己刚刚口不择言时,身边好像就有这么一名被她误伤的裴姓男子,班珍连忙又义正词严地补充道:"还有一点我刚才说漏了,要是去见裴总这样的,那怎么打扮都不为过,怎么哄能让他高兴就怎么哄,他这样的男人要是能哄回家当老公那就太妙了。"

班珍很厌地又说:"毕竟你看裴总的基因这么完美,裴总身高有一米八八呢……对吧?裴总值得,以后跟他生个小孩抱出去那必须是全小区最靓的崽,隔壁郭义翔估计都得羡慕死了。"

裴译听后说道:"好了,你不要说了。"

吃得差不多后,裴译去结账了,她们本来打算一起去逛街,但出门时确实没想到会在外面碰见领导,这顿饭吃得时间有点长了。班珍倒是精神饱满,说歇会儿就去买衣服。可于筱冰今天的精力已经在这场饭局里被提前透支了,没力气再去做任何事,只想洗洗睡下。

"我有点吃多了,现在试衣服应该不太准,要不还是算了吧?"于筱冰说完借口之后,看着班珍又说,"而且我觉得你说的话很对,我这样挺好的,用不着为谁去改变我自己。"

虽然嘴上这么说,但于筱冰其实是灰心了。好看的女生尚且不能光靠外貌和身材获得喜欢的男性的青睐,她本来条件就一般,只会更艰难。况且裴译也说她这样挺好的,虽然他可能只是随口一说。

班珍一听于筱冰居然被她说动了,连忙伸手拍了拍她的肩膀,露出一脸"就该这样"的表情。

"你能想明白就好,男人千万别惯着,尤其是对郭义翔!他特别喜欢上纲上线,老爱揪着一些奇奇怪怪的点不放,经常自己在那儿纠结。"

于筱冰有些尴尬:"他跟我没什么关系的,我们还是别说这些了。"

赵思静看出于筱冰不太能应付班珍说的这些,于是低头看了眼手机,打断了她们:"那咱们就撤吧,都九点多了。"

"撤。"

几人收好了随身携带的东西,起身开始往门口的方向走。

裴译在外面抽烟,他挺直的背影仿佛被淹没在 B 市的夜色里,某个瞬间很像被光影剪裁过的电影画面,腕骨上的黑色表盘很明显,指间夹了支燃烧过半的香烟。

于筱冰注意到他夹烟的那两根手指微微弯曲,指甲修剪得干净整齐,十分好看,而且这好像就是那天早上她在电梯里看见的那只拎咖啡的手……

莫名想到了一些不该想的,她仓促地低头,看向了旁边的小花坛,耳边都在嗡嗡作响。

"裴总,您自己开车来的吗？"赵思静是蹭车专业户了,一见裴译就开始疯狂眨眼睛,"方便的话,要不您把我们一块捎回去吧？"

"你们都走吗？"他问道。

"对啊,筱冰不买衣服了,就为了跟郭义翔出去吃个饭,哪有那必要？她出门前洗个头就行了。"

班珍说话就比赵思静直接多了,但是她这大胆直爽的模样又让人讨厌不起来,周围人都知道她没存什么坏心。

"嗯。"裴译扬了下嘴角,很轻地应了声。他抬起手腕在门口垃圾桶的石子上灭掉了指间的烟,"我去把车开过来,等我一下。"

"好嘞。"班珍连忙答应下来。

没等多久,一辆黑色朗逸驶了过来,赵思静认出了裴译的车牌号,忙招呼于筱冰一块上车。

两人一起坐在了车后座,班珍上了副驾驶座。

车内没什么特殊气味,也没有任何挂件摆饰,班珍刚系好安全带,看向裴译又开始聊起天。

"领导,公司给您的公车配的是司机加帕萨特这我非常能理解,但您私车开朗逸也太低调了吧。这车能有家里一个车位贵吗？去年刚来的财务实习生都开保时捷卡宴上下班了。"

裴译把手放在换挡杆上顺势挂了个挡,然后握住方向盘,语气随意:"能开就行。"

他说着已经将车开到了停车场门口,抬手缴了停车费。

于筱冰对公司内部领导班子的用车讲究其实并不太懂,她也没想过裴译因为主管财务上的事,所以很多地方都比别人更敏感。

裴译从窗口里伸出去的那只手，每一根都指节分明，在等待对方反应的过程中稍微往下垂落。

腕骨和手背上面有微凸的青筋，他的手看起来细长又白净，跟以前一样吸引人的目光，再多看几眼就会很想和他牵手。

车上高架桥后风声开始变大，冰凉的夜风从空旷的城市倒灌进车里，耳边尽是两侧车辆疾驶而过的呼啸声。于筱冰侧头看着夜景，被风吹得有点睁不开眼睛，正犹豫着要不要手动关个窗户，眼前的车玻璃突然就慢慢升了上去。她下意识地收回视线，目视前方，结果在后视镜里看见了自己的眼睛。

就在班珍吐槽完小实习生开什么车后，赵思静也开口说话了：“珍珍，有件事我觉得很奇怪，怎么我都没听说筱冰要跟郭科相亲，你就已经知道了？难道说公司现在有人在传这事？”

班珍坐在副驾驶座上摇头：“没有啊，是我们科室的小道消息啦。不过冰冰，我感觉郭义翔确实挺喜欢你的，他亲自去找胡科长打听你来着。”

"不是吧？！"赵思静嘴巴立马张大了。

于筱冰一脸蒙地看着正激动地摇晃她肩膀的赵思静，完全不知道该说什么才好。

"我那会儿听郭义翔说，你之前在G市做了七年的动画电影，还是从G市美术学院毕业的，他说那个学院是八大美院之一，你的水平应该很不错啊，为什么要转来干这行啊？"

于筱冰吞咽了一下口水，垂头说道："就是腻了，不想做了。"

班珍也没深究："咱们局集采中心那个程贤的妹妹以前是不是也想学画画来着？"

赵思静接话道："对，她妹妹上次不是来咱们这边的经营科实习吗？

那会儿就说过程贤以前不准她学画画,想让她去学造价,她虽然听话去学了造价,可画画一样没耽误呢。"

"程贤真烦人,对自己妹妹管那么多就算了,还盯着我们领导不放。"

班珍伸手烦躁地搭了下细长的耳链,顺便将自己挂上的头发也弄了下来。

"我们财务就裴总这么一个大帅哥了好吗?!这都抢,她们局里是没别人了吗?能不能给我们干财务的留个念想啊?"

赵思静听她在那儿怨声载道,忍不住反驳:"准确来说,裴总不是你们财务的好吧,三总师分管咱们公司所有科室,他是大家的,你们科室要是敢独占,我敢保证王薇薇第一个打车过来暗杀你。"

不过说着,赵思静也叹了口气:"程贤长得确实很美,有人说她是小王祖贤。"

"对对对!"班珍没忍住插了嘴,"而且她还是名校毕业的,真是人生赢家。她要是再找个像裴总这样的老公,那这辈子真就完美了!"

班珍说着又开始八卦起了正在开车的裴译:"裴总,您对程贤真没感觉吗?大家都说你俩挺配的,就连读的大学都刚好是S市双子星。"

上车后始终保持沉默的裴译总算开了口,他"嗯"了一声,语气中听不出什么情绪:"我们不太合适。"

"你们试过吗?"

车内的气氛一瞬间像凝固了一样,于筱冰沉默地坐在那儿,感受到了自己胸腔内沉重的心跳声,还有从喉管里传来的窒息感。她低头看着自己的手指,反复揉弄起来,上面还有常年画画留下来的茧。

裴译转动方向盘过了个急弯,车驶入匝道,远处塔楼顶端的明黄灯光被逐渐甩在了身后。

"也不算试过,但确实不合适。"

听他说完,于筱冰把嘴唇微微抿起来,目光也垂了下去。

不算试过，那就是还差一点就算试过了。

她依然反复揉搓自己的手指，但除此之外就没有任何反应了。

这个话题在被当事人连续两次很肯定地否认之后，好像也没了再继续八卦下去的必要了。

安静了一会儿，班珍嘴巴又歇不住了："说真的，最近算账算得我直掉头发，老大你今年也三十岁了吧，怎么还没见你掉头发啊？而且你算那么多账，你不比我更容易掉头发吗？"

"醒醒，你老大本科读的是 S 市交大，还是管理学院的 MPAcc（会计专业硕士），他算账能跟你这半路转行的一样吗？而且珍珍你明明才是全公司头发最浓密的吧？"赵思静说着指了指自己可怜的发际线，叹了口气，"我都快秃成清朝阿哥了。"

大概是赵思静的发际线确实有点危险，班珍最后只是叹了一声："其实我以前头发比现在还密……对了，冰冰，你们学画画的帅哥多不多啊？有没有那种特别帅又特别有气质的？搞艺术的一般不都挺潮的吗？"

于筱冰突然被班珍点到名，终于抬起了沉默已久的头。她本来想说都是些宅男，可话要出口时，她又莫名地想到了前男友。哪怕陈璟总是一副懒散没睡醒的样子，也没法说他的脸长得不好看，虽然跟他已经完全分道扬镳了，但于筱冰还是坦白承认了这点。

"也有好看的……但不是都那么有个性，大多数都挺宅的，喜欢打游戏。"

"那你有没有跟搞艺术的帅哥谈过恋爱啊？"

班珍猛地扔了这么个问题过来，于筱冰人都有点蒙了。她心绪凌乱了一会儿，不知道该怎么组织语言。

他们在一起六年，陈璟没有碰过她。他其实看不上她这样的，却说要在那个电影项目结束后就和她结婚。现在再看当时的场面，感觉就像笑话一样，他只是缺个能悉心照顾他的保姆。

眼见于筱冰肉眼可见地沉默下来了，知道她婚前被男朋友背叛的赵思静赶紧帮忙打圆场，替她解释了起来："其实筱冰去年都快和她前男友结婚了，后来没成，那男的婚前出轨，渣男，对她一点都不好。"

"啊？"班珍自知失言，抿了抿嘴，还伸了只手过来想要碰她，"冰啊，对不起，我是不是戳你痛处了？"

"没关系。"于筱冰也捏住班珍的手指揉了揉，接受了她的安慰。

班珍又开始聊起了感情方面的事，说自己身边的一些朋友怎么遇见渣男，跟赵思静越聊就说得越多。但于筱冰却再也没有开过口，她和裴译在车里安静得就像两个不存在的透明人。

车内空调的温度早就上来了，于筱冰脸上和后背都有些冒汗，一阵阵地发热。她被闷在裴译的车里，手心湿湿的，没忍住在裤子上轻轻擦了擦。

程贤长得像王祖贤，那应该是真的很好看，还是从名校毕业的大美人……他们为什么没有走到一起？那个女生知晓他那些不为人知的小习惯吗？还是说就连条件那么好的女生，他现在都看不上了？

等红绿灯的时候，裴译放下车窗，点了支烟。

终于有一丝凉风溜了进来，身上的汗水被骤然一吹，于筱冰感觉又清凉又舒服，自己沉闷的胸口都变舒服了些。

她抬起了头，透过班珍身边的玻璃看见了驾驶座的画面。裴译把袖子挽到手臂上，一截干净结实的胳膊搭在车窗的位置，闪动着火光的烟头随着夜风刮过，在他夹住香烟的手指间明明灭灭。即使开了窗户，那股淡淡的烟味也还是飘到了车里。于筱冰喉咙发痒，不适地捏住嗓子。她忍住了想咳嗽的冲动，结果吞咽时却突然被自己的口水呛到了。

班珍听到她的咳嗽声，不由得开口道："老大，您照顾一下车里的女士吧，大家都吸着您友情赠送的二手烟呢。"

裴译低声说了句"抱歉"，直接用手指把烟掐灭了，声音不知为何有几分疲倦。

于筱冰耳根发烫，手指放在裤子上面搓动着，莫名地有点想笑话自己。

　　她有时候也会想，她家里好像也都是些这样的人，就像以前看见父亲专门花了一百多块钱买了块有证书的假表，戴着在工地颠勺。

　　于筱冰想满足父亲的愿望，发工资后就给他买了一块真的，也就五千多块钱，结果父亲非逼着她退掉，那态度强硬得就好像她做错了什么事一样。

　　在工地颠勺的人，怎么能跟当领导的戴一样的手表？

　　她也跟家里人一样，不敢用真的好东西，可心里又总念着，所以就找些假货来当替代品，以满足自己对美好事物的觊觎之心。这段人生好像从一开始就走错了。

　　车里的烟味慢慢散掉了，于筱冰终于不再憋气了，用力地大口呼吸起来。

　　她放下了捂着嘴的手，彻底拒绝了他的味道，那缕垂落在耳边的发丝，贴在她因为过度控制呼吸所以显得绯红的脸上。

　　她的前半生已经过掉了，如果后半生还是这么浑浑噩噩的，那她这一辈子就真的要被毁了。

　　她现在唯一能做的事，大概就是好好去面对明天的相亲吧。

　　第二天，于筱冰赶早起来，自己跑去商场里挑衣服了。她想着以前去参加一些交流会时的穿着，给自己买了一条及膝长裙，配了根腰带，一套下来穿着很合身。

　　于筱冰最后跟郭义翔约在了一家西餐厅吃饭，他穿得很休闲，有点日式男生的干净利落感。于筱冰也稍微化了点妆，考虑到他的身高，最后去买了一双平底鞋。

　　饭后两人一块去轧马路，于筱冰有点拘束，但郭义翔感觉还挺正常。他很健谈，说来说去，最后又说到了于筱冰之前为什么要辞职那件事情上去了。

"我觉得你们画画的女生都很有气质,感觉干干净净的,又很小清新,你怎么辞职来干这行了?"

于筱冰能感觉到郭义翔对画画的女生有好感,最后还是对他换了个借口:"那份工作加班太严重了,这边要好一些。"

郭义翔也点了点头:"这边加班是少,不过咱们公司也确实难进,你知道项目部上的作息安排吗?一个月两天假,基本上都是连上半年班,然后一口气请七八天假回去探亲。"

于筱冰眼睛都睁大了:"还能一口气上半年班不休息?"

"是啊,我以前就在项目部上干过财务,还有一些项目经理要求所有人每晚都加班到十点,活儿干完了就在工位上学习,干工地真的挺累的。"

说着,他又看向于筱冰:"其实项目部上有很多经验丰富的物设人员,他们都没法进公司工作,你叔叔对你真好。"

于筱冰不知道该说什么,脚步稍微慢了点,从盲道上走上了旁边的步道砖,勉强接话道:"确实都靠我叔叔。"

"欸,那你叔叔现在在二局那边发展得怎么样,还挺好的吧?"

"我不太清楚。"

"你平时都不跟他联系的吗?"

"对,也就过年的时候见个面什么的。"

郭义翔皱了下眉,说道:"我以为你跟他关系很亲近呢,我进公司那会儿于总还在这里工作,感觉他挺铁面无私的,都不怎么给人走关系。"

于筱冰想起自己退婚这事出来后跑去加油站上班,叔叔过来联系她,估计是看她可怜,但她不知道该怎么跟郭义翔说这事。可相亲就是奔着结婚去的,这个男人以后可能会成为她的丈夫,现在瞒着他这些,以后回老家结婚的时候,他总能知道。她还是选择告诉了郭义翔。

069

"其实我之前有个男朋友，谈了六年，快要结婚了。"

郭义翔本来挺放松的表情突然就有点不太对了，他神情一滞，然后转头看向了她："谈了六年？"

"嗯。"她点了点头。

他伸手按了按自己的喉咙，吞咽了一下，嗓音微微有些哑："那后来为什么没结婚？"

"回家见父母的时候，他跟我初中最好的朋友在一起了。"

郭义翔转头看向了旁边，深呼吸了几下，好一会儿都没说话，直到两人走到刚才约好的电影院前时，他才总算又问了一句："那你父母呢？他们也都在建设公司上班吗？"

于筱冰摇摇头："我爸以前在工地上当厨师，我妈就在学校旁边开小书店。"

郭义翔不再问她的事情了。他又跟她一块去看完了吃饭时已经买好票的电影，取了爆米花出来，不过最后两人都没怎么吃。

相亲结束回宿舍时，于筱冰感觉自己的脚后跟都被新鞋磨破了皮。

于筱冰去楼下大厅取了个快递，等电梯时，刚好碰见了班珍和财务的另一个小姑娘。

班珍一见于筱冰连眼睛都亮了，上下打量了她一下，评价道："不错啊小妞儿，你的发型要是换一下就更好了，剪个齐刘海、过肩发，你看，就让理发师给你剪到肩膀下面一点点。"

于筱冰露出了笑，把从电影院里抱出来的爆米花递给她了："你们吃吗？这个有点太甜了，我吃不完。"

班珍连忙接过了，笑道："我就喜欢电影院的爆米花，其他地方买的还没那味儿。"

小姑娘站在班珍旁边，满脸八卦地问道："跟郭科相亲的感觉怎样啊？郭科人好吗？"

于筱冰愣了愣，感觉郭义翔后来话一直都有点少，有点不太能理解他在想什么："他人挺好的。"

班珍拈了两个沾上焦糖最多的爆米花，说道："一般不都吃顿饭就结束了吗？你看他又是跟你看电影又是给你买爆米花，肯定有那个心思追你。"

小姑娘也连连点头："咱们公司经营科的李荣，也是去年领导介绍相亲，认识了局里审计的一个人，今年二月就看到他们在朋友圈晒小红本了，说不定你跟郭科就是下一对。"

于筱冰笑了一下，很安静地听着班珍和小姑娘继续聊公司里的事。

回宿舍后，她把身上的新衣服换下来手洗了，然后又把房间打扫了一遍，刚闲下来，家里就给她打来了电话。

于筱冰拉开落地窗，走到小阳台上背靠护栏，感受着傍晚的夕阳和微风，接通了电话。

"喂，妈妈。"

"我听你叔叔说你领导给你安排相亲了啊，好像还是干财务的？你见了吗？人怎么样？"

于筱冰刚接起电话就被一连串问题轰炸，不由得按住了手机："他人是挺好的，就是我不太清楚他心里怎么想的。"

"这是什么意思？"她妈妈也愣了一下，"你们双方要是都觉得合适，继续聊下去不就行了？"

"不知道怎么说。"于筱冰转过身看着楼下的绿化带沉默了很久，总算又开口了，"他家里条件挺好的，爸爸是大学物理教授，妈妈是医生，家里有房有车，他自己还是重点大学毕业的。"

"怎么，你觉得他看不上你？"

"嗯。"于筱冰点点头，捂着手机，盯着楼下一个抱着小孩的老太太发呆，"我觉得他能找个更好的。"

"你上一个男朋友的条件不是比这个还好吗？谈快六年了吧？他那么好的模样你还没看习惯吗？之前都要跟你结婚了，你当时要是嫁过去以后就什么都不用干，直接上 G 市当包租婆收收租就行了，他家里那么多套房子。"

妈妈的语气里多了几分埋怨她的意思："不是我说你，你又不是找不到好的，怎么老是这样想？你这条件可以了，个子算高的，学历可以，长得也不错，就是被人耽误，年纪大了。我要是有你现在的一半条件，当年就不会嫁你爸了。"

于筱冰原本头都要低到胸口上面去了，听妈妈这么一说，心里好像有了一点勇气，但又总觉得妈妈说得不对："我哪有你说的那么好。"

她跟陈璟又不是正常谈恋爱，她只能谈点不正常的恋爱，人家才能看得上她。

"我知道，你就是觉得家里太穷，但我们又没要你给钱靠你养，你弟也争气，他在大公司上班，还天天帮你说话让我们别老催你结婚。你就自己好好找个男朋友，我跟你爸还说好，等你将来结婚的时候要再给你贴二十万的嫁妆。"

妈妈在那边絮絮叨叨地说了一堆，于筱冰听她讲话，心里一阵酸涩，最后还是点了点头。

"我尽力吧，我也不知道跟他能不能成。"

"嗯，你要多笑，别老在别人面前苦着张脸，在外面照顾好自己的身体。"

"知道了。"

挂了电话，于筱冰靠在栏杆上，半张脸都埋在了胳膊里。她看着眼前的风景，心里说不上来是什么样的感觉。

第二章　旧人再遇

妈妈说的那种生活她原本也是可以过上的吧。找个上进点的男生开始谈恋爱，然后跟他结婚，在没超过大龄生育年纪前抓紧生一个孩子。一家三口幸福平静地过过小日子，逢年过节再开车去看望一下对方父母，那样的生活真的很好。

如果她没有遇见裴译……她的人生肯定就会变得完全不一样了。

周一早上下了一场小雨，天气突然凉了下来，温度骤降了十二三摄氏度，迎来了一场倒春寒。

于筱冰在身上加了件宽松的牛仔外套，双手还是冰凉的。

她在桌前检查赵思静交给她的一堆文件，胡科长突然拎着公文包从办公室里走了出来，往她桌上放了一份单子。

"筱冰，我得去外省出个差，有笔差旅费的单子你帮我报一下吧，我的浪潮账号跟密码你问邵婷要一下，还有以后科室的资金计划就先暂时由你来上报，让邵婷教你做。"

"啊，好。"

整理完手上的活儿后，于筱冰去了邵婷的工位，询问起她关于资金计划的事。

邵婷跟她解释了一下，这并不是一个很复杂的活，等到了提交时间财务会在群里通知，她就问问自己科室的人有没有需要报销或支付的项目就行。不过比较麻烦的一点是，除了要在财务共享软件上编写计划以外，还得把资金计划汇总打印在纸上，找几位领导签字，其中也自然包括裴译。

邵婷离开后，一旁的周启宇也凑了过来，拿了几张票放到于筱冰的桌子上。

"筱冰，我这儿有几张油票，还有给项目购车辆上保险的发票，麻烦你一块帮我报一下吧，行吗？我最近事太多了，有点忙。"

于筱冰愣了一下，说："我没有弄过这个，不太会。"

"没事，你就这样……"

周启宇又在于筱冰电脑前教她进行了一番操作，每一条都说得很详细，听完后于筱冰也差不多弄明白了。

"麻烦你了啊。"他教完于筱冰之后，拿上外套就出去忙了，留于筱冰开始独自整理桌上的一堆票。

这些天郭义翔都没有再理于筱冰，前天晚上她洗过澡给他发了条消息，问他周六要不要出去吃饭，他到现在都没有回。

等到了上报资金计划的节点，邵婷跟她一起统计好了需要报销的内容，又将纸质版的计划打印出来，拿去找领导们签字。于筱冰先找自己部门的人签了，胡科长不在就由黄科长代签，而下一个需要签字的人就是郭义翔。她算是鼓足了勇气，去财务那边找到了郭义翔。

上周一块吃过饭，他看起来还是跟之前一样，在等他签字的时候，于筱冰开口小声问他："你看微信了吗？我给你发了消息。"

她的声音落在空旷的办公室里，显得格外明显，郭义翔低头把笔盖合上了，将签好字的资料交给她："看过了，有点忙，抱歉没有回你。我可能得去外省出趟差，这周六应该回不来。"

"好，没事。"于筱冰拿着资料准备走。

郭义翔看着她的背影，没忍住又开口道："等我回来了再说，行吗？"

于筱冰停下来，回头看了他一眼，点了点头："嗯。"

从财务那边出来后，于筱冰站在走廊上沉默了一会儿，看着手里的单子不知该如何是好。

下一个需要签字的是总会计师。她抬眼看了看走廊上的灯，抿了下嘴唇，最后还是拿着资料按电梯上了楼。

于筱冰有点踌躇地走到了裴译的办公室前，听到里面有谈话的声音。

门没锁，于筱冰往里看了眼，里面起码有四五个人，人手一只茶杯，正在聊天谈事情。不知是侥幸还是失望，总之她还是先回去了。之后一连两天，于筱冰每次去找裴译都很难见到他，他要么看起来很忙，要么就是人不在办公室。

计划截止提交的当天下午，班珍又在群里发了一次催促通知，于筱冰捏着那张表，手里都有点冒汗了。她想着要不就去找邵婷或者赵思静帮她上去找裴译签个字算了，她大不了请她们吃一顿饭。

但之后每个月她都必须去找他两次，总让人家去帮她签字也不可能。

邵婷大概也在群里看见通知了，去接咖啡的时候过来顺便问了一嘴："咱们科室的纸质版计划已经提交给财务了吧？我刚看见班珍在群里催了。"

"还没交，裴总没签字，这几天我去找他要么人不在，要么就是很忙。"

邵婷想了想，说道："领导平时都挺忙的，很难正好逮着人，你实在找不到他的话，可以先放他桌子上，在微信或云通上给他留个言讲一声，签好了他一般都会往群里发消息让人去拿。"

"嗯，行，谢谢婷姐。"

"没事。"

于筱冰看着她和裴译还停留在上次报销单据时发生的对话页面，手指动了动，迟迟没有落下敲新的文字。

当年刚分开时，她很多次想要试着去联系他，可发过去的话都石沉大海，全无回音，她就知道他是真的不想再跟她有任何联系了。

怕打扰到他，怕他觉得她很烦，她就主动把他的微信删掉了。可是删掉后她又觉得特别后悔，很想再把他加回来。因为如果不是好友的话，她就再也看不到他偶尔更新的个人动态了，但他最后也还是没有把她加回去。

想到这里于筱冰的鼻尖仍然会发酸，她又有点想哭了。她不知道裴译为什么会这么狠，可大多数时候她又觉得这都是理所当然的，因为她心知肚明，她一直以来都缺了很多东西，不管是物质上还是精神上拥有的都很匮乏。而她之所以能感觉到这段关系很好，只是因为那个人是裴译，他给她的太多了，可他的那些好本来就不该属于她。

那段时间就像一场梦。而太美好的梦，多半都不是真的。

大白天的，于筱冰突然在办公室里难受了起来。她伸手抹了下眼角的泪水，然后又撑起头去看电脑屏幕。她不能因为私事影响到工作。除了找裴译签字，她还得去找韦总签，只能一级级签上去，下午四点前就要上交。

现在是下午一点半，她已经快没时间了。于筱冰强忍下喉间那股酸涩的感觉，双手放到键盘上面敲起了字。

机器人小冰：裴总，我们科室这个月的资金计划表格放您桌上了，麻烦您看到了帮忙签一下字。

发完消息她就拿了资料起身准备去裴译办公室，结果微信响了，他回复得极快。

裴译：我就在办公室，你把文件放哪儿了？

裴译：是我弄丢了吗？

裴译：稍等，我去群里问一下，看是不是被人夹着带走了。

看见他一连回复了三条信息，于筱冰后颈都在隐隐发麻，她从没想过有一天还能看见他给她一口气发这么多条信息。

于筱冰看了眼自己还拿在手里的文件，知道裴译大概又开始自我怀疑了。因为他经常找不到自己的东西放在哪里。

她的双手几乎压到了键盘上开始颤抖地敲起了字。

机器人小冰：裴总不是的，您不要去问。

机器人小冰：文件还没送到！

刚发完消息她就直接拿起文件往他办公室的方向跑了，比以往任何时候速度都还要快。

第二章 旧人再遇

到裴译办公室的时候，于筱冰发现总经济师石总和总经理韦总都在这儿。

裴译大概没看到她新发的消息，正在桌上翻找，于筱冰的脸都红透了。

"裴总，不好意思，我发完消息正要给您放上来的。"她说着走过来，把文件递给裴译的同时手也在口袋里摸了一下，发现自己上来找领导签字好像忘了揣支笔。

裴译接过她的文件之后，低头认真看了一遍，低声说了句："好，没事。"然后拿了支笔出来签好了字，抬手递给她，"韦总就在这儿，你拿去一块签了吧。"

于筱冰接过文件时连连点头。她刚在这里看见韦总的时候，心里忍不住激动了一下，要知道韦总人平时比裴译还难逮着。于筱冰当着办公室另外两个领导的面，面红耳赤地小声对裴译说："裴总，不好意思，能不能借我支笔，我刚才忘拿了。"

她觉得这是个低级错误，还是当着人家领导的面犯的，耳根都红了。

韦总笑了一下，直接从沙发上起身走过来，靠在裴译的办公桌边伸手接过了于筱冰的文件。

"我直接过来签吧，什么文件？资金计划是吧。"他只看了一眼，就直接在裴译那里拿了支笔，签上了名字。

于筱冰紧张地看着韦总签好字，然后又看了眼前面裴译的签名，发现她一个字都不认识。这俩字的笔画估计只有隔三岔五要找他签名的人才能认得出来，不是能看懂，纯粹是因为记住了。

"感觉怎么样啊在这儿待着。"韦总开口就是一个倒装句，于筱冰察觉到韦总的视线落在她身上，这才从裴译的签名上回神看向他。

"我觉得挺好的。"她回答得很诚实。

眼前这个鼻梁上有道长疤痕的中年男人笑了下，摇摇头："那怎么听说你上次打算辞职呢？"

于筱冰的头顿时低下了，她支吾着说："就是跟以前的工作差异有点大，适应不了，现在好了。"她很窘迫，不知道这个事情的传播范围怎么会这么广，明明当时也没跟什么人说过，怎么就连总经理都知道了？

韦总手里捏着从裴译那儿拿的笔，突然转身在他面前示意了一下："你这笔不错，我拿走了啊。"

裴译靠在办公椅上，伸手拉了拉领带，抬眼看着韦总说："您就说，您从我这儿顺走多少笔了？"

"这不刚好来你这儿就碰上了嘛。真的，这是最后一次，你这根笔我瞅着特别顺眼。"韦总直接把手里的笔给了于筱冰，"来，拿着，下次找领导签字记得带支笔啊，你看你也猜不准那领导的笔有没有被我偷走。"

于筱冰一时有些没弄清楚状况，一旁的总经济师石总摸了摸自己的肚子，笑得停不下来："韦总可以啊，你随手拿老裴的东西做人情都成习惯了是吧？"

裴译伸手揉了揉额头，又将手放回了办公桌上，语气中带着点无奈："没事，反正都是我从综合办领的。"

韦总笑了声，看着于筱冰说道："放心吧，这支就是他自己掏钱买的，你也喜欢他的东西吧？咱公司的小姑娘都稀罕他呢，他当时进公司还不到半个月就丢了一堆东西。"

于筱冰一时有点分不清裴译的东西到底是被他自己搞丢的，还是被别人顺走的。

"你知道我为什么要送你这支笔吗？"韦总一本正经地看着于筱冰问道，把于筱冰都看得有点脸红了。

这是裴译的东西，而且在这个公司里，唯一一个跟她过去有关联的人就是裴译。

韦总靠在了裴译的办公桌上，见她不说话，于是开口解释了起来："你们这些小姑娘，一个人在外头上班不容易。我以前跟你爸在一个工地干过两年,半夜回来饿了总让他给我煮方便面,你爸人很老实,很不错。"

于筱冰不知道还有这样的渊源。她爸爸并没有和她提过这件事,估计是韦总自己想起来的。

其实她一直以来都很想维护自己父亲的自尊心,当然她也知道别人说起她爸是个工地厨子的时候多少都带有一些看不起的意思。但韦总因为以前发生的那些小事,一直记挂到了现在。

她心里有种说不上来的感觉,抬眼看着韦总的时候,嘴角弯起来,眼眶也莫名地有点发热:"谢谢您,韦总,我会去跟我爸说的,告诉他您还记得他。"

韦总没忍住又笑了,突然凑到裴译耳边小声说了句话,于筱冰没听清他们在说什么。

被人贴这么近,裴译难得没有躲开,就静静地坐在那里。韦总见他这反应,又抓住他的肩说了句什么话。裴译直接伸手把他推开了,下意识地往于筱冰那边扫了一眼,但是很快又收回了视线。

"没有啊。"他用正常音量回复道。

韦总摊开双手投降,不说话了。可过了才不到三秒钟,他又"咦"了一声,问:"没有那你耳朵红什么呢?"

这通加密对话把于筱冰整蒙了,她莫名觉得这两人说的悄悄话跟她有关系。

于筱冰有点待不下去了,想着先回去赶紧把文件扫描了发给班珍,但这时韦总突然又说:"小于,是这样的,其实你于海叔叔也是我的大学同学,我们都是交大的,你有什么问题可以过来找我聊天,拿我们这些领导当老大哥来看就好了。"

于筱冰连忙点头说好。

石总"欸"了一声,突然插嘴:"领导班子现在都要求年轻化了,咱这里也不全是老大哥吧,裴总今年才三十岁,比咱俩小一轮,他跟小于是平辈,你别把人说大了。"

韦总一手搭上了裴译的肩,还拍了拍他,对着石总说:"差不多得了,我儿子见了你叫叔叔,见了老裴也管他叫叔叔,男人到了三十,一律按老大哥处理,管他几几年的呢。"

裴译低头玩着笔,一手揉着耳朵没说话,感觉他像是默认了。

于筱冰看着裴译这副日常闲散的模样,垂下眼睛,开口说道:"我知道了,韦总,那我先走了。"

韦总还在捏裴译的肩膀,听到于筱冰说话,点点头道:"行,忙去吧,公司里谁要欺负你就来告状,我跟你叔还有你爸爸……啊,还有你这高中同学,都熟着呢。"

总经理居然也知道他俩其实是高中同学?她记得她只跟班珍提起过啊……

于筱冰有点呆滞地点点头,随后拿着文件逃命般地出去了。她的眼尾发红,心脏怦怦乱跳。

她家那位最有出息的叔叔也是交大的,所以他们跟裴译其实算师兄弟关系。于筱冰又想到了那个同样是从名校毕业,长得像王祖贤的女生,心里又酸又涨。

不知道她跟裴译之间发生过什么,光是想想有个优秀的女孩可能会像女朋友一样走在他身边,跟他聊天说笑,她就很想躲回她自己的圈子里去,离他们都远一点。

可偏偏她的世界里又到处都是他的影子。

于筱冰下楼后不久,办公室里也传出了隐隐约约的说话声。

裴译正在跟他们谈论着正事,可石总终于忍不住了,开始八卦起来:"我说你俩刚才在合计什么呢?这么偷偷摸摸的,我很好奇啊。"

韦总"扑哧"一声笑了出来,憋得脸都红了。

"裴译这小子真快笑死我了,我刚问他是不是挺希望我把他的东西送给他同学的,他还害羞。"

裴译有点无言以对,沉默了一会儿,又低头伸手揉了揉自己的耳朵。

一说这个石总就来劲了,打趣道:"行了,裴总别揉耳朵了啊,再揉耳朵要没了,连自己宿舍都让了,你还差这支笔吗?"

"欸,你怎么知道他把自己宿舍让了啊?"

韦总还以为就他一个人知道呢,成天有事没事就拿这话来调侃这个总是在外面张口就说自己三十岁离异带俩娃的师弟。

"我在综合办里有眼线,公司内部什么八卦都瞒不住我的,不是说老胡前不久还给郭义翔相亲了吗?相亲对象就是小于,他们还一块去吃饭、看电影了。"

两人搁那儿你一句我一句地煽风点火,眼角余光同时看见裴译抬手又把文件翻了一页。

裴译看完后直接抬眼看过来,语气很平静地说道:"专票还是要做到三方一致。"

就这么被人突兀地转走了话题,石总眉头微皱,最后还是点点头,回应道:"那我就让物设科的人去跟供应商沟通吧,等招标公告发布了,让他们自己围下标,反正一切都照着制度办。"

"嗯,现场实在不能停的话,装配式的钢材款就只能先从我们公司内部走合同,对方不满意支付条件的话再联系我,我跟局里解释一下,先把钱付出去再说,尽量配合施工。"

"行,你这边没问题了就好,我再去找老胡谈。"

韦总听完他们的对话,"啧"了一声。他倒是对这样的处理方式没什么意见,就是脸上的表情实在是有点一言难尽:"裴译啊裴译……你这人可真没劲,真是太没劲了。"

裴译把手里的文件放平整了,喉结上下缓缓地动了一下:"不急。"

他眼角那颗黑色的小泪痣实在很引人遐想,但整体看上去又是十分

081

内敛且极其克制的，冷白色的皮肤更是让他显得尤为清冷："所以还有别的事需要财务去处理吗？"

把资金计划提交后，于筱冰松了口气，下班后就和赵思静一块去食堂吃饭了。

第二天是周六，赵思静打算吃过饭去跳会儿舞。她报了一个舞蹈班，这段时间工作太忙，报了名一直都没去过，于是约了于筱冰去看看。

打好菜后，两人随意挑了个空位坐下了。吃了没一会儿，赵思静突然抬头问道："对了，差点忘了问，你跟郭科长发展得怎么样了？"

于筱冰闻言放下了筷子，她垂眼看着盘子里的西红柿炒鸡蛋，说道："他没回我消息，过去找他签字的时候，他跟我说他太忙了。"

赵思静赶紧宽慰她："确实忙，财务人少，管的事又多，班珍上次还跟我抱怨来着，说她……"

赵思静说着突然停住了嘴，因为她正好听到了侧后方有人在说话。这里与承重柱形成了一个视野盲区，她放下筷子侧身探过去，看见了说话的人是财务的两个男生，还有他们科室的周启宇。

"小于她叔是于总，于总现在在二局说话很有分量，要我说郭科长攀上贵人了，这要能成，指不定他明年就是正科了。"

那个中年出纳说："不是吧，我怎么听说她跟她叔的关系没这么亲近？她爷爷跟于总家老爷子是亲兄弟，她爸就是项目部上的厨师。"

那人说着还抬起筷子点了点："但凡关系亲近点，还不给他个项目主任当当？我之前那个项目部上的领导，人最早的时候其实就是给经理开车的。"

周启宇皱了皱眉，想给于筱冰说话，就是不知道怎么说。

他想了下说："我们小于人还是很好的，做事很踏实，而且看着年纪也还小。你们郭科都老大不小了，小姑娘配他还是可以的，再说婚后这些亲戚都可以靠多联系熟络起来。"

　　他们旁边那个财务的男生语气有点不耐烦："什么小姑娘，她今年都二十九岁了，之前还有个谈了六年的男朋友，去年快结婚时男朋友出轨。"

　　那男生脸上的表情很难看，还在继续挖苦："谈了六年，她要是没问题，未婚夫能这样？"

　　赵思静实在听不下去了，一丢筷子起身就要去教训人："开保时捷上班了不起了还？他家里几个臭钱啊，在公司里这么牛？"

　　于筱冰赶紧起身去拽她，结果刚拉住，那边却直接传来了摔盘子的声音。两人看了一眼，居然是黄科长走过去指着那个男生开始跟他理论了。

　　"你怎么说话的？合着男人有问题就得怪女人？你怎么不反思一下是不是她未婚夫自己有问题呢？还有，你认为一方出轨肯定是另一方有毛病是吧？那以后你家那个要是出轨了，问题肯定不出在她的身上啊，是你问题太大了，你要没毛病她为什么要这么做？"

　　那男生脸都气红了，满脸不服："关我什么事？又不是我跟她相亲！哪个男人能接受自己老婆婚前跟其他男人谈个六七年？"

　　他还想再说点什么，结果被旁边的中年出纳一把拉开了。周启宇也过来拍黄科长的肩，想让她先消消火，可黄科长正在气头上，周启宇直接就被推到一边去了。

　　"你还觉得自己对是吧？那等以后你女儿长大了也碰上这种事，你也这么说她去？"

　　那男生语塞了一下，顿时说不出话来。

　　周五下午吃饭的人并不多，但还是有不少人目睹了这场短暂的争吵。那个中年出纳按住男生不停地跟黄科长道歉，简直恨不得把这个愣头青当众拍死。

　　他们郭科长正在外头出差，还不知道有人背后给他惹出了这么大一件事。就这波操作,不光把郭义翔的相亲对象弄吹了,甚至还惹得黄明辉这个出了名护犊子的过来跟财务大吵一架。

中年出纳想起自己那天问郭义翔的时候,其实能看出他确实对那个小姑娘非常有好感,但心里还是有点纠结她那前男友。班珍天天在办公室说物设科的小于爱干净、爱打扫,跟个田螺姑娘一样,把办公室玻璃擦得能反光,从那会儿他就开始注意她了。

郭义翔有严重的洁癖,这毛病也不是一天两天了,之前相过多少次亲都没碰见合适的,因为他觉得那些女生多多少少都有点不讲究。眼下这个其实正合适,而且还是读美院的,一下子戳中了他的点——他初恋就是个搞艺术的。

据说就是因为他实在受不了她太邋遢,所以才忍痛分了手。

财务科的人都能感觉出郭义翔对于筱冰上心了,结果那天冷不丁得知她还有个谈了六年的前男友,他周一来上班时整个人情绪都不对了。其实于筱冰专一这点他也是欣赏的,但郭义翔就是那种特别容易纠结的性格,所以就有了那句"哪个男人能接受自己老婆婚前跟其他男人谈个六七年"。

其实于筱冰也不是他老婆,可郭义翔就是吃醋了。他本想着趁出差好好冷静一下,结果这下倒好,他在外忙工作,相亲被内部人搞吹了。

黄科长吵完架感觉轻松了不少,也懒得再跟财务的实习生计较,对方道完歉,她就让眼前的这些男人都消失,转身去收拾自己刚摔的盘子了。结果过去了才发现,洒落出来的汤汤水水都已经被擦得干干净净,而于筱冰就站在桌边等她。

"黄姐,谢谢您。"于筱冰很专注地看着她,道谢的语气很诚恳。

"没事,你都听见了?"

赵思静把盘子放过去后也过来了,没忍住拍了拍黄科长的肩膀,朝她竖了个拇指:"太痛快了!黄姐,吾辈楷模!"

黄科长捏了捏赵思静的手,继续对于筱冰说:"男人凑一堆就喜欢乱说过嘴瘾，就得被人当面揭开。他们没教养，你听了就当过去了，犯不着上心。"

说完她又拍了拍于筱冰的肩以示安慰："好好过周末吧，我先走了。"

"嗯，黄姐再见。"

朝黄科长道别后，赵思静怕于筱冰多想，直接转移话题，拉着她去了之前说好的那家舞蹈工作室。于筱冰到那儿后也没太注意看赵思静跳舞，就自己一个人坐那儿发呆。旁边有个小姐姐坐了过来，主动跟她搭话："你是过来学跳舞的吗？"

于筱冰连忙摇头，说道："不是，我朋友在那儿，我过来看看。"

"这样啊……"

于筱冰看了看身旁的女生，没忍住夸了她一句："你身材真好，你也在这里学跳舞吗？"

"啊，谢谢，我是在这里教民族舞的，我跟我男朋友一起开了这家舞蹈工作室。"

闻言，于筱冰跟着她的目光看了过去，正在教赵思静跳舞的那个男生穿着一身宽松的衣服，肢体动作非常利落有节奏感。

她的心里莫名有点落寞，还有一些说不清的躁动感。于筱冰终于抓住那些缥缈难言的感觉了。她也想有个男朋友，能在人生地不熟的城市里陪在她身边，能在她被人骂的时候耐心地听她说说话，最好还能抱抱她。

她突然特别想给裴译打电话，想跟他说自己今天下班后的遭遇，想听他对她说点什么。可想着想着，她的眼睛又有点湿了。

虽然他现在就在她身边，可有那么多优秀又漂亮的女生都喜欢他，谁知道他手机里现在又聊了几个关系好的女生，谁知道他有没有在晚上跟谁互相说晚安。

他是她的上司。一个下属这么突然地给他打电话，找他吐苦水，怎么想都觉得太奇怪了。

周六一直在下雨,每次想出去透气的时候,外面都潮湿一片,温度降到都得穿羽绒服了。

于筱冰在宿舍里睡了一天。周日,她下楼到店里吃了碗牛柳盖浇饭,然后就又去了自己的工位,把黄科长之前让她仔细看的报表都打开,自己一点点学了起来。办公室里除了她就再没有别人,她周日上午看报表,下午就开始批结算,直接把下周一的工作做完了。

就这样连着好几天,于筱冰都在办公室里加班。她把自己的活儿都干完了就开始帮别人干活儿,整个人就是一个赖在工位上不肯走的状态。

赵思静去吃饭的时候刚好碰见了班珍,两人一块吃饭的时候,班珍不解地问:"你们部门那小妞最近怎么都不见人呢?她有报销方面的事要问我,我让她来我办公室,她也不来。你得说说她啊,这路又不远,我们科室也没有洪水猛兽要吃她。"

赵思静顿了一下,问道:"你知不知道上周五食堂的事啊?"

"不知道啊,怎么了?"

赵思静只能又压低声音,跟班珍把前因后果都讲了一遍。班珍听后人直接就炸了,勃然大怒:"这玩意儿居然还是我们科室的?于筱冰去找老大告状了吗?"

"哪个老大?"

"哪个老大都行啊,那妞儿哪能就这么白让人给欺负了?这线还是你们胡科长给她牵的呢!郭义翔这么欺负她,这不是打胡科长的脸吗?"

赵思静托着腮帮子扒了扒菜,有点闷得慌:"那天黄科长已经在食堂骂过那个实习生了,再揪着这件事不放也不合适,毕竟两个科室平时工作上还有那么多往来。"

第二章 旧人再遇

班珍闭上眼睛翻了个白眼:"还有裴总啊,你知不知道他是筱冰的高中同学啊,跟他说去。"她又话锋一转,"正好明天裴总就从局里开完会回来了,到时候约他出去吃个饭,把冰冰也叫上。"

赵思静点点头:"嗯,行吧。"

当天于筱冰继续加班,办公室里还是只有她一个人,把手里剩下的事都做完之后,她又开始记公司制度。工作时间低于十小时会很不安,她又开始在过去的作息里寻找安慰。

晚上九点左右,胡科长开完会回来了,走廊上的对话声隐隐约约传到了办公室。

"我明天来找你就行,你还过来干什么?"

"没关系。"裴译的声音在无人的楼道里稍微压低了些,远远听起来很有磁性,"听说你们办公室干净,我过来看看。"

"欸,连你都知道了啊?我们科的小于人确实勤快,真的,我很欣赏这姑娘。"胡科长被领导夸了,心里多少有点膨胀,那句"就他郭义翔瞎了眼"也就没在领导面前说出来,不利于公司内部团结。

两人闲聊着正好走到了办公室门口。

推玻璃门时,裴译下意识往于筱冰的位置上看了一眼,发现她正趴在桌子上睡觉。因为整个人都是趴着的,所以胡科长没有注意到她,裴译有点心不在焉,过了一会儿才听见胡科长说的话。

"这笔招待费郭义翔不签,说让我来问问你。"

胡科长将办公室抽屉里那堆贴好的票都拿了出来,裴译简单扫了一眼,就直接把字签了。

"问题不大,等韦总也签完,直接拿去财务让班珍给你转钱就行。"说着,他又隔着被拉开的百叶窗,转身看向了正在外面睡觉的于筱冰,"她每天都这么加班吗?"

087

"什么？"胡科长解决了一桩麻烦事，心里正觉得轻松，探头看了一眼，还真发现于筱冰伏在那儿。

"主要是我们科室事情多又很杂，不上心的话很容易犯错，她天天加班在这儿学，有什么事都靠自己去弄明白，尽量不给别人添麻烦，筱冰这姑娘确实是不错的。"

裴译站在于筱冰身后，看着她笔记本上面整页熟悉的字迹，停顿了片刻，手指微微颤抖，最后还是伸了出去，在她肩上拍了拍。

他正要说话，就听到胡科长的声音在旁边响起："别在这儿睡了，晚上天冷，再睡容易感冒了。"

于筱冰被人拍醒，眼前有点看不清楚，听到是胡科长的声音，连忙擦了擦嘴，点点头说："我这就走。"

可等视线渐渐聚焦她才认出来，刚刚伸手拍她的人原来是裴译。她发现自己的每根神经都开始变得不对劲，强忍住那种几乎要起鸡皮疙瘩的悸动，垂眼叫了他一声："裴总。"

裴译看到她本子上抄了不少财务报销流程，脸上的神情有些凝滞，开口对她说："你有不懂的地方可以来问我。"

他的语气重点都放在"问我"上面，但还没等于筱冰说话，胡科长就在旁边开始教她了。

"对啊，我看你有什么问题老自己琢磨，其实你要多去问，别怕给人添麻烦，像我啊、黄姐、邵婷、思静她们，你平时没事都可以去交流一下的。"

于筱冰连连点头："嗯嗯，好的，领导，我知道了。"

裴译的话被卡在了嗓子里，现在他不管再说什么，好像都是上面领导在教她做事。他沉默半晌，最后也就只是点点头，留了句"早点回去休息，别太晚了"，就跟胡科长一起走了。

于筱冰看着他们的背影消失，坐下来，盯着电脑屏幕开始发呆。办公室里除了她的电脑主机箱和胸腔内的心脏还在快速运转响动,听不到其他任何声音。

她抬手摸了摸自己刚才被他拍过的肩膀,感觉那个地方还在发烫。

第三章

记忆解封

Chapter 3

第二天，明明平时一直都是让赵思静教于筱冰，可今天黄科长居然亲自上阵了。

从下午三点左右开始，她就把所有时间都花在了于筱冰身上，手把手教她如何拟订合同，如何审核各项目部上传到公司的材料合同。这些事情真的挺复杂的，黄科长花了两个小时都没说完。

黄科长知道于筱冰平时经常会在下班后自己加班学习，直接说今天就陪她一块加班，留在这里继续教她，让她有什么不懂的就直接问。

于筱冰正要去吃饭，就收到班珍打来的微信电话，她接通了放到耳边："喂，珍珍，怎么了？"

"一块出去吃饭啊，我在停车场等你，你还没去食堂吧？"

"我就不去了，黄科长今晚留在这边陪我一块加班。"

"不是……裴总也跟我们一起，你真不去啊？"

于筱冰愣了两秒，最后还是摇摇头。

挂断那通电话后，她揉了揉自己的胸口，去楼下帮黄科长带了个花卷，就又回到办公室去了。

今晚还是加班到九点，到点黄科长就让她早点回去睡，明天继续。

两人到大厅后就分开了，黄科长直接走后门去了停车场，于筱冰走了正门。

外面风很大，她刚推开玻璃门，就忍不住裹紧了身上的外套，脸上都是被吹乱的发丝。

于筱冰不是很想回宿舍，便开始沿着河畔散步，一路上默默踩着月光和路灯的影子。走到桥前时，她的手机铃声突然响了起来。拿出来一看，发现是赵思静打来的。

"筱冰，我们回来了，给你带了些吃的，一会儿就给你送过来。"

"啊，不用了……"

"带都带了，微波炉热下就能吃，你在宿舍吧？"

"我在外面散步，谢谢你们，我这就回来。"

于筱冰赶紧回宿舍。电梯上行，她努力缓和着运动造成的心跳过速，出电梯后又匆匆往自己房间的方向走。走廊的灯是暗黄色的，正好能照亮前方的路，但又不至于让人感觉到刺眼。她踩在地砖上，越过一盏又一盏灯，可那步伐在她到达门前不远处时骤然停住了。

裴译手里拿着一个打包专用的纸袋，正站在她家门口。他没看手机，只是很安静地靠墙在那里等她，那边的光线晦暗不明，让人看不清楚他的表情。

听到声音，他抬起眼看了过去，见来人是她，便嗓音温沉地开了口："我给你带了几个菜，顺便来找点东西……我有条领带找不到了，你看见过吗？"

于筱冰就远远地站在那里，仿佛被抽掉了周围的空气，没有任何动静。她想起了那条被她弄得皱巴巴的领带，一时间居然想说谎骗他了。

想瞒住他的想法只持续了几秒，就被她直接实践了。

"我没有看见过。"她说完便顶住他的注视，从口袋里摸出钥匙开门。可这个时候，她拿着钥匙的手在疯狂颤抖，好几次都没能对准锁眼。

第三章 记忆解封

裴译在一旁看着这一幕,伸手按住了她的手背,反手握住了她手。

那只修长干净的手直接把她的手整个都裹住了,像是知道她以前有多喜欢跟他牵手一样,稍微用了点气让她感受他,帮助她朝那个小小的锁孔里送进了钥匙。

"能让我进去找找吗?"

这是个很僭越的要求,她已经住了这么久,女生的私人物品都已经把那个房间放满了。

于筱冰想用眼神告诉他这个想法不对劲,可实际上她现在低着头压根不敢抬起来,被他握着的那只手像是已经不属于她了一样。

呼吸急促到离谱,心脏就像被饿疯了的猛兽,在她的胸腔里横冲直撞。

门开了,他收回手,仍然垂眼看着她,在等她答应让他今晚进去。

于筱冰知道裴译现在是什么意思,她突然抬手擦了擦脸,不想让他的视线在她脸上过多地停留。她开口时声音特别小,还在疯狂乱颤:"对不起……我真的没有看到,我再给您重新买一条吧,好吗?"

她甚至开始想要用钱来解决这件事情了。

裴译看到了她眼里此时正在不断闪动的泪花,嘴唇动了动,最后却还是微微抿了起来。他的端方自持开始出现,身上那股突然出现的进攻感也渐渐消除,慢慢又有了禁欲的气息。这是人在经历了很多事后才会有的成熟稳重感,是一道很轻易就能被看见的无形分界线。

他是男人,不再是少年。

也就不到三口烟的时间,裴译的声音不再低哑:"上周五的事我刚听班珍说了,是郭义翔他们说得不对,你不要放在心上。"

于筱冰等了好久终于等到了他的这句话,眼圈一热,眼泪差点就要流出来了。

她本来觉得他能够安慰她一声,这件事应该就能直接过去了,可那股委屈底下就像是藏着一个忍耐了多年的黑洞,藏着她这辈子所有的求而不得。

"我知道他们不对,没事的。"她忍耐着想哭的冲动,抬眼看着他,这是今晚她第一次直视他的眼睛,"谢谢您关心我,裴总,早点回去休息吧。"

她说完又把头低下去了,连钥匙都没拔掉,直接转身走了,到楼道的时候眼泪已经完全停不住了。她肩膀颤抖,不断地掉眼泪,根本不知道自己到底为什么会这样,印象中很多年都没有像这样情绪激动过了。

下楼后于筱冰又走到了那条黑暗无人的河道边上,坐在河边的长椅上垂着头哽咽地哭了起来。

泪眼蒙眬地看向河里散落的灯光时,于筱冰突然很思念过去。小时候能沿着小路跑回去找奶奶,让奶奶给她弄点东西吃。可她长大了,快三十岁了,奶奶也已经过世很多年,好像连家也不再是能让她随便待下去的地方了,所有人都赶她去成一个新家。

不知过了多久,身后有人走过来坐在了她的旁边,是赵思静。

"冰冰,怎么了,是不是心情不好啊?"

赵思静尽量把语气放平缓,于筱冰抬眼看向她时眼睛还是湿漉漉的,开口时鼻音非常重,嗓音沙哑:"你怎么过来了?"

"裴总叫我过来的,他刚说看见你在这里哭,还给了我这个。"赵思静提了提手里的塑料袋,从里面拆了包饼干,又拿了瓶果酒出来。

赵思静打开罐子后,把低度数的果酒放到了于筱冰手里,还往她嘴里塞了块饼干。

"你怎么总是被裴总看见哭鼻子呢。"

"谢谢。"于筱冰避开那个问题,自己捏着饼干小口咬着嚼了起来,是她一直都更喜欢的咸味饼干。

赵思静看她边吃饼干边哽咽,声音很轻地开始开导她:"其实你还

第三章 记忆解封

是很喜欢你前男友吧，毕竟有六年的感情了，后来你和他聊过吗？"

于筱冰摇了摇头，终于对赵思静吐出了真话："他跟我在一起之前私生活就很混乱了，他外面有一堆不清不楚的关系。"

赵思静睁大了眼睛，连忙问："那你怎么还跟这种人在一起？你知道他就是个人渣啊！"

于筱冰无助地捂住了自己的头，声音都已经颤抖得连一句完整的话都说不出来了："我就是看着他……总觉得他长得有点像我初恋……"

酸胀的感觉不断从喉管传到鼻尖再到眼眶，于筱冰能察觉到自己脸上不断滑落的温暖的液体，她的声音酸楚到好似快要断裂了："我真的忍不住，我好想他，我每一天都在想他，可他当时是真的不要我了。"

双眸泪光闪闪，她看着黑暗中流动着的河水，痛苦地闭紧了眼睛，咬着唇，如笼中困兽般呜咽了起来。

她一直都被困在当年的回忆里，分开后面对的是一次又一次的失望，当时的余烬一直残存到十一年后的今天。

他到最后留给她的也就只剩下那些不好的情绪了，可为了不忘记他，她也真的把他那些东西都锁在内心，最终将其彻底内化。

以至于于筱冰时隔多年后跟他再次相遇，心里的感受居然还跟当时留下的完全相同。每次看见他，她的内心深处都会感到疯狂的不安，可情感上又对他极其恋恋不舍。

她内心的黑暗角落时常恨不得将他桎梏，好让他能够永远留在自己身边，可她做不到，她终究还是个正常人。

不过她离真的疯掉，可能也只差一步之遥了。

天气逐渐热起来了，宿舍前后栽种的树木一棵一棵排了很远，阳光点缀在斑驳的树影间，徐徐清风吹动着女生晾在阳台的浅色衣服，带起一股清甜的洗衣液味道。

上课的预备铃敲响了,午休中的宿舍楼里陆续响起了走动声和说话声。

下铺的女生已经起来了,拿着梳子边梳头发边看手机。于筱冰坐在上铺穿袜子。穿好后,她动了动自己的脚趾,看见袜子上边破了个小洞。她对自己的事情一直都不怎么上心,这个洞上周就有了,她本来想去买新的,但手头没有零花钱。

于筱冰坐在上铺等她们慢慢收拾,她忽然想起了昨天室友对她说的话。

她见旁边没人注意,赶忙从上面爬下来,迅速把自己那只穿了破洞袜子的脚塞进鞋子。等她穿好鞋,住在对面上铺的宁铃香也收拾好了,她给了于筱冰一个橘子,两人一块往教室走。

宁铃香边剥边吃,顺便还把剥好的橘子分了一瓣给她:"我爷爷家的树上结的橘子,你尝尝,很甜的。"

"好……谢谢。"于筱冰拿过那瓣橘子吃下去,甜蜜的汁水瞬间在嘴里爆开,是真的很甜。

尝了一瓣之后,她原本那只想剥橘子的手反而收起来了,没有再吃下去,而是把橘子揣进裤兜里。

"你放假打算去做什么啊?"宁铃香侧头问她。

"我就在家帮我妈妈看店。"

"那你晚上还回宿舍住吗?"

于筱冰点了点头。

宁铃香明显有点不满了:"你怎么不回家住啊?你跟你妈妈说过那件事了吗?"

"我说了。"于筱冰低着头,脸上的表情多少有些闷闷不乐,"妈妈说家里店面小,她和我弟弟住就已经很挤了,住不下人了。"

"那你去老师家里住啊,明明是李惠自己没收拾好东西,乱丢找不见了还发脾气。她那手机今天不就找到了吗？昨天还硬说是你偷的，什么人啊！"

于筱冰抿起了干燥的嘴唇，手指在裤缝边上摩挲，耳边还回响着昨天中午听到的刺耳话语。

"不是你偷的，那去哪儿了？

"别的寝室放假了基本上都会锁门，就我们寝室放假了还得住着你。

"有些人不够格就别老去惦记别人的东西行吗？自己穿的袜子都是破的，什么都买不起就要去偷是吧？"

脑子里嗡嗡地响了一阵，紧接着就又变成了她昨天下午回去吃饭时和妈妈的对话。

"住学校怎么了？她是神经病，别理就行了。

"我哪有钱让你住老师家？家里还欠着好多账呢。"

外头的阳光温暖，但远处又隐约飘着几片乌云，有了点要变天的迹象。

周五下午提前放学，班级开始搞大扫除，今天正好轮到于筱冰打扫楼下公共区卫生。

跟她一起的女生拿着扫把在跟男生们打打闹闹，于筱冰专心地把地上的树叶都扫干净后又去倒了垃圾。卫生都搞完后，她收拾了东西正要回家看店，结果刚好在校门外的大树下看见裴译戴着耳机看手机。

他穿着和她一样的校服，是在夏天看着会让人感觉很舒服的蓝白色调。

他冷白色的脚踝总是露在裤腿外面，脚踝后的那段筋骨干净分明，是少年时期特有的外露的荷尔蒙，跟发育中的喉结性质很像。

裴译是北方人，比南方这边的男生要高出不少，他的身体有着少年抽条时的那种清瘦感，所以他穿跟大家一样的校服要比别人更好看一点。

于筱冰摸到了裤兜里的橘子,想走过去跟裴译打招呼,可脚还没迈开步子,她就又看见旁边还有不少刚放学的同学。最后,她只是停顿了几秒,径直走了过去,假装自己并没有看到他。

在路边等着要过马路时,她的肩膀突然被按住了,耳边响起了一道被压低了的男生嗓音:"你是要装不认识我吗?"

那一瞬间于筱冰整个人都快要炸开了。她不敢转头去看他,手指在裤兜里的橘子上挠了又挠,手心里都出汗了。

少年望向她通红的脸,站直了身,跟她一块看前面闪烁的红灯,以及眼前不断通行的车流。

"我在那儿等你很久了。"

于筱冰听到他的话,刚抬头看了他一眼,立刻感觉到了一种强烈的不真实感。

她又把头低下去了,声音细若蚊蚋,但说出口的话还是很诚实的:"我不是故意这样的,我就是怕过去会给你添麻烦……"她说着从自己裤兜里摸出了那个黄澄澄的橘子,"你吃橘子吗?很甜的。"

喉结顶着脖颈动了动,他微微抬起自己薄薄的眼皮盯着她。

少年这张脸怎么看都毫无瑕疵,而眼角的黑色泪痣刚好就点在了那个最恰当的地方,冲淡了他身上的清冷感。

等人行道前的红灯转绿,少年终于收回了自己的视线。他把她给的橘子放进了自己的包里,温声道:"你怎么会这么想……不会麻烦的,走吧。"

两人跟着旁边的人一块往前走,于筱冰没忍住加快脚步跟上了他,觉得他太好了,在他身后又憋出了一句:"对不起。"

"没事。"他没回头看她,"下次不必拘谨,我不吃人。"

"……"于筱冰低头在后面跟着他走了起来。

她本来以为他在这里等她是顺路要去她家买什么,可无意中抬头时

第三章 记忆解封

却发现他们已路过了她家,片刻犹豫后,她开口问他:"你要去哪里?"

"今天是你生日,我陪你去看场电影。"他拿出手机看了一眼,像是在确定路线。

于筱冰有点受宠若惊了,连忙对他摆手:"不用了,太麻烦你了,我还要回去看店。"

他划动屏幕的指尖停住了,转头看向她的眼睛。

两人四目相对的那一刻,于筱冰的心跳快得出奇。

"可是票已经买好了。"他很平静,从语气里也没有听出什么情绪来,"是因为不想跟我一起看吗?"

少年的手是真的很好看,让人移不开眼。于筱冰努力克制住自己的视线,最后只是很轻地摇摇头,小声说了句:"没有……不是的。"

她大概问了一下地点和时间,他都一一回答了她,于筱冰知道那家电影院,有趟公交车可以直达,不过放假期间公交车上的人很多。

于筱冰发了会儿呆,突然看见自己身边的人没了,她正要转头找,就看见前方出租车里伸出了只手,并打了个响指,于筱冰一眼就认出了那是裴泽的手。

她一路小跑过去,真心实意地趴在车窗上劝他:"得一个多小时呢,真的很远。"

其实她是想说打车费很贵,但裴泽都已经上车了,她也不好再用这个词打击他,没钱能让人变得多窘迫她自己是最清楚的。

"没关系,你先上来。"

她只能上车坐下了,司机很快启程。她拿出手机给妈妈编辑了一条短信,说今天过生日,同学叫她一起出去玩。其实学校里也就只有这一个同学记得今天是她生日。

于筱冰用的还是那种很老款的智能机,屏幕都有些裂纹了,系统卡顿不说,信号也不好。第一次短信发送失败,她接连发了两次才发出去。

昨天被宿舍的女生说了那些难听的话，于筱冰几乎整晚都没睡着。她迷迷糊糊地靠着车窗睡了过去，其间还做了个不长不短的梦，直到额头上突然轻微地痛了一下，于筱冰这才睁开眼睛。

她睡蒙了，转头想看自己在哪儿，结果首先入目的就是裴译刚弹完她额头的手指。

"到了。"他看了眼窗外，车窗上落了雨滴。才一段车程的时间，外面的天气就完全变了，开始下起了雨。

于筱冰也跟着他一块看了过去，她刚睡醒，整个人都还处于一种呆呆的状态。

"从你那边开下车门。"他看着她说道。

"啊，好的。"于筱冰很麻利地把车门打开，自己先下去，在外边淋着雨等他付钱，裴译把自己的书包丢给她，她下意识地把他的书包护到了怀里，不让书包淋到雨。

"给你顶头上的。"裴译的眉头皱起来了，差点没把她又拉回车里。

于筱冰赶紧照做，把他的书包放到了自己头上，同时还用手臂尽量护住了他的书包。

"行吧，我服了。"他不知道该说她什么才好了，"你开心就好。"

他们学校的位置比较偏，去市区多少有点费劲，两人到电影院后，裴译把手机给她让她去取票，自己过去买饮料跟爆米花。

于筱冰拿着还残留了些余温的手机，看着前面几台不太一样的机器有点蒙。她想按个开始按钮，但机器上没有写这个字的按钮。她从来都没有去电影院看过电影，不知道屏幕能触控。

在数字上按了几下都按不动，她怕把机器弄坏，就去问旁边坐在那里等电影开场的人，可刚跟人说了下情况，裴译的手机却直接休眠黑屏了。她不知道他手机的密码，最后还是过去找他了。

少年把刚买好的爆米花和饮料都塞给她，又拿着手机去取了票。她拿着东西站在旁边，看他把打印出来的票给她，尴尬得手心都出汗了。

"去那边坐吧。"裴译示意她往靠窗户边的桌椅走。

于筱冰先坐在了靠墙的那边，把手里的东西都放到了桌子上。本以为裴译会坐她对面，可没想到他直接坐在了自己的左手边，开始看手机。

电影还有十几分钟开始检票，于筱冰不停地打量四周，想看看有没有同校的同学，好在一直都没有看见穿相同校服的。

裴译抬手戴上耳机，她依然十分拘谨地坐在他身旁，过了一会儿，她的耳朵里像被塞了什么东西。她转头一看，身旁的少年正倾身看着她，将自己在听的耳机塞了一只到她的耳朵里。

她几乎有点受惊了，抓住凳子就要再坐开一点，他却用无名指钩开了她耳畔的头发，轻声说了句："别动。"

他为她戴好耳机，又收回手，转回来靠在了椅背上，放起了音乐。

电影院内的人并不多，等待的地方还有不少空位，人们都低头做着自己的事情，大屏幕上的红字显示着影片场次，前方还播放着一部电影的预告片。

舒缓的钢琴前奏从心坎上流淌而过，耳边开始响起了男歌手清晰的嗓音。她专注地听着歌，听出了其中两句意境很好的歌词。

最美的不是下雨天，是曾与你躲过雨的屋檐。

衣服被雨点打湿的潮湿感还贴在脊背上，她转头看了过去，发现他的手就放在凳子上，离她的手指很近。

外面正在下着雨，屋顶上方时不时传来轰隆隆的沉闷雷声。于筱冰看他在垂眸听歌，白皙的眼尾下方点了一颗很小的泪痣。

她突然什么话都说不出来了，于是又收回了目光，看向了自己穿太久已经有点变黄的白色帆布鞋。

外面雷雨交加，而安静的两人之间，只响着那首《不能说的秘密》。

到时间后,他们检票入场,于筱冰入场后开始数座位排数,而裴译看都没看就直接把她带到了对应的地方。

她坐在他旁边,有个漂亮女生从她面前借过,然后正好坐在了裴译身旁。

于筱冰闻到了她身上的香味,过了一会儿,身边多了一位成年男性,他拿着手机一直在打电话,情绪不太稳定,对着那边骂骂咧咧的。

电影快开始时,裴译突然靠了过来,在她耳边说:"过来一下,我跟你换个位置。"

"为什么?"于筱冰有点不解。

"我不太喜欢香水的味道……"裴译顿了顿,继续说,"你要是也不喜欢就不换了。"

她连忙说:"没事,我跟你换。"

她站起身,裴译过去坐下了,电影很快就开始放映。于筱冰努力闻了闻,可不管她怎么闻,都感觉旁边女生身上的味道是股让人觉得非常舒服好闻的淡香,很多女生身上好像都会有这种体香。

看完电影后,于筱冰的眼圈都红了,出来时裴译看了看她,问:"看动画片也会哭吗?"

于筱冰摇了摇头:"不知道,就是觉得很感动。"

这话让人有点不知如何回复才好,裴译顿了一会儿,收回视线。从电梯上下来后,两人一块离开了电影院。

天快黑了,黑沉沉的乌云还在,但雨好歹停下来了,在外面呼吸到的尽是清爽的空气。

裴译去买了两把伞,递给了于筱冰一把,说是怕回去的时候再下雨。于筱冰将那把有卡通印花的白色雨伞紧紧地拿在手里,心里特别开心。她确实缺伞,家里的伞要么坏了,要么就是那种上面印了广告,看上去

第三章 记忆解封

很老土的伞，打起来给人特别廉价的感觉。

裴译把伞给她后，又从书包里掏出一个盒子递了过去："生日快乐，这是送你的礼物。"

于筱冰看了一眼，发现居然是一部新手机。她从来没用过这个品牌的手机，但听周围的同学说过它很贵，新出的款式甚至让她觉得价格高到离谱。

"不用了。"于筱冰有点慌了，不知道他怎么会给她买这么贵的东西，连忙摆手，"这个太贵了，你自己留着用就好，我用不着。"

她现在用的这部手机都没超过五百块钱，她认为自己根本没必要用那么贵的东西。

裴译递出去的东西一直没有被接住，良久过后，他垂下了眼。

"抱歉，是我想多了。"说完他转身就走了。

于筱冰在那里愣了一会儿，跟上去拉住了他的衣服，可他停都没停。他的校服从她手指间滑了过去。

于筱冰顿时慌了神，连忙追上去，又拉住了他的衣摆。

"对不起。"她的眼泪一颗颗地滚了下来，嗓音也颤抖得厉害，"我就是觉得你对我太好了，从来没有人对我这么好过，我不知道该怎么办了……"

被她抓着衣摆的人终于停住了脚步。他转身看着她，看她哭得泣不成声，最后还是放缓了声音："我是真的觉得你的手机该换了。"

"可就连我爸妈都没用过这么好的，我真的不能要。"

他收回了视线，喉结动了动，半晌后对她说："别紧张，你只要用它就可以了……买都买了，实在害怕就偷偷用。"

她不住地点头，可还是不敢松手放开裴译的衣角，直到他把她的手拿开，在她颤抖的手里放上了那部手机。

"去吃饭。"

"嗯。"

"别哭了。"

于筱冰用力吸了吸鼻子，抬起手臂把自己的眼泪都擦干了，努力不让自己再发出任何声音。她想尽量表现得好一点，他刚才生气的样子很吓人，冷到让她浑身都在打战。

两人一前一后地走在人行道上，于筱冰拿着伞和手机，发现裴译一句话都没有。

她想跟他搭话，又不知道该说什么。她不知道裴译心里是怎么想的，会不会也跟宿舍里讨厌她的那些人一样，因为刚才发生的那件事情觉得她可笑，有点看不起她了？

路上车流拥挤，甚至就连人行道上都有大量电动车和自行车，于筱冰走着走着，身后突然传来了急促的铃声。她连忙侧身想躲开，可旁边是一个很深的水坑，反应只慢了那么一点，那辆电动车就擦着她骑了过去，她的脚直接被压到了。

一瞬间她整个人都是蒙的，电动车也没停，继续往前开，汇入了前方的车流里，拐了个弯就消失了。

身边没有任何人停一下脚步，于是她自己也想继续往前走，可还没走几步脚上就传来了一阵胀痛。刚刚才止住的眼泪一下又要冒出来了，于筱冰深吸了一口气，继续往前走，步伐有点蹒跚。

裴译回头等她时，发现她不光走得很慢，而且走路姿势也不对。他走到于筱冰身前正想问怎么回事，就看到了她鞋上那个混了黑色泥水的车轮印。

"没事吧？"把她扶到了旁边的白色花坛边让她坐下，他半蹲着放下手里的东西，就要去抓她的脚踝帮她看看。

于筱冰把受伤的那只脚往后面缩了缩，明明很疼，却在不断地摇头："我没事。"

第三章　记忆解封

裴译的手又落了空，可他并没有把手收回去。

他抬头盯着她，眼神很严肃："让我看看，严重的话要送你去医院。"

可她还是摇头，甚至还把那只受伤的脚藏到另一只脚的后面去了。

"不严重的。"于筱冰撑着花坛边缘站起身就要走。

可脚一落地就疼，她腿很软，整个人都往前趔趄了一下。如果不是裴译拉住她，她就要直接摔倒了。

手臂被人用力抓住，于筱冰又被扯着坐回了花坛边缘。这次裴译的耐心已经被消耗完了，直接上手就要脱她的鞋子。

于筱冰突然想起自己露出脚趾的袜子，一阵强烈的羞耻感涌了上来，只能又按住他的手，说什么都不让他继续脱她的鞋，室友嘲讽她时说的话还在她耳边回响——"有些人不够格就别老惦记别人的东西行吗？自己穿的袜子都是破的，什么都买不起就要去偷是吧？"

"不要看。"她的眼圈都红了，不停地摇头，几乎算是在求他了，"我穿的袜子是破的。"

蹲在她面前的人沉默了一会儿，起身走了。

于筱冰咬了咬唇，没有去追他，觉得干脆就这样算了吧。她不想暴露在他面前的东西实在太多了。

虽然裴译从没有提过，但她知道有些东西永远让她自卑。他们两人根本就不是一个世界的。

于筱冰不想被人看到自己一个人坐在大街上哭，于是低头把脸捂住了，肩膀颤抖着，指缝里又湿又黏。她口袋里一分钱都没有，待会儿只能打电话叫妈妈过来接她，又或者拜托宁铃香过来……她已经在想没路费要怎么回家了，结果没过一会儿，身边就响起了塑料袋摩擦的声音，有人在她身前蹲下了。

他的指节绷紧，用了点力气，直接把新袜子上面用来固定的塑料绳

107

扯断了。

"别哭了,袜子破了的话我给你换一双。"他把新袜子放到了她腿上,双手去给她解鞋带。

于筱冰抽噎着,目光下意识就落到了少年放在她大腿上的袜子上。

"这双还喜欢吗?"裴译把她的鞋脱下来了,那只破袜子拉一下就扯到了底,露出了她光洁的脚,"不喜欢的话袋子里还有别的,你自己挑。"

她有点迟缓地摇摇头,轻声说:"这个就挺好的。"

裴译打开手机灯照着仔细看了看,只见她脚背上面青紫一片,看起来触目惊心。

检查完他顺手把她的东西都塞进了自己的书包里。

于筱冰看他起身了,也连忙跟着单脚站了起来,他却直接把书包放到了她怀里,然后在她身前蹲了下来:"你背着书包上来,我带你去前面的医院拍个片,看下骨头有没有事。"

借着旁边昏黄的路灯光线,于筱冰看见了他干净清瘦的后颈。

"没事,没有那么痛了,就是有点麻麻的。"

他直接转头看着她,又说了一句:"赶紧上来,我把你带出来,就要送你安全到家。"

"真的……"那句"不用"突然卡在嘴里,说不出来了。

她埋头靠上去。

裴译直接把她背起来往前走,距离太近,于筱冰都闻到他身上的味道了,不知道是什么洗衣液,很好闻。

走了一会儿,于筱冰才猛地想起了自己的体重,连忙跟他说:"你要是背累了就让我自己下来走吧,我很重的,背起来累人。"

"不累,我比你高。"他说这话的时候很果断,没有半点犹豫。

她有点着急:"可是我真的很重,你放我下来吧!"

第三章　记忆解封

"可是我也真的比你高。"他说着把她往上托了点,"你不重。"

她说不出话了,因为她的喉咙发酸。

于筱冰把脸靠在他的肩上,闻着他身上混合着雨后凉爽感觉的味道,眼热想哭得厉害。

远处雷声响起,空气变得更湿润也更清新,混杂着凉意的夜风,吹醒了已经满身酒气的于筱冰,她抱着腿看着地面,泪眼模糊。

她这辈子好像都活在了自己十八岁时做的那个梦里,他却早在十一年前就已经梦醒了。

于筱冰其实已经能把握住过去与现实中间的距离了,或许这次重新遇见裴译,就是她需要逐渐适应的一个脱敏过程。

难受之后,她还是需要继续去面对现实生活。毕竟她早就已经是个成熟的成年人了,她都快三十岁了。

五月上旬,气温已经逐渐稳定。车流和建筑物间随处可见飘动的白色柳絮,身体上也开始有了光照温暖的感觉。

于筱冰没有任何缘由地起晚了。她没听见闹钟响,在宿舍里急忙收拾好跑到办公室时已经十点过几分了。大概习惯了提前去上班,难得晚了一回,她有种和周围同事格格不入的感觉,只能尽量不让自己发出声音,赶紧坐到自己的工位上,把电脑开机。

黄科长正在跟赵思静说话,见于筱冰来了,又转身走到了她旁边,把手里的几份文件放到她桌上:"筱冰,这个是装配式那边的钢材招标文件和中标通知书,结果已经公示了,你抓紧把合同拟一下。"

于筱冰前段时间就听说过这个事情,早就做好要开始这项工作的准备,大部分所需附件都已经提前弄好,一直在等赵思静那边招标结束后上传合同。

她接过文件看了一下，没忍住又跟黄科长道了个歉："不好意思黄姐，我今天睡过头了。"

"没事，下次注意就行，你少加点班，早点回去休息。"黄科长并没有责怪她的意思，又接着说，"领导要求抓紧给这家做结算，月末就得编制付款计划，再晚的话，装配式那边现场就要断供了，时间非常紧张。你传OA后注意盯一下，我这几天得去出个差，有事打我电话。"

"嗯嗯，好，我知道了！"于筱冰连忙点头，注意到黄科长的行李箱就在门口，确实是要出远门的状态。

她收回视线开始干活，花了一上午时间把合同拟完了，又把对应数据都录入了OA。

她自己检查了一遍，下午找赵思静过来一块又检查了一遍，确定总金额和总数量加起来都能对得上，于是就提交上传了。提交后她直接挨个儿科室发信息去催审批，公司内部当天就能会签结束，不过局里的审批速度就慢了很多，第二天合同硬是挂了一整天都没动。

第三天，中午快下班时，于筱冰干完了手里的活，一看合同，正好在五分钟前批回来了。

为求保险，她再次把那份合同核对了一遍。纸质版的东西都没什么问题，等归档就可以打印拿去签字了。可当她开始核对OA的合同金额时，却冷不丁在一个地方发现了问题。

热轧带肋螺纹钢筋中，直径为16mm和14mm的钢筋采购数量写反了，因为网价正好一样，而且这两种钢筋的数量66.68t和66.86t单从数字上来看很容易让人混淆。她自己核对了两遍，下午又跟赵思静两个人先后检查过，都没有查出来这个小错误。于筱冰不知道这个还能不能修改，连忙给黄科长打电话询问。

黄科长听完后迟疑了一下，说道："局里已经批回来了的话，到你这里就是校对状态，OA数据没法再动了。"

"那……那怎么办？"于筱冰一听没法改，后背都冒冷汗了。

"得把合同流程删除，错的地方改掉，再重新发起审批。"

于筱冰拿笔记了下来，跟黄科长说完之后就马上开始一项项照做，明天就周六了，如果今天合同没回来，就又得耽误两天时间。于筱冰用最快的速度改完合同，又上传了一遍。

这次她也没微信催了，直接挨个儿科室找过去向各位科长解释情况，虽然有点尴尬，但也没办法，为了不耽误事，她只能挨个去盯他们审批。

催到财务科的时候，郭义翔先是给她批了，然后他又犹豫着像是想再跟她说些什么。只不过还没等他开口，于筱冰就已经仓促说完谢谢，又跑到了下一个科室。

公司内部的各个科室差不多在二十分钟内就批好了合同，她回去后又把合同发给了领导班子，然后一位位打了电话去催。轮到裴译的时候，她盯着号码迟疑了片刻，最后还是放下了手机，在微信上给他发了消息。

机器人小冰：裴总，不好意思占用您一些时间，有份合同能不能麻烦您现在批一下？非常着急。

她把合同号也复制一下给他发过去了，裴译很快就回复了，这已经是他第二次秒回她了。

裴译：这个是装配式的钢材合同吧？上次不是批过了？

她的信息同样回复得很快。

机器人小冰：是的，这份合同有个地方出了点问题，所以我把流程删除修改后重新审批了。

机器人小冰：麻烦您尽快批一下，真的很着急。

裴译很快就批完了，于筱冰一直在刷新会签页面，第一时间就看见了裴译发上去的同意签订，可是其他领导那边都还没有动静。她正在考虑要不要给黄姐打电话让她去帮忙催一下其他领导，就见裴译又给她发

111

来了信息。

裴译：公司领导今天应该都出去开会了。

于筱冰看了眼时间，现在都四点多了。

她拿起手机准备给黄姐说一下情况，微信又响了。

裴译：你去经营科找李棠东，他手里有领导班子的 OA 密码，让他都给代批了吧，我给韦总他们打个电话说一声。

于筱冰的眼睛一下就亮了，她连忙给他敲了个"嗯嗯"过去，起身又去了经营科。

经营科的人都在忙碌状态，平时跟物设科一样都是加班大户。于筱冰敲了敲门，开口问："不好意思，请问李棠东是哪位？"

正前方有个戴眼镜的小伙子在电脑后面抬头摆了摆手，说道："我在这里。"

于筱冰赶紧过去了，李棠东握着鼠标在 Excel 上反复圈着几个 OA 用户名跟密码："裴总刚跟我说了，你们的合同还差哪几位领导要批？"

于筱冰伸手指了指："这个，这个……嗯，还有这个和这个。"

李棠东手速很快地行动了起来，于筱冰看着对方操作了四位领导的账号批完合同，连忙跟他道谢。

"真的太谢谢你了，我下次请你吃饭！"她的脸上因为激动泛起了些许红晕。

李棠东靠在椅子上笑了下，看着她说："没事，裴总说让批的，你要请的话也该去请裴总。"

于筱冰很用力地点了下头，又跟他道了声谢，赶紧回去把合同发到了局里。

只是当她发完后又看了眼时间，已经五点过十分了，局里这会儿也下班了。

于筱冰深吸一口气，就算是正常工作日，合同发上去那边都得一两

第三章　记忆解封

天才能给公司批回来。

  脑子里正想着这些，她又看了眼微信界面，发现裴译的窗口有新消息，于是便把鼠标移过去点开了。

  裴译：都批完了吗？

  机器人小冰：都批完了，谢谢您。

  她是真的感谢裴译，李棠东刚才说的请他吃饭还在她脑子里回响，但最后还是没被她采纳。为这点小事就叫他出去吃饭有点太刻意了，想接近他的意味明显大于想要感谢他。

  裴译：合同往局里发了没有？

  他又发消息来问了一句，于筱冰也很老实地给他回了。

  机器人小冰：发上去了，真的很谢谢。

  合同到局里之后就不是她能控制得了的，这份工作她也就只能做到这里了。

  关电脑前，于筱冰又习惯性地看了眼会签页面，结果这一看给她惊到了，局里居然已经把合同给她批了回来，正处于待校对的状态，随时都可以归档。于筱冰的嘴巴微微张开，她完全没想到局里会突然加班，而且还把她的合同批了，这相当于她的工作已经彻底结束，只要等周一供应商过来签字盖章就可以了。

  她激动得正想给黄姐打电话过去汇报这件事，突然就又收到了裴译发来的消息。

  裴译：合同批回来没有？

  她要乐死了，给他发了信息过去。

  机器人小冰：嗯嗯！我刚看到局里批了！

  裴译：现在不用急了，你去吃饭，剩下的事黄科长会处理。

  机器人小冰：好好好！您也快去吃吧。

  于筱冰还在兴奋之中，没管他回没回复，直接拿起手机给黄科长打电话:"黄姐!黄姐!合同批回来了!"

电话对面的人显然有些被惊到了:"这么快吗?我听说公司领导好像都出去开会了啊。"

"对,我催了科室的人批,然后裴总帮我跟领导沟通了一下,也都批了!"

黄科犹豫了一会儿,问道:"可裴总自己不是也在外面开会吗?"

于筱冰愣住了,不太明白,问道:"他不在公司吗?"

"局里下个月要组织大型的业务培训,分公司和各项目部都要参加,他以前是共享中心总部的人,这次被邀请去指导财务相关的培训内容了,应该还挺忙的,一周多都没见着人了。"

于筱冰挂了电话后,沉默了一会儿。

灯管在天花板上运作,发出很细微的电流声。于筱冰将手放到鼠标上,又点开微信看了眼,发现裴译在四分钟前给她回了个"嗯",而上一句消息是她让他也去吃饭。

她心里说不上来是什么感觉,又酸又痒。

接下来的几天什么事都没有发生,于筱冰认真上班,填写各种各样的简报,每天还是他们科室里最早上班,最晚下班的。她要学的东西实在太多了,如果不仔细一点的话,很容易犯错。

这天下午,于筱冰看到裴译很少见地在公司的大群里出现了。他转发了一项与开票相关的新通知,要求各科室今后都要格外注意,下面立马就刷起了整齐的"收到"。

于筱冰也跟上去发了一个"收到",然后继续工作。

下班后,她拖延了差不多二十分钟,才慢腾腾地挪去食堂打饭。

这个点基本上都没人了,食堂之所以没有收菜,好像是因为之前有领导很晚才下楼,在食堂里找吃的,被鲁姐撞见过几次。从那之后,她就交代了食堂晚点再收拾。

于筱冰之前不太理解,因为她几乎每天都忙到很晚,但每次去都没见到过有领导会在这个时候来吃东西。她感觉这就跟住宿舍是一样的,公司的领导们基本上都成家了,要是太晚下班肯定回家跟老婆孩子一块吃饭了,谁会没事来食堂吃别人剩下的?

所以今天在食堂里发现正在夹菜的裴译时,那瞬间她整个人都看得愣住了。

周围一个人都没有,他神情冷淡,对着剩下来的菜挑挑拣拣,然后往自己盘子里放。

于筱冰突然有点想跑,可她刚想转身,脑子里又冒出了上周五裴译一边开着会一边找人帮她批合同的事。她最后还是没有离开,顶着那种强烈的震颤感,站到他身边,开口打了个招呼:"裴总。"

裴译看了她一眼,收回了视线,可过了一会儿,像是才反应过来她出现在他身边了一样,足足慢了一拍才看向她,开口说:"怎么了?"

"您今晚有事吗?不是……就是您今晚还要去忙吗?"

她这话说得没头没尾的,裴译皱了下眉头,有点疑惑地看着她。

于筱冰看出了他的不解,舌头都要打结了:"要不我们出去吃点吧。"她满脸通红,话音刚落,就意识到自己有点前言不搭后语,连忙又补充,"就是上次的事情我想谢谢您,黄科说您当时也在开会,是我麻烦到您了,所以就想请您吃顿饭。"

裴译听后脸上没什么表情,他眼睑微垂,像是在想些什么一样。

于筱冰被他的沉默劝退了,又低头加了一句话:"我就是想为上次的事情跟您道谢而已,您要是还忙的话就算了。"

裴译放下了夹菜的手:"最近确实有点忙,但难得你说要请我吃饭,再忙今天也先下班了。"

于筱冰赶紧抬头摆起手来:"不……不是,我都行,您要是今天很忙的话那就下次再去吧。"

裴译直接把手里的盘子放下来了："别说了，走吧，我去开车。"

于筱冰见裴译开始往外走，只能跟了过去，开口问他："那您想吃什么？"

"鱼。"

"还去上次那家吗？"

她总感觉裴译好像很喜欢去那边，上次给她打包拎回来的菜里都有那家的鱼。那是一份分量很足的水煮鱼，她放冰箱里吃了两顿才吃完，不过确实很合她嗜辣的口味，鱼里的干辣椒味道很正宗。

裴译顿了一下，转头问道："你觉得他家好吃吗？"

于筱冰被他看得有点紧张："还可以，我觉得挺好吃的。"

"嗯。"他收回视线，点点头，说道，"那就还去那家。"

从公司离开后，两人在车上都没怎么说话，于筱冰总觉得有点尴尬。

她尴尬的并不是这个安静的氛围，而是她刚才上车的时候，因为不想坐在裴译身边，下意识就坐到后排去了，显得公司领导好像是她的司机一样。

于筱冰把脸转向窗外，尽量忽略掉这种微妙的感觉。她看着窗外不断后退的画面，试图让心情也跟着风景变化，结果前方很快就到了拥堵路段……堵车了。

她只能收回视线，摸出手机，随意刷新了一下各种资讯。前面响起了很轻微的物体磕碰声，裴译嚼起了口香糖，然后把小罐子递向后面："你要吗？"

于筱冰嗅到空气中多了一股薄荷的清淡味道，从他手里接了过来，倒了两粒："谢谢。"

裴译没说话，把她还回来的罐子随手放到一边，然后将车窗降了下

第三章 记忆解封

来,胳膊撑着窗沿,转头看向了外面。他没有点烟,于筱冰总感觉他本来应该是想在这个时候点支烟的,但不知道现在是不是在戒烟。

这家店总是人很多,到了之后他们还排了一会儿队。于筱冰坐在外面看手机,等着叫号,人声嘈杂中,裴译突然起身走开了。于筱冰移开视线看了一眼,发现他从口袋里拿出了手机,可能是要去打电话,她又将视线放回了自己的手机上。

裴译回来的时候,递给她一个梅干菜锅盔:"韦总说这个挺好吃的,你垫垫肚子。"

他们头顶上的光源偏暖黄,让他原本呈冷白色的手指变得温暖了很多,和油纸袋很相称,多了几分烟火味。

于筱冰出于个人习惯,本来想开口对他说不用了,可看他买都买了,她最后还是点头应下了,从他手里把饼接了过来:"谢谢裴总。"

他也坐了回去,低声说了句:"没事。"

纸袋里面的饼往她的指尖上传递着滚烫的温度,这是刚做好不久的。

于筱冰想起他也没吃,忙说:"要不我给您分一半吧,我一个人吃不完。"

裴译原本垂着眼,像是在发呆,被叫到后,他又看向了她的眼睛,很平静地说:"我都行。"

她借着纸袋把那份锅盔掰开了,然后抽了几张纸巾,从袋子里面捏出半块自己留着,剩下的就连着纸袋一起给他了:"给您。"

"你把那个给我吧。"他示意了一下她手里用纸巾包着的那块。

于筱冰连忙摇头:"没事,我用纸……"

"包着就好"四个字还没说出口,裴译就直接撑着桌子靠过来,把她手里的那半块饼拿走了。

117

他动作很快,其间没有停顿,于筱冰后知后觉地反应过来,自己的指尖上面还残留着另一个人刚刚摩擦带来的体温。

为了压住那种混乱感,她只能把手里的东西放进嘴里开始嚼,就连是什么味儿的都没尝出来。

两人现在的关系很纯粹,就是简单的上下级而已。今天她邀请他出来吃饭,也只是为了感谢他上次在工作上对她的帮助。于筱冰又往嘴里送了口吃的,这回总算尝出味道了。

锅盔真的很好吃,酥脆到可以掉渣,里面口感偏软,味道咸咸的,还有点能够增鲜的甜。

她在想,自己是不是也能和班珍一样,友好地去问一下裴译这些年来有没有和别人谈过恋爱?有没有遇到过合适的?怎么这么多年了还没有结婚?

她可以不再对他表现出那种躲避的态度,而是尝试着坦然面对他。她能够做到这一步,才算是真的开始面对过去了吧?

于筱冰在心里酝酿了好几个问题,想着挑个适当的时机问他,可还没来得及开口,店员就出来叫他们的号。她连忙起身跟着裴译走了进去,被安排坐下后,于筱冰直接让服务员把菜单给裴译了:"裴总,您看您想吃些什么。"

"你点吧,我常来的,吃什么都行。"裴译就坐在她对面,把衬衫的袖口解开,往上卷了两下。

于筱冰边看菜单边询问裴译的意见,最后她点好了菜,把菜单又递了回去。

点完没过一会儿,裴译的手机就响了,他起身出去接电话,于筱冰就只能坐在那里等他回来,独处的时候,她忍不住多想了会儿。

十一年过去,裴译变了,变成了每个眼神都会令人动容的那种。原本少年时他就有许多情绪藏在心底,而现在那些东西都随着阅历和经验的增长,沉淀进了他的气质中。只要他愿意,就不会让人从他身上感觉到冷淡与距离,而是让人有种自己也能和他结交一段很友好的关系的感觉。

温和与教养已经完全刻入了他与人相处的方式里。

这样的男人比起当年的少年,看起来真的改变了很多。

于筱冰垂眼看着桌面,伸手把脸颊边上的头发钩到了有些发热的耳后。

上菜后过了一会儿,裴译终于回来了。他见于筱冰一直在等他没动筷子,又开口对她说:"抱歉,刚才有点事。"

"是不是公司的事情太忙了?"她贴心地问道,"要不您还是先回去吧。"

"不用。"裴译坐下后划了一下手机的下拉界面,直接开了飞行模式,"已经解决了。"

说完裴译拿起筷子,夹了一筷子鱼:"吃吧。"

"嗯。"于筱冰见状也拿起了碗,可还没等她开始夹,对面的男人就突然侧过头去,按住嘴剧烈地咳嗽起来。他咳得很克制,但还是能从他有些发红的脸上看出他此刻很难受。

于筱冰连忙伸手过去拍他的背帮他顺气,边拍边问:"怎么了啊?"

裴译没说话,过了好一会儿才缓过来。他眼尾泛起红,带了一点水光:"没事……被刺卡了。"

于筱冰又给他倒了杯水,在旁边看了好一会儿,见他没事了,这才坐回去继续吃。

这顿饭两人吃得过于安静,于筱冰在一旁有些心不在焉,结果还没过一会儿,裴译就又被卡到了。他灌了好几口水,手指揩着嘴又开始闷头咳嗽,很难受的样子。

于筱冰嘴笨,不知道该怎么说,刚刚那么近距离地碰他,让她有点受不了。指尖发麻还不算什么，主要是跟他贴得太近了，他身上的味道让她很想再近一些。

眼看着裴译在桌子对面被鱼刺卡得不停咳嗽，于筱冰没有动，她实在是不敢再管他了。明明上次跟班珍、赵思静一块出来吃鱼的时候，也没见他吃得这么急过……难不成是因为她刚好在饭点叫他出来，把他饿到了，所以他才吃得比较快吗？

于筱冰胡思乱想着，刚才确实让他开了很长时间的车，路上又堵了一会儿车，过来排队也等了很久。如果不是被她叫出来，他大概早就在食堂吃上饭了。

她突然觉得有点过意不去，又低下头开始默默给他挑鱼刺。

裴译终于缓过了那股劲儿，伸手按了按嗓子，端起她刚给他倒的水小口地喝了起来，抬起眼睛看她。

周围的每一桌人都坐得很满，大家有聊天的，有开玩笑的，哪怕不说话，也有相对平和的气氛。

唯独他们之间哪里都透着一点不对劲，乍一看都在吃饭，可仔细看的话谁都没在吃。

于筱冰的动作一直都比较麻利，她很快就挑出了一碟鱼肉，放到了干净的盘子里，给他递了过去。

裴译还在看她。他没说话，就连手里的杯子都没放下，眼神意味深长。

这种沉默持续了一会儿，他终于开口了："谢谢。"

于筱冰没吭声，正想收回递盘子的手，却被他一把拉住了。

男人的体温很紧密地贴上她的皮肤，食指在她的手臂上摩挲了几下，中指则移到了她的手腕下方，握住她的手，轻轻揉了揉她最明显的那两条血管。

她被他碰得整个后背都麻了，另一只手下意识就抓紧了凳子边，心脏在迅速狂跳:"裴总……"她耳根后面浮起一层血色,脖颈红得像是能滴血,但脸上的表情还是平静的,跟他此刻的眼神一样,"您能不能放手?"

他轻轻"嗯"了一声,还是捏着她的手腕,没有松开。

于筱冰闷不吭声地咬住了唇,下面那只手都快把椅子的皮面抠破了。过了好久,她眼前的视野后知后觉地开始变得模糊起来。

裴译终于松了手,她很快把手收了回来,放在了自己的大腿上,闭上眼睛想往回憋眼泪。

他终于不再看她,拿起筷子,夹了一块她给他挑出来的鱼放进了嘴里。

"下次不这样了。"他把鱼咽了下去,像做错了什么事,声音莫名地有些低,"抱歉。"

于筱冰抬手擦了下眼睛,也开始闷头吃东西,只是她的眼眶一直都很滚烫。

她愿意为他做很多事情,因为他当时对她的帮助不是挑一份鱼刺就能偿还完的,可这里面却不包括要被他玩弄感情。

高中有段时间于筱冰过得心惊胆战,因为宿舍里那个冤枉过她偷手机的女生,跟隔壁寝室的另一个女生进行了激烈的争吵。对方不知为何就被那个女生揪住不放了。

那天下午学校放假,于筱冰回宿舍想收拾东西时,又看见自己的桶里堆了一堆不是自己的衣服,上面还有袜子。于筱冰说过不要这样做,结果她们又把衣服都丢给她。她实在忍不了了,于是拎起桶直接放到了宿舍正中间。

"你们能不能别老把衣服放我桶里!我说了我不会洗的!"她几乎要崩溃了,语气很冲。

躺在床上玩手机的那个女生直接拿起手边的小哑铃把她的桶砸翻了，一脸不爽地看着她说："那你能不能别老待在宿舍里了？我们都回去了就你一个人在这儿，我的东西老找不到！"

于筱冰想说明明是你自己不爱收拾爱乱堆导致东西找不着，可眼前突然一阵酸胀，怕对方以后会像针对那个女生一样针对自己，那些话只得被迫咽回了喉咙里。

于筱冰没说话，直接转身走了，隐约听到后面有女生的声音传来："她不会又要去告诉老师吧？"

"她告啊，我又不怕，大不了转学。"

于筱冰握着拳头强忍着汹涌的泪水，肩膀颤抖得越来越厉害。

大家都知道她宿舍里住了什么人，也没人愿意和她换宿舍。

妈妈也永远只会要她别给室友洗衣服，说她交了钱就必须住在那个地方。妈妈根本就没有想过她每天在那里到底过得有多难，也根本没考虑过让她搬出去。她说自己扛不住了，妈妈就只会说她抗压能力差，说她内心脆弱，说她在学校里就这样了，那以后到社会上去怎么能混得下去。

于筱冰抹了抹眼睛，出了校门后一时间感觉自己身心俱疲，可除了忍，她别无选择。

她走到一个屋檐下，拿出那个偷偷在用的手机打开看了一眼时间，准备去买菜，晚上再给裴译弄点东西吃。她记得他上次说过想吃板栗炖排骨，要多放板栗的那种。

市场里很热闹，于筱冰买了很多东西，两手都拎着满满的菜，准备放到他的冰箱里收起来。

认识一段时间后，她才知道裴译的日子过得有多怪异，在学校的时候他还能吃食堂，可学校放了假，他永远都是在外面吃。能按时去外面吃也还行，关键是他不按时。

第三章 记忆解封

于筱冰问过他，明明是北方人，为什么来南方读书。他当时只是简单提了一下，说他爸在这边负责一个大型的工程项目施工，得待个七八年，他妈一个人在家里闲不住，就带他一块过来了。

可于筱冰还是觉得很奇怪。裴译话里的意思很像是他为了和父母待在一块，所以才来了南方，可来到南方后，他却是自己一个人住在外面。而且于筱冰从来没听他提过回家，不管是上学还是放假，他都自己住在那间出租屋里。反正都是一个人，他为什么不留在北方？B市无论是教育资源还是教育质量，明显优于现在这座城市。

于筱冰不是没问过，但每次一问这些问题，他就开始变得冷漠，就算回答也答得很敷衍，根本就是不想跟她说的态度。后来于筱冰也就不再问了。

于筱冰很有自知之明，裴译其实就是因为独自一人在外地上学，多少会感觉有点孤独，所以不拒绝有人让他的家多出一些烟火气息。他平时做得最多的一件事，就是让她过去和他一起吃饭，她大概能猜到裴译在老家那边肯定还有很多朋友，毕竟他连一个人吃饭都不习惯。

外面太阳很晒，于筱冰走进那栋阴凉的老楼里之后，瞬间感觉头发间的缝隙都变得凉丝丝的。

角落里有下雨时萌生的绿色苔藓，墙面上的雨水干了后，就多了一圈圈黑色的痕迹。

有不少复读生都在这里租房，在这儿经常能看见陪读的家长，除了生活气息浓厚以外，在走廊里还能听见读英语的声音。

楼里没电梯，裴译住在三楼，于筱冰爬到了楼上，正想放下菜拿钥匙开门，突然发现那扇门并没有关上。她微微愣住，因为从门缝里能隐约看见一个年轻的女孩在他屋里，她穿着浅色上衣和牛仔短裤，脚上踩了双看起来很有设计感的凉鞋。

女孩正朝着对面的人笑，她看起来年龄很小，虽然是很可爱的娃娃脸，但五官极为精致美丽。

于筱冰一时间有些恍惚，因为这个女生长得真的太好看了，这种日常中很难看到的美貌是她一个女生看了都会挪不开视线的程度。

于筱冰第一时间就想到了裴译，他的长相也呈现出了这种极端的美感，让人首先产生的就是不敢靠近他的感觉。

可这个女生跟他聊天的时候，就完全不会那样。她跟他才是同一个世界里的人。

"我好不容易过来看看你，就是想让你陪我去剪个头发而已，你干吗这么小气？"女孩的声音似乎带了点哭腔。

裴译的声音里带了点不耐烦，透过一扇门都能从语气中感觉到他的精疲力竭。

"你走不走？你不走我走行吗？我把这地让给你，你住吧！能不能不要来烦我？"

"我不要，反正你今天一定得陪我去剪头发，我这么大老远过来看你，你凭什么赶我走？"

"你到底走不走？"他的声音冰凉得有点可怕。

女孩愣了一下，这会儿是真的被他说哭了，哽咽了起来："我不，我就要你陪我去剪头发，我的头发好久都没剪了。"

屋里沉默了片刻，跟她对峙的少年突然把桌子掀了，声音把在屋外的于筱冰都吓到了："你烦不烦？我都说了让你走！你是听不见吗？"

"小译……"女生哭得泣不成声，伸手拉他的衣服，"你以前明明不是这样的，你现在这样对我难道是想跟我再也不见吗？"

"是。"他的声音又恢复了冷静，只是已经沙哑得有点可怕了，"我就是这么想的。"

他们之间终于陷入了沉默。

那个漂亮的女生在他面前吸着鼻子委屈地哭了好久，可最后还是没

第三章 记忆解封

忍心对他说出什么难听的话:"你不想陪我去就算了,别这样生气,自己在外面住一定要照顾好身体,别生病,天冷了要加衣服,不要让我担心你。"

裴译已经不再对她说话了,于筱冰听见里面有扶桌子收拾东西的声音,那个女生也蹲下来想要帮他,结果被他用手挡开了:"你别碰我的东西行吗?"

她把手收了回去,哽咽着说道:"小译,对不起,我其实不想惹你不高兴的。"

屋子里面没再发出声音。很快,楼道里就多了女生的脚步声。她临走前还又回头看了眼那扇已经被关上了的门,这才依依不舍地下了楼。

于筱冰就坐在楼梯口,那个女生从她身边路过时,并没有多看她一眼。

于筱冰身边放着两袋菜,她低头看了看自己的手心,掌心的纹路里都是汗水。一身汗都是冷的,她的头脑却在不断发热。

裴译确实还有其他的朋友,现在她可以更加明确的一点是,她只是他最普通的那个朋友。

路上随便捡条小狗,养久了都能培养出感情。可现在她才意识到,对狗的感情跟对人的感情终归还是不一样的。

她把脸埋进了膝盖里,莫名地想哭。

被裴译叫来和他一块吃饭的次数多了,她怕他一直吃外面的饭馆不卫生,所以就提出要来他家给他做。他没有拒绝,但也没有表示过什么,只是每次都会给她超出菜价很多的钱。

这么仔细一想,他每次跟她都是有来有往的。

于筱冰把脸贴在腿上,眼前一片模糊,坐了一下午,外面的天都有点变暗了。

天边的火烧云浓郁得让人光是看着都觉得身上很热,楼道里被泼满了深红色的光线,正前方的窗户刚好放入了那轮夕阳,仿佛在永无止境地燃烧。

一片静谧中,右侧后方突然响起了咔嗒的开门声,而那脚步只响了一下就停住了。

过了一会儿,他走了过来,手指落到了她的肩膀上,轻轻拍了两下:"来了怎么不进屋?"

于筱冰靠着墙壁睡了一觉,被拍醒后转头看了一眼,发现自己身后站着的人是裴译。

"我忘记带钥匙了。"

"你可以敲门。"

"我敲了,没人开。"于筱冰又撒谎了。

"抱歉。"裴译没有深究,总之先开口跟她道歉了,"先进来吧。"

于筱冰有点抗拒,但身体还是很诚实地站起来了。她弯腰正要拎袋子,手边的两个袋子就已经被他拎起来了。

这些菜都是用他的钱买的,他每次给的都会剩下一些,说是她做菜辛苦,让她都收下。于筱冰自己用不了那么多,除了平时买一些必须要用的东西外,剩的钱她都用来给他添置生活用品了。

十月份了,天气偶尔会有点冷,一场秋雨一场寒,早晚都很凉爽,她还买了厚点的被子。

每次在他那里,做完家务时间还早的话,她就会从他的书架上面拿书看。裴译是个很爱阅读的人,他看的书很杂,从世界名著到三流小说,从绘本漫画到国家地理,什么乱七八糟的书他都会往书架上面扔。

于筱冰知道他买回来后大概都看过,因为书上有他随手画的线。于筱冰喜欢寻找他随手记录在书中的笔记,并以此为乐。她总觉得自己能在这些字里行间窥探到他内心的秘密……

进屋后,于筱冰没有多说什么,直接去了厨房。裴译先她一步把那些菜都放在了料理台上,靠在一边等她。

少年的身形看起来挺拔修长,脸上的神情也很平静,如果经常跟他相处,对他的观察再细致一点,就能看出他现在的情绪比起平时要低落很多。

那件事对他的影响持续了一个下午。

于筱冰没法忽略他的存在感,想做点事把那种感觉冲散,而且她觉得这应该是她给他做的最后一顿饭了。

"你先出去吧。"她尽量让自己的视线落到他身上,尽管脸对着他,可眼神最多只停留在他的肩颈和锁骨上。

裴译闻言,垂眼看向她,于筱冰敏锐地察觉到了他的注视,很快转身去拿袋子里的菜。

"我买了很多菜,今天吃饭可能会晚一点……"她在极力掩饰什么,但内心的不安有很多都透过语气和眼神流露了出来。

裴译就只是看着她,很安静,没有说话。

于筱冰就算再怎么迟钝,也能感觉到裴译的目光现在正落在她身上。她有些不安地站在原地,就连手里的蔬菜都不知道该怎么处理了。

"你上次说想吃板栗炖排骨,我会多放点板栗的。"她为了遮掩自己的异常,又说起了或许会让他感兴趣的话题。

"嗯。"他用鼻音低低地应声,"我来剥。"

裴译去洗了手,从袋子里面拿出板栗,直接上手剥。于筱冰看到后,想说的话如鲠在喉。她想说"你这样其实剥不干净,等我先划完花刀再煮一下会比较好",但又不知如何开口。她在学校也是这样,不想跟人起冲突,哪怕是为了对方好,她也有点开不了口。

不想让别人觉得她是在教他们做事,怕自己会惹他们不高兴。她的家庭条件不好,所以平时总是会不自觉地认为自己低人一等,"谨小慎微"四个字仿佛刻进了她身上的每一根骨头里。

于筱冰最后还是什么都没说,转身去煤气灶旁点燃了火,烧上热水,然后默默地开始在板栗上面切起了十字花刀。

她边切边看了裴译一眼,问:"是不是不太好弄?"

"嗯。"裴译仍然专注于手里的这颗板栗,为了去除板栗表皮的那层薄膜,他把里面的板栗肉抠得千疮百孔,"你平时给板栗去皮都这么麻烦吗?"

于筱冰摇摇头:"我会先煮一下再剥。"

她看到水面开始冒泡,把划了刀口的板栗先放下去煮了,然后继续切剩下的,大约三分钟之后,她把锅里的板栗捞到了碗里,端到了他身边。

"你再试试?"

裴译没有犹豫,伸手就要去拿,于筱冰嘴里那句"小心点,很烫"还没说出口,他就已经挑了一颗出来,沿着她切了花刀的地方把外壳剥开。

煮过的板栗软膜直接与板栗肉分离,粘在了外壳上面,很轻松地就被带着一起剥离了下来。

她的眼神有点诧异,这些都是刚从开水里捞出来的板栗,他拿在手里不可能一点感觉都没有。

"你不会觉得烫吗?"于筱冰没忍住问他。

裴译闻言抬起了头,对上她充满关切的眼神后,又垂眸看了眼自己发红的手指尖,有些后知后觉地点点头:"是有一点,不过还好。"

可他的手指明明就已经被烫到,红得很厉害,于筱冰一时间什么都没想,拉着他的手放到水龙头下面冲起了凉水。感觉差不多后就赶紧关掉水龙头,然后松开了他。

"你还是去外面吧,我来弄就可以了。"

第三章 记忆解封

"我影响到你了吗?"他看着她问。

于筱冰没再吱声,沉默地把菜从袋子里拿出来开始料理。裴译在旁边盯着她的背影看了一会儿,转身出去了。

于筱冰看了眼自己手里那条被莫名其妙拿出来的鱼,没忍住松了口气,放下鱼重新处理起了板栗。

于筱冰在厨房里忙活了很久,做了一堆好吃的,尤其是最后出锅的那道鱼,尝味道的时候她的眼睛都亮了。她从爸爸那里学了不少,就连妈妈也说她厨艺很好。

于筱冰放下筷子,把菜端出去时,眼角余光看到裴译正靠在阳台上。

阳台门是关着的,年代有些久远的玻璃有了磨损的痕迹,没办法再擦得特别干净,上面盖了层薄薄的雾气,他的背影隐隐约约的,让人看不真切。

她收回视线,又去盛了饭,摆饭的时候就见裴译从外面进来了,他看了眼桌上大大小小的碗,表情有点诧异:"怎么做这么多?吃不完的。"

"可以放冰箱,刚好后天学校开学了,多做点,明天的菜就有了。"

裴译坐在对面,拿起筷子和碗,吃了几口后突然看向她说:"明天你不来了吗?"

于筱冰有点犹豫,是要眼下就跟他说清楚吗?还是临走前再告诉他?

为了不影响他吃饭,于筱冰最后还是选择了后者:"没有,我今天的菜买多了。"

裴译又盯着她看了一会儿,终于把注意力都放到了眼前的菜上:"为什么你不吃?"

"我待会儿还要回家做饭,得跟家里人一起吃。"

他直接起身,去厨房给她盛了一小碗米饭,放到了她面前:"陪我吃一点。"

"好。"她最后还是坐在这儿跟他一起吃了，几乎每道菜都被动过，唯独那条鱼，裴译连尝都没尝一下。

于筱冰觉得自己这次真的做得很好，于是鼓足勇气开口问了他一声："你要不要试试这道鱼？"

"刺多，不喜欢。"裴译的目光从那条鱼上面扫过，他顿了一下，像是意识到自己没顾虑到她的情绪一样，又补充道，"我小时候被鱼刺卡过喉咙，疼了一个星期才弄出来。"

得到答案后，于筱冰就低头开始给他挑起鱼刺来了。

她挑了一小碗鱼肉，又舀了一些汤汁盖上去，递给他："现在没刺了，你尝一尝。"

裴译沉默不语，就这样看了她很久。于筱冰很不习惯被人盯着，赶紧又拿起碗筷把脸埋进去扒饭。她鼓起腮帮子嚼，但是吃得又很慢，生怕自己没事做气氛会尴尬。

"你喜欢吃鱼？"他突然开口问她。

"嗯。"她点头应了一声。

"以后还会给我挑鱼刺吗？"

"……嗯。"

气氛又一次沉默了。

于筱冰看裴译吃完了饭，这才把自己剩下的那口饭吃干净了，起身去放碗。

她总感觉现在无法冷静。裴译明显不爱吃鱼，甚至是对鱼有阴影，她还非要给他挑刺让他吃，关键是他还全吃了。

于筱冰刚打算洗个碗冷静一下，少年就过来替她了。

"我来洗，你去休息吧。"

裴译不会做饭，煎个鸡蛋只能煎出奇怪的蛋液糊，煮面条最后煮出来的也全是糊状的，味道还很咸。于筱冰教了他几次，最后她实在受不

第三章 记忆解封

了，就想了个借口，劝他不要再学了。

他大概也知道自己做的东西狗都不吃，所以每次吃完饭都会过来洗碗。

从厨房出来后，于筱冰看到外面的天还微微亮着，这会儿回家正合适。

"我先走了。"

她往前走了几步，听到他洗碗的声音，应该是没拿稳，碗掉到了池子里。

于筱冰深呼吸了一次，尽量把自己说话的声音放大："我以后应该不会再过来了……"

裴译打开了水龙头，头也没抬地问："你要转学了吗？"

于筱冰没有给出答案，周围就只剩下两人的呼吸声以及水声。

洗碗池溅出的细碎水滴打在他的手背上，带来刺骨的凉。裴译转过身，没关水龙头，一双黑沉沉的眼睛看向她。

"所以刚才问你的时候你为什么要说谎骗我？"裴译表现得很冷静。

洗碗池里的水已经快冒出来了，堆到碗上面之后，透明的水帘就开始迅速往下淌落漫延。

"是我有什么地方让你觉得不满意吗？"他说话的时候，一直在看着她。

"没有，不是的，不是因为你不好。"

于筱冰的声音都在发颤，她开口对他解释："高一的时候，班上有个男生坐在我旁边，他也和你一样，是那种很受欢迎的人，第一次和我打招呼的时候，还送我一块口香糖。当时我特别感谢他，因为我长这么大从来没有男生分过零食给我吃。有次轮到他值日打扫公共区，可当时碰巧他朋友叫他去打篮球，于是我让他去打篮球，我帮他值日，从那以后我就经常会替他做一些力所能及的事。"

她顿了顿，手指也绞紧了："但是有一天他突然跟老师申请了换位置，我听到旁边的女生在议论我，说他其实是听到了别人说我和他的那些闲话，觉得很不好，他很害怕，所以就跑了。"

于筱冰说到最后，发现喉咙使不上劲，而且控制不住地往下掉眼泪："我从来没有他们说的那个想法，就只是因为他给了我口香糖，不想欠他什么，所以才对他好的。"

裴译的喉结在皮肤单薄的颈部上下滑动了几下，他再开口时声音有点低哑："然后呢？你觉得这跟我有什么关系？"

于筱冰的眼泪当即变得更汹涌了，温热的液体根本擦不干，她的肩膀也开始不停地颤抖："没有关系……我……"

于筱冰觉得自己不只各方面条件不行，而且一些做法也很容易让人失望。就好比现在，她在用过去的经验去揣测裴译，他明明没做过任何过分的事，却要被人这么扣帽子，她对他一点都不尊重。

她红着眼眶，对着他摇了摇头："对不起，我不该对你说这些话的。"

从窗户外面落进来的最后一点余晖也即将被夜幕收走，厨房里的光线很昏暗，几乎看不清楚对面人的脸。

裴译越过她离开了厨房，但他很快又回来了，手里还多了几张纸巾："不要哭了。"

于筱冰接过他递来的纸巾，默默地擦掉了脸上的泪水，对他说了声谢谢。

"你最近在宿舍里被人欺负了，是不是？"

于筱冰的眼泪在眼眶里凝固了一瞬，她不知道他为什么会突然说起这件事情，整个人有些迷茫："你从哪里听到的？"

裴译低头叹了一口气，看着她说："有人说你们班有个女生带头把衣服都丢进室友的桶里，还说了一些其他不太好的话……"

于筱冰想起待会儿回家吃完饭又得回到宿舍，之后还得继续在那种环境里受罪，本来就不好过的心里变得更加难受了："嗯，是我。"

"我这边刚好还有一个空房间，你如果不想住宿舍，可以搬出来住。"他的声音变得平和起来，身上那些原本会让她感到紧张的情绪全都消失了。

于筱冰愣住了，回过神来后，她回避着他的视线开始摇头："还是算了吧。"

屋内几乎没有半点夕阳光了，窗外夜幕降临，全靠地平线处仅剩的那点光线模糊地照亮四周的摆设。

"为什么算了？"

少年在注视着她，于筱冰的喉间开始酸涩，她低下头，看着自己手里被眼泪打湿的纸巾，下午那些不安的情绪早已被冲淡到微不可察了。

"我不能搬出来住，妈妈肯定会问我哪来的钱在外面租房子。"她继续说，"我真的该回家了。"

他沉默了好久，才说道："嗯，那你路上慢点。"

天色彻底变黑，窗外暗了下来，换上了微弱的月光，眼前的路必须要很慢地走才能看清楚。

好不容易走到门口，于筱冰又听到站在客厅里的那个人开口了："你刚刚是在担心我也会像他那样对你吗？"

于筱冰抬眼看向他，而少年的眼眸被眉骨投下来的阴影笼罩，月光浅浅地照亮他的侧脸，分辨不出他此时的情绪究竟是怎样的。

他用一种很平静的语气轻声说："我不会的。于筱冰，你比她们对我都要好。"

于筱冰感觉耳边嗡嗡发颤，被人当作更好的那个来看待，对她来说是相当陌生的一件事。

她曾坚信不疑的旧信念被推倒了，而一些新的东西在此刻开始悄然萌芽。

晚上八点，餐厅里人声喧哗，光线明亮。

于筱冰吃着东西，却感觉味如嚼蜡。两人之间静默无声，直到身后一只手突然在她的肩膀上拍了一下。

"于筱冰？"

于筱冰转头一看，发现来人是班珍，还没等她反应过来，班珍就兴致勃勃地说了起来："刚在玻璃窗外面看见有个女人在跟裴总单独吃饭，我就在想这女的是谁呢，原来居然是咱们自己人，那我就放心了。"

于筱冰怕班珍多想，正要开口跟她简单解释这次出来吃饭的原因，结果眼角余光看见裴译站起身，走过去跟班珍身后的一个男人握手："李总，您好。"

那个男人身材高大，脸很方，是个标准的国字脸，人看起来很精神也很有魄力。

"裴总，好久不见了，怎么上次看见您好像也是在这儿啊？"

裴译笑了一下："我来这家的次数确实比较多。"

"筱冰，能跟你们拼个桌吗？"

班珍眼毒，直接不问裴译了，估计是看出了现在话语权压根就不在他那边。

于筱冰点点头，答应了。还没等裴译说话，班珍就直接把于筱冰赶了过去，让她坐在了裴译身边，把自己身后的男人拉了过来："我跟我老公坐一块，你坐裴总那边去。"

说着她还很亲密地挽了一下身边男人的手，看得于筱冰心里直打战，主要还是因为裴译的存在感对她来说实在是太强了。

两人间就隔了一个拳头的距离，在那对夫妻点菜时，裴译转头凑到她耳边，压低了声音对她耳语："这是班珍的老公李瑞，现在是项目经理，他能力很强，明年可能会调到公司当副总，等韦总再往上升，总经理的位置十有八九会是他的。"

第三章 记忆解封

于筱冰在裴译跟她说话时，不自觉对他偏过头，听完后她心里大概了解了情况，可耳朵还在阵阵发麻。她不明白裴译现在是以什么立场在对她说这些。

四人吃完饭后，班珍看了眼时间发现还早，于是又撺掇着于筱冰一起逛街。

班珍早就想买夏天的衣服了，她老公吃饭时一直在跟裴译交流着工作上的一些问题，所以她说什么都不放于筱冰走："就当饭后消食吧，你不知道李瑞那男人可闷了，我让他给我看衣服他就只会说'嗯嗯好好行行'，你学画画的审美肯定好，走吧走吧。"

于筱冰觉得打扰人家夫妻二人世界不合适，但班珍又拉着她不松手，不像是在跟她客气，是真的觉得自己老公人很闷，她没办法，只能点头答应："好吧。"

班珍随即又抬头问裴译："裴总呢？您今晚有事吗？要不要一起转转？"

听到这话，于筱冰想起裴译出门前说自己很忙，赶紧又看向他道："裴总，您不是说公司还有很多事情要忙吗？"

裴译看她一脸紧张的样子，收回了视线："难得碰见李总，想再聊聊。"意思就是他不走了。

于筱冰没话说了，点了下头，反正她只是陪班珍逛，跟裴译也没什么关系。

两个男人在聊天，班珍便拉着于筱冰在各个店里瞎逛。班珍试了一堆衣服，最后在一家她平时常来的店停下了。

很多班珍觉得自己穿着显得太嫩的衣服，在于筱冰身前一比又刚好，她一上头，让于筱冰赶紧也去试试。班珍在穿衣搭配这方面很有心得，就这么让于筱冰也试了一堆，于筱冰自己也感觉整个人气质变了很多，跟刚才进店时完全不一样了。

135

班珍替她拉了拉衬衣的领子,说:"你穿这种稍微修身一点的款式就很合适,看起来又甜又柔和,从衣服质感就能看出来是工作很久的。你之前穿的那些衣服太幼稚了,我都以为你大学刚毕业你知道吗?"

于筱冰有点尴尬,班珍又撩起她的头发看了看,说:"你这个头发多久没剪了?下面都分叉了。"

"我三年没进过理发店了。"

班珍一脸不可思议地看着她:"你是怎么做到的?"

于筱冰越发不好意思,解开了衬衣领口的绳结,说:"我去换下来。"

"那我去前面等你。"

于筱冰在试衣间里把身上的衣服脱了下来,拿起吊牌看了眼价格,结果这一看差点把她送走。

不过是一件春夏款衬衫,居然标价人民币八百九十元。她又想起自己刚才试过的那些衣服,赶紧出去问了问价格,果然也都不便宜。有条收腰长裙她特别喜欢,好看又不显胖,很有质感,得二千六百块钱。

这些衣服和班珍的衣服凑在一起,打完折之后也还是有点超出她的预算。于筱冰也不是买不起,就是B市消费这么高,口袋里有点钱比较安心,她不敢太乱花。

跟着班珍这个有老公刷卡的小富婆感受了一下VIP换装体验,于筱冰还是决定去网上或者小点的店里买衣服。这个价格让她多少有点尴尬,正准备说自己不要了的时候,裴译走到了她旁边,开口问:"这些一共多少钱?"

售货员看了眼刚录的单,说:"您好,打完折一共是八千七百三十元。"

他问完就掏钱包出来刷卡,于筱冰赶忙要阻拦他。

班珍在旁边眼睛都亮了:"裴总,您给冰冰花钱怎么花得这么顺手啊?"

这句话影响力太强,于筱冰的手都慢了一拍,也就是在这个当口,

第三章 记忆解封

裴译的卡被柜台后的人双手接过去了。

这个小停顿落到了班珍眼里,她看两人的眼神更暧昧了:"刚看你俩单独出来吃饭我都还没想太歪,现在我真做不到了。"

裴译面上不动声色,看不出他现在的情绪,签单的时候他的动作十分流畅。

"我替你们郭科长向小于说声对不起,胡科长跟我关系不错,这次是财务的人欺负了她。"

班珍想起上次的糟心事,一时间被堵得没话说了。领导爱睁着眼睛说瞎话就随他去吧,反正没人会信他,哪有领导向下属道歉出手就要花小一万的?下属去找领导赔罪还差不多。

衣服装好后,裴译把袋子都递给了于筱冰,手要撤开前,他停留了一下,说:"我帮你提吧。"

"不用。"她心里一阵悸动,把袋子抓到手里,"谢谢裴总。"

他们逛完出来,外面的气温稍微有点低了。

临时组建起来的饭局散场之后,双方也都要去各自停车的地方。

于筱冰很小心地藏着这种战栗感,对班珍挥手道别。夜风透过单薄的衣服,刮在她的胳膊上,把她吹得轻微地打起了哆嗦。

裴译的车就停在前面的车位,他拿出车钥匙解锁,随后低声说:"上来吧,我送你回去。"

店铺边上的路灯光线偏暖,他高挺背影的清冷感都被冲淡了几分,裴译脚步落在地砖上的声音传到于筱冰的耳朵里,变得异常明显。

她赶紧应了一声,顺手拉开了后座的门,把那些袋子都放在了车后座上。

于筱冰花了一秒时间犹豫该坐在后面还是坐在他身边,她在侧后方隔着椅背,隐约能看见前面男人的下颌线条。裴译的外貌与以前相比变化并不大，真正改变了的其实是他的气质。不知怎的，她突然觉得他的背影有点寂寞。

于是于筱冰鬼使神差地坐到了他身边的副驾驶座上，拉下安全带在身前扣好。

启动之前，裴译把车里的灯关了。他起步挂挡的动作熟稔，不管她是坐在车后座还是坐在副驾驶座，他都没有说什么。

于筱冰心里一团乱麻，想说的话有很多，可她捋不清楚头绪。车开出去一会儿后，她才主动开口："裴总，谢谢您，其实不用这么麻烦来给我买东西，我没事的，郭科他们说的话我都没放在心上……"

"嗯。"裴译认真地看着前方道路开车，等她说完了，又补充道，"你看着不太像没放在心上，那晚不是在外面哭了很久？"

反应过来他是在接她的上一句话后，于筱冰有点惊讶地转头看向他："你怎么知道？"

"后来我又碰见了赵思静，跟她聊了几句，她说你那天很难过。"

于筱冰正在纠结中，就听裴译又说了一句："她还说你边哭边说很想自己的初恋。"

这话一出，于筱冰的眼睛都睁大了，不知道他这么说是什么意思。她的初恋就是他，他不可能不清楚这一点。

她低头看向自己的手，掌心已经被指甲抠出了红色的印记，破皮了。

"没有，我没有说过这样的话。"于筱冰摇了摇头，"是静姐听错了。"

前方是个红绿灯，旁边救护车的声音在刺耳地响。裴译得到答案后也不说话了，打开车窗顺手开始点烟。

打火机按响后，小小的光源照亮了车内的空间，两人的脸上也被火苗染上了暖红色的光。

裴译捏着烟看着窗外，习惯性地抽了两口，像是才反应过来自己身边现在还有个人："抱歉。"

第三章 记忆解封

"没关系。"于筱冰摇摇头,"以前我工作的地方经常有人抽烟,我习惯了。"

红绿灯过了,车辆开始前行,裴译把烟掐灭,边开车边低声说:"能不能帮我拿两粒口香糖?"

"好。"于筱冰连忙给他倒了两粒出来,等他伸手来接时,她却看到他向她稍微侧了些头,示意她喂他。

于筱冰停顿了一下,因为这个举动太亲昵了。可他正在开车,于筱冰怕他会分心,还是把口香糖捏起来放到了他嘴里,手指却冷不丁地碰到了他的嘴唇。

于筱冰惊慌失措地收回了手,整张脸都在发烫。她正拘谨地捏着手,眼角余光就看见裴译抽了张纸巾递过来给她。显然,他知道自己刚才做了什么,可他这种坦然的态度,反而让她分不清他到底是没留神还是故意的。

于筱冰没说话,擦了下手,然后把他递过来的纸巾攥紧在手里。

总算到了宿舍楼下,下车后,她呼吸到了新鲜空气,头脑的昏涨感这才退却一点。

外边的空气都是凉的,裴译的车里刚才很明显开了暖气。

他把后座的袋子都整理好了,伸出手递给她。于筱冰道了声谢,可接过袋子后,却发现男人正在低头看着她。他眸光专注,温柔又专一,像是对她用情很深。

两人之间的这种沉默持续了片刻,于筱冰开口问:"谢谢裴总送我回来,您现在回去吗?"

周围安静且冷清,仿佛要在黑夜中凝出霜来。两人站在原地,静默无言,只剩绿化丛里的小虫子在路灯光照下不断盘旋。男人偏了下头,薄薄的眼皮往下垂落了点。于筱冰还跟以前一样,不敢看他的脸,即便跟他面对面,也只敢看他脖子往下的部分。

可今晚又不一样了，路灯的昏黄光线下，他的皮肤颜色变得暧昧起来。

脖颈间的那段喉结凸出明显，冷白色的衬衣显得他领口往下的位置比那张清俊的脸还要更加令人遐想。

"我抽根烟，你上去吧。"

"那我先走了。"

"嗯。"裴译摸出了打火机和烟盒，一阵窸窸窣窣的声音后，伴随着点火声，周围开始有浓白的烟雾弥散。吐息声响过后，男人那莫名多了几分低哑的清冷声音从她头顶上传来："回去早点休息，不要熬夜。"

于筱冰走了一阵，总觉得那烟味还围绕着自己，在鼻间若有若无地浮现。

即将进入大厅的玻璃门时，她转头看了一眼，结果远远和裴译对上了视线。她这才知道，原来他一直都靠在车上看着她的背影。

于筱冰的心怦怦直跳，她心动得厉害，便快步往里走了。

搭乘电梯到了楼上后，她匆忙开门回到房间，走到窗前又拉开窗帘往下看了一眼。

裴译已经开车走了，楼下此时空荡荡的。

第四章

主动求和

Chapter 4

第二天清晨，于筱冰很早就醒了。她状态很好，去上班之前，还把昨晚买的衣服都洗了，每一件都干干净净地晾在阳台上。出门前她打开窗户通风，看着它们随风轻晃，感觉心情都舒缓了很多。

一上午她照旧处理着工作上的事情，领导也没找她做什么，她整个人都松了口气。

临下班前，于筱冰去看大群的消息，发现群里转发了一份文件，是局里这段时间打算下项目部巡检的通知。他们公司被选中了，具体检查哪两个项目部还没定好，但他们公司下面的那些项目部肯定是在这次抽查范围之内的。于筱冰对这个事情没有什么切身感受，没经历过，也没有概念。

于筱冰中午和赵思静、邵婷去吃午饭，听她俩提起了这件事。

一旦局里要去抽查项目部，公司肯定会提前成立检查组，在局里检查之前先下项目部自行检查一遍。

这种检查通常一出差就是大半个月，天南地北四处跑，她们都不愿意去。关键是出差的过程中，平时的工作也不能落下，白天检查，晚上还得加班去干白天的活儿，很累。

于筱冰没说什么,她也不想去,在以前公司上班的时候她就很讨厌出差。好在她只是个刚来公司的新人,检查这种事怎么着也不会落到她的头上。

吃过午饭回宿舍正准备休息一会儿,于筱冰还没躺够十分钟,就接到了胡科长亲自打过来的电话。她被吓得顿时睡意全无,整个人立马从床上弹坐起来,双手拿起手机接通电话,放到耳边轻声应道:"喂,胡科长,您找我有事?"

"还没休息吧?现在来趟我办公室。"

于筱冰有种后背发寒的感觉,不知道是不是自己工作上出了问题。她手忙脚乱地把睡衣换下,连被子都没整理,捋了捋头发就急忙回到了公司大楼。

这个时间段大家几乎都在午休,听不见半点声音,她耳边都是自己鞋跟落地的匆匆响声。

来到胡科长的办公室,于筱冰伸手敲门,得到回应进去后,她发现黄科长也在里面。

"胡科,黄科。"她忍着紧张开口叫了人。

有点秃头的小老头坐在办公椅上,冲她招了招手,说道:"你过来看看。"

"好。"于筱冰赶紧过去,发现胡科长电脑上打开的是一个项目部上传的结算附件。

"你再看一遍这个结算台账,能看出来有什么问题不?"

于筱冰先是检查了格式,然后又拉了一下结算数量和结算金额,都能跟 OA 的结算单对上,发票金额一个小数点都不差,她实在不知道哪里有问题。

这就是她的问题所在了。

于筱冰很快就承认了自己的不足:"抱歉胡科,我看不出来。"

第四章 主动求和

黄科长在旁边说:"他们的结算数量不正常,你按日期拉一下数据再看看。"

于筱冰按照黄科长说的操作了一下,发现这个项目部每车石料的平均吨数在二十到六十吨,结果有几行里居然出现了每车七百多吨的量。项目上传结算的人就是赌公司的审核不会仔细核对到货日期和每车净重。

莫名在领导面前当了这个冤大头,于筱冰有种有苦说不出的感觉。

黄科长看她一脸苦涩,说:"你没去现场看过是不清楚具体情况,很多材料一个月根本用不了这么多,施工进度不可能这么快,仓库也堆不下这么多库存。"

于筱冰求救似的看向黄科长,黄科长也很耐心地给她提供了解决方案。

"刚好这次局里检查,公司打算提前下去把他们的内业资料过一遍,我刚才跟胡科长讨论了一下,你这次就跟我一块上现场看看,有些东西得当面教你才能学会。"

于筱冰眼睛都睁圆了,她中午还想着自己肯定是第一个被排除在外的,可没想到还没过一小时,她就被拉进了这次的临时检查群。

从办公室离开后,没过多久就到了上班时间。赵思静回来后,于筱冰没忍住去问了她关于检查组的事。赵思静跟她说了下项目部要带哪些东西,还有一些注意事项,最后又说:"你跟着黄姐就行了,她让你做什么你就做什么,项目部的人一个个都可狡猾了,但他们特别怕黄姐。"

"嗯嗯,好。"于筱冰点头应允,就继续上班了。下午的工作刚好就是审批结算,她做这些的时候心里都有点没底,也不知道这次还有没有谁又想浑水摸鱼来糊弄她。确实是要去多了解项目部实际情况才行,不然很多时候她都不知道问题出在哪儿。

几天后，公司出了内部检查通知，转发到了各项目部。

跟黄科长确定日期后，于筱冰提前订了机票，在宿舍开始收拾东西做起了出差的准备。把贴身衣服都放进去后，她又看见了裴译上次给她买的衣服，这个季节穿正合适，上次洗干净了都晾在衣柜里。犹豫了一会儿，她最后还是把那些衣服都取下来叠好，一件件放进了行李箱，留了那件胸前挂了系带的黄色衬衣准备明天穿。

第二天下午她跟黄科长直接去了机场值机，下午有雨，所以飞机延误了，大家一起在等。

于筱冰在前方不远处看见了裴译的身影，他和韦总在聊天，那天并没有在检查组名单上看见他的名字，估计是有另外的事情需要出趟差。她莫名感觉身上穿的衣服有点发烫，这还是她来公司之后第一次在同事面前好好捯饬自己，就连鞋都是带了点跟的。

班珍这次过去检查项目部财务，她把于筱冰拉起来上下左右都打量了一下，没忍住"啧"了一声："还是底子好，收拾一下就变小美女了。"

于筱冰连忙摆手说没有，被她拎起来转了一圈后就赶紧又坐回去了，隐约能感觉周围还有人在看她。

而郭义翔刚好就是其中之一。自打看到于筱冰，他的视线隔三岔五就会在她身上停留。

那天之后他一直都没有跟于筱冰正式联系过，两人的微信也仅限于工作上的一些沟通，疏离得很。有时候他也想过要不要约她出来道个歉，但这段时间工作繁忙，再加上也没什么合适的时机，他也就没管这件事。

认识一段时间后，郭义翔也知道她大概是比较居家踏实的那种人，还爱干净，总之各方面都挺让他心动的。

但于筱冰根本就没有关注他，她小声问班珍："裴总怎么也过来了？他下去检查吗？"

"没有，裴总跟韦总、郭总他们一块出差，要敲定些事情。"

第四章 主动求和

"哦。"于筱冰点点头,远远看着裴译坐在那里低头看手机,和周边吵闹的氛围完全不同。他腿边放了个商务拉杆箱,偶尔会侧头听韦总和郭总谈话,再颔首发表两句意见。

机场的人流量没有节假日那么大,各种各样的人穿梭其中,其中不乏脸蛋漂亮身材姣好的女生。

就在裴译跟韦总他们说话暂歇时,旁边有个戴着鸭舌帽的年轻女孩走了过来。她个子高挑纤瘦,肤白精致,拎着的手提包也不便宜。她单独在裴译面前停了一会儿,两人似乎说了几句话,裴译抱歉地摇了摇头,随后那女生就礼貌地离开了。

气氛尴尬了一下,韦总跟郭总突然笑了起来,领导那边爆发出来的笑声,让原本没关注那边的同事也把目光投过去了。

于筱冰一直在关注着他,所以大概能知道那边在笑什么。

在他们看来,这种事其实挺少见的,至少公司领导班子中的其他人,是绝对不会出个差在机场突然被好看的小姑娘拦住,被人大胆索要联系方式。

她收回视线,低头看着自己的手指尖,反复摩挲着,忍不住又想起了那天两人在一起吃饭,裴译用嘴取走口香糖时就那样碰到了她的手。

她正发呆出神,身边突然走来了一个男人。

郭义翔犹豫片刻后,开口道:"筱冰,上次的事情,我想正式向你道歉,都是我的错,我不该那样在背后议论你,我也没有管好自己科室的人,当时让你受伤了。"他刚开始说的时候,嗓音甚至还有点发抖,但后来就能听出情绪越来越稳定了,可他的眉头依然用力皱紧。

"……对不起。"

周围一起出差的同事都看过来了,一些人对上次那件事情有所耳闻,但大多都只是当成茶余饭后的八卦在听。他们还以为这件事情已经过去了,当事人肯定不会再回应,就连那个实习生都已经改口了,对外

147

说他郭哥没说过那样的话,都是他自己说的,恨不得再也没人提起这件事。

所以今天郭义翔当着这么多人的面向于筱冰承认错误,还这么诚恳地道歉,着实让人意想不到。

于筱冰才是眼下最不清楚状况的,因为觉得相亲那事早结束了,两人现在就只是普通同事。

"没关系。"她看着郭义翔说,怕他不相信似的,又站起来对他说,"真的没关系,我没有在意。"

韦总不知何时也过来看热闹了,他抬手搭在郭义翔的肩膀上:"上次那事我听说了,确实是你做得不地道,你说你相亲就相亲,那样说人家一个女孩子干吗?她又不是你老婆,她跟男朋友谈几年恋爱关你屁事?"

郭义翔的耳根很罕见地红了:"我真的知道自己错了,筱冰,我下次请你吃饭吧,你一定到,行吗?"

周围这么多人看着,于筱冰也不太好不给他台阶下,于是点了点头,答应了他。

郭义翔脸上的愁容终于得到舒展,他又开始邀请其他同事到时候一块吃饭,就连韦总也被他请到了,眼看这是要专门散财开一场饭局来赔礼了。他能当着这么多人面给于筱冰赔礼道歉,大家差不多也都能看出来了,估计他是真对这姑娘上心了。

问了一圈,最后郭义翔走到了裴译身边,看着他说:"裴总,等这次出差结束,您也来吧。"

裴译的视线总算是从手机屏幕上移到了他脸上,他看着郭义翔,很冷静地说:"抱歉,我有事。"

裴译拒绝的态度很明显,郭义翔心里有点凉。他最近过得很不顺,隔三岔五就加班,工作方面被裴译挑刺挑得很难受。他压根没往于筱冰

第四章 主动求和

那方面想,还准备借这个机会跟裴译喝点酒好好聊聊,双方有什么话都说清楚,于是又说:"那我换个时间再——"

"不必了。"裴译已将目光转回手机上,说话语气很冷淡,"我最近都很忙。"

郭义翔已经完全能感觉到自己不被待见了。他深吸口气,问道:"裴总,我不明白,您是不是对我个人有什么意见,最近怎么总是在工作上挑我的刺?"

他直接把话说穿了,裴译闻言顿了顿,抬起眼睛,一本正经地看着他说:"工作上的事情不是我想挑你的刺,是你确实做得很粗糙。你的数据来源不够准确,分类核算不够细致,我要的是精准数据,时间不够你不会加班吗?你总是赶在下班前把东西给我,人走了就什么都不管了,你要是干不了,可以辞职。"

于筱冰头一回见到裴译在工作时生气的样子,他真的半点情面都没有给郭义翔留。

这会儿就只有韦总和郭总还能说上几句话了。班珍凑过来拍了拍于筱冰:"怎么了,被裴总吓到了?"

于筱冰点点头,拧着手指说道:"要是黄科或者胡科这么骂我,我恐怕真的就辞职了。"

"其实裴总不是经常这样的,我上任领导一发现有问题,就直接在大群里骂上了,半点情面都不留。裴总还会单独跟你说,给你留面子。谁知道他这次怎么会这么去针对一个人,郭义翔还是个副科长,他说针对就针对了。"她说着还叹了口气,明知故问的感觉都快溢出来了。

于筱冰还在想着裴译骂人的事,听得不怎么上心,只点头,突然就听班珍又说了一句:"你说郭义翔会不会还想跟你在一起啊?"

于筱冰眼睛都睁大了:"他不是嫌我年龄大吗?每年这么多二十几岁刚毕业的小姑娘进公司,他喜欢谁都比喜欢我强。"

班珍没忍住皱起了眉头，伸手捏住于筱冰的脸颊拉了拉："别这么妄自菲薄，你长得比一般二十岁的小姑娘显嫩，打扮一下挺好看的，多可爱啊，而且脾气好，性格也温柔。"

她说着又看了眼正在跟裴译沟通的郭义翔："郭义翔自己也就那样吧，谈对象不都是看对眼了就凑一对了吗？就他事多，非得每条都按以前定的标准来，全照他这样，那世界上的普通人都没法结婚了。"

"可我们这不是没看对眼吗？"于筱冰尽量避免去看那边，谁也不想自己被领导骂的时候旁边有很多人盯着，"我感觉郭义翔就是想在同事面前挽回一点声誉，让人觉得他不是一个会说那种话的人，跟我本人没太大关系。"

班珍再一次觉得于筱冰通透，跟她说的话也多了起来："其实这也不一定，我当年跟我老公也是这样的，我刚去项目部，平时是七点半上班，有天起晚了八点半才下楼，结果刚好被他看到了。李瑞当时是那边的项目经理，他反手就让综合办的人在大群里晒打卡记录，让员工按时上班，没打卡的下个月开始扣工资。"

一听这个于筱冰就来兴趣了，连忙问道："那后来呢？你们怎么就在一起还结婚啦？"

班珍一脸无语："那老男人都二婚了，他老婆嫌他总不回家，两人就离婚了。我当时也在相亲，领导在中间撮合了一下，感觉好像还可以就在一起了。"

她又摇摇头："我在给十来岁青春期的小姑娘当后妈，那丫头心里光惦记她亲妈，总想着让她妈跟李瑞复婚。"

于筱冰沉默了。那晚看见班珍跟李总的时候，她能感觉到班珍是被他宠着的，各方面都被满足得很好，所以她才能在公司这么无所顾忌。说实话，于筱冰其实是羡慕的。但现在她又发现，原来那些表面上看起来光鲜亮丽的人，背后可能也有说不出的苦。

"我都三十三了。"班珍低头摸了摸自己的小腹,"其实我想要个自己的孩子。"

于筱冰替她难过,伸手摸了摸她的肩膀安慰她:"你把心态放好,孩子会有的。"

"每年跟他待在一块的时间就那么点,他喝酒抽烟应酬不断,年龄也大,我怀孕的概率几乎等于零。"班珍叹了声,又看着于筱冰说,"你也二十九岁了啊,这人一上年纪,再想要孩子要比年轻的时候麻烦,如果以后确定会结婚、会生娃,你最好早点开始考虑这事,否则越往后推就越被动,受罪的还是你自己。"

于筱冰听着也有点无奈:"想也没用,我现在连个男朋友都没有。"

班珍眉头都皱起来了:"裴译肯定对你有感觉啊!不过他这人可能有点那什么……就你以后哪怕跟他结婚了,恐怕也很难掌握得住他,根本没法把他抓在手心里。"

"为什么要掌握住他?还要把他抓在手心里?"于筱冰不太理解,她只谈过两段恋爱,两个男人都没给过她那种能让她占上风的感情。一直以来都是她被人吃得死死的。

这个问题反倒把班珍问倒了,她抿抿嘴,一时竟不知道该说什么:"算了不说这个,就算裴总不行,那不还有个郭义翔?他就是矮点,条件其实不错的,你别把他一棒子打死。反正男未婚女未嫁,别让自己在一棵树上吊死,别老盯着裴译。"

班珍早就看出于筱冰今天的眼神一直在往裴译那边飘,直接伸手把她的脸转过来,还把她的眼角余光挡住了:"他要是喜欢你的话,他心里肯定比你着急,别让他觉得你比他还急。"

于筱冰连忙点头:"嗯,我知道了,我会想想的。"

说是这么说,可她心里其实一点底都没有。她最好的那几年青春都耗在裴译和陈璟身上了,她一直以为自己还有很多时间,可回头一看发现原来自己都快三十岁了。

去年那件事情发生后,她嘴上说着不会结婚了,结果还是一进公司就跟人相亲,有几个人能真扛得过现实和年龄带来的压力?

于筱冰忍不住叹了口气,裴译才是真正不用急的人,他的三十岁跟她的三十岁性质很不一样。一个功成名就,一个碌碌无为。他什么都有,多得是年轻貌美的女孩与他相配,谈恋爱也好,结婚也好,都只看他个人的想法罢了。

不管是过去还是现在,该为自己今后着急的人一直以来都只有她自己。而她现在唯一能准确抓住的,也就只有手头的这份工作了。

飞机落地之后,已经是晚上七点了。

黄科长没跟公司检查组的人统一行程,因为上次那个项目部上报一车石料七百吨,已经上了她的黑名单,所以这次那个项目部成了她的特别照顾对象,她第一个就去了他们那边检查,还是飞机即将起飞才给那边的物设部长打电话的,说是看他们的工地生活过得太平淡了,给他们送上一个惊喜。

项目物设部的陈部长亲自安排了车过来接她们去酒店休息,黄科长睡前给于筱冰发了信息,说项目部要求早上七点半上班,七点钟会准时有人来接。于筱冰怕第二天起不来,简单地清洗后就关了灯。刚闭上眼没多久,放在旁边床头柜上的手机突然"叮"了一下。于筱冰还以为黄科长有事忘记叮嘱她了,又打开手机看了一眼,结果整个人怔住了。

裴译的头像出现红点,显示有两条未读消息。

于筱冰心跳加速,她拔掉充电线,翻了个身,在被子里点开了他的信息。

裴译:刚好有事要找这边的项目经理聊,明天我也在这边。

裴译又给她拍了今晚的月亮。

第四章 主动求和

于筱冰在枕头上蹭了一下,然后放下手机,忍不住把整张脸都埋进去了。

酒店房间很安静,四周黑漆漆的,除了床上被手机照亮的那点光,没有任何光源。

她动了一下,过了一会儿才把手机重新拿起来,脸上在发烧,有点红,心脏跳动的声音在空气中颤动着,她自己听得一清二楚。

她实在不知道该怎么回复这条消息,裴译从没给她发过这种无关生活的话。他以前给她发的,基本上就是问她今天过不过来,吃不吃某样东西,他在这边刚好可以给她带,又或者是叫她出去玩,都是一些很实用的信息。

于筱冰深呼吸了一下,想到黄科长睡前的嘱咐,努力稳住颤抖的手指,给裴译回了消息。

机器人小冰:我知道了,明天得早起,裴总早点睡,晚安。

她说完正要关手机,他的信息又发过来了。

裴译:你早起有困难吗?

她连忙回复:不是,就是早点睡的话会比较有精神。

那边停顿了一会儿,没马上发来信息,但于筱冰发现他的对话框顶端显示了一句"对方正在讲话……",紧接着,他就给她发来了一条语音。

于筱冰的心脏马上就被揪紧了,这条语音有六秒钟,她不知道裴译会对她说些什么,想点开听但又有点抗拒,最后还是鼓起勇气点开了他的语音。

前面好几秒都很安静,过了一会儿才是裴译干净又清冷的声音:"……你定好闹钟了吗?"

他语速不快,原本冷淡的语气变得温柔。

于筱冰望着手机里那个很普通的萨摩耶头像正出神。裴译该有的好

153 ♥

似什么都有，人长得又高又帅，偏清冷的长相，尽管三十岁了却一点都看不出来他的真实年龄。他的手也好看，手臂上面的青筋和肌肉线条凸出且性感，就连嗓音也好听，更何况他学历也很好。裴译根本不需要用那种很帅气或者很有神秘感的头像来证明什么。

在短短的几秒内，于筱冰把裴译能让她心动的地方都回忆了一遍，因为他太完美了，反而让她这个普通人产生了一种望而退却的感觉。

机器人小冰：我都弄好了，定了三个闹钟。

裴译很快就又回复她了，还是一条语音，他是真的在很专心地跟她聊天。

"需要三个闹钟……所以还是起床困难，对吗？"

于筱冰不知道该怎么跟他说自己只是以防万一，她觉得他的声音真的特别好听，很迷人。她忍不住又在被窝里翻了个身，还没回他，手机紧接着就又响了两下。

"我习惯早起跑步。

"明天要不要我打电话叫你？"

他要给她打电话叫她起床。

于筱冰不知所措，伸手抓紧了身上的被子。她真的不知道该怎么处理这份悸动，长这么大了，她从来没被人追过。不光是没有被人特殊对待过，就连这么暧昧地找她聊天的人也没有。

不管是少年时的裴译还是工作后遇到的陈璟，他们当时都是只说了一句话，就很轻松地和她在一起了，这种被人放在心里小心对待的感觉，对于筱冰来说很陌生，因为在她的记忆里，只要和恋爱扯上关系了，都是她单方面地被嫌弃，被羞辱。

机器人小冰：谢谢裴总，不用这么麻烦您，我能起得来。

她起不来黄科长都会给她打电话喊她起来的。

裴译：吃榴梿吗？

第四章 主动求和

他直接换了话题,不给她发语音了,而是继续开始发文字。

于筱冰愣了一下,她很喜欢吃榴梿,但她不知道裴译为什么会知道这点。

机器人小冰:你那里有吗?

裴译:嗯,你房间号多少?我给你送过来,刚好项目部都安排在了同一家酒店。

看到他说要过来,于筱冰原本就很快的心跳又开始猛烈地加速了,她连忙又打起了字。

机器人小冰:不用了裴总,别麻烦了。

裴译:我一个人吃不完。

她想说你可以问问其他领导,可最后还是败给了胃……她真的想吃榴梿了,不提还好,一提就想念那个口感,她是真的很爱吃榴梿。

纠结了一会儿,她还是爬起来打开灯,给裴译发了一个房间号过去。过了没一会儿,她就收到了他的新信息。

裴译:到了。

于筱冰坐在椅子上看新闻,看到消息后,她连忙起身在镜子前看了一下自己,捯饬得还算整齐,这才走到门前,放下挂锁,小心地打开了门。

裴译就站在门口,身上穿着一套灰色的运动装,不知道是不是刚跑完步回来,他额前的头发略微汗湿,不穿正装的时候清瘦的下颌线看起来甚至有几分少年感。

于筱冰趴在门后面,小声问他:"你怎么大晚上去买榴梿?"

"我出门跑步,刚好跑到那边看见一家水果店。"

他伸手把盒子递给她,于筱冰低头一看,发现有好大一盒,里面至少得有两个的量。

"怎么买这么多啊?"

她穿着夏季的那种短睡裤,半个身子都藏在门后面,她不敢把腿露出来,嫌自己腿粗。

可当她伸手接榴梿的时候,不知道是不是裴译把手移开了,她一只手没拿住,只能用另一只手去托,身体侧移时门被带开了,该看见的裴译都看见了。

他将视线从她露在外面的大腿上移开,眼神很平静,喉结却微微动了动:"你吃不完的话,可以问问黄科。"

"现在挺晚了,我去问会不会打扰到她?"

裴译比她高二十多厘米,她看裴译还得稍微抬头。

眼前的男人习惯性地把T恤袖子撸到了肩膀上,揉了揉肌肉发达的胳膊,又垂眼看向了她:"那就明天再问吧,你今晚吃不完的话,房间里面有个小冰箱,刚好能装下这一盒。"

突然间两人都沉默了。于筱冰脸都热了,她感觉不穿正装不跟人谈工作的裴译,看起来一点都不像三十岁的男人。偏偏他身上这种感觉对她来说刚好就是最熟悉的,也是最吸引她的。

于筱冰只想关上门让自己冷静一下,结果她看见他伸了条手臂过来,用力抓住了她的门。男人手背的骨骼凸起,青筋分明,被他按住后,她再试图推门,根本无法推动。

于筱冰还在跟门较劲,可裴译按在门上的手指动了动。他开始用力,她不得已退了两步,身前高大的男人直接跨进了她的房间。

走廊光线偏暗,他的睫毛又长又密,微弱的光落在冷白色的脸颊上,在他脸上打下很明显的扇形阴影。他没再往里走,可也没有要出去的意思,就站在她眼前,静静地看着她。

于筱冰不知道现在该怎么办,她怎么能被一盒榴梿就收买了,大晚上一个人在酒店里就给裴译开了房门。她想叫人,却又不知道该叫谁。

她完全不敢抬头看他了,结果下一秒,滚烫的耳尖被他微凉的手指

第四章 主动求和

轻轻触碰了。

"明天早上我打电话叫你起床吧,好不好?"

"不……不用,我定了闹钟,真的不用麻烦你了!"

裴译揉了揉她通红的耳朵,随后将她耳边的发丝都钩到了耳后,让那只因为他而彻底羞红的耳朵完全露了出来:"你宁愿定三个闹钟,也不要我给你打电话,为什么?"

他俯身低头,将鼻梁贴到了她的耳尖上,然后侧头看着她,压低了声音,嗓音略微有些沙哑:"我明早当面叫你起床,你会不会比较容易醒来一点?"

她浑身发麻,闭紧眼睛用力地摇头。她胆子真的很小,以前在他家里看书,不小心睡过头的时候也是这样,他好脾气地蹲在旁边叫她起来,说该回家了,可她还是会很困地翻过身。

但只要一听到他靠近自己耳边发出的声音,她真的就会像逃命一样立马跑出去。

"不是,我起得来……你快回去吧。"于筱冰抬起手,颤巍巍地挡住了自己被他弄得快没知觉的耳朵,恨不得把房间留给他,自己去楼下睡花坛。她侧过脸尽量躲着他,从他今晚出现开始,她的目光就始终没敢停留在他身上。

裴译紧紧地握住她捂耳朵的指尖,将她的手腕露了出来,抬眼看着她,突然贴上去非常用力地咬了她一口。

那里的皮肤薄,被他咬住后瞬间就传来了刺痛的感觉。

于筱冰疼得眼角都冒出泪花了,转头看向他时,却正好与他那双有点情绪化的眼睛对上了视线。

裴译松了口,又去看她的手腕,她刚才被他咬过的那块地方,齿痕非常深。

他沉默地看了一会儿她湿润的双眸,确认她的视线已经落到他的脸上了，这才问她："你为什么总是要躲着我？为什么不肯看我？"

"你是小孩吗？"她的眼眶通红，倔强又委屈地盯着他，"裴译你告诉我，你为什么要咬我？到底为什么想要我就只看着你？"

"我又没有做错什么。"她嗓音发颤，里面带着很重的哭腔，"是你不要我了啊。"

"你不想理我就不要来找我，我也不需要你隔三岔五就抽空过来逗一下。"她开始哭了，眼泪不断从脸上滑落下来，但情绪并没有完全失控，她正在尝试让自己冷静下来。

"你怎么……总是这样，我也会难受的啊……你当时不是好不容易才把我甩开的吗？现在这么做又是什么意思？你难道也跟我一样缺人爱吗？"于筱冰很努力地不让自己的声音酸涩到发抖。

她以为在他面前提到过去时，身体不会再有任何感觉了，可那种疼痛到现在都还是如影随形。

她有时候会想，她真的从裴译那里得到过爱吗？大概是没有的，不然怎么只有她一个人这么难过。

裴译没说话，他垂着眼无声地摩挲了好久她手腕处的伤口，随后放开了她的手。

"让我抱抱你。"他看着她，"抱完就走。"

裴译太懂她了，于筱冰真的很想直接扑过去被他抱紧在怀里，他们不是没有靠近过。可当她此刻抬眼时，从他那双琉璃般冷淡的黑眸里，看到的只有怜悯。

她记得以前自己总是会小心地问他有没有什么想吃的菜，她去学了做给他吃。但裴译的口腹欲其实很低，他常年没有什么特别想吃的东西，可每当她问起时，他还是会耐心地换着法子回应她，因为他知道厨艺是她引以为傲的东西，他从不会让人的期望落空。

于筱冰无意中瞥见过他的搜索记录，类似"中午吃什么""晚上吃什么",那时候她才知道他对吃的没太多讲究,他从头到尾都只是在配合她。

她其实希望裴译能别对她那么客气,有什么话就直接对她说。但后来她又觉得这就够了,喜欢跟别人保持距离也是他的习惯,只要他还愿意吃就好了,相处得再久一点,她总能做出一道他真心喜欢的菜。

可再后来,她就什么都没有了,他们之间约定好的那么多事,就都这么算了。

于筱冰眼睛红肿着,眼泪啪嗒啪嗒地往下掉个不停。

"不用,我不用了。"她摇摇头,咽下了流到嘴角的眼泪,深吸一口气又呼出来,很努力地缓和着哽咽时的酸楚感,肩背颤抖到停不下来,"你给我带的东西我会吃完的,谢谢你。"

她把手里的东西放到了旁边的柜子上:"你走吧。"

于筱冰把双手都按在了门上,低着头等他出去,可最后身体还是被一个温暖的怀抱裹住了。

裴译把脸压在她的发顶上蹭了蹭,然后侧头在她额角上很温柔地吻了一下。

她没推开他,手指甚至还在他的衣服上抓紧了一瞬,最后像是意识到这并不是属于她的,又对他松手了。

"今晚能不能让我在这里陪着你?"他的嗓音听起来很哑,好像熬了好几天夜一样,得等着今晚被她抱着才能睡着。

"不行。"于筱冰摇了摇头。

"冰冰,我什么都不对你做……就这么抱着你。"

她无声地把他推开,然后关上门,将他拒绝在了门口,闷着声爬回床上把自己蒙了起来。

过了一会儿,手机又在头顶上方响了。于筱冰拿起来看了一眼,发现裴译给她发来了三条信息。

裴译：榴梿还吃的话记得要放冰箱里。

裴译：我走了。

裴译：晚安，明天见。

于筱冰直接把手机调成静音，起身下床放到了离床很远的地方充电，然后把榴梿塞进了那个小冰箱。重新躺回被子里之后，整个人缩成了一团，在黑暗中睁着眼睛，她睡不着了。

她想起了班珍下午跟她说过的话，以后就算跟裴译结婚了也很难掌握得住他，根本没法把他抓在手心里。她并不是没这么幻想过，而是这件事情实现的难度实在太大了，从一开始她就知道自己不可能做到。

感情上的匮乏被他有意地从物质层面填补，即便到现在，他也只是从她各方面的实际需求入手试图接近她，这就是裴译喜欢人的方式吗？

于筱冰翻了个身，觉得并不是这样。

只要一想起当年的那个下午，自己在他的出租房里无意间窥见的那一幕，她就知道，裴译的感情充沛程度远不止呈现给她的那一点。裴译并没有跟她共情，只是在试图给予她别的东西，用来填补关系里最重要的必需品，他没有给她爱。

班珍的那句话是对的，别让自己在一棵树上吊死，别老盯着裴译。

至少让她感觉到他也爱她。

于筱冰摸了摸自己手腕上还在痛的牙印，很轻微地倒吸了一口凉气。她真的就只有这一点请求，这也已经是她对裴译的最低标准了，否则就不如别开始。

第二天一早，于筱冰不知道是不是有点应激症状，所以醒得特别早。她睁开眼睛的时候，三个闹钟一个都没响。等到下楼去吃自助早餐时，她发现黄科长居然已经端了早餐在那边坐着了，而同样坐在那里的人，还有裴译和郭副总，韦总估计还没起床。

第四章 主动求和

于筱冰没想到自己能一大早就又遇上裴译。

这家酒店的早餐非常多样,而且做得也很好看,于筱冰却想转身回去了。

偏偏这时候郭副总正好吃完了,起身要去送盘子,黄科长抬眼时刚好看见了于筱冰,给她递了个眼神。

她在领导面前刷了存在感,只能随便打了碗南瓜粥,老实地坐到了那张四人桌的一个位置上,跟黄科长面对面:"黄姐早,裴总……早。"

"早。"黄科长简单回应了她。

裴译没开口,他正在剥鸡蛋,掀开蛋壳的时候,蛋白还在往上冒着热腾腾的水汽,应该很烫手。

黄科长觉得这两人之间的气氛有点奇怪,吃了几口,又抬眼看向于筱冰,主动跟她找起了话:"你出差也起得这么早吗?平时在办公室就老听思静、邵婷她们说你总是提前来。"

"嗯,我习惯早起了。"

于筱冰喝了口粥,回答时下意识看向了黄科长的眼睛,结果发现她的视线正停留在自己的手腕上。于筱冰有点蒙地低头看了眼,发现昨晚被裴译咬过的地方已经破皮红肿了,那个格外深的齿痕周围一圈都是青紫色。

黄科长看到了这个有点恐怖的牙印,眼神明显变了。就是当着一个领导的面,她有点不好意思问这是怎么了,黄科长的脸上甚至出现了"这是你自己咬的吗"几个大字。

配上于筱冰这一双肿得跟核桃似的眼睛,黄科长甚至合理怀疑,她昨晚是不是一个人在房间里面想不开了。

这一看就知道是牙印,不是她咬的就是别人咬的。如果是她自己咬的,那问题就很大了,咬这么严重属于自残,有人就咬手腕自杀过。可如果不是她咬的,那问题也有点大,手腕底下这块地方,一般人不会去

161 ♥

碰，玩闹的时候通常也就咬咬手臂肉多的地方，咬她手腕实际上就跟咬她脖子差不多。这两个位置的皮下血管很明显，而且皮肤薄容易受伤，还容易留下印子。所以她是有男朋友了？

黄科长想到的于筱冰其实全部想到了，她就是脑子有点短路，不知道怎么才能在黄科长面前把这件事情敷衍过去。

裴译大概察觉到了什么，也朝她的手腕投来了视线。

她伸手遮挡般地摸了摸，心虚地说："黄姐，我昨晚不小心被抽屉夹到了。"

"啊？哦……"尽管黄科长不知道什么样的抽屉能夹出牙印来，但她觉得于筱冰昨晚应该"被夹"得挺严重，这都开始睁着眼睛说胡话了。

"我看夹你那抽屉估计是属狗的吧，不然怎么能夹得那么狠。"

她被黄科长打了个措手不及，当着领导的面直接说领导是属狗的，也不知道黄科长知道咬她的人是裴译后，心里会是什么感想。她心情复杂地低头揉着自己的手腕，不吱声了。反倒是从头到尾都没什么反应的裴译伸出手，把刚剥好的两颗水煮蛋递给了她。鸡蛋表面光滑白嫩，还在往上冒着热气。

见她不动，裴译又在于筱冰面前抬了抬手，嗓音降低了几度，语气认真又温柔："自己拿着去揉揉眼睛，没看见都肿成什么样了？"

于筱冰把手放在大腿上，裤子都让她攥紧了。她是真没想到，裴译之前好歹还端着点，这下倒好，直接不藏了，她都没好意思当着黄科长的面伸手去接。

裴译等了一会儿见她没动静，眼看就要拿着鸡蛋直接对她的眼睛上手，于筱冰赶紧挡住他，从他手里拿走了那两颗鸡蛋，立马按在自己的眼皮上面揉了起来。

"谢谢裴总。"鸡蛋有点烫，她拿开缓了一下，生怕别人误会，立马解释了一句，"我跟裴总其实是高中同学，我们以前就认识。"

第四章　主动求和

黄科长已经是两个娃的妈了,这方面半点细腻感知度都没有,问起来十分直接:"所以你俩以前该不会是有段情吧?"

"……没有。"她脸涨得通红,很坚定地摇了摇头,又说了一遍,"我们没有。"

裴译意味深长地看了她一眼,收回视线,又将目光落回了自己的早餐上。

"嗯。"他像以前一样,很自然地从她碗里舀了一勺南瓜粥放到嘴里,喉结滚动着咽下去后,一脸正经地看着黄科长说,"我们没有。"

于筱冰盯着裴译那个从她碗里洗了一遍的勺,蛋黄都差点被她从鸡蛋里捏出来了。

当着别人的面,他怎么能……

"哦哦,好的。"黄科长挑了下眉,点点头,也不再问什么,"我知道了。"

答案已经明摆着了。

为了不浪费粮食,这碗粥于筱冰最后还是硬着头皮喝掉了一半,等黄科长吃完要走,她赶紧逃命似的跟在黄科长屁股后面一起溜了。

早上这点小插曲过去后,于筱冰回楼上收拾好电脑包。七点整,项目部那边准时派车过来接人,这次来的只有司机,酒店离项目部很近,开车半个小时就到了。

项目部在一个开发区内,租了栋五层小楼用于办公住宿。

下车的时候,于筱冰看见了昨晚过来接人的陈部长,后面还有个不认识的女孩,应该也是物设科的。黄科长手里的包已经被陈部长拿走了,年轻女孩叫了声"黄科长",又到于筱冰面前叫了声"筱冰姐",伸手就要给她提电脑包:"给我吧,我给你拎上去。"

"不用不用,谢谢你。"于筱冰没受到过这种待遇,其实有点不习惯。她回忆了一下这边项目部平时都有谁跟她对接,紧接着想到的就是上次

163 ♥

直接给她加了七百多吨石料的那个人。

她转头问:"你是许欣仪吗?"

"不是。"女孩笑了一下,"我是苏胜男,欣仪在楼上。"

"啊?对不起,我认错了。"于筱冰尴尬了一会儿,索性不再开口。

上楼后,黄科长坐在了他们部长的工位上,苏胜男让于筱冰也坐下,但于筱冰把电脑包放下后就站到了黄科长旁边。

"你们这里卫生搞得不错,很整洁……千分制的表打出来了吧?"

陈部长点头,看着办公桌对面的一个女生说:"许欣仪,千分制的表。"

"啊,好的。"

于筱冰听到她的声音后,抬眼看了一下,对面的女生看起来像刚毕业不久,表情和动作都挺生硬的。

"给。"

黄科长开始对照千分制一条条查,于筱冰在旁边看着,把项目部上很多以前听过但从没见过的东西全都过了一遍。

过了一会儿,黄科长抬头对于筱冰说:"筱冰,他们的供应商送货单、项目方开具的收货单、原始台账跟供应商对账单,还有结算台账、结算发票这些,你随机抽一个月的,把整套资料都仔细核对一下。"

于筱冰明白黄科长的意思,那份一车七百吨的结算后来被她退回去了,对方解释说是弄错了,重新上传时又给她拆成了很多车新日期的货,一看就知道是在造假。

她后来去查了这个项目部其他的结算,发现去年还有份结算也出现过类似的情况,不过当时她还没来,是赵思静批过去的,后来也没有再改。

"那麻烦把去年十二月的机制砂资料都找出来给我看一下吧。"

陈部长还挺正常的,说资料都已经归档了,让许欣仪去找,没过一

第四章 主动求和

会儿,苏胜男也跟着过去帮忙了。

不知道是不是刚好戳到她们的点上了,黄科长都已经按检查事项挨个儿查到快一半了,于筱冰要查的资料却迟迟没有送来。

"怎么,十二月的单还没找到吗?"黄科长在喝水的间隙顺口问了一句,她今天口红涂得很饱满,气势上强到能吓哭小孩。旁边的小姑娘脸色都变了,于筱冰在旁边看着都替她捏了把汗。

陈部长被骂了一上午,耳朵都长出茧了,眼见快要到午饭点,索性就掏心窝子直说了:"黄科,情况其实是这样的,公司要求的产值太多了,工地实际干不了这么多活,我们也得完成工程部这个季度的指标。"

于筱冰在一旁听得心惊肉跳,黄科长倒还挺平静,又问他:"哦,所以你们就一车料七百吨,你们跟领导说了吗?"

"不是不是,之前着急结算,所以没来得及仔细拆,后来都分开了,韦总他们今天还在现场看进度,这事之前已经给上面说清楚了,领导说的是先保产值。"

"领导有要求是没错,但你们的资料做成这样子通不过的,迎检的时候得出一套完整的资料,你们不要这里漏一点那里又漏一点,让人觉得很不专业。"

"是是是。"陈部长擦了擦头上的冷汗,头点得像筛子。

把话说开后,他整个人更放得开了,又开始跟黄科长絮絮叨叨诉起苦来,说这又说那,说这项目部的物设工作有多难做。

于筱冰一路听下来,发现裴译在公司里得看那么多项目部的账,真是不容易。

突然感觉他能坐在那个位置上,不是光在财务专业方面精通就行了,人情世故更要懂,做事的时候永远都要保持敏感,既要耐心、细心、讲原则,也要在任何时候做好备用计划。

怪不得绝大多数财务办公室都被安排在了一把手的旁边,隔太远了估计晚上连觉都睡不好。

快到十二点,他们准时下楼,准备去下面的小餐厅吃饭,路过这边项目经理的办公室时,正好撞见要出来的韦总几人。

裴译在跟项目部上的总会计说话,他在专注地听对方讲话时,手指无意间抬起摸了摸自己的眼角,脸上表情冷淡,他今天又穿了件黑色的衬衫,透着点禁欲的气息。

裴译长腿笔直,宽肩窄腰,目光沉稳,只是简单地掀起眼皮看对方一眼,就有很强烈的压迫感。他现在的模样,跟他昨晚过来找她时的那种感觉完全不一样。谁能想到这样一个男人,昨晚穿着一身运动装,跑到水果店给她买了两个榴梿呢?

于筱冰匆匆收回了目光,跟着黄科长一块下了楼。她手腕上的那处咬痕被袖口轻轻摩擦到了,还在隐隐作痛。

裴译听到楼上传来的脚步声,也侧头看了过去,一眼就在人群里锁定了一个背影。听到这边经理在询问他中午吃饭的地点,他很随意地"嗯"了一声,然后就拿出手机,点开了那个对话框。

于筱冰刚走到楼下,就收到了裴译发来的消息。

裴译:我今天下午走。

她又点开裴译发来的图片,是今天下午五点半的飞机航班信息。但她看完后直接就把手机息屏了,她根本不知道该怎么回他,也不知道他到底想做什么。

她不是他女朋友,更不是他老婆,给她发行程是什么意思?他明明也不是黏人的性格。

于筱冰一直没回他,中午吃过饭,她又回了办公室。

黄科长让项目物设部的几人填了个囊括各种数据的汇总表,于筱冰就在一边批结算、看合同,做起了日常工作。周围很安静,于筱冰挪动着静音鼠标,浏览着附件。过了没一会儿,她的肩膀突然被人轻拍了一

第四章 主动求和

下,转头一看,来人是裴译。

他没在意旁边的人投来的视线,只是语气冷淡地对于筱冰说:"你出来一下。"

部门里的两个女生正在填黄科长让填的表,听到这边的声音后,都没忍住抬起头看了一眼。才看一眼,心跳速度立刻加快。来人是个让人不太敢当着面仔细看的大帅哥,他很面生,她们以前绝对没见过,联想到今天是检查日,估摸对方就是公司里过来的领导。

于筱冰怕引人注意,几乎没发出任何声音,拿起放在电脑边上的手机很低调地跟他从办公室里出去了。

四周安静了一会儿,陈部长突然开口说:"黄姐,这是公司里的哪位领导啊?是总承包的吗?"

黄科长移动着鼠标,抬眼看了看门口:"他就是裴译啊,裴总,咱们公司的总会计师。"

陈部长眼睛都睁大了,他去年才从其他地方来这家公司,对公司领导的认知都还停留在 OA 会签以及各种需要签字的文件上:"裴总居然这么年轻?"

"嗯,今年三十岁。"黄科长对这反应已经见怪不怪了,顺口又说了一嘴,"人家没结婚呢,还是单身。"

此话一出口,旁边两个早就竖起耳朵在偷听的小姑娘连手里的事都做不下去了。

"真的吗?长这么帅还没结婚!也没女朋友?"

黄科长很淡定,边打字边说:"别想了啊,你看得见他帅,别人也能看见他帅,每年局里跟公司培训结束,他的微信都得设置几天禁止通过名片推荐来添加好友。"

两个小姑娘闻言都有点萎靡。陈部长点点头:"确实,长成这样,贴上去的单身女青年那可太多了,对了,裴总刚才过来找筱冰出去是……"

总算有人八卦到了点子上,黄科长终于从电脑前抬起了头,慢条斯理地说:"还能是什么?公司里最难搞定的男人被咱科室的姑娘搞定了呗。"

这回不光是苏胜男和许欣仪,就连陈部长都睁大了眼睛。他们突然觉得刚才那个一直都安安静静的女生深藏不露,很不简单。

于筱冰直接跟裴译去了楼上的办公室。门口有个标牌,是项目部的综合办,不过因为还没到下午上班的点,里面没有人。

她总感觉单独跟裴译待在一起有点危险,反复确认后面的门是打开的,心里才稍微舒服了一点。

"您有什么事吗?"

桌上放了个白色塑料袋,裴译从里面拿出了碘伏和棉签:"过来,我给你的手腕处理一下。"

她下意识地摸了摸手腕,伤口隔着衣袖擦到都觉得有点疼:"不用,放着自己会好的……您下次别再咬我就行了。"

于筱冰是那种受了伤不会特别在意的人,有时候被划到了都不会想起来贴一张创可贴,她对待自己身体的方式很随意,一点都不讲究。

裴译已经在几根棉签上蘸好碘伏,见她不过来,自己走过去直接把她的手腕拉起来,袖子也被推了上去。

裴译垂下眼,在她手腕的咬痕处涂着碘伏。他下手很轻,但消毒时破皮的红肿处还是传来刺痛感。于筱冰忍不住想缩回手,可男人紧紧捏住了她的手腕,没让她缩回去。

"会有点痛,稍微忍一下。"

被裴译安抚后,她整个人都僵住了,其实搽药只是有一点痛而已,这比昨晚他咬她时的痛感差远了。只是轻微的疼痛也被他这么重视且认真对待,让她很心虚,因为她现在根本就没有觉得很痛,像是在故意索取他的温柔。

揉完药之后,裴译扔了棉签,又从袋子里取出纱布开始给她包扎。他处理伤口的手法很利落:"每天揉一到两次就可以了,如果一直肿着的话,袋子里面还有消炎药,尽量少碰水。"

于筱冰缩回手,把那块纱布藏在了袖子下面:"嗯。"

把装药的袋子给她后,门口突然有人来敲了敲门:"裴总,准备走了。"

司机是来叫裴译下楼的,几位领导要出门,都在下面大厅里闲聊,其实是在等他。

"好,我马上来。"

眼看裴译要走了,于筱冰也准备离开办公室,结果还没开始动,她又听见他说话了。

"为什么给你发信息都不回?"

两人的身高差是真实存在的,他光是站在她身边就有很强的压迫感。

周围太安静了,于筱冰都不敢太大声说话。这么多年没联系过,她其实很怕他会通过一些边边角角的接触了解她更多,从而将她与他认识的一些更优质的女性进行各种对比。她也很怕自己习惯了跟他聊天这件事情后,给他发消息却长时间得不到他的回应,会忍不住期待他的头像上面有新信息提示,会患得患失。

"我就只有这一次没有回你……"声音微颤地说完之后,于筱冰又默默垂下了眼睛。

她是很内敛的扇形双眼皮,眼睑微垂的时候,下方的卧蚕显得她整个人一点攻击力都没有,像只小狗一样,眼尾会垂下来。此刻她的眼睛也变得湿润,很容易就能让人察觉到她的委屈。

裴译看出了她的委屈,也知道她想要什么,便一把将她拉过来抱住了。男人身上冷冽的气味传进了鼻腔，让她觉得既陌生又熟悉。他一下下地抚摸着她的头发，这种感觉总会让她觉得满足。她喜欢他这种带有安抚意味的温柔拥抱，会让她感觉到自己也在被人珍惜着。

于筱冰就这样被他抱了很久，她知道自己已经过了可以理所当然地享受下去的那条界限，最后很自觉地从他怀里退了出来："谢谢。"

她低头拎着裴译给的东西离开了，从头到尾都没拒绝过他。

裴译一个人站在那儿，看了眼自己的掌心，忍不住深呼吸了一下。他难得看起来有点茫然，像是突然不知道该从哪里开始对她下手了。

下午的检查结束，黄科长给他们开出了整改单，晚上又被陈部长拉出去吃饭。

大概是中午裴译过来的事被他们放到了心上，晚上于筱冰一直被人问个不停，都不知道该说什么才好。他们以前那点事根本就不能拿出来说给别人听，两人之间差距太大，她每多说一句，都感觉别人眼里的自己压根就配不上他，曾经被他分手也是她自找。

这种氛围让于筱冰咽不下饭，她回酒店的时候还饿着，将裴译送过来的榴梿分给黄科长一大半，自己则解决了剩下的一些。睡前摸着自己有点鼓起来的胃，于筱冰突然有点怀疑，裴译是不是想把她喂胖。

当然她心里其实明白，裴译只是在生活习惯方面跟她不同。他给她多买点，只是不想看她吃得开心的时候突然没有东西吃了，十块榴梿里面有五块是准备让她"浪费"掉的。

明明现在是做财务的，但他从很久以前开始就是这样了，在这些细节方面从来都不会跟她计较，也从来都没有跟她算过账。给她买东西的时候，钱用了就是用了，他对自己的一切好像都有既定的支配方式，是那种思想坦率、接受力也强的男性，给人的感觉很有气度。

于筱冰在床上翻了个身，用被子蒙上了半边脸，心事重重、昏昏沉沉地睡去……

她跟他是正好相反的,她很爱计较,别人不管给她点什么,她都会记得很久,然后恨不得双倍还给人家。其实还是因为自己拥有的东西实在太匮乏了,毕竟人对自己无法达成的事情总是很容易念念不忘。

第五章

我喜欢她

Chapter 5

第二天开完反馈会后，于筱冰跟着黄科长一起到了下一个项目部。

在这里跟检查组的人会合上了，于筱冰每天都能跟班珍聊天，偶尔还可以听上几句八卦，整个人心情都好了不少。

连续两周都是不停地检查，很快就到了最后一个项目部，南花岭项目。

这里离于筱冰的老家比较近，坐半小时高铁，再开一个半小时左右的车就能到她家。

即将六点的时候，最后一次检查也结束了，黄科长在跟物设部的人聊天，于筱冰在旁边计算着时间。现在要是去高铁站的话，保守估计九点前能到家，回 B 市的机票是明天下午一点四十分的，来回时间其实是充足的，够她在家里睡上一觉，第二天再起床吃一碗妈妈给她下的骨头汤米粉，就是明天上午还有场反馈会要开，她想回家的话，得翘了这场会议。

等到黄科长叫她把东西送回酒店一块去吃饭时，她已经决定不回去了，万一明早赶不回来，她的机票还得改签。

南花岭是个小地方，酒店的档次也很一般，于筱冰把电脑放好之后，洗了把脸就跟他们一块去吃饭了。

晚上吃的是海鲜，服务员过来帮忙蒸煮、分菜，饭局上，大家都在随意地聊天。

有人说到了最近新出的电影，有个女生听到后话开始变多了起来，说自己转行以前其实就是做电影的，很多名词听起来都让人觉得这个女生好像非常专业。

于筱冰一直在默默吃虾，没怎么说话，班珍听那个女生口若悬河，没忍住插了句嘴："那你以前都做过什么电影啊？"

女生愣了一下，说："我没干多久就转行了，跟剧组太辛苦了。"

班珍没忍住笑了一下，又说："那你知道这位吗？她是美院毕业的，以前也在做电影，我还以为你俩能交流一下。"

于筱冰被班珍推到了话题中，人有点没反应过来。

那女生愣了一下，也笑着问起了于筱冰："你也做过电影啊？你做了多长时间？怎么样，也没干多久吧？"

听到这句话后，于筱冰稍微停顿了一下，对方还以为她也只是半吊子，脸上的笑意更浓了。

"七年。"于筱冰被迫回忆的时候，又想起了一些不太愿意记起来的东西，"大学实习期也算上的话，八年。"

她直到去年过年回家之前都还在岗位上面待着，但是现在那个地方已经离她很遥远了。这么多年的时光，突然就远得像是上辈子的事情，自从高考结束后，她的人生空白了整整十一年，不可修复，也无法填补。

班珍听后，又开口问："筱冰，那你以前都参与制作过什么电影呀？我想去看看！"

"有部二维动画电影，最近要上映了。"于筱冰说着拿起手机，在网上搜出来后递给了班珍。虽然陈璟跟她没关系了，但电影的制作也有她的一份心血在里面，就像看着自己的孩子长大了一样，逢人问起她还是会想去推荐一下的。

班珍开始看预告片，才看一半就没忍住夸了一句："这个男主角是认真的吗？怎么画得这么帅？"

旁边又有人感兴趣，也要过手机想要看看。

于筱冰在那里坐着等，直到手机传到一个女孩的手里，她看过之后整个人直接激动起来了，一把抓住了身边的人开始晃。

"啊！这个我知道，传出上映消息我就在等了！最近网上特别火！预告片都被转发疯了！片子里面的美术氛围感做得简直绝了！精细又考究，全网都在夸！你也在里面参与制作吗？"

虽然不知道这个预告片现在到底是什么情况，但对方的目光真的太殷切了。于筱冰实在抵不住她的目光拷问，只能点头应了一声："对，我确实也在。"

女生直接拿着手机离席跑到了于筱冰身边，睁着一双水汪汪的眼睛看着她："你那里有没有更多的视频啊？拜托了！我想看！"

于筱冰真的不太会应付这种事情，只能摆手说："内部资料不能外流，现在已经定档七夕节上映了，你可以到时候去看。"

"那也还有一个多月啊，我就在你这里稍微看一下可以吗？这个男主真的太帅了，说话声音也超好听，他太迷人了，我真的爱上他了。"

于筱冰虽然知道电影上映前陈璟会开始全网营销，但她真没想到他能弄到现在这种程度，这跟他以前的低调行径截然不同，估计是又回去找他爸拿钱了。毕竟他们真的为这部电影付出了很多，当时留下来的人都差点被这个项目拖死。

她叹了口气，耐不住被小女孩央求说想看，她对比自己年龄小的人一直都比较包容，只能硬着头皮答应了下来："我登一下以前工作的QQ给你找找吧，应该还有几段预告片，当时剪好了，但是被刷下去了，就没拿出来放。"

"好好好！麻烦了麻烦了！"

那个女生年龄还很小，给人的感觉就是在大学宿舍跟室友撒娇的状态。

隔了小半年，于筱冰终于又登录了那个换工作后就弃用的 QQ。刚登上去就是满屏的红色消息提示，乍一看甚至有点像群聊，可仔细一看就知道这些都是好友私发的消息。

于筱冰点进了群，结果在群文件里并没有找到视频。她回忆了一下，又在群里点开了陈璟的头像，直接忽略了他这段时间给她发来的信息，在聊天记录里面搜起了视频。

他们当时还处于找灵感的阶段，让人剪了几个视频，但没确定最后发哪个。陈璟给她发了预告片过来问，她选了一个男主角出镜次数最多的，最后敲定下来的也是那个。现在已经开始在全网和各大电影院里滚动播放了。

于筱冰把视频拿给那个小女生看，结果小女生看完后激动得嗷嗷叫。

动画电影到底只是比较小众的题材，还没到能在大众视野里出圈的程度，饭局上的其他人早就开始聊其他的了，只有那个女生还蹲于筱冰旁边看得津津有味。

连着看了几个视频，虽然内容有不少重复，但她还是心满意足了：
"谢谢筱冰姐，今晚真的太满足了。"她把手机放回于筱冰手里，"他眼角的泪痣真好看，让人忍不住心动，流眼泪的时候也一定很让人心疼吧。"

"嗯，所以大家一看见他就忍不住地喜欢上他。"

女生站起身揉了揉腿，叹了一声："希望我有生之年也能见见帅哥。"

两人聊完之后，于筱冰放下筷子，起身准备去上个厕所。

排队等洗手间的时候，她拿出手机看了一眼，结果发现刚才被点开过的那个黑色风格的男性头像上面已经有了两条新消息。这个头像她点开过无数次,这么多年下来,她和陈璟就算没有那种黏腻的感情,也早就成了彼此最熟悉的人。

于筱冰按着屏幕边缘,想要退出QQ,可最后还是点进去看了一眼他发来的消息。上面有个系统提示说她已经成功下载了文件,对方那边有可能接收到了,就在不久前给她发了个问号和一句话。

chenj:不理人好玩吗?

于筱冰吞咽了一下口水,莫名地有种做贼心虚的感觉。她直接注销了QQ,把现在正在用的这个重新登录上了。

于筱冰深呼吸了一下,上完厕所后,出来洗了洗手,整个人都还在发抖。她拿出手机,点开了微信,又看了眼裴译的萨摩耶头像,小狗眼尾下垂地看着镜头笑,给人的感觉很开心。

她有种从过去又被拉回了现实的脚踏实地感,心情稍微平静了一点。

于筱冰点开了裴译的微信界面,点进去看了一下他的朋友圈,里面显示仅三天可见,个性签名也是空白,什么都没有。她有点失望,正想收起手机继续回到饭局上去,微信突然"叮"了一声。

她拿起手机看了一眼,刚刚被她偷看过的人,现在正好给她发信息过来了。

裴译:待会儿吃完早点回酒店。

于筱冰站在卫生间的镜子前,还没消化刚才发生的这个巧合,慢腾腾地给他回了消息过去。

机器人小冰:是有什么事情吗?

裴译:从南花岭去你家大概只要两个小时就能到。

裴译:我今晚带你回家看看。

于筱冰的心跳都漏了一拍,她就像喝多了一样,耳边甚至都能很清晰地听见自己胸腔里的心跳声。洗手间里来了一批人，又走了一批，隔间里面传来聊天声和陆陆续续的冲水声，光线下方，能看出她耳朵后面泛起了一层血色。

机器人小冰：可是……您不是跟韦总他们在出差吗？

这段话发过去之后，于筱冰开始不停地深呼吸，试图让自己的身体冷静下来。刚才被陈璟带起的负面情绪已经一扫而空，随之而来的都是即将回家的期待和激动。

裴泽：我这边已经结束了，今天下午到的南花岭，有点累，在酒店开了间房睡了一觉。

裴泽：你的饭局大概还要多久结束？

机器人小冰：我什么时候走都可以，但是明天下午一点半就要回B市了，现在去我家的话来回车程得四个小时，还要高铁转汽车，现在都已经八点了。

裴泽：你会觉得很累吗？

她发现打字太慢了，直接给他发了语音过去："我主要是怕你会累。"

那边停顿了片刻，不知道是不是为了更方便沟通，直接给她打了语音电话。

"喂。"耳边传来了男人开口说话的声音。

于筱冰不自觉地抓紧了洗手台的边沿，叫了他一声："裴总。"

"要不别去了吧。"她接着又道，"您今天下午才到这边，再动身就得一整天都在路上了。"

"不累，我已经休息过了，没关系。"不知道他是不是刚睡醒，嗓音有点低沉，"我去冲个澡，你回酒店就给我打电话。"

"嗯。"

"算了……还是我过来接你。"他那边传来了窸窸窣窣的声音，像是在翻衣服，"得顺便跟黄科说一声。你再去吃点，晚上到家可能会有点晚。"

"您也还没吃吧？"

"嗯。"

于筱冰连忙说："那我能给您也打包点吃的吗？"

他停顿了一下，应了声："好……那就麻烦你了。"

结束语音通话，于筱冰看着手机上短短三分钟的通话记录，心里有种说不上来的感觉。这还是她第一次用语音通话的方式跟裴译联系。

她整理好自己的情绪，从洗手间里出来了。这个点饭店里人还挺多的，身边来往的人络绎不绝，小孩玩闹的声音时不时传到她的耳朵里。

于筱冰又单独点了一份海鲜烩饭，自己结了账，回到饭局上坐着，把定位给裴译发了过去。

在等待的过程中，于筱冰又去看了看回家的票，不停地计算着自己今晚到家的时间，又时不时想着待会儿怎么跟黄科长请假。

过了一会儿，于筱冰还在看回家的网约车，这边的项目经理接了个电话，突然就起身离席了。

大概三分钟后，裴译和他一起进入了这间包厢。

还没等经理说什么，席间的大部分人就已经认出了裴译，纷纷站起身跟他打招呼。刚刚还在沉迷于电影男主美色的小女生也跟着看了一眼，结果才一眼，她整个人都傻了。电影里才能看见的帅哥，今晚居然被她看到真的了。

项目经理邀请裴译加入饭局，见桌上的菜已经吃得差不多了，他赶紧又叫服务员拿菜单过来点菜："裴总，难得见面，坐下来一起吃个饭。"

于筱冰看项目经理那么热情，抓着打包餐盒的手也缩了缩，她有点拿不出手，只想降低自己的存在感。

裴译摇了摇头，很平静地说："不用麻烦了，李经理，我就是过来接个人，马上就走。"

他全程都没有坐下来过，婉拒了这边的领导后，直接走到于筱冰身边，手指按在了她的椅背上，压低了上半身轻声询问："这份是给我打包的吗？"

这样的姿势让人感觉他俩好像很亲密。她闻声往他那边偏了偏，身体却不自觉地想再躲开点，双手把饭盒藏得更深了。

"……对。"于筱冰浑身都在发烫，这里有这么多人，他靠得太近了，总觉得影响不好。

郭义翔知道韦总他们这会儿都已经结束出差回去了，但他不明白为什么只有裴译单独来到了南花岭，忍不住问："裴总来这边是有什么事情吗？"

裴译从她手里拎过烩饭，像是留意到什么一样，侧头看了一眼，发现郭义翔正在盯着他跟于筱冰。

他托住自己的晚饭，摸了摸打包盒的边沿，低声说："嗯，我打算回家看看。"

这话说出来给人感觉有很强的歧义，他明明是B市人，回家怎么会回这边来？于筱冰紧张起来了，莫名感觉身边这么多人好像都猜到了她今晚跟裴译要去做的事情。

果不其然，这话一出，立马就有不明真相的人开口来问了："可是裴总您不是B市人吗？"

裴译往那边扫了一眼，解释道："我在垣县那边也有套房子。"

于筱冰还没回过味来，身边的黄科长突然就问："筱冰，我记得你好像也是垣县那边的吧？"

于筱冰被黄科长直勾勾地盯着看，连忙点了点头："对，我是的。"

"那你要不要跟裴总一块过去看看？反正离你家也近，你俩路上刚好有个伴。"黄科长生怕自己晚一步就做不成红娘了，直接当着别人的面抛出了这个建议。

第五章 我喜欢她

于筱冰没想到领导会这么爽快,赶紧又说:"明天上午的会,我可以不去开吗?"

"可以,反正检查也结束了,你回去吧,给你准假了。"黄科长心里门儿清,又接着说,"明天正好是周日,你可以把机票改到晚上,在家多待会儿,周一能正常上班就行了。"

"谢谢黄姐!"于筱冰立刻兴奋了,马上就要回家的喜悦瞬间冲淡了整月出差的疲惫。哪怕只是回家去看看也好,正好她还能收拾一些夏天穿的衣服寄去B市。

于筱冰的行李箱和电脑都还在酒店,经理让这边的司机直接送他们过去取。

收拾好后于筱冰乘电梯下楼时,裴译已经在大厅的沙发上把她给他打包的那份饭解决了:"都收拾好了?"

"嗯,收拾好了。"

这边经理安排的司机见状就要上来给于筱冰拎行李,只是他刚从车边走过来,就听见那位年轻领导对她说:"我来帮你提。"

"不用了。"

然而他刚才的询问,其实更像是在跟她打声招呼,因为于筱冰的行李箱已经到了裴译手里。

两人很快就到了高铁站,候车室里灯光通明,里面依然熙熙攘攘、人来人往。两人买了票后就开始过安检,于筱冰跟在裴译身后,看见他把自己的行李箱放进去过了安检又顺手拎起来扶正,于筱冰甚至有种自己要跟他回家见父母的感觉。

去年她也是这样跟在陈璟身后,两人一块回了家……其实不能说心里一点触动都没有,因为她知道那个男人会在不久后成为她的丈夫。

哪怕从来都没有对他抱有过什么期待,可看着陈璟陪她过安检帮她拿起行李箱的那瞬间,她还是本能地产生了一丝幻想:等他们结婚了,

183

她未来的生活会变得更好一点吗？

可最后的事实说明了一切。她曾经短暂产生过的期望很快就无望地结束了。

坐上高铁后，于筱冰看着列车窗外黑色的夜景发呆。车厢内灯光明亮，她看见的都是前座沉默的乘客，还有抱着孩子在哄的一家三口。外面途经城市时，偶尔会带出一长串明黄色路灯和车河汇聚而成的光点，远远望过去亮晶晶的，交织成蜿蜒的长河，非常好看。

玻璃上面映着裴译清隽的侧脸，随着外面的光影浮动，无法捉摸。他眼角的泪痣就像梦中的幻影，有种非现实的冷寂感。而她一直在看的，其实就是这个。

因为有他在身边，回家的路从来没有如此陌生过。

裴译在手机上面阅读书籍，他一直保持着这个习惯，所以也没有察觉到自己正在被人窥探。

于筱冰默默想着，他们现在这样就像很熟悉的陌生人，但她很快又回忆起来，就算是以前还在一起的时候，裴译开口跟她说的话也很少。

他只是沉默地陪伴着，在她有倾诉需求的时候，抽出时间听她的想法，然后帮她解决问题。

直到过了最后一个经停站，她听到广播提前播报下一站即将到达的提醒，就像找到了开口的契机一样，轻声说："快要到了。"

裴译反应慢了半拍，缓缓从书中收回视线，听了一下中文后面带着的那串英文提示，他把手机关了："嗯，是快到了。"

她抿了抿有些干燥的嘴唇，侧头又看向了他的侧脸。男人下颌骨上面的皮肤很薄，所以显得轮廓极为明显。他的喉结凸出，上下滚动的时候让人移不开视线。

"裴总，您在垣县这边也买了房子吗？"

第五章 我喜欢她

他点点头,嗓音在并不吵闹的环境里显得温和:"嗯,每年冬天我都会到这边来住一段时间。"

于筱冰愣住了,直到高铁缓缓停下,她才察觉到自己的心脏正在疯狂跳动。

原来他每年都有几天会离她这么近。

两人一块出了高铁站,外面的风很大,却有些闷热,让人稍微有点透不过气。裴译在外面叫了辆出租车,放好行李后,跟于筱冰一块坐上了后座。

或许是出租车里实在太安静,于筱冰上车后没过多久就开始犯困。她靠着车窗边缘,不知不觉间就陷入了深度睡眠。这种感觉非常神奇,人睡沉了后是完全没有任何时间概念的,一小时过得就像几分钟。直到额前传来不轻不重的疼痛,于筱冰这才皱着眉睁开眼,当她看清了自己眼前是裴译的手指后,神情有些恍惚。

"醒了吗?"

车已经停了,她条件反射地开始擦嘴角,反应过来自己是靠在裴译的肩膀上面睡觉后,又连忙坐好,抬起手下意识地摸他的衣服。

像旧时光重演了一样,他在困惑地看着她。而她在摸了几下发现没有湿润的痕迹后,这才稍微放下心。

"车怎么停了?"她没搞清楚状况,感觉自己只是小憩了一会儿。

车内感觉有点闷热,于筱冰直接睡出了一身汗,她转头看了眼车窗玻璃外面,发现前方有个周围带着地灯的喷泉雕塑,好像来到了一处小区门口。

"我家在这儿。"裴译说着伸手过来打开了于筱冰这边的车门,清新的空气瞬间就涌了进来,"从你那边下车。"

于筱冰连忙下去了,看着裴译跟司机一块把行李箱拎下来,又抬眼看向了这个小区。

185

她刚把这个感觉有些眼熟的地方跟自己的记忆对上,裴译就拎着两人的行李箱走了过来。

万向轮摩擦着步道砖发出碰撞声。出租车开走了,小区前面就只剩下了喷泉雕像和他们两人。

"箱子给我吧。"于筱冰想伸手从他手里拿过自己的箱子。

"我拿就行,前面还有楼梯要走。"

男人干净的嗓音在微凉的夜风里听起来很舒服,她手里空无一物,只能抓住了自己的衣摆:"谢谢裴总。"

裴译很自然地接话:"我去楼上拿车钥匙,待会儿开车送你回家,你要不要来我家坐坐?"

"好。"她点了点头。

自从亲眼看见这里后,于筱冰的心情就再也无法平静下来了。这个小区她路过了很多次,但是从来都没有进去过。她老家在垣县下面的一个小村子里,不管要做点什么事,都要搭班车来这边的县城,车程大概二十多分钟。她真的没有想到裴译居然在这里买了一套房子……

他们隔得这么近,这么多年却一次都没有遇见过。

电梯上行中,于筱冰垂眼看着地面,心情有点微妙。

很快就到了七楼,裴译从电梯里走出去,打开密码门,按亮了屋内的灯。这里面有很明显的生活痕迹,就像早上出门的人晚上下班还会回家,看起来一直都有人居住。

这里让于筱冰想起了他少年时住的出租房,乱得几乎如出一辙,难怪他总是找不到自己的东西。还没走几步,脚底下就踩到了一个塑料骨头,于筱冰的目光顺着脚边的东西又往旁边看了过去,发现这个客厅里有块很大的地方都放置着宠物用品,有狗窝、食盆和一些玩具,还有几条遛狗绳。东西都摆放得很随意,好像每天都会用到一样。

第五章 我喜欢她

裴译从抽屉里翻出车钥匙，走到于筱冰身边，顺手把她手里拎的箱子拿了过来。她还在看着这些摆设，开口问："你养狗了吗？"

他被问到后稍微愣怔了一下，视线落到了角落里的那堆东西上，点了点头："嗯，养过一条萨摩耶，偶尔会开车带它过来住一段时间。"

"它叫什么名字？"于筱冰立即就想到了裴译的微信头像，她没想到那条狗居然是他自己养的。

"叫小笼包。"裴译走过去，把地上的遛狗绳捡起来，挂到了旁边的架子上。

于筱冰又问："那小笼包现在是在 B 市吗？我想去看看。"

裴译摸了摸项圈，收回手指，放在裤缝旁边摩挲了一下："两年前去世了……"

她一时不知道该说什么好，裴译主动把这个话题跳过去了，看着她说："走吧，我送你回去。"

一路上，两人都很沉默，来到她熟悉的村子后，裴译的地图导航也结束了。

于筱冰下了车，守着行李箱站在路边给妈妈打电话让她开门，通话刚结束不久，就等到了家里的门窗往外溢出的光线。

寂静的街上，路灯坏了几盏，下面有小虫子绕着圈不知疲倦地飞。哗啦啦的一阵响声过后，卷闸门被拉开，一个穿着碧绿色莲叶睡裙的女人走了出来，伸手就来给于筱冰接行李。

"怎么大晚上回来了，安不安全啊？你给我打电话说十一点多才到家，我接了电话觉都睡不着。"

"安全，是公司的领导跟我一块回来的。"于筱冰简单回了一下妈妈的话，敲了敲车窗，看着里面的男人说："裴总，您要不要进来坐坐？"

"不早了，先回去了。"他移开视线看向她，"明天上午在家好好休

187

息，我会过来接你。"

于筱冰连忙摇头："不用了，我这边有车去垣县，您在家休息吧，我吃过午饭就来。"

他将手放到了换挡杆上，收回视线不再跟她多说了："你别乱跑，就在家等我，今晚我给你买好返程的票。"

于筱冰一时语塞，很快，寂静的街上就响起了引擎发动的声音，他又自己开车回去了。他还真是把她送到家就走了……

于筱冰看着马路上那辆离她越来越远的车，莫名地感觉心里空落落的。

都跟她回家了，他反倒比在公司的时候拘谨些。

可能因为路上有点累，第二天于筱冰难得睡到了日上三竿。她下楼的时候，店里有个女人正领着三个小孩在挑课后教辅书，那个女人盯着她的脸看了一会儿，突然开口了："于筱冰？你回来了？"

于筱冰正在倒水喝，闻言愣了一下："你是……"

"我是陈佳啊，你初中同学。"

女人直接自报家门，于筱冰总算想起来这人是谁了，以前读初中的时候是个大姐大，还差点欺负她。她有点迟钝地点点头："哦。"

"你现在看起来过得还不错啊，我听你妈妈说了，你在 B 市的公司上班，有份固定工作，感觉还挺好的，你结婚了吗？"

"没有。"

"那男朋友呢？"

"也没有。"于筱冰其实很敷衍，她现在对初中同学这个词已经有点 PTSD（创伤后应激障碍）了。

陈佳伸手把身边最小的那个娃拎到了身边让他不要乱跑，又看向于筱冰道："你们在大城市上班的就是这样，都是一把年纪了还不结婚，我看于楚也是,她还是个网红呢,微博、小红书、抖音上面粉丝都好多,天天在给男朋友宣传电影。"

于筱冰听到"于楚"这个名字的时候,稍微沉默了一会儿。

"于楚的男朋友……"她看着陈佳,开口问道,"是个导演吗?"

"是啊,她天天在网上晒自己的日常生活,十句有八句不离男朋友,评论里都是羡慕她的,但是我跟你说,于楚这人真的不行,我看你以前总跟她玩,你真的别联系她了,她经常在我面前说你的不是。"

于筱冰听到之后,表情都有些凝固了:"是初中时候的事吗?"

"就是初中时候的事啊,我有次来月经肚子痛,你给我烧热水喝,所以我觉得你人还行,但我那个时候没什么脑子,有的时候确实会被于楚拱火,对你说话比较凶。"

于筱冰不知道自己该说什么了。其实于楚对她来说是有特别意义的,于楚是当年第一个过来和她当朋友的既漂亮又有人气的女生。她第一次在过生日时收到礼物,就是于楚送她的一个小水晶球,于楚家离学校很远,一个人走路很孤独,她经常绕远路先送于楚回家。

"没关系,我已经没跟她再联系了。"于筱冰结束了这个话题。

两人又说了几句话,于筱冰总算把陈佳和她小孩送走了。

当她在门口一抬眼,却看见妈妈站在柜台后面冷着脸,显然刚才那个初中同学说的话,全部被她一字不落地听到了。

"我早就说了那个于楚不是什么好人,哪有过来给人当伴娘自己打扮成那个样子的?你还说她是什么博主,不漂亮做不了,她是漂亮了,她把你男人拐跑了!"

于筱冰的手指在裤缝边握紧又松开,掌心里都是汗,她嘴唇动了动,说不出话来。

"之前我还以为会出事是因为陈璟有问题,现在看完全就是那个于楚勾引的!你怎么不去听陈璟解释呢?"

"他不是来找我解释的。"

"怎么不是？他来找了你好几次，都被我赶走了。上个月有天晚上，我把门关了，以为他走了，结果第二天看见他还在那里蹲着，外面满地的烟头。"于母说着又看向了于筱冰，语气听起来有点犹豫，"说不定真后悔了呢？跟你毕竟也有六年的感情。"

"他不会后悔，我跟他也没有感情。"她没抬头看，转身就往里屋的楼上走，"我去楼上收拾衣服，天热了，寄到B市去穿。"

于筱冰大学毕业后，工作第二年，辗转到了一家合资的工作室参加面试，工作室叫Gravity，在做动画电影，急着招人。她来应聘场景原画岗位，入职测试已经过了，还差面试。

"我们这边对场景的要求比较高，看你的风格确实挺适合我们项目。"两个年轻的男生拿着她递过来的简历翻来覆去地看，"不过，你出一张图大概要多久？"

"看复杂程度。"于筱冰说话时一点情绪起伏都没有，"测试那张花了九个小时多点。"

其中一个男生很小声地对另一个说："组长，她做得好快啊。"

"你再问问。"他说着就拿出手机在下面打起了字，他们像是想招她，但又一直在问问题，磨磨叽叽的。

"你们还有什么问题吗？"于筱冰下午还有另一家面试要去。

"稍等，我们老大昨天下午说要过来亲自面试你。"那位组长推了下旁边那个男生，"你去看看，他不会是猝死了吧。"

过了好一会儿，刚才被遣出去的男生才回来。

"陈导昨晚通宵了，起不来。"男生顿了一下，又说，"他让我问你还有没有其他同学想来上班，能画得跟你差不多的，稍微差点意思也行，直接免面试，试用期过了给你算内推费。"

于筱冰点点头，又拿出手机开始联系，把自己的室友杜濛叫过来了。

干这行想要涨工资永远都得靠跳槽，这家的工资比她上家高出四千块钱，她之前月薪还是六千，她本想要八千的，结果这边直接给她开了一万。而且这家工作室环境特别好，到处都是玩偶和手办，夏天冰箱里囤满了各种雪糕，茶水间放的还都是进口小零食。这是她遇上的待遇最好的一家公司。

于筱冰开始上班了，每天的工作就是画图。她主打一个两耳不闻窗外事的状态，每天接任务，然后到点交图找组长要反馈，继续改改画画。

夏季天气实在太热，杜濛去冰箱拿了两根雪糕出来，给了她一根，把她从工位上提了起来。

于筱冰挣扎着画完最后一笔，把数位笔放回去，保存了一下才从位置上离开，勉为其难地跟杜濛一块去了旁边的小圆桌旁休息。

"有你这么给老板干活儿的吗？周围人都惊了，说他们在划水你在画，他们下班了你还在画，你搞得他们都不好意思了。"

于筱冰撕开了雪糕的包装纸，是根冒着凉气的巧克力雪糕。她放到鼻子下面嗅了两下，然后才开始下嘴咬："不画画不知道还能做什么。"

"你可以玩啊。"

"不好玩。"

"只有当你在上班的时候摸到了鱼，才算真的从老板那里赚到了钱，OK？你也给自己找点别的乐子吧。"

于筱冰没理会杜濛的话，又啃了一口，等待裹了脆皮的巧克力雪糕在舌尖上化开。

侧头时，她正好看到导演工作室里有个男生出来。那人头发稍长，上层的头发抓起来随意地半扎。他戴着黑口罩，衬得肤色宛如夜空中的新月般苍白，耳朵上打了令人瞠目结舌的各种钉，个子特别高，像个模特，眼角有颗泪痣，给人的感觉礼貌但很疏离。没看到他的脸，但自带的氛围感就已经非常帅了。

身边的杜濛明显也看见他了，愣了几秒，连忙把于筱冰抓过来八卦。

"这个人是不是演员啊？他好有男人味！"

"不知道。"于筱冰摇摇头，"这里不是做动画电影的吗？"

杜濛说道："我听说导演以前是在日本拍真人电影的，评分很高但是一直都没什么水花，这个动画电影企划现在是联合制作，另一位副导演是他以前的大学同学。"

"他以前是拍真人电影的，怎么现在又开始搞动画了？"于筱冰微微皱了下眉，不是很理解。

"好像动画电影的成本比请大明星拍要低？一部动画电影也就几千万成本，请明星的话光一人的片酬动辄就是几百上千万的，而且他在日本留学过，对那边的动画制作流程比较熟悉吧。"

于筱冰没什么想法，但她一直记着那个男生白皙的脸上有颗泪痣，跟她初恋的泪痣很像。她又下意识地往那边看了一眼，发现刚才那个男生被人挡住了。有人用日语问了他什么话，他像喝醉了酒一样，又像是没睡醒，声音很闷地说了几句日语回应。

旁边另一个桌的同事在聊天，有点激动地小声问："他们说什么了？"

"好像是城山问他怎么戴口罩了，他说打了两个唇钉，嘴肿了。"

坐在后面的于筱冰听到后没忍住轻笑了两声，但她很快就憋住了。

原画组那边第八十九次开会定人设，照例把每个组里的人都叫过去围观，让大家提意见。到场景组这块的时候，因为大家都是画花草建筑的，对人物其实只能说出个大概感觉来，审美的点并不在这一块。

大家都开始夸，拿图的人也抚着胸口说："这是导演磨了我好久才磨出来的，他说一定要画得比今年最火的那个'小鲜肉'帅，因为这个剧本他请不起人家。"

第五章 我喜欢她

坐在旁边的于筱冰指着画面上的人,突然开口了:"我觉得这里有点空,要不加颗泪痣试试呢?"

对方从一片恭维声中抬头看她,怔了一下:"啊?"

于筱冰很坦诚地说:"我觉得加颗泪痣或许会比较好看。"

她正想随手示范一下,旁边就有人给她递了支笔过来,开口问她:"为什么你觉得加颗泪痣会更好看?"

于筱冰拿着铅笔在那个人的旁边开始快速起稿,这张脸像是已经被她反复刻画了无数次一样,连辅助线都很少,一张笔画简单但氛围感极强的男性面孔就这么出现在了纸上。

她在这张脸的眼角上点了一颗泪痣,说话声音很轻:"因为有泪痣的人就是很好看啊,你看……"

说着她拿起自己的图递过去,看向了那个对她提问的男生,在看清了他的脸后,她整个人都愣住了。这个人就是她之前见过的那个男生,眼角也有一颗泪痣,脸长得很帅,清冷感很强,那天戴的黑口罩已经摘了。

顶上的几排灯管都在散发着白光,电流声嗞嗞响,屋内很明亮,坐了很多人,却安静到连根针掉在地上都能听得见。

他接过来,垂眼看了看她的画稿,因为离得近,于筱冰还在他身上闻到了一股六神花露水的味道。

所有人都噤声了,只有原画组的组长开口叫了一声:"陈导?"

"嗯。"他盯着新出的男主人设,一副没睡醒的懒散模样,用戴了好几个戒指的手指摸着画面上的那颗泪痣,指尖下方传出了轻微的纸张摩挲声。

看了好一会儿,他把图丢给了原画组的组长:"有泪痣的男人是挺好看的……就按她这个改,加上吧。"

193

于筱冰在洗手间的镜子前洗了洗脸，闭眼低头缓了一下，很快就平复了心情，然后就去收拾衣服了。里里外外一共收出了一个纸箱的衣服，她抬着纸箱下楼，准备先去弄点吃的，待会儿再去镇上寄一下。

　　下楼后，妈妈正在外面店里跟别人聊天，笑得还挺开心。

　　于筱冰没在意，直接去了厨房，可没过几秒，她就又快速地走出来，揉了揉眼睛仔细看过去，整个人都有点傻了。

　　跟妈妈聊天的是裴译。他今天的穿着打扮简单干净，白色T恤外面套了件黑色的宽松衬衫外套，下身是黑色裤子和运动鞋。他比例优越，身材也好，一眼看过去腿又直又长，非常吸睛。脱离了B市的那些身份，这一身更像大学生，站在身边的时候男朋友的感觉很强。

　　他抬眼看向她，两人的视线对上了几秒，于筱冰的一句"裴总"卡在嘴里还没叫出声，她妈妈就往裴译手里塞了个刚剥好的橙子，就连瓣都给他一片片分好了："来，小裴尝一尝，这个橙子很甜。"

　　小裴？正当于筱冰觉得世界崩溃时，就听裴译很礼貌地道谢："谢谢阿姨。"

　　于筱冰的妈妈整个人都精神了，看他的目光就跟看自己失散多年后认回来的儿子没差别，什么陈璟、刘璟都被她丢到了脑后。

　　一看就放浪不羁让村里人直皱眉的年轻导演，跟眼前穿搭得体、素质高、学历高的大企业年轻领导相比，闭着眼睛都能知道哪个好。

　　在见丈母娘这关上，裴译才是真正交出了一份满分答卷。这种对比强烈到让于筱冰的妈妈认为女儿以前带回家的是个妖魔鬼怪："小裴，你要是喜欢吃的话，待会儿走的时候我拿袋子给你装一袋，你都拎走。"

　　明明才认识没一会儿，但她妈妈现在的眼神就是在看女婿候选人了。于筱冰不好意思地按着自家妈妈的肩膀推了一下："坐飞机行李超重要收托运费的，很贵。"

　　"啊，这……"于母一下就噎住了。

第五章 我喜欢她

"没事,我出差行李都带得很少,重量一般是不会超的。"裴译主动摇摇头,说话的语气平缓温柔,给人感觉他的脾气真的很好。

"那我再去给你收拾点特产,腊肉、腊鱼、猪血丸子你吃得惯吗?还有辣椒酱跟红薯干什么的,都是自己家里做的,等等啊。"

眼看妈妈又跑去里面找袋子开始收拾,于筱冰甚至不知道该说什么了,正觉得尴尬时,外面抽烟的那个男人就进来了,应该是裴译认识的人。裴译主动介绍了一下:"这是小刘,南花岭的项目经理联系的司机,待会儿开车送我们去高铁站。"

"谢谢。"于筱冰看着他道了声谢。

那个人也跟她笑了一下:"领导客气了,不用谢。"

"我不是领导……"

于筱冰解释了自己不是什么领导,但对方接下来还是一口一个领导。她只能尽量少开口,让裴译来应付这种场面。

中午吃了顿饭,他们下午就直接返程了。

于筱冰走之前去寄了东西,把她妈硬塞给裴译的那些土特产也一起寄了过去,没真让他带一堆特色腊味回去,不然到时候他行李箱里肯定都是那个味道。

刚上车不久,于筱冰的手机就接到了一个陌生号码来电,她接通后直接放到了耳边:"喂?"

"喂。"电话那头停顿了一下,语气轻松地问,"你回来了吗?今晚大概几点到 B 市?"

于筱冰很快就猜出对面的是谁了,她有点局促,声音都压低了:"在路上了,机票上显示是十一点抵达。"

"路上注意安全,东西带得多的话可以给我打电话,我开车来接你。"

"不用了,裴总也在这儿。"

195

"裴总这么快就回来了？"郭义翔安静了片刻，"他不在家多待几天啊。"

"嗯，对。"

两人又扯了几句有的没的，于筱冰把电话挂断后，忍不住呼了口气。

坐在前面的裴译突然开口了："刚刚是郭义翔给你打的电话吗？"

不知道他是怎么猜出来的，裴译这个男人有时候就是会有些野兽般的恐怖直觉。

于筱冰收手机的动作顿了一下，点头道："是。"

他转头又看向了窗外，没说话，指尖在膝盖上面轻轻敲着，不知道在想些什么。

午后的阳光很晒，司机时不时跟裴译聊会儿天，裴译也会很耐心地帮对方提神。

于筱冰就坐在后座上，对着窗户外面飞快后退的大山和村寨发呆。这些景色她从初中起一直看到了现在，去年回老家结婚的时候，也是这样熟悉的风景。

人在安静下来的时候总会想起很多事情，这里让她印象最深的回忆却是那天她和陈璟一块，开车从家里出发去高铁站接于楚。于楚在冬天的冷风中穿得很单薄，她长得本来就很漂亮，化上妆感觉她更好看了。于楚在车上的时候一直在跟于筱冰聊天，出于好奇询问着陈璟的事，陈璟全程都没说话，只是偶尔会回应于筱冰两句。

在老家办发嫁酒的前一天晚上，这两人都不见踪影，于筱冰跟妈妈在家里装了一晚上喜糖，第二天去旅馆找于楚时，来开门的人却是陈璟。他腰上系着浴巾，垂着薄薄的眼皮看她的时候，脸上的表情没有任何变化，还是那副没睡醒的样子："等一下，我先换个衣服，你要进来吗？"

于筱冰沉默片刻，看了眼里面，不知道于楚现在是什么表情，她蒙在被子里，好像还在睡。

于筱冰摇了摇头,像早起怕影响到室友一样,放轻声音说:"不用,我先下去了,你叫她起来吧。"

于筱冰知道陈璟对所有女人都没感情,他只是玩得疯。就算有能够稍微吸引他一点的女人,他也完全不会去处理跟对方恋爱时的关系。他不愿意让自己的喜怒哀乐被任何人牵动,女朋友对他表现出任何情绪上的需求,他都只有一种处理方式——分手。

抱怨他不陪她,分手;在他面前矫情做作,分手;想让他保持忠诚,分手;想和他吵架找存在感,分手。他的感情世界里根本就没有爱,任何妄想在感情博弈中赢过他的女人最后都离开了。

于筱冰不求回报地对他体贴入微,照顾着他的事业和生活,并且在成为女朋友后的六年内没对他有过任何要求,也从来没有限制过他。

那一次的退让看起来也跟以前并没有任何区别,她关上门,出去了,然后就再也没有在他面前出现过。

飞机准点抵达,于筱冰刚在转盘处等到行李,就见裴译接到了司机的电话。开车过来接机的是公司给他专门配的司机老李,他就在出口处等着,于筱冰一眼就看见了那个体型微胖的中年男人。

"裴总,来,行李都给我吧。"

"不用,我自己来。"裴译说话时既客气又温和,"大晚上还麻烦你过来接机,辛苦了。"

"不辛苦,这都是我该做的。"

老李实在没东西拿,最后把于筱冰手里拎着的电脑包抢走了,又硬从裴译手里分了个行李箱过去。

从机场出口到停车场还得走上几分钟,只有于筱冰两手空空,看着从头到尾一直给她拿着行李箱的裴译,她心里一阵轻松,好像逃离了一个做了很多年的噩梦。

最后三人一块上了车，裴译和老李在凌晨把她送回了公司宿舍。

于筱冰回去后洗了个澡，舒服地躺下后，决定明天继续努力工作。

第二天她醒得稍微晚了点，结果一去办公室，就在自己的工位上发现了一份早餐。

老实说，刚看到这个东西的时候，于筱冰压根就没有自己被人送了早餐的自觉。

她还以为是别人放错了，直接拎了起来，有点困惑地在办公室里问："是不是你们谁让人带了早餐呀？放到我桌上来了。"

"肯定是有人追你呢。"周启宇抬起眼睛看向她，"你把它吃了就得了。"

于筱冰首先想到的就是裴译，但她又觉得这不太可能。昨晚分开的时候，裴译一点要主动靠近她的意思都没有，而且他这种人在对待感情时都缺乏一些基本常识，他没追过人，刻意去讨好女生的那条神经从来没被他触碰过。

中午去楼下吃饭的时候，于筱冰提起了这件事，班珍突然看向她："欸？郭科今早就打了两份早餐，该不会是他吧？"

于筱冰往嘴里送饭的动作都慢了一拍："他给我送早餐做什么？"

"他就是想追你啊，他出差这段时间总观察你来着，还总找你搭话，每次没说上几句就被黄姐打断了，要我说黄姐真是个妙人。"

于筱冰不知道该说什么，只能低头默默扒饭。

班珍绝不放过任何一个能够埋汰郭义翔的机会，开口又接了一句嘲讽："郭科也真是够抠的，哪有追女生去食堂打饭给人带上来的。"

赵思静忙说："筱冰明早想吃楼下那个卷发大妈卖的手抓饼和蒸玉米，你去给郭科透露一下。"

"是你自己想吃吧？"班珍有点无语。

"想攻略一个女生,她好闺密的胃也是需要被一起攻略的。"

于筱冰全程没说话,只当这两人是闹着玩,结果第二天早上去办公室,发现她办公桌上还真出现了手抓饼和玉米。

赵思静和班珍专门过来想看看情况,于筱冰赶紧把这些都给她们了。

"下次不要再找郭科长说这些了,我之前出差的时候就跟他说了我俩以后就当普通同事。"于筱冰难得有点着急了。

"可他不想只跟你当普通同事呢。给你送了你吃就是了,不吃也浪费。一份早餐而已,干吗这么怕他啊?"赵思静看她这么谨慎的样子,忍不住想笑。

于筱冰连忙摇头:"我对郭科真没有那个意思。"

班珍"嘁"了一声:"没意思也没事啊,他上次那么说你,你对他没意思是很正常的好不好,逗逗他呗。"

于筱冰一脸老实地摇头:"我逗不了。"她就不是那块料,别人但凡对她好点,她要是不回报人家的话,良心非常不安。

班珍站在楼上,透过窗户看见裴译的车出现在了停车场,知道他来上班了,赶紧转身跑了。

"我有点事,先走啦。"

她回到办公室从桌上翻出一堆需要找裴译签字的文件,跑到楼上去堵人。

裴译正站在窗边透气,边喝咖啡边看手机,班珍一早就看见了帅哥,顿时觉得赏心悦目,心情都变好了:"领导,有文件找您签字。"

她啃着玉米棒子,把一堆文件都放在了裴译的办公桌上。

裴译从手机上收回目光,见她递过来的文件上面粘上了一点玉米碎,关上窗户放下咖啡,顺手抽了张纸擦掉了:"你下次吃完了再来。"

班珍注意到了这点细节,知道他不会生气,对他讨好地笑了下:"这

199

不是还没到上班时间嘛,难得郭科给人买点吃的。"

裴译在看文件,抽空瞄了她手里的玉米一眼:"这是郭义翔给你买的?"

"是啊,他在追冰冰,想收买冰冰身边的小姐妹,不光我有,思静也有啊。"

裴译浏览着文件,时不时落笔签个字,看起来并不在意。简洁干净的办公室里气氛沉默,空调在静静运作,室内持续被冷空气填充灌满。

班珍继续啃着玉米,结果就听裴译突然又问了一声:"然后呢?"

班珍一愣:"什么然后?"

裴译头都不抬地继续签字:"郭义翔给你们买早餐,然后呢?"

班珍有点蒙,不懂他是什么意思。

签完了最后一页,裴译总算又抬眼看向了她:"他们发展到哪一步了?"

"没到哪一步啊,就刚开始买早餐,估计以后每天都会给筱冰来打个早餐卡吧。"

他盖上笔帽,把笔放在桌上,又恢复了那股冷淡劲,不看她了:"你还有事吗?"

班珍:"……"

班珍心里默默叹了一声,拿起资料转身走了。

局里开始召集项目部统一培训,这次培训人数超过了两千人,有不少地方需要帮忙,不光是统筹安排,还有一些其他杂乱工作要做,因为离得比较近,黄科长直接把于筱冰派过去帮忙了。

跟她一起去局机关的还有班珍,但于筱冰跟局里的人一点都不熟,除了在上面跟她对接的张榕,其他人她都没有联系过。

局里所在的地段要更好,下面的楼层还有一家很大的互娱公司,人

第五章 我喜欢她

员比较杂,在这边出入必须佩戴工牌。

于筱冰对局机关这边一直都有点执念,因为她知道那个跟裴译传过一段八卦的程贤就在这里上班。她自己也想见见那个女生……就是单纯对她好奇。

这次培训裴译到时候也会过来,不知道他们相处时会是什么样子的。

中午吃完饭准备去休息时,有个女生在楼下跟班珍坐在沙发上聊天,刚看见于筱冰出现,班珍就赶紧把她拉了过去:"正好,刚说到你,你就来了。"

于筱冰正在想事情,被班珍猛地一拉,整个人完全都没反应过来:"怎么了?"

"冰冰,这是楼下互娱公司的朋友,她们那儿正招人,她了解了一下你以前的工作经历,说有意向把你挖过去干游戏美术。"

于筱冰眉头都皱起来了,有点不理解:"是怎么了解的?"

"郭义翔之前要了你的简历啊,我当时也对你好奇来着,就看了一下,微信里有记录。"

于筱冰连忙摆了摆手:"我转行了,不画了。"

"不是,为什么不画啊?"女生都傻了,"我在网上搜了一下你的图,美术功底和设计能力真的太过硬了,风格还多变,你不画了多可惜啊!"

那女生比她还着急,又说:"我们这边今年开了三个项目,现在急缺高手,你实力这么强,完全可以来试试。进来肯定就是资深职位,月薪最低两万,年薪三十五万到五十五万没问题的。"

班珍没忍住"哇"了一声:"工资这么高?"

"我们也算是大厂,而且在 B 市给我姐这水平开这样的薪水那已经算是最低的了。"她说着又看向了于筱冰,"怎么样啊姐?要不来我们这里试试?你不满意待遇后续其实还可以再谈的。"

于筱冰摆了摆手:"不了,我没跟过游戏项目。"

"那你会做前期概念设计吧?原画图能画,美宣图也能画?"

于筱冰点点头。

那女生直接掏出手机:"加个联系方式吧姐姐,你要是不想做全职也没关系,我们这边也有好多外包,反正你们公司下班早,晚上和双休稍微画点画,一张图能抵你现在一个月工资了。"

于筱冰犹豫了一下,想到自己干干净净的银行卡余额,最后还是拿出手机加上了。

当时电影面临撤资,她把所有的钱都花在了电影上,但家里人觉得她把钱都花到了陈璟身上。就因为这事,分手的时候家里人非要她去找陈璟把钱拿回来,直到她去加油站打工,这事才勉强作罢。

"你们刚刚就在聊这个吗?"于筱冰给那个女生微信备注上名字,抬眼问了班珍一声。

班珍点点头:"其实主要是在聊裴总,裴总都传出名声来了,他穿身正装再戴副金丝眼镜,见过他的小姑娘没一个忘得了他的。"

"他戴眼镜吗?"于筱冰关注的点有些不一样,她就没见过裴译戴眼镜的样子。少年时的裴译并没有近视,他双眼视力都很好。

"他戴的,以前天天戴,但最近好像不戴了……对,就是从你进公司开始,他就一直在戴隐形眼镜了。"

旁边互娱的女生赶紧搭话:"他戴不戴眼镜其实都好看,我们这边还专门开小会分析过,最后得出结论,你们领导的五官和骨相十分完美,没有一点问题,我们同事还想偷偷借用他的脸来建模呢。"

"你们那边也觉得他长得好看吗?"于筱冰其实已经带头干过这种事了,没想到还有人跟她想法一样。

"嗯,感觉是东方脸孔在西方审美下的极致了,他长得太标准了。"

班珍对自家大领导还是很有信心的,夸他的话张嘴就来:"要不怎么说裴总是人间极品呢？我看他看多了，再看其他人的脸感觉他们都长得很潦草。"

那女生没忍住又说了一句："其实我想说句很毁三观的话，就……就不管是谁跟你们领导结婚生孩子，感觉好像都是他被人占了便宜。"

这话的打击面积有点大，班珍顿时就把目光落到于筱冰脸上去了，结果发现她非但没有变脸色，甚至还主动发问："程贤也不行吗？"

女生顿了顿，问："程贤是谁呀？"

"一个美女。"班珍叹了一声，"你应该见过，长得有点像王祖贤。"

女生还是皱眉摇头，看样子并没有见过。但她嘴很甜，又接着夸道："不过我觉得筱冰姐就很好看，'大神'光环直接拉满，脸还长得这么萌，你要是到我们公司上班，第二天全公司的单身组长们肯定都来打听你。"

于筱冰没忍住笑了一下："不会，大家都很现实的。"

女生赶紧一本正经道："要不我把你的微信推给我的主美？他画画可牛了，三观也挺正，就是有点胖胖的，他太沉迷于画图导致没时间找对象。你要是看得上他，说不定真的能行！"

"以后再说吧，现在真的不用了。"

于筱冰感觉自己最近的烂桃花真的太多了，她都要应付不过来了。那女生努力劝说了于筱冰好一会儿，她都拒绝了。可下午她的微信还是没守住，又被推出去了。

刚过六点，就有个用动漫当头像的男生主动加了她好友。

六点应该是那位主美的下班时间，局里下班后，于筱冰就开始加班处理自己的日常工作，她点进去就看见了对方的添加好友消息，出于礼貌通过了，但对方后续并没有发信息过来，她也就继续了自己的工作。

大概七点多的时候，那个男生给她发了一条信息，是一个外包需求。于筱冰正好感觉上班有点疲劳了，就接收了他的文件打开看了一下，大致了解之后，正想着给他回个信，就见他又发了消息过来。

张越：本来我都不确定是不是你，但是一看见机器人小冰这个ID我就认出来了。

张越：不知道你还记不记得我，咱俩同一届的，以前都在电影学会，一起参加过社团活动。

于筱冰皱了皱眉，很快对方又给她分享了一张QQ相册的照片，确实是她以前大学参加社团活动拍的。照片上有个胖胖的男生被圈了出来，看到这儿她才总算想起来，张越以前跟学校里一个喜欢玩cosplay的女生谈恋爱，还被打扮得很搞笑地去参加过漫展。

因为以前就了解过他，所以于筱冰更加能确定自己跟他没法发展成那种关系。不过张越这人还挺好说话的，在老同学这里做外包以后沟通会更方便一些。

机器人小冰：我想起来了，不过这个外包我现在没时间做，最近太忙了。

张越：懂，我最近也忙，下次请你吃饭，我对你们电影里的一些镜头真的很感兴趣，到时候交流交流。

机器人小冰：嗯嗯，见面再聊。

于筱冰结束了这段聊天，又开始继续工作。

培训正式开始那天，为了避免楼里人员流动过多，声音嘈杂影响到其他人办公，楼下只开了侧厅的后门。

二楼有个巨大的会议厅，已经布置好了，按公司和各项目部排列入座。

于筱冰看了一眼前面，领导座席上面放了桌签，其中就有裴译，但是他人还没来。

第一天上午是物资采购和设备管理的相关培训，结束之后还需要考试，所以这三天还得做好笔记。

第五章 我喜欢她

培训开始前,于筱冰在后面低头用手机跟张越聊天,直到听见音箱发出声音后,她这才抬眼看向右前方的 LED 分屏。

不知不觉间人都来齐了,她的目光不由自主地落到了前方,看见了一个穿着深蓝色西装的身影,是裴译。

裴译的仪态很好,脊背好像永远都是挺直的,低头时也仅仅只是下颌微含,看不到他此时的眼神,但他今天应该戴了眼镜。可能出席这种场合时,他还是会以自己平常惯用的形象来见人。

局里的领导发言结束后,接下来就是培训的主讲人上台。物资采购的主讲人来自物资采购资源中心,那个女人刚上台,于筱冰的目光就被吸引了。她穿着一身职业的黑色套装,在脑后扎了个低马尾,不需要浓妆就已经足够漂亮吸睛。她自我介绍时嗓音有些沙哑,抬眼看向前方时红唇浓眉给人一种港味风情,确实有几分像王祖贤。

程贤出现时后面的席位间传出了小范围的嘈杂声,估计都在讨论她的外貌和气质。

上午的第一部分设备培训结束后,中途休息十五分钟,于筱冰去洗手间洗了把脸,出来时发现外面已经开始排队了。她在长长的队列里认出了两个女生,是上次检查过的项目部里的小姑娘,于筱冰友善地主动过去搭话了:"这里人太多了,我带你们去楼下吧,那里应该不用排队。"

"谢谢筱冰姐!"

这俩女生关系不错,于筱冰对她们印象很深,因为她俩一个在工地上养了两只大白兔,另一个喂了三只流浪猫,好像把项目部弄成了动物园。

"你的兔子怎么样了?"于筱冰边带人往下边走边跟她们聊天。

女生从手机里翻出了视频给于筱冰看:"你看,前天晚上拍的。"

于筱冰看了一会儿,忍不住叹了一声:"毛茸茸的,好可爱啊。"

"这臭兔子,拉得可多了。"

205

下楼后拐了个弯，于筱冰正想指路，就在前面走廊里看见了一个手里夹着支香烟，长得特别漂亮的女人正看着前面的男人说话。

看见程贤手里的烟后，于筱冰终于想起了一个名称——烟嗓。

男人肩背宽阔，整个人端肃而挺拔，只给她留了个背影，西装的冷淡感反而凸显了他身上一些难言的性感。大概是听到后面有脚步声，裴译回头看了一眼，眉眼间依稀还有几分少年时的熟悉，可更多的还是一些成熟男人的特质。

他不管看着谁，目光中的压迫感都极强，脸上架着一副久违的金丝边眼镜，把他的禁欲感发挥到了极致。

于筱冰大概知道他为什么不戴眼镜了。因为这样的他看起来，跟以前简直就像两个人。

他也站在吸烟区这边抽烟，青白色的烟雾缭绕着清瘦修长的指尖，猩红的火星被微风轻拂，倏明倏暗。若有若无的烟味衬得他们两人之间的氛围更加暧昧，帅哥美女的搭配张力十足，天生就势均力敌。

他抽的烟跟程贤是同一个牌子的，大概就是她给他的。

于筱冰感觉他俩站在一块时，跟周围的人形成了一层无形的屏障。那是只属于他们的世界，旁人虽然可以在外面听到一些声音，却永远无法推开那扇门加入进去。

她产生了强烈的想转身走掉的冲动，但那样又显得她很奇怪。血管里的血液都在发热，脊背上却冒了冷汗。路过他们身边的时候，她的头皮跟指尖一起变麻了。

"裴总……"于筱冰明面上只认识裴译，所以也只叫了他。

"楼上人太多了是吧。"他让了半步，主动跟她搭话，嗓音听上去干净温柔。

"对。"她说了一个字，几乎能感觉到空气中的局促，她现在真的很后悔，不知道自己为什么不老实待在楼上。

于筱冰给那两个女生指出了卫生间所在的地方,转身准备上去,可没想到那两个女生最后居然也没好意思进去,直接跑上来又抱住了于筱冰的胳膊。

"好像突然不是很想上厕所了。"

"我也是!我也是!走吧。"

直到走出了拐角,其中一个女生才拉着于筱冰露出了难以言喻的表情,没忍住又回头往后面看了一眼:"这就是在OA的会签单上给我批过同意签订的那个裴译吗?"

"公司就他一个姓裴的领导,应该就是他了。"

"刚刚讲课的那个女生长得也好好看,他们两个看起来好配啊。"

于筱冰完全不知道该说些什么,她把手抽了出来,轻声说:"我还有点事,先走了。"

拐角后面,裴译还在望着那个已经消失的身影出神。

程贤吸了口烟,望向他视线投向的方向,那边空无一物,她又侧头看向了他的脸:"装配式的事就先说到这儿吧,你这么久没有相亲对象,真的不考虑跟我试试吗?"

裴译收回了目光,摇摇头:"我先走了。"

"裴译,"程贤抬手挡住了他,看着他细边眼镜下方的眼睛,眼神很认真,"我早就告诉过你了,我真的不介意裴晶说你的那些话,她妈是个神经病,她自己也是个神经病。"

裴译抬眼看向了她,四目相对,目光平静:"我有喜欢的人了。"

程贤沉默了片刻,嘴唇动了动,开口时声音略微有些颤抖:"为什么?你知道从大学起我就一直在等你,如果你想要谈恋爱,为什么不先考虑一下我?"

他依然一动不动地注视着她,这份不动摇的专注才最伤人:"我从

207

来就没有让你等过我,你也不应该用这个来要求我,对吗?"

程贤大概是被他这简单的几句话刺痛到了,脸上的表情稍微动了动,眼神也变得情绪化起来:"我不知道以前跟你有过情感纠葛的人能有谁——"

"别说了。"他打断了她,垂下眼睛,直接用指腹把烟头顶端的火光捻灭了,"我的事跟你没关系,你越界了。"

程贤连忙摇头:"不是,我……"她闭眼缓了一下,又换了个话题,"所以到底是谁?你喜欢的那个人,她比我好吗?"

裴译摇了摇头:"我不是比谁的条件更好,我只是想找个能陪在我身边,可以让我晚上很快就能睡着的人,最近哪怕只是隔很远看着她,我都会觉得很安心。"

"裴译,我也可以让你在晚上很快睡着,你为什么不跟我试一次?"

"我已经把话说得很明白了,你还是不能理解吗?"他的目光和语气都很冷静,可他抬眼看着她时,像深深地压抑住了一些什么东西。

程贤一愣,莫名地感觉这一刻的裴译好像有些害怕她。

他不止一次地回避着周围女人的暗示,好像其他男人眼里看来是可遇而不可求的艳遇对他来说却像是难以忍受的刑罚一样。停顿片刻后,他继续说:"虽然这些年我不在她身边,但我对她的感情从来都没有变过,我跟你抽过这支烟就算我们之间彻底结束,希望你以后别再来找我。"

当天下午的培训四点钟就结束了,甚至比平时下班都还要早。

于筱冰没跟赵思静和班珍一块出去玩,独自坐公交回公司了。培训正式开始后她就不需要在局里帮忙了,最近得加会儿班才能把之前积累下来的工作都完成好。回到公司后,于筱冰把手机放在一边打开电脑,盯着屏幕没一会儿,就收到了两条微信,是郭义翔发过来的。

郭：今天天气挺不错的，外面的风很舒服。

郭：你有没有什么想吃的？我请你吃。

于筱冰回复得很快。

机器人小冰：明天还要忙着培训，不用了，谢谢。

她很果断地拒绝了，关掉聊天窗口，又开始审批项目部发到公司来的结算跟合同。

办公室里没有人，从窗外照射进来的淡金色暖阳洒在办公桌和地板上面，她的脸也被镀上了一层毛茸茸的浅光。

大概过了半小时，胡科长进办公室拿东西，看到于筱冰还在专注地工作，没忍住"啧"了一声："她们今天都出去玩了，你怎么还在这里加班呢？"

于筱冰抬眼看了过去："弄完这个我也马上就走了。"

"行吧，你别太累了，早点去吃饭。"

"嗯嗯，好。"

胡科长关心完拎着包走了，于筱冰又开始继续工作。

直到外面的阳光从浅浅的淡金色变成了温暖的橙红色，于筱冰才把工作处理到不会让自己感觉很紧迫的状态。她看了眼窗外已经开始落山的太阳，有点纠结，就算现在出去，好像也没什么好逛的了，索性直接拿出手机开始点外卖，想看看有没有什么减肥低脂餐。

正当她边听音乐，边盯着外卖界面挑选今日晚餐的时候，桌面上突然传来了手指不轻不重的敲击声。于筱冰抬眼看了过去，发现裴泽居然不知什么时候过来了。

办公室内只有从窗户处流泻进来的余晖，温暖的橙红铺天盖地涌进来倾泻在绿萝的叶片缝隙间。他逆着光站在那里，整个人看起来暧昧又朦胧。浓郁的光延伸过来，好像忽然之间打破了时光尽头的某些东西。

这让她想起了那天下午她独自坐在他家门口，也是一个这样美到让人惊叹的夏日黄昏。

心尖上有点颤动,于筱冰连忙推开椅子站起身,一阵轻响过后,紧接着就是她略带了些慌乱的嗓音:"裴总……您怎么过来了?"

裴译脸上还架着那副斯文的眼镜,仍然是白天那副衣冠楚楚的模样,站在别人身边时,会给人一种礼貌的距离感:"你有空吗?"

"啊?"于筱冰不解地看着他,最后还是禁不住他的精准狙击,眼神飘忽地避开了他的注视。

男人的语气早就没了在别人面前时的那股冷淡劲,声音中难掩温柔:"一起去吃饭吧。"

于筱冰低着头,完全不敢跟他对视,心脏在胸腔内疯狂地怦怦乱跳,她很小声地问了一句:"您还没吃?"

"嗯,我刚开完会。"

于筱冰犹豫了片刻,最后还是坐上了裴译的车。她又随随便便就被他叫出来了,每次都是这样,他只是看她一眼,她就拒绝不了他。

这次裴译带她去了大悦城附近的一家店,一方面是离得近,另一方面是他说这边是很正宗的京味餐馆,而且非节假日不怎么排队。

虽说是在大悦城附近,但找到车位停车后,他们其实也是拐了好几个弯才到的。

店门口是很老式的那种设计,于筱冰看着里面正在忙活的伙计,甚至有种回到了自己老家后厨的错觉。

于筱冰老实地跟着裴译走到了里面,刚伸手,裴译就在后面帮她把椅子拉了出来。她赶紧跟他道谢。裴译就坐在了她对面,抬手脱下外面的西装外套时,她好像还闻到了他身上有一股很淡的味道,很好闻,一种让她想要靠近他的味道。

服务员操着一口标准的京片子走过来给他们点单,裴译正在解袖扣打算往上挽,目光扫了扫菜单:"你有没有什么想吃的?"

第五章 我喜欢她

　　于筱冰发现这菜单上的菜她几乎都没怎么吃过，最后伸手指了一下："可以吃烤鸭吗？剩下的你来点吧，我不太懂这边的菜该怎么吃。"

　　记得以前听谁说过 B 市人吃东西爱讲究，于筱冰主动先跟他交个底，不敢装模作样。

　　"可以。"他让服务员把烤鸭记上了，然后又报了几个菜名。

　　对方记上单去厨房那边后，裴译又说："你随便吃就行了，我只有小时候住在这边，大了基本都在南方待着，是郭总说这边好吃，他是土生土长的 B 市人，我就想着带你过来尝一下。"

　　于筱冰有点拘谨地看着裴译颈间的领带，发现这条居然跟他留在宿舍里的那条一模一样。他没能要回来，大概又去买了一条。

　　她盯着那条领带看得时间久了，整个人都有点出神。

　　领带的主人用指节分明的手指摸了摸它，然后侧头看向她的眼睛，低声询问："在看什么？"

　　明明没用什么奇怪的语气，于筱冰却在瞬间咽下了口水。

　　薄薄的镜片盖不住他眼角的泪痣，于筱冰不知道怎么会有男人把禁欲和性感同时诠释得这么到位。察觉到自己刚才盯着他吞咽的动作后，她不敢再看他了，垂眼道起了歉："不好意思……"

　　裴译没理会，双手交叉放在桌上，托住了自己的下巴，漫不经心地看着木质桌面在顶部光线下的反光。

　　于筱冰又小声问："您为什么要叫我出来吃饭，我是做了什么事吗？"

　　他看向她："你没做什么我就不能叫你一起吃饭吗？以前在我家跟我一起吃过那么多饭，你都忘了？"

　　她脸上的血色越来越重，脖颈和耳垂也变得越来越红，还跟以前一样，三言两语就被撩得面红耳赤，连忙摇头说："没有，不是的。"

　　不知怎么的，脑子里就突然出现了裴译上午跟程贤在楼下抽烟的画面,她几乎有点不受控地脱口而出:"裴总,要不今晚还是我请您吃吧。"

"为什么?"他显然有些不理解。

"因为您上次给我买衣服了。"

他轻点一下头,说道:"那个没事的……如果你一直记在心里,要不就请我去看场电影吧。"

她有点愣地看向了他,而他也只是看着她,不说话。

于筱冰见他想要跟她一块去看电影的提议似乎是认真的,好一会儿才匆忙拿起手机:"您要看什么?"

"什么都可以。"他认真地说,"就今晚看吧。"

眼看自己今晚就要这么被人安排得明明白白了,于筱冰都快晕了,赶紧又说:"但明天还要培训啊,上午就要讲财务共享方面的……"

他嘴唇轻抿,眉眼低垂,反而不再像刚才那样继续盯着她了:"可是我想今晚就和你去看。"

她收回视线,不敢再反驳他了,盯着桌面轻声说:"好。"

吃过饭后,两人一块往广场那边走。于筱冰本来是想矜持一些的,吃了几口就说自己吃不下了,结果被裴译用那双很有洞察力的眼睛盯到脸皮发热。她不敢再在他面前装,是什么食量就是什么食量,最后甚至吃得稍微有点多了。

外面风很轻,入夜后,广场上的温度比白天要稍微低了一些,体感凉爽,给人的感觉特别舒服。

身边的男人突然开口问了她一声:"吃饱了吗?"

她赶紧连连点头:"饱了。"

白天看到程贤的身材时,于筱冰还想着自己真的要开始减肥了,可没想到晚上又被裴译带出来吃饭,还被他盯着多吃了一碗。他不知道是不是看出来了,又带她在广场附近散了一圈步,两人走在一起,他看到

第五章　我喜欢她

她放在旁边的手，指尖动了动。

可就在他真的往前伸出手时，于筱冰却在前面看见了白天自己带去楼下上厕所的两个小姑娘，直接加快脚步往前走了："你们也来玩吗？"

她主动上去打了个招呼，两个小姑娘看见熟人后也很惊喜，抬手打起了招呼。

"筱冰姐，就你一个人吗？要不要跟我们一块去看电影？"养兔子的那个女生刚说完，就被她朋友用力拉了一下。

当她们看到于筱冰后面的裴译时，一个个脸都红了。

"筱冰姐，你是怎么跟裴总认识的啊？"

"我也能加他一下吗？不说话，占个好友位就可以！"

她们拉着于筱冰在前面走着，可话里话外都是在谈论后面的裴译。

于筱冰被拉得受不了，说道："公司通讯录里有裴总的微信和电话，你们随时都可以和他认识的。"

"不是工作上的那种认识啊，就是私交上的那种认识，想稍微了解他生活的……我们没那个想法！就只是想看帅哥的日常，不加他也行，筱冰姐你能让我们看看他的动态吗？"

说到日常，于筱冰自己好像都还没看见过裴译发朋友圈，他平时顶多转发一些行业内新规和公司的宣传视频。

"他不爱发这些。"于筱冰摇了摇头，"我们以前是高中同学，其实就是这样认识的。"

两个女生有点失望，转头又看了一眼，发现裴译在后面拿着手机不知道在看什么。他现在有点低气压，就好像回家路上不小心跟熟人碰上了，但又不得不跟对方一起走路，表现得不情不愿。

她们顿时就觉得这两人之间的暧昧感都散了。

进入商场后，里面一点夏季的余温都没有了，呼呼吹出来的全是

213

冷风。

老实说,那两个女生都觉得裴译不是很想跟她们一块逛街,她们甚至还跟于筱冰小声讨论了一下,说要不要让裴总先回去。

于筱冰有点犹豫,接着又小声说:"还是不要了吧?"

她俩还是忍不住频频回头看他,不知道怎么回事,就是替裴总觉得尴尬。

路过一家冰激凌门店的时候,裴译突然开口了:"你们要不要吃冰激凌?"

这还是她俩过来后裴译第一次开口说话,两人都有点蒙,最后还是选择看向于筱冰。

"你们想吃吗?"于筱冰配合裴译问了一句。

有个小姑娘先点头了:"其实我有点想。"

"那走吧。"裴译直接进去了。她们还以为是裴总好这口,赶紧进去点了单。

两个小姑娘点完了,于筱冰也被裴译问了一句:"你也来一个吗?"

她真吃不下了,但裴译给她买的话,她好像还能再吃一口。

"我应该吃不完。"于筱冰看着点单卡上面的各种甜品,有点纠结。

"你先吃,吃不完的可以给我。"裴译的这句话在有点吵闹的商场中被淹没了,只有在他身边的于筱冰听得一清二楚。

她脸有点热,最后还是伸手指了一下,跟店员说:"那我要一个草莓味的暴风雪。"

裴译准备付钱的时候,突然转头对她说:"能不能麻烦你去帮我扫一个充电宝,我的手机好像要没电了。"

"好。"

于筱冰转身走了,裴译付完款,在旁边默默等了一会儿。

那两个小女生都想过来跟裴译说话,可他看起来太冷淡了,她们都

第五章 我喜欢她

不敢近身。直到她们点的东西做好了,两人从服务员手里拿过来时,其中一个胆子稍微大点的才鼓起勇气搭了句话:"谢谢裴总,您也喜欢吃甜食啊?"

裴译撩起眼皮淡淡地看了她一眼:"一般吧,我跟她吃得都不多,主要是给你俩买的。"

她们脸上的表情有点错愕,还没回过味来,裴译又开口了:"东西请你们吃过了,你俩待会儿就别再继续跟着她了吧……好不好?"

两个女生瞬间就明白了什么,拿手挡住嘴脸色通红地赶紧说抱歉,转身立刻走了。应付完两个女生后,裴译闭上眼睛揉了揉太阳穴。

于筱冰回来的时候正好看见她们搭扶梯下去,她侧过头把充电宝递给了裴译:"她们怎么走了?"

裴译顺手插上了数据线,低头说:"接了个电话,临时有事回去了。"

于筱冰没觉得奇怪,跟裴译一块去了电影院等影片开场。

她坐在圆桌上吃冰激凌,本来会隔三岔五跟裴译说上两句话,可余光慢慢注意到周围有不少女生都在看她。她不是很喜欢这种被人打量的感觉,于是就低头玩手机,也不说话了。

过了一会儿,裴译突然问她:"你觉得好吃吗?"

于筱冰没看他,就只是点了点头:"嗯,好吃。"

"我也想吃。"他直接盯着她,目光直勾勾的。

于筱冰这才发现好像没有多拿一个勺,自己手里也就这一个。

"等一下,我再去找店员要一个勺子。"她说着正想过去,就见裴译摇了摇头。

他全程看着她,目光在灯光下像被灌满了繁星,很亮很温柔,里面真的就只有她。

她瞬间就顶不住了,直接连勺带杯一起给他推了过去,可一阵静默后,他还是不动手。

两人僵持了一会儿，到底是她先服软了，挖了一勺冰激凌送到了他的唇边，手都在抖。直到手里的美食被人品尝后，她才总算松了口气，赶紧把勺子收了回来。

裴译吃得很干净，可就是因为太干净了，让她有点不知道该怎么继续下口。

她一直捏着这个勺子，没让它再接触下面的冰激凌，直到裴译低头开始看手机，她才装模作样地挖了挖空气……然后把他用过的勺放到了嘴里。

电影开场后，于筱冰坐在他身边，另一边是几个年轻的大学生，捧着爆米花和可乐。

她手里拿着吃了小半杯的冰激凌，抬头看向了大银幕，不一会儿手机突然振动了一下，一看是张越发来的消息。他大晚上给她发了一些场景图和项目要求，估计还在加班，让她给他提点建议。她在微信上回了几条消息，跟他聊得多了，整个人也投入了进去。

过了一会儿，裴译突然把手放到了她的手上："还能吃下吗？"

周围一片黑暗，掌心冰凉，手背却感觉滚烫。她转头看向他，发现裴译不知从何时开始，就一直在看着她。修长的手指在她的指缝间摩挲了两下，探入进去，于筱冰又想起了他以前与她牵手时的那种感觉。她浑身发烫，一动都不敢动。

"不要再玩手机了好不好？"他嗓音很低，带着点无奈。

于筱冰吞咽了一下，不确定自己刚才跟张越的对话是否会有让他误会的地方。越回想，记忆就越模糊，一团乱麻，她根本想不起来。

直到他把她手里的那杯冰激凌拿过来，放在自己手里，那种紧张的感觉才稍微降低一点。

于筱冰想了想，主动开口问道："局里培训完了公司这边还要再培训一次吗？"

第五章 我喜欢她

"嗯，公司的培训内容在制度方面会更有针对性一点。"裴译看着电影，顺手往嘴里送了一勺已经化得差不多的冰激凌，"最近这段时间一直都忙不完……"

前面的电影进展到了激烈的地方，轰隆隆的声音吵得于筱冰听不清他后面说出口的话。

"什么？"她正想要稍微靠近他一点，他却已经凑到了她的耳边，两人主动靠近的那一瞬间，像是要接吻。

他只是轻声说了一句话，她靠回来后整个人就开始慢慢不对劲了，一分钟后变得面红耳赤。

他问她："于筱冰，你明天早上想吃什么？"

电影结束后，于筱冰去了趟洗手间。站在镜子前洗手时，她想起了裴译刚才在她耳边低声说出的那句话，抬头在镜子里看见了满脸通红的自己。于筱冰赶紧又用冷水浇了浇自己的脸，等那些红色彻底消散，这才抬手整理好头发，从洗手间里走了出去。

出来后，她看见裴译独自站在那里，很有耐心地等待她。或许是因为他今天穿了身正装，打了领带，戴了眼镜，整个人都被衬托得格外强势，旁边暗自观察他的年轻女生甚至都不敢靠近他索要联系方式。

于筱冰心想，原来并不只有她一个人觉得他是独立于神坛之上遥远且不可接近的。

她走到了裴译身边，开口说道："我好了，现在回去吧。"

裴译看了看她，点点头，关掉了手机："嗯，我送你。"

两人并肩一块往外走，从两人间的距离看，他们今晚很像一对。

于筱冰总觉得，身边站着这样一个男人，会感觉很别扭。

她其实也想让周围投来眼光的人误以为裴译是她男朋友，她想占裴译的便宜，想短暂地把他女朋友的位置认领一下，但事实上她并不是。

如果她是程贤那种任何地方都挑不出瑕疵来的美女，站在裴译身边的话，肯定就会变得更坦率一点，被他凝视大概也不会有任何心理负担。

她想着想着，心里有点犹豫了，脚步上有意落后了他一些，像是想要跟他拉开距离。

裴译在前面走着，突然发现她已经落后了很远，他又停了下来，站在原地等她。

她过来后，两人开始一块下扶梯，裴译不知为何，突然伸手给于筱冰拨弄了一下头发，她条件反射地抬眼看向他，目光中有些好奇。

"你的痘痘比刚来的时候是不是要好些了？"他语气平静地开口问。

这句话问出来的一瞬间，于筱冰羞耻得想把自己的脸捂住。

到底是成年人了，她会伪装了。在别人面前或多或少都会有点在意的事情，在他面前她也只能尽量装得不那么在意："嗯，好像北方这边气候比较干燥，一来就不长痘了。"

裴译点点头，脸上没什么表情，又继续说："我之前有个大学室友也是这样，他是北方人，一去S市就长痘，但回家过个年又马上全消了，每年都这样。你可能也是他这种敏感体质，换个环境或许就好了。"

于筱冰没想到他会这么去正视她一些自卑的地方，心头有些悸动。两人下扶梯后又开始往前走，她缓了一会儿才接着说："我之前在G市上班，什么都不吃也容易冒痘痘，但是来B市之后熬夜吃泡面都没事。"

"是吗？其实我这几天也有点冒痘。"裴译突然开口这么说了一句。

于筱冰赶紧转头看向他，满脸都写着不敢相信："真的吗？"

"嗯。"他伸手摸摸额头，弯腰低下头来让她看。

于筱冰粗略看了一眼，什么都没看出来，最后勉强在他指着的地方看见了一点不明显的小瑕疵。

"只是有一点闭口，可能是你最近工作太忙了，作息不规律。"她顺手给他往上推了一下稍微有些往下滑的眼镜，轻声说，"你不要用手去摸。"

裴译顿了顿,自己又把眼镜推了一下:"我现在有点近视了。"

于筱冰心里莫名地酸麻了一下,想安慰他,又不知道该说什么才好。她想起他刚才开解她长痘痘时说的话,顿了一下,说道:"其实你戴眼镜的样子很好看的。"

他表情有点蒙,看着她的时候就像是在研究什么一样。

于筱冰连忙低下了头:"会给人一些距离感,但是真的很帅。"

商场里人潮涌动,旁边有对夫妻牵着一双儿女结束购物准备回家,与站在原地不动的两人擦身而过。头顶处光线明亮,帘子外面是一片灯火通明的夜色,马路上车辆川流不息。

裴译摘下眼镜,拿出眼镜布擦了擦镜片,又戴到了脸上。他弯起了唇角,不过并没有再说话,看起来心情好似变得很愉悦了。

离开商场去前面的车位取车时,裴译接了个电话,听他回应对方时的语气,事情似乎有点着急。

于筱冰站在车边,等他挂断电话后,忙不迭地说:"你去忙吧,我打个车走。"

"不用。"裴译打开车门,坐好后直接拉下安全带系上了,"我先送你回去。"

她只能坐上副驾驶座,路上一直看他在用蓝牙接电话。

裴译简单说了几句就以正在开车为由挂断了,可没过一会儿电话又打了过来,不知道是不是有什么突发事件。

"我来开车吧,裴总您先接电话。"

裴译挂了电话后沉默片刻,还是把车停在了路边,低声说:"麻烦你了。"

"没事,不麻烦。"于筱冰下车跟他换了一下座位,开灯稍微熟悉了一下他车里的一些按钮,开始起步上路。她开得很平稳,也很专注,虽然她表面上看起来没什么表情,可心里其实多少有些雀跃。这还是她第一次开裴译的车。

把车开到宿舍大楼下面之后,于筱冰倒车停稳,解开安全带准备走了:"裴总,您回去的路上注意安全。"

裴译点点头:"嗯,你早点休息。"

她走上楼梯,进入大厅前又回头看了他一眼,他还在车前边打电话边看着她上楼,对上视线后,抬手跟她挥了挥。她也对他挥了挥手,回宿舍后感觉还有点舍不得,于是又走到窗户前拉开窗帘往下看,但他已经不在了。

第二天的培训上午十点开始,于筱冰跟办公室里的人一块去局里参加培训,下楼时刚好碰见了裴译跟总经济师石总。裴译今天又把眼镜摘掉了,整个人看起来攻击力都降低了不少,身上的商务感也没有昨天那么强,也可能只有于筱冰一个人看见裴译这个模样会觉得很熟悉。

他在一行人中一眼就看到了她,抬手就把她从人堆中拉到了旁边:"我找她有点事,稍等一下。"

赵思静和邵婷她们都点了点头,拉着还在打量这两人的周启宇立刻跑了。

把她单独拉到一边后,裴译开口说道:"我今天得去出个差,晚上回来。"

于筱冰不太能直接看着他说话,尤其还是在周围满是人的情况下,她更容易紧张了:"嗯。"

"你去我办公室拿下早餐,我先走了。"

他一点都没有顾忌周围还有其他人在,就这么直接说了出来,于筱冰还没来得及反应,裴译就已经跟着石总一起出去了。他今天应该很忙碌,转身之后很快就没有了踪影。

于筱冰有种做贼心虚的感觉,转头看了眼,身旁没人关注她,大概也没听到他刚才对她说了什么话。她松了口气,这才又按电梯上楼,去了裴译的办公室。

这里面的东西很少,显得很简洁。办公桌上放着一个打包盒,于筱冰走过去打开看了一眼,发现是一份炒米粉。这个是她老家的特色早餐,她以前上学的时候经常吃。

食欲顿时就被勾了起来,于筱冰把它盖好准备拿走时,正好看见韦总过来了。他看了一圈发现办公室里没人,于是开口问:"裴译呢?"

于筱冰莫名就心虚了起来:"他今天出差,刚才跟石总下了楼。"

韦总听她居然这么准确地汇报出了裴译的行程,又看了眼她手里的袋子,笑道:"早上我看见他桌上放着碗炒粉想找他要,他都不给我。"

于筱冰连忙双手捧着打包盒给韦总递了过去:"要不您吃吧。"

这个老实巴交的动作直接把韦总逗乐了,他没忍住笑,说道:"行了行了,别想着用吃的来堵我的嘴,他给你的你就拿去吃,我吃过了,逗你玩的。"

于筱冰紧张到都不知道该说什么才好了。

虽然没事逗逗人很好玩,但韦总也怕真把人吓跑了回头裴译再来找他算账,索性抬手摆了摆赶紧放人:"走吧。"

于筱冰得到信号就赶紧离开了,不过是来裴译办公室拿个早餐而已,她怎么感觉好像被折腾掉了半条命。

中午吃饭的时候,项目部上的人突然过来找她,说她们有一批结算的发票来晚了,上午才传到公司,很着急,问她能不能帮忙审批一下。

明天就要关账了,这个点真的算是非常紧急了。正好邵婷手里也有急事,要回去加班,黄科长点头答应后,她俩就直接先回去了。

于筱冰处理了一会儿工作,突然听见走廊上传来了高跟鞋踩在地面上的声音,持续了好久,一直在来回打转。

最后,前面的玻璃门被推开,一个妆容靓丽的女人走了进来,开口问:"请问你们韦总的办公室在哪里?"

坐在后面的邵婷看了她一眼:"你找韦总有什么事吗?"

"我过来谈谈工作方面的问题。"

邵婷给她说了具体的楼层和方向,女人听后皱起眉直接说:"你们来个人带我去吧,我不熟悉这边的环境。"

邵婷现在忙得很,没时间,于筱冰正好把结算都批完了,于是起身走了过去:"我陪你去吧。"

女人点点头:"嗯,谢谢你。"

往楼上走的时候,那个女人主动开口找她搭话:"你们这边正在搞局培训是吧?"

"对。"于筱冰带她转过拐角,直接走了楼梯,两人的脚步声一前一后,穿着高跟鞋的女人又说:"我是二局的,以前是那边的财务经理,大概跟你们这里的科长差不多。"

这个女人话有点多,于筱冰只是偶尔点头应和一下,结果女人说完自己的那些事,又主动跟于筱冰说起话,好像有什么话不说出来就让她感觉不舒服一样。

"你知道在这儿上班的裴译吧?"

于筱冰顿了顿,终于把视线落到她的脸上去了。这是一张很白皙的脸,化了浓妆,眼线拉得老长,模样长得很好看,但她的脸颊和额头都有肿胀的感觉,整容痕迹非常明显。

眼看于筱冰露出一脸不明白的表情,女人又笑了笑,像是在讥讽:"你们这些小姑娘恐怕都被他的那张脸骗得不轻吧,喜欢过他?"

于筱冰皱起了眉头,体内那条最敏感的神经被触动到了,她能听出来,这个女人对裴译有很强的攻击性。果然,这个女人又开口说:"他这个人的私生活，听说并不简单啊……"

她没继续看于筱冰，而是抬手敲响了韦总的门。

于筱冰在呆愣的同时，还听到了办公室内传出了韦总说"进"的声音。

女人又侧头看了她一眼，嘴角神经质地扬起来讽笑了一下："裴泽过去做过不少亏心事，你知道吗？"她说完后便进了韦总的办公室。

于筱冰的视线不由自主地跟随着那个女人，只见坐在沙发上的韦总看见她之后，整个人直接站了起来，脸上的表情都变了："你过来干什么？"

女人从包里拿出了一张调令，摊开放到了韦总面前："上面调我过来，当你们总承包财务科的正科长。"

韦总看了一眼，直接把调令拿过来撕了，并没有理她，转身冷着脸摸出手机开始打电话。

于筱冰眼看这个女人又要回头了，像是想避开什么洪水猛兽一样，立马转身就往楼下走。

回想起女人刚才说出的那两句话，明明轻描淡写，却让于筱冰有种恶心感。她回到办公室后，靠着椅子坐了下来，一时间甚至有点失神。她想拿起杯子喝口水，力气都用得不对劲，怎么也拿不稳，里面的水一直在晃动。

偏偏就是这个时候，于筱冰又远远听见了那阵高跟鞋的声音，她变得敏感起来，拿起手机起身立刻跟了上去。她一路跟着那个女人离开了公司，见对方上了一辆出租车，也赶紧打车跟过去。

坐在副驾驶座上盯着前方那辆车时，于筱冰说不上来自己是什么心理，她既不想从她嘴里听到更多的一面之词，也不想就这样轻易地放过她。

最后女人居然就在局机关的大楼前下车了，像是很熟悉一样，从侧厅的入口直接走了上去。

于筱冰连忙跟了进去,一颗心怦怦直跳。她看到那个女人站在走廊里开始玩手机,直到培训结束,里面的人开始陆陆续续往外走,于筱冰才看到那个女人有了新动作。

女人确实是在等人,她刚才情绪不高,直到看见程贤从会议厅里面出来,脸上的表情才变了变,伸手一把拉住了程贤的手腕。

"好久不见。"女人上下打量了一下穿着套装的程贤,很轻松地笑了笑,问道,"你最近跟裴译发展得怎么样了?"

程贤直接甩开她的手,要继续往前走,却又被她一把拽住了:"你走什么?一块去吃个饭?"

程贤甩不开她,索性直接转身面对面看向她,冷声说道:"裴晶你无不无聊?天天在外面造谣自己堂哥,你觉得有意思吗?"

"我为什么要造谣他?"裴晶脸上的表情也变得认真起来,她盯着程贤,一字一顿道,"他就是做过亏心事。"

裴晶的声音到后面是压低了的,可每一个字里都透着一股歇斯底里的感觉。她戳着自己的胸口看着程贤,眼眶甚至开始发红:"你喜欢他,就像是在说我过去受到的伤害都是笑话,你知道他是个怎样的人吗?你什么都不知道,你到底为什么还要一门心思地朝着他贴上去?"

她说到后面,整个人甚至都激动起来,伸手就要把程贤推倒,可还没等她动手成功,她自己就被人一把推开了。高跟鞋的跟太高,她跌倒时甚至崴到了脚。

"你干吗啊?"裴晶大发脾气,抬头就开始质问,视线却对上了一双阴沉无光的黑色眸子。

于筱冰看着她,脸上没什么表情:"你受欺负了可以去报警,还是说警察局太远了你过不去?需不需要我打车送你?"

裴晶从她眼里看见了极度的愤怒和嫌恶,一时间愣在原地。

第五章 我喜欢她

于筱冰拉住程贤的手腕直接带着她离开了。

走了没一会儿,程贤也转头看了眼身边的女生。她的年龄像是还不大,皮肤很白,属于那种天生在面相上就没有什么攻击力的人。

正是因为她所展现出反差才真正吓到了裴晶那个女疯子。程贤记住了她的脸,过了一会儿,又想起刚才裴晶向她倾诉时从眼眶里面泛起来的红。

程贤不止一次见过裴晶歇斯底里的样子,以前只觉得她是在发神经,后来却是真的从她外露的情绪里感受到了她的愤怒和委屈。裴晶一直都这么偏激,哪怕已经有了爱她的丈夫和正在上幼儿园的孩子,她也还是死咬着裴译不放,程贤真的没法说服自己不去怀疑一些事情。

"你知道多少?"程贤问于筱冰。

"知道的不多,大概了解一些,那个女人她说裴总……坏话。"于筱冰甚至连裴晶具体说了什么都无法说出口。

"你相信她的话吗?"

于筱冰摇摇头,眼神坚定:"我不信,她又没证据。"

程贤开口说:"这种事的证据不好保存,当时没去报警,之后除非是有监控录像或者可靠的证人证言,否则没办法说清楚。"她仔细地看向于筱冰,却发现她的脸上没有任何迷惘。

于筱冰松开了抓程贤的手,站在原地就那么定定地看着她:"裴总不是那样的人,他人很好。"

程贤最后没再说话,只是点了点头,算是认可了她的话,但于筱冰依然能从一些细微的神情里看出来,程贤心中还是存有芥蒂。

于筱冰跟程贤分开后,去楼下找了家店吃饭。

天色渐暗,小店里面的桌椅笼罩着日落的暖色光线,她自己在那儿坐着吃完,又回去继续加班了,就好像今天下午什么都没有发生过。

B市已经进入了炎热的状态，白天的温度攀升到了三十多摄氏度，外面的光线看起来都火辣辣的。于筱冰早上是被手机里的备忘事项吵醒的。七夕节将至，之前的动画电影制作团队马上就要来B市举办首映礼，今天就是过来筹备的日子。去年设置这条备忘录的时候，于筱冰完全没想到自己现在会是这样的状态，她是今年四月中旬过来的，而现在已经七月底了。

自从上次登录以前的工作QQ被陈璟逮到之后，于筱冰就再也没上过那个号了，她只能从过去的一些痕迹中确定最近即将要发生的事。

她正想收起手机进公司时，微信突然振动了一下，是裴译发来的信息。

裴译：来下我办公室。

于筱冰还以为他是有什么急事，连忙赶到了他的办公室门口，结果发现郭义翔也在。

他正在汇报工作，现在明明还没到上班时间，可不知道他为什么被裴译提前叫了上来。

于筱冰稳了稳心神，抬手叩响裴译的门，很快里面就传出了那个干净却偏清冷的嗓音："进。"

她有点小心地走了进去，看着裴译问："您叫我来有什么事？"

裴译靠在办公椅上，抬眼看着她，随后用眼神示意了下桌面上放着的早餐："吃早餐了吗？"

她有点蒙，就在裴译开口问她的时候，于筱冰察觉到自己身侧有目光看来。

她朝那边看了一眼，郭义翔被她瞧见后，眼神莫名地有些复杂，迟疑了一会儿，他又看向了其他的地方。

于筱冰不知道郭义翔什么意思，只能转头先回应了裴译的问题："还没吃。"

男人把保温盒的盖子打开:"我早上跑完步回去煎了点锅贴,你尝一尝。"

于筱冰看到保温盒里整齐排放好的锅贴,看起来焦黄香脆,还真的让人挺有食欲的。

"这是你自己做的?"

裴译给她留下的厨房杀手印象实在太深了点,她一听到这是他做的,心里就难免忐忑起来。

"我在外面买的半成品水饺,吃的时候煎一下就行了。"他说着又把上面那盘锅贴拿开,指了一下底下的两个煎蛋,"但鸡蛋是我自己煎的。"

于筱冰抬眼看向他,发现他的神情过于认真,好像在很执着地等着她对他说些什么。

她忍不住有点想笑,这个男人真的很少会露出这种可爱的表情,但她最后还是很努力地把自己的嘴角压了下来:"煎得很漂亮,你真的很厉害。"

她夸了夸裴译,裴译脸上的表情虽然没有变,但他很放松地又坐回了办公椅上,抬起手指摸了摸眼角:"拿去吃吧。"

说完,他又看向了郭义翔,不管是眼神还是表情都在一秒钟内变冷淡了,眼角眉梢残留的全是锋利:"你继续汇报情况。"

于筱冰拿着保温盒回到办公室后,趁着现在还没有上班,打开窗户坐在工位上开始吃起了早餐。

她首先尝了一口裴译煎的鸡蛋,形状挺好看的,就是普通的鸡蛋味,他连盐都没放……不过盐吃多了可能会导致心血管类疾病,现在很多人煎鸡蛋都不放盐了,而且这个锅贴吃起来味道也不奇怪。他的厨艺真的进步了很多,可能以后他自己再学一学,就再也不用依靠别人来给他做饭了……

她坐回办公桌前开始上班,上午的事情并不多,全处理完了还剩一个小时的时间无所事事。

赵思静滑着椅子过来:"筱冰,你有没有打过 HPV 疫苗呀?"

于筱冰还在想着裴译会做饭的事,看过去后顿了一下,摇摇头:"我没有打。"

"我也没打,咱俩一块去吧?可以一起约个四价疫苗。"

人在闲得无聊的时候总是喜欢给自己找点事情做,于筱冰当即跟赵思静一块行动起来了。四价疫苗还是比较好约的,确定好接种时间后,赵思静看着手机里的注意事项说:"接种前最好做一下筛查,你以前也有过性生活吧?"

于筱冰没马上回她的话,赵思静突然想起了她之前说过她和她未婚夫的事,一时间有点尴尬起来:"抱歉,我忘记你跟我说过你前男友……"

"没事。"于筱冰突然开口,赵思静一怔,抬眼看向她,发现她就连耳根都变了颜色。

赵思静像是想掩盖之前的那些尴尬一样,又看着手机连忙说:"那到时候你还去做筛查吗?"

"嗯,去。"

于筱冰应了一声,脑子里却闪过了裴译的脸。她赶紧拿起冷咖啡默默抿了两口,咽下去后,伸手揉了揉耳朵:"我去洗把脸。"

第六章

心甘情愿

Chapter 6

周六放假那天，于筱冰原本打算和赵思静一块去医院做病毒筛查。

网上都预约好了，但周五那天晚上赵思静的男朋友过来找她，第二天一早她就给于筱冰打电话说下周再去，这周不去了。于筱冰在路上的时候还在想这是怎么回事，直到去医院开始检查，医生问她三天内有没有同房过，她摇头说没有，这才反应过来一些事情……

做完筛查于筱冰就准备回去了，她站在电梯口，正低头看手机时，胳膊突然被人轻轻拍了一下。

她转头看了过去，和一个戴着墨镜穿着时髦的女生对上了视线。墨镜下方的那双眼睛依稀可辨，于筱冰稍微愣了愣，一时间竟然不知道自己该做出什么反应才好。

"原来你也在 B 市。"于楚把墨镜摘下来，折叠后放进了包里，又看向了于筱冰，"怎么过来看妇科了？"

她皮肤雪白，看上去冰肌玉骨，化了妆也跟没化妆一样，给人一种很天然的无瑕美感，小肚子微微隆起，已经显怀了。

于筱冰收回视线，并不是很想搭理她。于楚见她一直不回话，也将目光落到了电梯楼层显示屏上，注视着上面缓慢变化的数字，说道："我怀孕了。"

她说着侧头看向了于筱冰："陪我吃顿饭吧，我有很多事想跟你聊。"

于筱冰一直低着头看手机，没应声，直接走进了电梯。

两人最后还是去外面找了一家店坐下了，就在医院附近，店面不大，卖的是各种面食。

她们对彼此知根知底，即便于楚现在已经一身名牌货，放包的时候下面还要垫一层纸巾，也依然掩盖不了她本质里的一些东西。

她们都是从大山里出来的孩子，什么乱七八糟的东西都吃过。最后她们简单叫了两碗牛肉面，于筱冰早上没吃东西，现在有点饿，拿了筷子就开动了，想早吃完早走。

于楚一脸矜持地坐在她对面，问道："现在过得怎么样？听说你之前在加油站打工，要不要来当我的助手？我给你开薪水。"

于筱冰咽下嘴里的面，摇头说："不用了，我找得到工作。"

于楚微微皱起眉，看着眼前正在吃面的于筱冰，眼神里有点难以形容的纠结："我怀孕了，你来了还可以照顾我，我跟他不是很熟，你在我身边我会比较安心。"

面馆里客人不多，四周都很安静，老板坐在板凳上摇着蒲扇，而于筱冰一脸不可置信地抬眼看着她，刚夹起来的那筷子面又被她放回了碗里："不是，你知道自己怀上的是我未婚夫的孩子吗？你在我快要结婚的日子和他在一起，你现在还要我去照顾你？"

于筱冰这几年其实都没怎么跟于楚联系，她是看在初中关系好以及两家离得并不远的情面上，所以才在结婚的时候叫了于楚。

被于筱冰语气强硬地这么一说，于楚的眼睑颤了颤，她反倒难过起来："你为什么要为了一个男人来跟我吵架？是他先找我的，你看事情能不能别这么偏激？男人出轨了都是女人的错吗？他自己难道就没问题吗？"

第六章 心甘情愿

于楚说着,甚至还哽咽地停顿了一下:"他那么对你,你还有什么好留恋的?你们这么容易分开只能说明你跟他不合适,我们为什么要为了那样的男人吵架?"

于筱冰感觉自己现在身心俱疲,她是真的不明白,怎么会有人偷了别人的东西之后,光明正大地跑来失主面前卖惨,甚至还想要一个保证质量的售后服务。

她闭上眼睛冷静了几秒,很费劲地说:"可是你先抢了我的未婚夫。"

于楚眉头都皱起来了:"你还不明白我的意思吗?我没有抢他,是他看到我之后选择了我。你们本来就不合适,就算没有我,接下来也会有其他女人把他从你身边'抢走',能懂吗?"

"你看你现在过成这样,我给你提供更好的工作你还要因为男人拒绝我,你怎么这么腐朽?都说了不要把生存资源都押到别人身上。"她说着说着甚至还生起气来了。

于筱冰都有点蒙了。她什么都想过了,就是没想到自己今天居然会被于楚劈头盖脸地骂,一时间竟然有点好奇她话里的逻辑到底在哪儿。

于楚像是也感觉到自己情绪过于激动了,她冷静下来,继续说:"你跟他真的不合适,如果合适的话,你们现在早就已经结婚了。"

"是,我跟他确实是不合适,你觉得你跟他就很合适吗?"于筱冰反问道。

于楚也直直地看向了她,说道:"我确实比你更能降得住他,我知道他以前是什么德行,但他跟我在一起后,已经变得很好了。"

于筱冰只是静静地看着她,没有说话,于楚像是觉得分量还不够,又说:"如果你对他还有感情,希望你能放手让他幸福,去跟他好好聊聊,把话都说明白。"

直到这里,于筱冰这才总算明白于楚罐子里到底在卖什么药。她笑了一下,没说话,单手托起腮帮子,静静地看着对面的女人,等她继

233

续说。

　　于楚见她一脸平静，一点反应都没有，底气更足了："我有个哥哥，跟你还挺合适的。他人很老实，年薪也有十几万，是老家那边的人，要不要我把他介绍给你认识？"

　　于筱冰连眼睛都没眨一下，看着她问道："是不是又是追过你的男人？你看不上对方，但对方又放不下你，所以你拒绝了但又没有完全拒绝。"

　　于楚听于筱冰这么说，有点不高兴了。她沉默地看着于筱冰，逐渐开始情绪化："你就是要跟那样的男人才能过好日子，长得太帅的都很浪荡，很会玩，做事也没什么底线。你有几分底就配几分的人，不要好高骛远。"

　　于筱冰扯起嘴角，笑着看向店里的边边角角，说道："有时候我真不清楚你是真傻还是装傻，抢了别人的东西还能这么无辜，你是不是觉得自己一点错都没有？"

　　于楚摇了摇头："我只是希望你也能过得幸福，电影快要上映了，制作组来了B市，我明晚打算约大家出来一起玩，你过去也是核心成员，一起来吃饭见个面吧。北菜很想你，这段时间找不到你，她状态都不太对了。"她说着低头从包里拿出便签，开始给于筱冰写地址。

　　于筱冰却直接站了起来："给我介绍男人就不用了，你自己清醒一点就行了。"

　　她连头都没回，直接上了路边一辆出租车，关上门就让师傅把车开走了。

　　第二天是周日，于筱冰搞了一上午的大扫除，下午又去超市购置了一些放在厨房里用的调味料和电器。吃过自己弄好的晚餐后，她下楼去散了会儿步，回来后正好是晚上八点半左右。

第六章　心甘情愿

她洗完澡吹干头发，睡前又到阳台去收白天晾着的衣服，还没全部收完，就听到屋里的手机响了。

于筱冰把衣服放在床上，拿起手机看了一眼，发现是一串B市的陌生号码。

昨天碰见了于楚，所以她下意识地就想到了前几天刚来B市的陈璟，犹豫了好久都没接，甚至还产生了直接挂断的念头。但如果真是陈璟，挂断一次，他肯定还会打来第二次。

犹豫之下，于筱冰最后还是把电话接通了："喂？"

电话那头听起来有点喧哗，过了好一会儿才传出人说话的声音："我跟银行的人出来吃饭，喝得有点多了……你能不能过来接我一下？"

是裴译。于筱冰一下都没反应过来，她才想起到B市后自己一直都是跟裴译用微信联系，好像都没有存过他的手机号码。

不过裴译今晚应该是真喝多了，语气都不对，吐字时很轻，说起话来还断断续续的。换作他平时没喝上头的时候，应该也不会这么任性地给她打电话，现在估计是真难受。

于筱冰不知道该说什么好。裴译只当她答应了，挂断电话，又在微信上接连给她发了三个同样的定位过来，就像是在对她发酒疯。

她只能简单收拾一下，打车去了裴译定位的那个地方。

目的地是一家会所，离得不是特别远，差不多二十多分钟就到了。

于筱冰关了车门，在门口给裴译打了个电话想问他现在在什么地方，可是一连打了好几个都没人接。她只能自己进去了，在大厅里面转了一圈，想看看有没有认识的人，结果非但没看到裴译，反而碰上了两个完全没想过要见面的熟人——以前一起待在电影制作组里的原画师。

于筱冰瞬间就想起于楚昨天下午说的要请客去玩，浑身鸡皮疙瘩都起来了。

她当时是毫无预兆地失联的，后续也没有跟任何人解释，完全就是人间蒸发的状态。

她已经躲了这些人大半年了,现在突然被他们中的任何一个人看见,对她来说都是一场灾难。

正当于筱冰焦头烂额,想着要不要干脆去外头等时,她的胳膊突然就被一个人拉住了。

"筱冰姐!"一个以前跟她关系很好的小姑娘紧紧地拉住了她的手腕,眼里全是复杂的情绪,"你怎么突然就不见了?我给你发消息也不回,还以为你出什么事了!"

于筱冰见抓住她的人是她一手带出来的北菜,心里当即就松了口气,小声对她解释了一下:"我之前的QQ和微信都停用了,没有看消息。"

北菜刚毕业就是于筱冰在管了,于筱冰算是带她入行的师傅,各方面也都照顾她,两人在组里的关系一直都比较好。北菜有点急,看了眼旁边,对于筱冰说:"筱冰姐,你今晚赶紧走,里面的人刚刚还在说你,她们说得可难听了。"

于筱冰不知道她是不是误会了什么,解释道:"不是,我是过来接领导……"

话还没说完,身边就又有人过来了,应该是听到了于筱冰在外面出现的消息,突然跑出了好多人。

"筱冰姐,你真来了?"

"老大,你这大半年到底上哪儿去了?我怎么到处找你都找不到啊?"

出来的都是认识的人,于筱冰被拉住了,推托不掉,几乎是被半拖着跟他们往包厢里走。

包厢即便有隔音效果,里面吃喝玩乐的声音也还是传了出来,还没走到里面去,于筱冰就在外面隐约听到了一个熟悉的男性声音——陈

第六章　心甘情愿

璟在里面。

于筱冰当场崩溃，忙和那些前同事解释，自己是被公司领导叫过来的，以此为借口想开溜。但制作组里的人一个比一个盯得紧，不准她逃，她手心都出汗了。在纠缠过程中，她从门缝里看见了迷乱的灯光下有一张熟悉的脸。

他靠在沙发上，穿着一件黑色的宽松衬衫，头发很松地扎了一半。他耳朵上的耳钉还是那么不羁，嘴角上火很严重，就像被人打了一拳一样。

陈璟拿着杯子喝了口酒，又突然抬手按住嘴角的裂口"嘶"了一声，看得出这段时间他日子过得很敷衍。尽管被酒精刺激到痛得不轻，可他依然没把杯子放下，反而顶着痛直接把那杯酒一饮而尽了。

喉结滚动几下后，他皱着眉头又把杯子搁在了桌面上，杯中冰块碰撞得"哐啷"响。

"看样子你今晚是要装聋作哑装到底了是吧？"

于楚赶紧拉住了自己气不过想要上前讨说法的姐妹，表情很为难："没事，最近天气太热了，他脾气不好。"

陈璟就像压根没听见她们说话一样，打开手机又看了一眼时间，眼底的情绪从头到尾都没跟她们这些人在同一条线上："她今晚到底会不会来？我最近很忙，没时间听你们怪叫。"

这话一出口，于楚的姐妹彻底待不住了，生气地走了过去，看着他厉声质问："陈璟，你真是个浑蛋！你只知道想着你前女友，那我们小楚到底算什么？！"

这声音尖得让外面的人都听见了，陈璟沉默几秒后，终于站起了身。

他走到那女人面前，攥紧的指节微微发白："你说谁是前女友？那是我老婆！"他说完之后，最后一点耐心似乎也被彻底消耗殆尽了，抬腿就往外面走。

237

于筱冰一见陈璟出来,几乎是抬腿就往反方向跑,没有人追上她,她心里一阵放松,连着拐了好几个弯,想赶紧找出口。可这边的路实在太绕了,她在过道里走了好几圈,居然最后又回到之前的那个地方了。

刚才堵她的那些同事还没走,正在外面走廊上跟陈璟交代一些事,于筱冰赶紧扶着墙壁准备再往反方向跑,可人群中的那个人像是敏锐地察觉到了什么似的,恰好一抬眼就看见了她。

陈璟的神情有些意味深长,两人之间并没有隔多远,他没有走过去,只是开口道:"你不是说今晚不来吗?"

于筱冰有半年没这么仔细地看过陈璟的脸了,他嘴角上火的裂口没人管,越来越严重,像是隐隐有些往外渗血,皮肤也惨白,更加凸显了他此刻眼神的阴沉。认识得越久,她就越觉得他像一只昼伏夜出的吸血鬼,再配上他这张精致的脸,这个人在某些时候真的有点非人类。

急速飙升的肾上腺素让于筱冰呼吸都变得急促起来,浑身都处在应激状态。她第一眼看见的甚至都不是他眼角的泪痣,而是他嘴角的裂口。

他的体质跟别人不同,受了伤要养很久才能好。多年的条件反射让她第一时间得出了这个结论,可她很快又清醒了,她已经不用再给他照着各种食谱煲汤降火了。

于筱冰现在看起来比以往任何时候都要平静,她没想再跑了。

旁边满头冒汗的前同事见他俩总算碰上面了,赶紧把于筱冰拉到了包厢里,张嘴就是一口塑料普通话:"先来坐,先来坐,有什么事不能好好说吗?"

于筱冰坐下了,但是一言不发。她觉得其实没什么好说的,她什么想法陈璟自己心里最明白不过,这几年她在他面前连句重话都没说过,他能被她晾在那里这么久,她的立场已经表达得很明确了。

如此傲慢的一个人,为谁回头都是不可能的事,而且她从来没从他身上索要过什么。

第六章 心甘情愿

无论是事业还是金钱抑或情绪价值，都是她在无条件为他奉上，他一直都是高高在上地随意对待。现在她不想再把那些给他，他也无权干涉她的想法。如果他有问题要问，她今晚也可以跟他把话说清楚。

于楚脸上还贴着纱布，谁也看不见她伤得有多厉害，但于筱冰很清楚。

气氛有一瞬间微妙的沉默，紧接着，刚刚才被陈璟撇开的那个女人就上下打量了一遍于筱冰。

今晚这个局是于楚攒起来的，她带来的人也不只有那一个。

这些人说话都很难听，只有陈璟在场的时候，她们就对着陈璟发作，一见于筱冰过来，她们直接把火力对准她。

陈璟就在那儿靠着沙发坐着，他没开口，以前同组的人也都没敢说话，大家表现得很尴尬。

只是偏偏这次附和于楚的那些姐妹里，还有一个制作组里暗恋陈璟很久的女生。

她笑得很开心："其实我也一直觉得她配不上陈导啊。"

于筱冰闭上了眼睛，终于感觉心态有点绷不住了。她起身正要走，突然听到前面传来"砰"的一声闷响。

陈璟抬手猛地砸了个玻璃杯："你明天别来上班了！"

包厢里的人瞬间噤声，于筱冰从那瞬间的震惊里回过了神，犹豫片刻后，还是准备起身离开，也就在这时，她终于接到了裴译打来的电话。于筱冰接通了电话，放到了自己耳边："喂。"

裴译的声音听起来比刚才更模糊了，他说话时声音很低，有点自己都弄不清楚自己在说什么的感觉："不好意思，我刚才睡了一觉。"

"没关系。"于筱冰几乎瞬间就对这一包厢的牛鬼蛇神都免疫了。

她一门心思都紧紧地牵到了裴译身上，对着那头的人说话时，声音都温柔了不少："我已经到了，刚才看见了前同事，跟他们在包厢里坐了一会儿,你在哪儿?我来找你……"

她说这话的时候,已经开始往外面走了,丝毫没有顾及这边另一个男人的情绪。

于筱冰正要离开这里时,手腕突然被人一把扯住。她完全没来得及反应,整个人就已经被拽到了沙发上。陈璟把她甩到沙发上,然后直接欺身压到她的身体上,捏着她的下巴用力堵住了她的双唇。她在失重中感受到了身上的压力,整个人一时间都蒙了。

他的口腔里面有薄荷的清凉味道,还有很明显的酒精味。不知道是不是他嘴角的裂口处渗出了大量的血液,她很快又尝到了满嘴的铁锈味。

于筱冰眼里都是抗拒,她抬手去推他。陈璟嘴角的裂口彻底被她扯破了,可他仿佛没知觉一样。

于筱冰紧张到都快哭了,说话声音也哽咽到不行:"我不要,你别碰我……"

陈璟拽住她的手腕,眼底对她的幽怨几乎快要藏不住,情绪也浓稠得深不见底。过了好一会儿,他才哑着嗓音开口问她:"那婚呢?还结不结了?"

于筱冰整个人现在完全是惊慌大于一切的状态,周围人也都惊呆了。看陈璟这副毫不顾忌旁人的模样,他们连话都不敢多说一句。陈璟这个人百无禁忌,受了刺激之后就是个疯子,什么事情都做得出来。

于筱冰以前觉得陈璟好看是好看,就是精神有点不太正常。她不敢在这个时候再开口刺激他,但她根本推不开他,四肢完全动不了,一种无助又恐惧的感觉油然而生。

她眼角余光看见了自己还在通话中的手机,在他的钳制下动了动手指,想要去够到它。

陈璟没等到她的答案,见她还想去拿手机,直接先她一步把手机拿过来了。他看了眼来电人，连个备注都没有，又问她："这人是谁？"

他直接问到点子上了，于筱冰抬手要去抓他拿着的手机，结果手又被他单手捏紧了。

"他是男人还是女人？我认识吗？"

于筱冰转头不看他，见她不肯说，陈璟直接把手机扔到一边去了："不说是吧，行，那你告诉我，你这段时间跑哪儿去了？为什么不接我电话也不回我短信？"

"我跟你已经分开了！"她的情绪没平复好，就连对他说话的语气都变冲了。

陈璟忍不住笑了一声："你说分就分？我答应了吗？我没答应你就敢到处乱跑？于筱冰，别太拿自己当回事了！"

"什么叫我别太拿自己当回事？陈璟，我去哪儿跟你有什么关系？我没有管过你，你也不要来管我！"

他的情绪压抑到极致，终于释放出来了："我是你男朋友！怎么不能管你？你有事不知道跟我说，就知道跑，你跑什么跑？我满世界找了你半年，不是说好回 G 市就去领证吗？你为什么要把我扔下！"

她几乎要喘不过气了，还是旁边的人看出了不对劲，赶紧过来拉他。

于楚的姐妹被震惊到整个人都不知道该说什么，她直接一把拉住陈璟："你这人是不是有毛病啊？小楚怀孕了你不知道吗？她怀的可是你的孩子！"

陈璟直接用力把她甩开，那女生当场就委屈地哭了起来，还是于楚挺着肚子连忙过去安慰她。

"孩子是谁的她自己心里最清楚，为这种人说这么多话，你自己不累我听着都觉得累！我这辈子最烦的就是你们这些没脑子的人，让我无语！"

于楚听了这话，立马就被刺激到了："什么叫孩子是谁的我最清楚？这个孩子是谁的难道不是你自己最清楚吗？"

她一口咬定自己肚子里的孩子就是他的,半点都不退让。

陈璟闭上眼睛忍了很久:"算我求你,讲点道理,行吗?"

陈璟平时永远都是两种状态,狂躁和抑郁交替进行。他亢奋起来整夜睡不着觉,陷入情绪低谷时又整天不见他说上一句话,他也不吃饭,整个人就像个毫无灵魂的空壳。

于筱冰见陈璟不再关注她了,拿起手机就走,可刚走出房间来到走廊拐角,她的胳膊就被陈璟一把抓住了。

"我再问你一次,到底跟不跟我走?"他紧紧攥住她的手腕,几乎到了歇斯底里的状态。

"天底下像你这样的女人多得是,但你离开了我,像你这种条件就不可能再找到更好的了。你快三十岁了,胖、脸上长痘、体毛重、没钱也没积蓄,你身上还有什么点是能被其他男人看上的?只有我肯要你了!"于筱冰跟陈璟在一起这么久,他一句话就戳中了她所有的弱点。

"你是神经病吗?"于筱冰用力甩开他的手,眼眶下一秒就红透了,"那你是什么意思?我都这样了,你还想跟我结婚?你图我什么?图我老,图我胖,图我能给你当保姆吗?你什么都有,你怎么不去花钱自己找一个满意的!你非得在这儿骂我?"

她声音大到旁边包厢都已经有人探出头来看了,也正因如此,正在一间间包厢找过来的男人才总算注意到了前面的那个拐角。

陈璟不想再多说什么,拉着于筱冰就准备把她拖走,结果还没走几步,他就在前面看见了一个男人。对方衣冠楚楚,穿着一身西装,领带系得紧紧的,看起来沉稳又斯文。他礼貌地对陈璟开口:"麻烦你把手放开。"

于筱冰看到眼前戴着金丝眼镜的男人之后,几乎立刻就应激了。她的手还被陈璟紧紧抓着,几次都没能挣脱出来。很快,一只指节分明的手握住了她,裴泽修长的手指开始用力,不容抗拒地把陈璟的手指一根一根掰开了。

第六章 心甘情愿

于筱冰感觉自己的血液瞬间继续循环起来了,血液在手指尖充斥着,有些肿胀。

陈璟愣了一下,稍微偏过头,视线落到了裴译眼角的那颗泪痣上:"你是谁?"

裴译没有理会陈璟,而是看着于筱冰:"怎么把自己弄得这么狼狈?"确认并没有在她皮肤上发现明显伤口,他又给她整理了一下头发。

裴译身上有股酒味,但他一出现就给了于筱冰强烈的安全感。她主动抬手抓住了他的西装袖口,可才碰到他,酸涩感就在心头开始蔓延,甚至想掉眼泪。陈璟刚刚说的那些难听的话还在她的耳边回响,但裴译对她永远都这么温柔,就算喝多了也一点脾气都没有。

"裴总,我送您回去,我去开车。"

"稍等。"

裴译把手放到了于筱冰的头发上摸了起来,他边安抚她,边抬眼看向陈璟:"你平时都是这么对她说话的吗?"

陈璟没有回答他的问题,而是固执地问着刚才的那个问题,声音开始颤抖:"你到底是谁?"

他的目光从头到尾都在这个男人的脸上,眼角那颗泪痣尽管有镜片的遮拦,可在他脸上依然十分显眼。

裴译顿了顿,开口说道:"我是她的初恋。"

陈璟的眼睛很久都没有眨过,他看着裴译眼角的泪痣,眼眶干涩,开始略微充血。刚才那种暴躁的感觉已经完全消失了。他低下了头,眼神几乎在瞬间变得空洞无神。

"于筱冰,我再给你一次机会,回来。"

于筱冰抬眼看向了这个跟她相处了六年的男人,他就站在那里,偏暖色的灯从后面照亮了他的轮廓,脸上还沾着血,显得整个人苍白又脆弱。他没有问她这个人眼角的泪痣是怎么回事,而是单纯避开了这个话

243

题。于筱冰甚至不知道陈璟到底有没有看出裴译的脸究竟长得像谁。

于筱冰沉默了一会儿，正想要开口对他说话，后颈就被人一把按住了。

裴译滚烫的额头抵在了她的额头上，他隔着眼镜看她，然后摇了摇头："别去。"

陈璟是在看到他跟她能毫无芥蒂地靠近时，才总算清醒过来的。他一动不动地站在那里，眼尾开始泛红："我想喝汤了，你今晚能回去吗？"

这是陈璟在情绪低落被她叫起来吃饭的时候偶尔会有的语气，他也会在她面前哭，状态最坏的时候甚至还会跟她反省。她站在那里做饭，他就过来蹲在旁边抱着她的腿说他很难受，跟她说没人爱他。

但是等他状态好了之后，他又跟平时没什么区别了。他对别人还是爱无能，不相信别人会爱他，更不信自己会去爱别人。他从不碰于筱冰，但比任何人盯她盯得都要紧。

他比任何人都怕自己陷进去后会遭人背叛。因为他基本上就没有自制力这么个东西，陷进感情里之后没人来救他的话，他就只能一个人陷入黑暗了。

不想看到自己的感情未来会出现这样的黑暗面，所以他想让她证明给他看，她会在任何情况下都对他忠贞不渝，她必须要被他反复折磨无数次才行。

"我现在真的很想喝汤，嘴角好痛。"陈璟看着于筱冰，眼前已经泛起了泪光，他还在很固执地等她过来。

可很快，她身边的那个男人摘掉了脸上的眼镜，单手捧住她的脸，直接温柔地吻住了她。片刻后，他轻声问她："你流血了？"

"这是他的。"于筱冰垂下眼睑，心脏跳得快到出奇。

裴译敛目低眉，看了她一会儿，最后压低了声音说："很好，跟别

第六章 心甘情愿

的男人接吻。"

于筱冰不知道他有没有在电话里听到那些内容，正想对他解释，嘴唇就又被裴译轻轻吻了几下。他把车钥匙塞到了她的手里："你让我尝到了他的血，这件事回去后我会找你算账，现在先去把车开出来。"

于筱冰下意识地想看陈璟，可脸很快又被裴译捏住拧了过来。他用眼神示意了一下出口方向："别让我太生气了，再看他一眼，你今晚在我这里就不会太好过。"

于筱冰心里直颤，拿着钥匙匆忙跑掉了。

光线昏黄的走廊里，偶尔也有服务员推着小车路过，两人身后的窗户映照着城市的夜景，推开的那条缝隙里有清新的风偶尔会吹进来。

陈璟的目光一直都黏在于筱冰的背影上，哪怕她已经完全不在走廊上了，他依然呆滞地看着她那边。

"其实我以前问过她一个问题，当时感触很深。"裴译开口说话了。

过了好一会儿，陈璟才把目光收回来，像被抽了魂一样看着眼前的男人："我以前是不是见过你？"

裴译并没有回复他的话，他伸出手，压在陈璟的肩上，往下按了按，看着他嘴角的血说："你跟她在一起这么久，比我跟她相处的时间要长好几倍。"

"你说她这辈子感受到被爱过吗？"

"你什么意思？"

陈璟抬眼看着他，裴译却很平静地垂下了眼，他们的两颗泪痣都恰好点在眼尾下面，一些相似不言而喻。

"有次我问她'你藏在心底最深处的那个幻想是什么，告诉我好吗'，我觉得她很好，所以很想努力去满足她，可你猜她当时是怎么对我说的？"

陈璟的嘴唇动了动，没说出口。眼前男人睫毛的阴影投在脸上，目光里透着些难言的阴霾。

"她当时低着头,眼睛都被眼泪蒙住了,憋了好久,才告诉我一句话。"

"她说'我想被人爱'。"

裴译的喉结动了动,他终于又看向了陈璟的眼睛,眼眶略微发红。

"她跟了你这么多年……"

"我还以为你给她了。"

走廊里似乎被静谧填满了,周围包厢里的那些磕碰声和说话声都变得异常遥远。

陈璟看着眼前这个跟他盯了几年的电影角色异常相似的男人,感觉身边的一切都变得不再真实。眼前的景象仿佛同上个世纪的光影一样开始褪色,那个女人在记忆里只剩下模糊的身影,如燃烧中的星火开始在他的心上不断蔓延。他嘴角伤口的血已经开始凝固,喉咙有些酸涩,但看向裴译的目光还是平静的。

"你是她初恋又怎样?你只是一个活在过去的人。你伤害过于筱冰一次,你能确定未来不会伤害她第二次?"

裴译垂下眼睛,目光透过镜片,落在了窗外仿佛正在流动的夜景上面,没说话。

陈璟盯着他看了一会儿,转身离开了。他想着这个男人眼角的泪痣,抬手摸了摸自己的眼尾。只不过是指腹简单地碰了几下,他的眼睛里就布满水光,在光线下看起来五光十色的。

周围已经连续低气压半个月了,制作组里的人就算日子过得再封闭,也都隐隐约约听到了风声,这部电影的投资方开始撤资了。

躺在沙发上的男人脸上放着的书被一只手拿开了,副导演坐在他的旁

第六章　心甘情愿

边,把手机的通话记录放到了他还闭着的双眼前:"今天下午那边派人过来,已经确定要撤资了,他们说话的语气很难听,你待会儿不要过去了。"

男人在沙发上翻了个身,他的眼底有很明显的乌青,衬得皮肤有点病态的苍白:"没关系,有什么话是不能让我听的?"

副导演犹豫了片刻后,开口说道:"要不你还是打电话回去找你父亲说说吧,他那边应该……"

"不用了。"陈璟一口拒绝了,撑着沙发坐了起来。他头发凌乱,看起来就跟没睡醒一样:"我去洗洗。"

下午的会议一直开到了晚上,陈璟回家后情绪十分低落,就像行尸走肉一样,进屋后也没开灯,甚至连门都没有关上,直接躺在地板上就睡了。他的脑子浑浑噩噩的,仿佛在发热,可身体又很冰冷。他能感觉到时间在一分一秒地流逝,傍晚时分的落日和夜幕时分的黑暗像一只陌生的无形大手,仿佛要在旋涡里把他压得粉碎。

不知过了多久,家里的灯突然被打开了,雪白明亮的光线刺痛了他眼皮下面的眼珠。他抬眼往那边看了过去,只见于筱冰手里拎着两个购物袋,里面装满了东西,除了菜以外,还有西瓜和碳酸饮料,显然是刚去超市购物回来。

"今天菠萝打折了,我多买了一点。"于筱冰把东西都放在了料理台上,边说话边开始一件件往冰箱里放。他眨了下眼睛,看了眼头顶的灯,像是觉得刺眼,抬起手臂把眼睛挡住了。

接下来他又听到了家里洗衣机运转起来的声音,厨房的砧板上也传来了切菜声,她在用洗菜篮沥水,最后煤气灶被"叮"一声点燃,火焰噌噌燃烧起来。于筱冰切了西瓜和菠萝,大小是刚好能够入口的那种,她插上牙签,然后走过来蹲在地上,伸手往他嘴边放了块菠萝,蹭了蹭:"吃点水果。"

陈璟感受到了冰凉的触感,把挡眼睛的手臂拿开,看向了她:"我

247 ♥

不吃菠萝。"

于筱冰没说什么,把菠萝放回碗里去,在他面前跪坐下来,又开始一块块给他喂冰西瓜,偶尔还把插了吸管的雪碧送到他嘴边让他喝,无声地照顾着他的情绪。

陈璟终于开始吃了,两人就这么无声地相处了一会儿,他突然开口说:"电影被撤资了。"

陈璟说完后直勾勾地看向了于筱冰,想看看她的反应。可她并没有什么特别的反应,就只是抬手往自己嘴里放了一块菠萝,鼓起腮帮子开始慢慢嚼。果汁沾在她水润的唇瓣上,在灯光下看起来很好看,透明且晶莹。

他看了很久,终于主动爬过去,把头枕在了她的大腿上,拿起她的手,把她准备吃掉的菠萝放到了自己的嘴里。

于筱冰脾气好,见他愿意吃了,又开始给他喂菠萝。菠萝的果肉只有一点酸味,几乎是纯甜的,他吃了不少甜的,大脑总算开始分泌一些让人愉悦的激素了。

"城山让我回去找我爸要钱。"陈璟在于筱冰腿上找了个舒服的地方躺好,开始跟她聊天。

她声音很轻地问他:"那你去吗?"

他摇了摇头:"不想去。"

"嗯……我还剩一些钱,明天都转给你。"她只是简单地应了一声,一如既往地温和,整个人都没什么负面情绪。

陈璟心里那股难以发泄的郁结像是找到了一个出口,他就像喝醉了酒一样,一股脑将心里的一些话都倒了出来:"其实我爸很年轻的时候就和我妈结婚了,他们是高中同学,也是对方的初恋,我妈是名牌大学毕业的,可她嫁人之后就做了全职太太,一直在家里带我。"

他没有等她回复,只是对着她碎碎念,讲着自己小时候的事情。

"小时候她一直都对我很好,但是后来我爸出轨了,她就变了,经

第六章 心甘情愿

常把我一个人关在家里,让我去求爸爸跟她和好,我求不到他过来看她,她就惩罚我。"

于筱冰垂下眼睛,安抚地摸了摸陈璟的头发,他又侧过脸,抬手把自己有点凌乱的头发弄开,他脑袋的右侧方有个小拇指大小的疤痕,上面没有头发。

"这个疤是小时候弄的。"他说着把脸埋到了她的小腹上面,抱紧了她,声音被布料蒙住了,听起来显得沉闷无力,"当时我真的好痛,我以前看见我妈就怕。"

于筱冰低头亲了亲他的耳朵,轻声说:"没关系,都已经过去了。"

洗衣机的翻搅声从阳台一路传到了客厅,周围被收拾得干净又明亮,陈璟感受到她温暖的小腹,心脏微微颤抖了起来,几乎要呼吸困难。这种感觉让他一时间难以形容,这是从未在他的心里出现过的。上一秒还觉得自己一无所有,可现在好像又觉得自己什么都有了。

他在她腿上躺了好久,她又开口说话了:"我给你煮了汤,得过去看一下才行。"

陈璟起来了,看着她有点腿麻地站起来走到厨房前面。他有些郁郁寡欢地伸手拿过自己的手机,打开看了一眼。微信上面又多了不少信息。

他下意识往厨房那边看了过去,起身避开于筱冰,去了洗手间。陈璟打开窗户吹风,靠在墙边,把刚才那个女人删除了,接着又进了自己的联系人列表,把那些女人一个个地拉黑删除。

全部删干净之后他才出来,而于筱冰已经把晚饭做好了,正在往桌上端饭菜。

原本陈璟今晚一点胃口都没有,可是当他看到颗粒分明的米饭和色香味俱全的几盘菜时,还是跟她一起吃了起来。他往嘴里放了口米饭,嚼了一会儿,突然抬眼看向了她:"等这部电影制作完,我们就结婚吧。"

于筱冰夹菜的手指顿住了,她在头顶光线的照射下,看着盘子里的菜沉默了一下,收回了自己的手。明明知道她会答应他的,可在这短暂的静默里,陈璟的心脏还是不由自主地绷紧了。

他正要开口再跟她说些什么,就见她点了点头,轻声说了一个字:"好。"

外面的夜风有点凉,水泥地面还散发着白天的余温。有个小姑娘从会所里跑了出来,她快速跑下楼梯,在停车坪里看见了于筱冰。

于筱冰按响了裴译的车钥匙,还在听着声音到处找车,身边突然多了个人。她回头看了一眼,原来是北菜找了过来。

"怎么了?"于筱冰耐心地问了一声,小姑娘忍不住抬手抓住了她的衣角。

"筱冰姐,我以后还能来找你吗?"

"可以来啊。"于筱冰说着给她打了个电话,北菜马上就存了她现在的号码。

"筱冰姐,你不在的时候,陈导整个人的气压都特别低,大家都不敢跟他说话了。"

"不要怕,他就是看起来有点不好说话,其实人没什么脾气。"于筱冰开始安慰小姑娘。

北菜对自家导演的性格其实也心知肚明。陈导好的时候是真好,特别会照顾别人的情绪,薪水给得也多,整个组的人对他基本没什么二心。但他疯的时候就跟刚刚在包厢里差不多,让人没法说。

北菜摇了摇头,又换了个话题:"姐,其实是于楚自己过来找陈导,陈导一直都忙,懒得搭理她。你是不知道,这段时间他走到哪儿都带着你喝水的杯子。而且我印象里陈导好像很久都没有再跟别的女人接近过了,你们之前都快结婚了,你还会再给他一次机会吗?"

于筱冰沉默了片刻,最后还是摇了摇头:"如果陈璟真想跟我结婚,他就不会在婚前故意做出那种事情了,他其实还是不想把未来都绑在一

第六章 心甘情愿

个人身上,我不管他的时候还好,可如果我真的开始限制他的自由,他应该会很崩溃。他内心深处大概是不愿意结婚的。"

北棠本来觉得陈导浪子回头了,毕竟那个男人的条件是真的很不错,要是他能安心过日子,也算没辜负她姐这么多年埋没在他身上的青春。不过于筱冰自己心里有想法,她也就不再多嘴了。

两人说了一堆,等了很久才等到裴译过来,于筱冰看到他之后就不再继续聊天,抬手跟小姑娘道了别。她跑过去扶住了裴译,却被他伸手推开了。

"不用……"裴译这次真的喝多了,好像刚才又去喝了酒,眼圈都是红的,身上酒气冲天。

于筱冰看着裴译额边的汗水,拿了张纸巾帮他擦了擦,顺手把他的眼镜也摘下来了。

裴译抬手抓住了她的手,转头仔细盯着她的嘴唇看,推也推不开。

于筱冰正要跟他好好说话,他就开始用力了,直接将她压到了驾驶座上亲了上去。她在座椅上挣扎,可裴译就像是想把她吞下去一样,他吻得猛烈,仿佛疾风骤雨,指节分明的手甚至紧紧掐到她的下颌上面。

车里很安静,只是偶尔会响起一些极其轻微的窸窣声。

于筱冰并没有像抗拒陈璟那样抗拒他,她抱住了他的脖颈很胆怯地回应,耳边全是自己心脏狂跳时发出的咚咚声,满脸滚烫。

前面的车窗玻璃突然被人用手电筒晃了晃,像是巡逻的保安过来了。于筱冰被光闪到,忍不住抬手挡住了眼睛。

她没喝酒,此时满心都是羞耻,连忙把裴译推开了,转动钥匙就开始点火。车辆引擎被启动,她转动方向盘倒车,用最快的速度离开了这个地方。

裴译在旁边看她这倒车技术灵活得像老司机,又伸手摸了摸她的头发。

她侧头躲开,时刻注意着前面的路,在排队交停车费时,连忙把身边喝醉的男人摁回副驾驶座,见他身上没扣安全带,又赶紧帮他拉下安全带系好。

"裴总,您家在哪里?"于筱冰边注意着前面车辆的通行状态,边拿出手机开始准备付停车费。

裴译盯着她的脸看了一会儿,问道:"去你那里行不行?"

她的心脏骤然跳得厉害,一边紧张地想着今晚会发生什么,一边又想明早裴译从她房间出去,要是被同事看见了该怎么办。

还没等她纠结两秒,裴译就又开口了:"我要去找领带,你总是偷藏我的东西。"

"没有!"于筱冰下意识地反驳,可突然又觉得这样好像没什么意思。她是什么样的人,这个男人其实最清楚不过了。

"您快点告诉我您家在哪里,不然我就叫代驾过来了。"于筱冰没有惯着他,直接往前开车,打开车窗伸手去交了停车费。

裴译的喉结动了动,他有点难受地伸手按了按太阳穴,拿出手机按了一下,深呼吸就没停过。

真不知道他后来又去喝了多少,整个人已经明显有点不清醒了。

于筱冰交完费后就看见自己的微信里多了一个定位,是那个萨摩耶头像发来的。平时看着距离感很强的列表联系人,现在就坐在她旁边,这让她光是想起来就脊背发麻。

于筱冰到了那个小区,好不容易把副驾驶座的裴译叫醒,他只是看了她两眼就又撑不住想继续睡。于筱冰哄了好久,才总算把他从车上哄了下来。

裴译现在的状态让于筱冰有点担心,他像是有点断片儿,问他住在几栋几层几号房,他听了好久才反应过来。可他就算听懂了,也根本答不上来,跟他往常说话干练有条理的模样截然不同。

最后估计还是裴译自己想睡觉想得厉害,看着附近感觉很眼熟,所

第六章 心甘情愿

以就习惯性地朝自己家的方向走了。

于筱冰一路跟着他走,偶尔抬手扶他一下,路过楼下坐着的物业员工时,那个职业打扮的女性还时不时侧头打量她,像是对楼上那个帅哥大晚上带女人回家这件事情有点敏感。

于筱冰避开她的视线,跟着裴译上楼进了电梯。

这个点没有其他人进来了,于筱冰抬手摸了摸自己的手臂,然后在灯光下看清了他的脸。

可能是因为喝得太多了,他的脸色有点惨白,五官在光影的照射下显得脆弱又立体,这张脸相当精致,无论在何种情况下都能吸引到别人的注意。

电梯很快就到了,随着"叮"的一声响起,两人到了目标楼层。裴译自己按了密码进去,摸了好久才打开灯,然后直接就要往客厅的沙发上躺。

于筱冰连忙把他拽住了:"裴总,去卧室睡,在外面睡容易感冒。"

她脑子里已经没存任何旖旎的念头了,裴译现在这情况,能不能找到北都不好说,她现在只希望他宿醉过后,第二天人醒来能好受一点。

开了好几扇门才总算把裴译弄进了卧室,他不知道是不是被折腾久了,眼睛也稍微睁开了一些,看着她好久都没说话。

于筱冰好不容易把他弄到一个适合休息的状态,抬手打开空调,然后又去洗手间里洗了把脸。

裴译在 B 市的房子看起来要整洁多了,家里所有的垃圾袋都是干干净净的,镜子上一点水渍都没有,毛巾、浴巾、浴袍这些洗护用品也都是整齐叠好的。

按照他在垣县那边的生活习惯来看,这边应该是叫了家政服务,看起来像酒店套房一样,整洁到没什么人情味,一切合理而高效。

洗完脸后,于筱冰整理了一下自己的头发,又回到了床边。

她看了看裴译,小声说:"裴总,今晚好好休息,我先回去了。"

裴译在半梦半醒中听到了她的声音,又抬起眼皮看向她。额前碎发挡住了他的部分眉眼,于筱冰面对裴译毫无攻击力的样子,心里那些防备也完全放了下来。她又蹲下来,在他旁边说:"我走之前给你烧壶热水放在床头柜上,你后半夜应该会渴。"

裴译把半张脸都埋进了枕头里,睁眼看着她,突然开口:"你不要趁我睡着的时候走掉。"

于筱冰愣住了,一时间弄不清楚他现在到底醉得有多厉害。她起身抬手想帮他擦擦额角的汗,可他伸手揽住了她的腰,用着过去的语气,小声地叫了她的名字:"冰冰。"

他用鼻梁蹭她,像是在闻她的味道,过了好一会儿,才开口说道:"我闻到过这个味道……当时梦见分手后你回来找我,说没有生我的气,不管我是什么样的人,你都会陪我。"

他的神情看上去有些落寞,此时的眼神是在日常生活当中从未有过的,孤独又脆弱,好像又回到了高考结束后开始交往的那段时光。

于筱冰想说些什么,就见他垂下了眼睑,又继续对她轻声念叨:"你当时把我的微信删了,我哭了很久……但你是对的,本来就是我做得不好。"

"以后继续跟我在一起吧,好不好?"

"好……好的。"

于筱冰有些手足无措地看着他,他身上的酒精气息随着两人间的呼吸涌动,变得更加浓郁。

她控制不住地产生了一些期待,可裴译却放开了她,伸手挡住眼睛,有些脱力地向后躺到了床上。不知过了多久,他翻了个身,把眼睛闭上了。

裴译今晚真的是醉过头了,不像是醒着,更像在梦游。

于筱冰在他床上跪着守了他好一会儿,见他睡熟了,就去他的浴室里端了盆水过来，帮他把身上出汗的地方都擦了一下。

细心地照顾裴译睡下后，她又去外面倒了点刚烧好的开水，拿到床头柜上放凉，随后伸手关了灯，盖着他床上唯一一床被子睡下了。

第二天，裴译大概是被渴醒了，想起床去喝水，手指却碰到了女人的头发，一看才发现自己身边睡了个人。

裴译有那么一瞬间整个人都蒙了，习惯性地去床头柜上摸眼镜，可他没摸到疑似眼镜的东西，手指只碰到了一个杯子。他侧过头看了一眼，是一杯水。

愣了片刻，他把被子掀开了一点，发现于筱冰就睡在他旁边。她的脸颊被枕头压得有点发红，不知道是跟他一起睡感觉太热了还是怎么，额角的头发都被汗水打湿粘到了脸上。盯着她看了一会儿，裴译的喉结又连续动了好几下，像是在回忆断片儿前的事，可最后他又闭上眼睛忍不住按住了自己的太阳穴，拿起杯子一口气把那杯水全部喝掉。

喝完水裴译就起身去了洗手间，于筱冰意识模糊，听到隐约传来的洗漱声后，也醒了过来。

她有点呆滞地坐起身，迷糊地看着眼前的被子，还在醒神状态中。裴译从洗手间出来后，开门见山又一脸认真地问她："我们昨晚有发生什么吗？"

她抿抿嘴，然后摇头。

裴译闭上眼睛缓了一会儿，伸手按住了微微跳动的额角青筋："抱歉。"

于筱冰越发不确定裴译现在到底还记得哪些事情，他颈间的喉结正在疯狂滚动，像是在思考人生。她有点惶恐，手都不知道该往哪里放，最后又把被子往身上拉了拉。

裴译从衣柜里拿出了换洗衣物，说："我去其他房间洗澡，你可以用这里面的浴室。"

于筱冰看见他要走了，就像上幼儿园的小孩看见家长要走了一样，心里一阵不舍。她从床上下来，想抓裴译的衣角，但犹豫了之后还是没能伸出手。

察觉到她在身后，裴译转头看了一眼，迟疑片刻，耐心地问她："怎么了？"

于筱冰不知道该说什么才好，用拇指抠着食指的指甲边缘，想靠近他又不敢动。

他像是看出她的情绪来了，走过去低头看着她，手放到了她的后脑上，按了按她的头发："要不要抱你一下？"

她点了点头，紧接着头就被按到了一个宽阔温暖的胸膛上，鼻间都是他床上的味道，就连腰背也都被他很有力地揽住了。

于筱冰用力地回抱了裴译，简直像是要把手臂勒进他的血肉里。裴译没有对她这个行为表示什么不满，只是继续把手放在她的后脑上，一下下安抚着。

她从他怀里汲取到了足够的力量，手上的劲总算松了点，那种想把他压进自己身体的感觉也慢慢缓和下来。其实她已经抱够了，但是她不想松手，还想继续被他抱着。

"裴总……"她声音很小，就这么叫了他。

裴译"嗯"了一声，他敛着眼睑，询问她的语气很温和："怎么了？你看起来情绪不对。"

"今天周一，我上班迟到了。"她想说的其实不是这个，但有些话她确实问不出口。昨晚他对她说的那些话，他现在看起来全忘了……果然男人喝醉后说的话不能放在心上。

于筱冰看不到他的表情，但是依稀感觉到了他胸腔因为低笑传来的振动。

"知道了，是我的问题，我待会儿给你的两位科长打电话，就说你

第六章 心甘情愿

被我借走了，这样可以吗？"

于筱冰的心就像被他拿着片羽毛轻轻磨蹭一样，顶上的那个羽毛尖儿在她心坎上有一下没一下地挑逗着。

她的脑子还处在一片混乱中，眼角余光突然注意到了角落的书柜，里面放了很多书，旁边的柜子上还有一些相框。她视力还不错，远远地看见里面是他大学毕业时穿着学士服的合照。

于筱冰顿时就来兴趣了，从裴译怀里钻出来，走到了那个书柜前面，仔细地看起他毕业时的照片，一眼就在里面找到了他。那是介于少年和现在之间的一种长相，好看到轻而易举就把周围所有人都比了下去。她错过了裴译一生当中最锋芒毕露的时期，其他任何时候的状态都与他二十多岁时不相似。

他年轻而躁动，也会迷茫会犯错，绝不像现在这样滴水不漏、不动声色，城府深到让人半分都看不透。

裴译走到她身后，随手拿起了那个相框，问她："你有大学的毕业照吗？"

于筱冰摇了摇头："我扔了……不好看。"

"让我看看吧。"

"什么？"她抬眼看向了他，不是很能理解。

"你身上那些让你觉得不舒服的地方，我帮你看看。"

他的态度既无奈又温和，于筱冰甚至有种错觉，那些自卑的地方不是要暴露在他面前，而是要告诉家长。他不会嫌弃她，也不会跟别人一样用言语攻击她。

她鼻子有点发酸，眼眶也很胀，沉默了好久，才在他面前抬起了手臂："我身材不好，体毛也重。"

于筱冰抬起来的手被裴译握住了，他没戴眼镜，所以只能在光线下专注地低头，这幕看起来就像是她即将被绅士行吻手礼。

于筱冰抿了抿嘴,眼眶有点酸胀,裴译仔细看过那些细小的绒毛,将她的手臂放到自己脸上蹭了蹭,随后抬起双眼看向了她:"我很难过,是我让你觉得这些都是不好的吗?"

他的指腹在她的手上摩挲着,温柔的眼神让于筱冰瞬间就绷不住了,泪水全部涌了出来,簌簌地开始往下掉落。

她用力摇头,当着他的面忍不住哭了出来。

裴译放下她的手,把她拉过来抱到怀里,轻轻拍着她的背:"我觉得你很可爱也很善良,让人感觉很舒服。"

"可是我真的不好看。"

"可是好看的人也只是希望自己能被喜欢的人爱。"

于筱冰抬眼时就发现裴译正垂眼看着她,内心酸涩得更厉害了,她低头不知道自己还能再说什么。而他伸手擦掉了她脸上的眼泪,手指伸进了她的发丝里,按住她的头揉了揉:"不要再哭了,好吗?"

"嗯。"

"我先去洗个澡,待会儿带你去公司。"

裴译把于筱冰松开了,又伸手擦了擦她脸上的泪痕。

她这会儿不光是眼眶红,就连眼尾都红了,下垂的小狗眼看起来亮晶晶的,不抬眼时能看见她眼皮间那条扇形的褶,看起来很有灵气。

"我昨晚看到你冰箱里有面条,我去煮碗面给你吃吧?"

他把她睫毛上坠着的那滴眼泪挑走了,然后伸手在她的下巴底下挠了挠:"好,谢谢你。"

她迟疑了片刻,看着裴译离开,突然觉得他刚才是在摸小狗。

于筱冰在冰箱里找到几根葱,去根洗净了之后,拿到案板上开始切。

她看出来了,昨晚发生的那些事对裴译根本没有任何影响。他只是喝过酒之后才有点找不着北,而她却在见过他之后,就开始时时刻刻都

第六章 心甘情愿

找不着北了。

心里多少有点郁闷，但于筱冰对自己的情况也没有太多办法，真的把一个人放在心上的时候，说什么都阻止不了这双眼睛主动将目光投向他。

而裴译大学时期的那张照片，就像是为她保留的那段空白记忆里填上了一块拼图。

于筱冰曾经无数次地幻想过，自己在大学入学前如果没跟他分开，他们之间会有怎样的发展。

她不想跟他离得太远，因为家人都没有给过她那样的悉心关照，而他统统都给她了。

她是美术生，在高三年底的艺考开始之前，需要先离校去参加半年的集训，而高三上半年那六个月的吃住完全是在画室里了。

别人担心的都是灰头土脸辛苦几个月之后，自己的联考分数能不能过线，可于筱冰需要担心的是家里人会不会给她出集训的钱。

她那一届的美术生中，有很多都没去跟学校合作的画室，都是自己跑到外面去找往年联考分数高的画室。他们的路都是真金白银铺出来的，他们不吝啬钱，只要考上的概率能增加就好。

但于筱冰即使是在上学的事情上也依然没办法摆脱家庭给她带来的焦虑。当她妈妈知道这次集训要花好几万时，嘴里的话一下就又变了。大概意思就是说，就算她联考成绩再好，之后文化分数差，也上不了什么好学校，到时候等于白花出去好几万块钱。

可事实上于筱冰当时之所以会当美术生，就是因为她妈妈看她喜欢画画，又听人说学画画就算成绩不好也能上好大学。她是从村里的初中出来的，各科水平都比从小在城里上学的那些小孩差一大截。

她妈妈当时想着不过就出点画材费，自家店里就有那些东西，以后随她用就是了。可其实她妈妈对美术生的开销，根本就没有一个很清晰的概念。

快要集训前，于筱冰听妈妈说家里拿不出钱来让她去学习的时候，整个人都崩溃了。

她整晚整晚地睡不着觉，天蒙蒙亮就站到妈妈床边说想去上学。妈妈当时翻了个身，说没钱，还说已经给她出了那么多材料费，不算亏待她了。

无论她怎么说都没用，妈妈的话永远都是那句：她拿不出好几万送她去做没把握的事。集训的这几万块相当于父母全年的收入，妈妈说家里还在外面欠着账，钱还不完也借不到，她这么大个人了，也要替别人考虑考虑。

那段时间于筱冰每天都会哭，经常自己一个人很茫然地坐在河边掉眼泪，觉得自己以后会进厂，或者浑浑噩噩地到处打一些没有技术含量的工。她感觉自己就像马上要被拉出去宰掉的牲口，这个世界不会听她说话，听她解释，她都不知道自己活着的意义是什么。

很快，等明年高考结束，她就必须去面对那种暗淡无光的人生。

不到两周时间，于筱冰整个人就萎靡得不像样了。她关了那个手机，也好久都没联系过裴译。

于筱冰早早就感觉到了两人未来会身份地位悬殊，她看清了自己以后的路，选择提前跟他划清界限。

可是学校放月假的那天下午，裴译来到她家那个小店找她了。他很少自己过来，认识她之后，偶尔缺点什么文具，也只会给她钱，让她下次帮他带。

那天外面都快黑透了，街上的路灯早就已经亮了起来，于筱冰在后面炒菜，听到正在前面看店的妈妈叫她名字，说有同学找她。她以为是宁铃香，穿着围裙就出去了，结果没想到在门口看见了裴译。

他大概刚洗过澡，头发都还是湿的，一边的袖子卷到了肩膀上，神情看起来懒散且漫不经心。

第六章　心甘情愿

只不过在看到她从后面出来后,少年那薄薄的眼皮瞬间就变成了一把刀,朝上掀起来时,给人一种他正在生气的感觉。

于筱冰连忙抬手去解身上的围裙,明明已经不在意自己在他面前的形象了,可看见他这身简单却得体的穿着后,羞耻心还是促使她用最快的速度脱掉了身上这条买洗洁精时送的围裙。

她低头走了出去,跟他一起来到了店门口的街道上。外面的风有点凉,是独属于夏季夜晚的风。

"你有多久没看过手机了?"裴译开门见山地问出了自己的问题,明明他平时都不这样。

于筱冰没说话,裴译直接朝她走了过来,他想拉近距离,她却一直在后退,直到自己退无可退。

"你什么意思?为什么不回我消息?"

她垂着眼睛,不敢说话。

"于筱冰,我没做什么让你不开心的事吧?"

裴译一连问了她好多问题,每一句都像炮火重重地轰在她的心上。

"没有。是我的问题,家里没有钱送我去集训,我明年可能考不上大学了,我不想影响到你。"

裴译被气到直接闭眼沉默了,过了好一会儿才开口问她:"你自己觉得这理由像话吗?你能影响到我什么?"

"钱。"

"什么?"他皱起眉,看起来有些不能理解。

而于筱冰低下头,抿了抿嘴,眼眶和鼻头都是一阵酸胀:"对不起,我这个人本身没什么优点,跟你做朋友肯定会拖累到你的。我是因为家里没钱所以才不能上学的,我怕你会帮我出钱,我真的没钱能还你。"

裴译看着她在路灯下卑微垂着的眼睫,本来就显得很温顺的眼尾还在往下耷拉着,如果头顶能长出一对小狗耳朵,她的耳朵大概已经在他面前垂得不能再垂了。

"我要你还了?"他难得这么跟她说话,于筱冰愣在原地错愕片刻,不敢再抬起头来,眼前莫名开始有点模糊。

"你把你爸妈的电话号给我。"他不知是不是看见了她眼里的泪光,说话的语气终于缓和了不少。

"你要做什么?"于筱冰不解地看向他的眼睛,很清晰地感觉到了自己眼眶中有眼泪掉下来。

"你不用管。"裴译拿出手机,放到她手里,"把他们的电话号给我,我不会让你没有书读的。"

她看着裴译拿手机的手指,不知道他这么好的人,为什么要认识一个像她这样的人。什么都给不了他就算了,还总是给他带来麻烦,简直跟吸他的血没什么两样。

于筱冰想着想着突然就有点崩溃了,她从来都没有像现在这么无助过:"你真的别管我了。我就跟个无底洞一样,什么都没有,以后也不会有。"

听到这句话后,裴译终于沉默了。少年的眼睫微微垂落下来,睫毛也在清瘦的脸上投下剪影。

他在路灯下低着头,暖黄的光线照在他那段白皙的后脖颈上,看起来脆弱又无助。

"为什么要这样跟我说话?"他很小声地喃喃自语,"你以前看见我的时候,不管做什么都很小心……可你现在一点都不在意我了。"

听到这话,于筱冰的眼睛瞬间就红了一圈。她想抽泣,却只是憋着声音,站在他身前一言不发。

两人都沉默了很久,最后还是她先开口了:"对不起,不是你想的这样的,我真的是怕自己以后还不起欠你的那些,别讨厌我……"

于筱冰最后还是把爸妈的电话号码给裴译了,她的心里总觉得很愧疚——她连读书的问题都得让裴译想办法帮忙解决。

第六章　心甘情愿

电话号码给出去之后，于筱冰很忐忑，心里就像悬上了一块大石头一样。她每天都仔细观察妈妈的脸色，不知道她的心里现在正在想些什么。好在这块石头很快就落地了，有天晚上家里专门打电话给老师，把正在上晚自习的于筱冰叫了回去。

她当时心里就隐约有种预感，果然，等回家后，妈妈终于开口决定送她去参加集训。

她爸爸在项目部打工当厨师，刚好项目领导有个亲戚就是开画室的。那边听说小姑娘家里条件不好，穷得连学都没法上了，表示可以免学费让她过去画画，不过画材食宿这些还是得家里给她出。

于筱冰那天发呆了一整晚，回教室继续上自习的时候，脑子里都还在冒泡泡。

她第一次在晚自习结束后去了裴译的班级，在走廊里等他下课。裴译在重点班，下课后出来的人都没其他班多，她等了好一会儿才看见他，像条小尾巴一样跟到了他身后，和他一块下了楼。

直到下了大阶梯，走到黑暗的林荫道上时，裴译才看见自己身后跟了个人。

"你走路怎么都没声音的？"

校门口这边没多少学生，而且没路灯，到处都是黑漆漆的。

"我妈晚自习的时候叫我回去了一趟，她说我可以去集训了。"她不敢抬眼看他，但声音却是掩不住的喜悦。

"开心了？"他问道。

"我真的很开心，谢谢你。"于筱冰看向他连连点头，眼睛仿佛都变亮了。

裴译低头看她："先别高兴太早，上次月考你数学跟英语怎么能考得那么差？"

于筱冰整个人都僵住了，一下就变得像棵蔫了吧唧的叶子菜，不敢再把头抬起来。

"集训这几个月你去跟老师沟通好时间,我找家教过去给你补数学和英语。"裴译很冷静地开始给她找起了解决办法。

"你在我身上花这么多钱真的不划算,万一我没考上就都打水漂了。"

"你需要帮助,有老师从头开始教,你就要认真去学。"

"我知道了。"她的脸都垂了下来。

"我先走了,你回去早点休息。"

就在她感觉自己满心快乐都没找到地方降落的时候,一只手突然放到她的头发上揉了揉,然后落到了她的肩膀上。

"别担心,以后文化课方面要是有自己学不懂、老师又教不会的,就来问我。"

于筱冰抬起眼睛看着他,好长一段时间都没能说出话。她看着他的背影,脑子里的各种情绪都杂糅在一起,复杂极了。

考大学的阻碍好像一下子就都被人处理干净了,她的人生走向因为他彻底发生了转折。

参加集训后,于筱冰跟老师沟通了文化课补课的事,老师也给她安排了一下时间。

画室其实是收过钱的,这边负责的老师很清楚地告诉过她了。他们画室的口碑本身就非常好,而且裴译给她报的是精品班,学费是真的贵。再加上房租和那位名牌大学毕业的家教老师,她哪怕是大学毕业去工作了,这笔钱一年半载也还不起。

于筱冰每天学得都很努力,几乎是用上了自己所有的心血。她想在未来离裴译近一点,就算天生的差距无法填补,至少后天的付出她不想比任何人差。

集训期间,每次学校里放月假,裴译都会到她这里来看她。

那家画室就在省内,从学校过来车程大约两个小时,往返四小时,

第六章　心甘情愿

虽然不远,但长途车也很折磨人。于筱冰会特意把画室里休息的时间调整到学校放假的时候,他来之前就去车站等着接,他走的时候也跟着送他去车站。

每次裴译走之前手里都要拎两个食盒,里面全是她给他做的一些菜。

这样的接送多了几次之后,他后面再来看她,也不再空手了,会给她带点画材。于筱冰用的都是一支几毛到一块左右的铅笔,可后来裴译零零散散地又给她准备了一堆画材,她拿去画室用,老师来给她改画的时候,看她那一小箱蓝杆战神忍不住"啧"了一声,说她家里真有钱。

于筱冰从来都是被人说穷,她还是第一次被人说家里有钱,心里吓得"咯噔"了一下。

下午下课后,她又对着材料抄了个单子,去附近的画材店大概问了一下,想算算自己大概欠裴译多少。可过去一问才知道,裴译给她买的那些画材基本都是国外进口的,就连最普通的铅笔,一根的价格都是她平时自己买的三四倍。

那段时间于筱冰的心里总是很惶恐。她不知道这样的好事怎么会落到自己的头上,也不知道命运馈赠给她的礼物又在暗中给她标上了多昂贵的价格。

她只是觉得再这样下去,哪怕用上这一生,她也还不起了。

秋末,已经感受到了冬天的气息,树上的叶子开始变黄,早上睡觉时,于筱冰露在外面的手臂也渐渐开始有了几分凉意,冷得让人想再加床被子。

学校上午放假了,那天下午裴译果然又过来了。

于筱冰去接了他,弄了一顿热乎乎的晚饭,吃完之后,两人又开始在桌前学习。

裴译已经进入高三的复习阶段,他的学习强度比她要高很多,每次过来都带着卷子跟习题。他说他过来放松心情,可每次他都是在带她刷题,督促她的学习进度。

两人白天偶尔还会出去逛一逛,但回家之后,永远都是雷打不动地做题。

那天的菜可能特别合他的胃口,裴译多吃了一碗饭,菜也没剩多少,有点撑着了,他就像只猫懒洋洋地枕着胳膊,趴在书桌上监督她做题。

于筱冰坐在桌前写着题,侧头看裴译时,发现他不知何时已经睡了。

他把脸搭在胳膊处,睫毛的阴影投在清瘦的脸上,看起来很乖。

裴译给她挑出来的题库里有个题型,她记得他上次来的时候教过她,但今晚变了个形又碰见,她就想不出解法来了。换了很多种解法,最后答案都不像是对的,她有点为难,正抓耳挠腮时,身边的人动了动。

食困过去之后,裴译开始慢慢清醒,他眨着眼睛努力试图看清她的稿纸,把她之前写的几种解法都看完后,摸了摸眼角,然后拿了支笔开始在她的草稿上画圈。

"这个思路是对的,但是到这里再往下就开始出问题了。"他抬眼看向她,"我上次跟你讲过这种情况要套什么公式,好好想想,你再努力一下。"

于筱冰点点头,低头赶紧继续写,裴译放下笔,把脸枕在胳膊上,又开始看她。

她咬着笔杆,还是没什么头绪,最后翻回去又找起了自己上次做的那题。她对比着两边的解法,像是在寻找记忆。

裴译盯着她看了一会儿,突然又开口:"要是这个题型的解法学会了,我可以满足你一个愿望,你想要什么都可以。"

她眼睛亮了一下,怕他反悔似的连忙问:"真的?"

"嗯。"他点点头。

于筱冰的注意力瞬间就集中起来了,思路似是清晰许多,刚才看着还像团乱麻的题,突然就变得一目了然。

才投入进去十多分钟,她就找出了共同点,很快速地写出了解答过程:"是这样吗?"

她自己检查过了,应该是没问题的,裴译把头移过来,目光在纸上流连几遍后,也轻声"嗯"了一下。

"是这样。"

他抬起头,胳膊上还有他自己下巴压出来的红印:"你想好了吗?想要什么?"

于筱冰垂下眼睛,想要说些什么,却欲言又止,猛地反应过来自己对他提要求大概是僭越了。她又不是那种能任性的人,就连学费都是他帮她出的。她的手心里全是汗,伸手抓了抓自己的衣服下摆,浑身上下哪里都开始变得不自在了:"你已经帮我够多了,我不用你再满足我其他什么了。"

"是这样吗?"裴译微微愣了一下,继续说,"刚才看你那么开心,我还以为你确实有什么事情需要我帮忙。"

她的眼前全部是刚才那道题的解答步骤,她没忍住抿了下嘴,又摇了摇头,眼里还带了点无所适从:"没有,你已经对我非常好了。"

裴译一直看着她,像是在等她改变想法,可她又仓促地拿起桌上的笔,翻开后一页的练习题,开始试着读题解答起来。

"你是不敢问我要,还是真的觉得够了?"

他还在发问,于筱冰头一回觉得被人关心也不是一件那么好的事。她咬了咬笔头,都快把自己的脸按到习题册上面去了,到最后才发出了细若蚊蚋的声音:"不是不敢要,是我不能,我欠了你很多东西,以后都要还给你才行……哪有伸手找债主要东西的道理。"

于筱冰从头到尾都不敢抬头看他一眼,眼睫也跟着微微垂了下来。裴译的脸上露出些许无奈,以及一种少年独有的温和感:"那怎么办?"

她真的不知道该怎么回应他了。

"愿望先给你留着,等以后想到了再过来跟我说吧,我答应过你的事，不会就这么敷衍过去的。"

他依然坚持着这一点，于筱冰也没再继续拒绝他，只是温顺地点了点头："好。"

两人都开始沉默不语，屋内的气氛也变得凝重，最后是裴译先靠到了身后的椅子上，打破了僵局，开口问："你最近是不是瘦了很多？"

"可能是因为最近画画加学习太忙，没怎么吃饭，所以就瘦了……"

"不要骗我。"他仍然保持着刚才那个姿势，甚至没有抬眼去看她，"你最近像是在节食。"

她的鼻尖上微微冒出了汗水，目光也本能地移到了一旁远离他的地方："嗯……因为我觉得自己有点胖，我好久晚上都没吃饭了，你来了才会吃一点。"

于筱冰在他面前几乎从不说谎，就算说了，只要他再多问上一句，她就一定会什么都跟他交代。她不敢骗人，因为她知道裴译平时最讨厌别人骗他，他只会因为这样的事跟她生气。在他面前，别的事情都可以商量，唯独真诚地对他这一点，是完全不能打折扣的。

裴译听过之后，又看了她很久，可她还是跟平时一样不敢正眼看人。

"你没有必要减肥。"他说道。

于筱冰伸手在自己的脸上摸了几下，像是想要挡住一些青春痘："嗯……就算减肥瘦下来了，痘痘也还是会继续长，好像是没必要。"

"你知道我不是这个意思，别把心思放在这些事情上面。快联考了，你自己也知道什么才最重要。"

她心里涌上一股说不出的难堪，原本她就觉得这些小心思不该有，现在更是觉得自己头脑一点也不清醒。

"你说得对，我会好好学习的。"于筱冰没有再说其他的话，拿着笔就开始写了起来。

裴译还在看着她，过了好久才对她说："你是不是觉得我管太多了？"

第六章 心甘情愿

"没有。"她不想他误会，然后又因她变得不开心，连忙摇头，"你对我很好，我一点你说的那种想法都没有。"

"那以后就不要再节食了，这话能听得进去吗？"他的声音淡淡的，但能让人感觉到他的情绪依然稳定。

"我听你的。"

"接下来三餐的饭前饭后都给我拍照片发过来。每天早上都去上一次体重秤，照片也发给我。"

"啊？"于筱冰有点蒙了，没想到他管得这么多。

裴译很认真地看着她："你不愿意拍也行，你得想办法跟我证明你没有在拍完照片之后就把饭倒了。"

她有些犹豫，可最后还是点了点头："我给你拍吧。"

裴译像是觉得累了，又将双臂放在桌上，把自己的脸埋了进去。于筱冰看着他露出来的半截清瘦的后颈，将手放到自己的小肚子上摸了摸，喃喃道："我能去运动减肥吗？我不节食……"

"于筱冰，没人会在乎这些。"他没什么动静，只是在继续说着话，"再跟你说最后一次，你正常吃饭睡觉就好了。"

她沉默了一下，小声说道："对不起。"

那段时间对于筱冰来说很难忘，她长这么大，包括老师和父母在内，从来没有人这么关心过她的学习和生活。

裴译的性格其实比他表现出来的还要好，他就像没脾气一样，不触及他的底线时，他一直都是斯文又平和的，跟她说话都没什么太大声的时候。就算不满了，他最多也只是对她冷下脸，生生气，但他还是会好好跟她说话。

他的性格里最本质的那些东西，她全部感受了一遍，细数下来全是温柔与包容。

裴译是他们一届里成绩最好的学生，高三的几次模拟考他都能在省市里拿到很优秀的名次。她跟他在成绩上也是天壤之别，所以裴译在学习方面对她严厉起来，真的让她压力特别大。

而她也正是因为在那段时间接受了裴译严格的超过绝大多数学生的复习辅导，所以成绩最后才能得以提升。她能考上美院，能在自己的领域里获得一些成就，全部是因为在那个时候遇到了他。说她如今的未来就是他当年赠予的一份礼物都完全不为过。

于筱冰一直看不懂裴译在想什么，过去她就看不懂他，现在更看不懂了。

他能轻而易举地就用礼貌与距离把自己从头到尾都武装起来，看似不好靠近，但实际上对人既温柔又包容。过去于筱冰以为这是他性格里最柔软的地方，可现在才明白，这其实才是他最冰冷的地方，因为他是在用这种态度拒绝所有人。

拨开了无数层，自以为已经到达他内心最深处了，可仔细一看才发现，她看到的其实还是同样的东西，直到两人彻底分道扬镳，她都没有任何一刻真正地读懂过他。

于筱冰给裴译做好了这碗面，心脏麻麻的，明明看到他就在她身边不远处了，却依然不知道自己该怎么办才好。

午后暖阳在静谧的客厅中洒落了一地光斑，窗帘被风轻轻吹动着。

裴译洗完澡出来后，就看到桌上放着一碗煮好的面，而她不知何时已经离开了。

局里培训结束之后，公司这边紧接着就有了动作。

上面的领导要求把局里提出的新要求进行总结，然后对项目部展开更加贴合公司规章制度的培训。

于筱冰每天都在跟赵思静她们一块加班写 PPT，培训通知已经下发

第六章　心甘情愿

到各项目部了，可项目群里时常有人找她吐苦水。于筱冰总感觉她们来局里培训时的心情像是来 B 市旅游，可一提来公司培训，就像是过来送命一样。

明明是同一个城市，感觉却完全不同，所有人都怕极了黄科长。

用她们的话来说就是，公司培训结束后的考试比局里培训结束后的考试起码难十倍。而且于筱冰从赵思静那里得知，物设科内部也会有考核，黄科长亲自出题，考试的时候会收手机，全程闭卷。

于筱冰去食堂吃饭的时候，很紧张地问了黄科长一嘴，要是自己这边的人没考过会怎么样。

黄科长当时一脸意味深长，边吃饭边慢悠悠地说不会过不了的，要是真没过，那就肯定得找人来收拾她们了。

于筱冰听着都觉得头皮发麻，她以前是画画的，不用考什么证，很久都没经历过这么严厉的考核了。上一次她这么紧张，还是来这家公司参加面试的时候。

于筱冰害怕得要死，每天都很认真地投入到工作里，就连裴译早上要她去他办公室里拿早餐都当没看见，直接忽略过去了，每天一上班就打开电脑开始背 PPT。

这样的日子大概持续了两天，第三天早上，大家都在低头忙着工作，于筱冰突然感觉自己的后颈被什么刺刺的东西贴上了。她缩着脖子回过头一看，发现裴译居然亲自拎着早餐下楼来了，正在用那个袋子蹭她。

"裴……裴总，早。"于筱冰的嘴巴有点不听使唤，她说话的声音很小，还有点结巴。

过了两天再看裴译，总觉得他又像个陌生人了，穿着衬衫戴着眼镜的样子，光是看着就很有距离感，而且他今天戴的是无框眼镜，整个人的干练程度直接往上升，显得更冷酷了。

"为什么不回我消息？"

简简单单一句问话，却让科室里的其他同事都注意到了这边。虽然没人敢看过来，但大家敲键盘、点鼠标的动作都不约而同地慢慢停了下来。

于筱冰的心脏都快要爆炸了，感觉所有的眼睛都在注视着她。她连忙把裴译手里的打包袋取过来，说了声"谢谢"。

原以为接过早餐裴译就会走了，他却直接单手撑着她的桌面，靠在了她身旁："你知道吗？前两天的早餐，都是我亲手给你做的。"

"啊？"于筱冰压低声音，手指在腿上反复绞着，不知道该怎样才能让他察觉到她现在的想法，她希望他的说话声音能再小点。

可裴译从一开始就没想过要在别人面前遮掩，他压低了身体，垂眼盯着她，目光透过薄薄的镜片，看起来锋利又平静："给你发消息你为什么不回我？"

旁人看来估计会以为她是不是有什么报表数据弄错了，可实际情况跟这个大相径庭……

于筱冰的手都不知道该放哪里了，本来她觉得自己还能在同事面前糊弄过去，可裴译已经把正在给她送早餐的事说出来了，她没办法再瞒下去了。

"对……对不起。"她紧张极了，公司里的领导三天两头就要这样整她，她真的会压力很大。

裴译盯了她一会儿，顺手把她桌上的苹果拿了起来，放在手里玩了一会儿，开口道："你跟我出来一下。"

"好的。"于筱冰谢谢他肯放过自己，连忙跟了上去。

裴译看见会议室里没人，直接走了进去。他拉开椅子坐了下来，抬眼看着她，手放在了自己身边的椅子上："坐这儿。"

于筱冰还站在门口，发现他想让她坐他旁边的那把椅子，并没有胆子坐过去。

第六章　心甘情愿

他神情平静，侧头一直盯着她，清瘦修长的手指还摩挲着那个苹果："别站着。"

被他盯着看了一会儿，于筱冰到底还是先撑不住了，慢吞吞地走过去，伸手把旋转椅拉开了点，小心翼翼地坐了下来。

裴译没看她，低头看着手里拿着的苹果，脸上没什么表情："坐近点。"

于筱冰勉为其难地把椅子往他那边移了移。

他转头看了她一眼，脸上带着温和的笑："我有那么可怕吗？再近点。"

于筱冰头皮都麻了，她也不敢说话，双手抓着椅子扶手，又往他那边挪了一下，只是两人中间还是隔了差不多一米的距离。

裴译放下苹果，没再纠结距离了，而是伸手往上扶了一下眼镜。

"这两天我需要去外地处理一些事情，每天都是早出晚归，早上之所以会来办公室，原因你很清楚，我想你应该看见我给你发的信息了。"裴译说着顿了顿，颈间的喉结上下滚动了一下，"为什么我第二天来的时候还会在桌子上看见那些早餐？这件事……"

"裴总，我最近工作压力特别大，黄科长说这次公司培训结束后内部人员也需要考试，我对这边的很多业务都还不熟练，我怕自己考试考不过，脑子可能有点乱……"

她还没解释完，裴译就又拿起了那个苹果，淡淡地扫视着上面的纹理，接着他自己就着刚才还没说完的话继续说："我就不追究了。"

"真的吗？"于筱冰心里真真切切地产生了一种逃过一劫的感觉。

"嗯，真的。"

裴译看向了她，刚才还给她感觉很冷峻的男人，瞬间就变得不再可怕了。她都不知道他的脾气怎么会这么好，如果换作是他以前，肯定早就把她拎到眼皮子底下来问原因了。果然人年龄大了，性格、脾气什么的都跟以前不同了。

于筱冰主动把椅子滑过去，坐到了他身边，跟他搭起了话："裴总，您这两天早餐都做了什么?"

"你想知道?"他看着她的眼睛,手指正在苹果上有一下没一下地慢慢按着。

于筱冰顶着被他注视的压力,有点不敢呼吸,可最后她还是尽量让自己冷静下来,点了点头。

"我可以告诉你,但我想知道的事,你也必须都老实地告诉我。"

"嗯嗯,您问。"

"上周日我对你做了什么?"

于筱冰刚听到这句话就默默地把椅子移开了,他抬起手直接把她拉了过来。于筱冰还没回过神来,裴译就按住了她的手:"别躲,我这几天有认真回忆,后来想起了一点东西……"

戴着腕表的那只手按在了她的椅子扶手上,他很认真地转头看着她:"你主动亲我了,对吗?"

于筱冰从他的眼神里读出了一些东西,他之所以不追究她不去楼上取早餐,恐怕是因为他以为她这几天都在害羞……他觉得他们那晚肯定已经发生了什么。

"不是……"

她从来都没有这么无力过,有那么一瞬间想干脆把所有的苦都咽下去,让他一直这样觉得,可又怕接下来发展太快,她受不了。所以转头看着他时,于筱冰眼底的情绪里大概还掺杂了一点委屈:"没亲,你那天喝太多了,沾到床上就睡了,你什么都没做。"

裴译愣怔了一下,移开了视线,抬手按住了自己的嘴,闭上眼睛像是试图再去回忆。

可回忆了一会儿,他又睁开了眼睛,冷白色的皮肤以肉眼可见的速度变红,很快,他就连耳根都红透了。

"没想起来……"

第六章　心甘情愿

于筱冰有点心疼他,但这个时候也不好再说他什么,只能抬手摸了摸他的手臂:"想不起来很正常,没事的,你那天真的醉得很厉害。"

裴译伸手直接把眼镜摘了下来,然后用手肘抵着桌子,把自己的眼睛挡住了。

于筱冰抿着嘴,过了一会儿才开口小声问:"裴总,您吃苹果吗?这个还没有洗,我去把它削了吧。"

他靠在了椅子上,转头放下手又看着她,她从来没见他的脸这么红过。

"我没问题。"

"我知道。"

"你是不是在心里笑我了?"

"没有没有。"

她总感觉裴译现在好像有点脆弱,忍不住伸出手把他抱住了。

他都没抵抗,也就在这个当口,会议室的门被人打开了。

黄科长风风火火地进来,手里拿着一沓资料。她想找裴译说点事情,听人说裴总可能在附近,就找到了这里。

于筱冰这一下完全蒙了,她推开他也不是,直接跟黄科长打招呼也不是,整个人瞬间呆若木鸡。她愣在那儿还没过两秒,黄科长就眨了眨眼睛,小心地关门示意她继续,走之前还冲她比了个大拇指。

于筱冰当场就凌乱了。

第七章

倾心相伴

Chapter 7

给裴译削完了苹果，于筱冰又小心地回了办公室。

她连走路步伐都放慢了许多，完全不想让自己被其他人注意到。周围的同事可能都太忙了，并没有抓着她问八卦。她不免松了口气。

中午吃饭的时候，于筱冰坐着还没往嘴里塞几口，王薇薇就端着饭坐到了她对面。她那气势吓得于筱冰连筷子里的青菜都夹不住，掉在了地上。

"怎么了？"于筱冰抬头看着她，有点不解地开口问了一句。

"筱冰……听说裴总最近在追你，是真的吗？"

王薇薇直接开门见山，虽然她这句话的声音不大，但周围全部安静了。于筱冰感觉脸上一阵发热："没……没有吧。"

王薇薇支起手臂，把下巴搭在了手背上面，继续问道："可我确实听说他连着给你送了好长时间的早餐了，从上次局里培训的时候就开始了吧？"

于筱冰不太明白她想问什么，纠结了几秒，索性直接放下筷子，抬眼看向了她："是出什么问题了吗？"

"没什么没什么，我就是好奇。"王薇薇连忙先摆明自己的立场，"因为是裴总的感情生活,所以大家都会比较好奇,但是也不敢直接去问他,就只能问问你……你别生气。"

"我没生气。"与其说于筱冰在生气,倒不如说在害怕更贴切一点。

班珍就坐在于筱冰旁边,看着于筱冰埋头又往嘴里扒了几口饭遮掩,就跟做错了什么事情似的,莫名地就有点看不惯王薇薇。她就是觉得于筱冰老实,所以跑过来问人家这些有的没的。于是没忍住插了句嘴,一字一句地说:"王薇薇,软柿子也不是你这么个挑法,你过来问我们冰冰还不如直接去问裴总。

"你都知道裴总在追人了,还要过来问,到时候把冰冰吓跑了,裴总去周围一打听,发现媳妇儿不是被他吓跑的,是被别人吓跑的,你说他会找谁?"

整个公司里除了领导,也就只有班珍有这个底气说话无所顾忌了。

王薇薇愣了一下,微妙的沉默之后,她又看向了于筱冰:"我真没别的意思,你别想多了啊,抱歉。"

"没事的。"于筱冰表示理解,她也谢谢班珍在这种时候帮她说话,打算等王薇薇走了再跟班珍说声谢谢。

王薇薇没吃几口就说自己吃完了,走前还跟于筱冰又道了个歉。于筱冰没被她中伤,自然没道理为难她,两个人都在互相客气。

下午上班的时候,裴译不知道从什么地方听到了消息,直接叫了王薇薇去办公室,也不知道说了什么,接下来两天再碰见于筱冰的时候,王薇薇还是会很正常地打招呼,只是没有以前那么热情了。

但裴译这通杀鸡儆猴也是有效果的,之后再也没人敢到于筱冰这边乱打听。也正因如此,裴译在追她这件事也被正主落了锤,直接在公司里传遍了。

那段时间于筱冰很难熬,感觉周围的人都在关注她。

第七章 倾心相伴

不过等公司培训正式开始之后，于筱冰就忙得没时间再去管这些事了。她不光要应付之后的考试，还被黄姐赶鸭子上架，在培训时上台向项目部上的人讲了一些她这边需要注意的制度。

这些天于筱冰整个人忙得晕头转向的，就连北菜给她发的信息都没有注意。直到她在公司楼下看到那个有点微胖的小姑娘背着书包站在花坛边等她时，这才想起来北菜说过这两天会来找她。

于筱冰跟赵思静、邵婷她们打了声招呼，没跟她们一块出门，径直走向了北菜那边。

"你来了怎么也不给我打电话？"

"我怕打扰你上班……筱冰姐，我辞职了。"两人刚见面，北菜就过来抱着于筱冰说了这么一句话。

于筱冰有点不解，低头看着小姑娘，伸手在她背上戳了戳："怎么回事，你辞职干吗？陈璟那边钱给得还挺多的。"

"我真是快被他气死了……"北菜本来想直接在街上就开骂的，可最后还是忍住了。

她跟于筱冰一块去了楼下的一家饺子馆，点了水饺，准备先解决今天的晚饭。

她以前一直都跟于筱冰形影不离，都说长期跟某人生活，体形也会朝着对方靠近。

陈璟跟于筱冰过了这么多年倒是没胖多少，他嘴刁，就连去日本吃顶级鱼子酱的时候都挑，说话难听到让店主旁边的客人都想打他。

北菜却从刚毕业时体重不过百斤的苗条美人妥妥变成微胖女孩了。她特别喜欢吃于筱冰做的饭，每次于筱冰开灶自己带饭上班，她都要来蹭上一口。

当时还在共事的时候，于筱冰听北菜说得最多的就是"姐好吃吗""我也想吃"。

后来于筱冰不光给陈璟带饭，有时候也给她带一份，所以这个小姑娘其实也算是被于筱冰养到现在这种体形的。

北菜对于筱冰的画技有点无条件崇拜在里面，觉得她画画超级牛，做饭又好吃，脾气还很好，所以就连自己变胖了都没在意。她想着于筱冰也是这样的，从来都没想过减肥。

在等饺子上桌的时候，北菜就像被按下了爆炸的按钮，积累许久的怨愤终于释放了出来。

"姐，我有话想跟你说。"

于筱冰喝了口凉白开，抬眼看着她："嗯，你说。"

对面的小姑娘摆着一张苦大仇深的脸，还没开始说，看起来就快把自己气死了。

"那天晚上你刚回去，于楚的小姐妹就在网上发微博嘲讽你，她抓拍了你的几张照片放网上，说前女友跑回来找她姐妹的现男友搂搂抱抱，她姐妹现在都怀孕了。

"她粉丝很多，就有好多人骂你，我真的很无语，那天她明明都看见了，竟然还睁眼说瞎话！

"她把于楚的条件说得特别好，把陈导的条件也说得特别好，然后说你就说得特别过分……反正她就是不指名道姓，光放你的照片在那儿乱讲，现在她那条微博下面好多人都在骂你！"

北菜说着说着脸都气红了，眼眶湿了一圈，她就是急性子，气不过了就开始难受起来。

于筱冰的表情倒还平静："是不是说我没有自知之明，分手了还去打扰他们的生活，人家郎才女貌，我这种条件算什么，怎么好意思去插足他们的感情？"

于筱冰补上了一堆话，又很温和地看向了北菜："网友说的应该比这难听多了吧？"

第七章 倾心相伴

眼前的小姑娘听了直接掉眼泪了，她抬手抹了抹脸，说话声音都带着哭腔："我就是觉得凭什么啊，陈璟那个浑蛋，他也不在网上替你解释，看到那条消息之后，他首先做的是给组里的人发钱堵住嘴。

"而且那帮同事，他们都想着电影没几天就要上映了，现在预售票房特别好，后面肯定还有奖金，全部闭嘴没说话，我真受不了那里的气氛了……"

北菜抽泣了起来："他们怎么全是这样啊？明明以前都是会跟你开玩笑聊天的，现在个个都开始在那儿扮哑巴了，赚钱有那么重要吗？他们到底还要不要良心了！"

于筱冰其实挺想说赚钱真的很重要。但面对小姑娘的满腔赤诚，她到底还是没把这话说出口。她只是抬手在北菜头上摸了摸，安抚道："别在意，我现在已经不在那个圈子里了，而且陈璟这么处理完全没问题，如果因为这种事让我们所有人这么多年的心血都付之一炬，这才是最遗憾的。"

北菜抓住了于筱冰的手，哭得狼狈极了："可是你没做错什么事情啊，为什么最后被骂的人会是你？"

于筱冰摇摇头："你也看见了，你没和我说之前我什么都不知道，这件事情对我真的没有任何影响，他们闹他们的，跟我没关系。"

于筱冰安抚了好久才总算让北菜不再掉眼泪，她后来还听这姑娘说，她连陈璟当时给的钱都没要，辞职交接之后，拿了东西就跑了。而最让于筱冰想笑的是，北菜临走前还专门偷走了陈璟最近一直在用的保温杯。这个杯子最开始的主人是于筱冰，北菜说陈璟有毛病，三四十摄氏度的气温，一直都在用保温杯喝冰水。

于筱冰打算之后再去联系一下陈璟，让他好歹把钱转给北菜，扣着小姑娘这么点奖金不发没意思。

北菜不跟陈璟在 G 市混了，准备来 B 市找工作，于筱冰当晚就把她带进自己的宿舍歇脚，毕竟 B 市一夜两百块钱起步的住宿费不是闹着玩的，能给她省一点是一点。

她提前跟综合办的鲁姐打了声招呼，说自己有个妹妹过来玩，能不能在她房间暂住几天。公司宿舍本来就紧张，于筱冰怕自己擅自安排不合适，没想到鲁姐很爽快地就同意了，甚至还让她第二天再来办公室给她妹拿把钥匙。

晚上于筱冰又去楼下逛了趟超市，陪北菜买了点洗漱用品，还一起吃了夜宵。

北菜刚到新环境可能有点睡不着，开了盏小台灯，拉着于筱冰一直在聊天。

可能年纪小的女孩还是对长得好看的人格外上心，北菜还没说几句，就八卦起了于筱冰跟她那晚去接的领导到底是什么关系。

于筱冰一下就被她打到了七寸，不知道该说什么才好。裴译现在来得比她还早，不管她几点过去，总能看见桌上有早餐，而且他没再让她上楼去取。

不知道是不是错觉，于筱冰总觉得裴译现在有点避着她。那晚对裴译的影响好像远比她想象中的大，他是真的不好意思了。

如果可以的话，裴译大概想找个跟她没关系的城市去住段时间，好好冷静一下再说，但是手里的工作还要做，他没办法跑。

小姑娘八卦的角度比于筱冰想象中的还要更刁钻一点，一通连环问之后，于筱冰为数不多的一点情史全被北菜挖出来了："那个领导是我初恋，现在每天早上在给我送早餐，但我们其实没说多少话，也不经常聊天。"

"姐，我感觉你们这种公司的领导应该都比较内敛，在人前都是会端着的，他能这么疯狂地当众追求你，肯定就是他后悔之前没好好珍

第七章　倾心相伴

惜你，又想跟你和好了。你不用再怀疑了，再让他追一阵就可以给机会了。"

北菜那边对着空调口，不知道是不是有点冷，整个人都缩在了被子里。

于筱冰看着她亮晶晶的眼睛，还是很犹豫："可他现在既然后悔，那当初为什么还要跟我分开？"

北菜倒吸一口凉气，跟于筱冰大眼瞪小眼地对视了一会儿，突然就不知道该说什么好了。

于筱冰知道这个问题问北菜没用，但她也不敢去问裴译。

别人看着都觉得是他在追她，可主动权其实都在他那边。从他毫无保留地对她好开始，于筱冰就知道自己这辈子已经没办法从他这里毕业了。

裴译但凡再普通一点，外形再平凡一点，她都不至于这么多年都没长进，大概还能再为自己去争取一下。

可偏偏他就是长得帅、个子高、身材好、家里有钱、学历好、能力强，性格还很温柔稳重。有多少女生这辈子就在等着嫁一个这样的男人，裴译就是在那极小的概率里偶尔能出现一个的好男人。于筱冰甚至能说自己是上辈子积了德，这辈子才跟他在同一所学校上了高中，还被他改变了命运。

如果她是按照自己的既定轨道在生活，现在跟他肯定是云泥之别。

于筱冰想着这些，无力地垂下了眼睛，小声念叨："他其实随便跟我解释几句就好了，哪怕随便编点借口都行。"

北菜看她现在有点精神不振，把手放到了于筱冰的身上拍了拍："姐，你问过他吗？他当时到底为什么要跟你分手？现在又为什么突然追求你啊？"

于筱冰摇了摇头："不用问，他遇到不想回答的问题，就只会回避。"

"可你就连问都没问过他。"

"我问过。"她的眼睛有点湿润，鼻头连同喉咙也开始发酸，"他当时要分的时候我问他了，我说，我哪里做得不好可以改，但他说我陪他到这里就可以了。我在他眼里看来没问题，只是他当时不再需要我了。"

于筱冰说出这句话有点绷不住了，低头时眼泪也掉了出来。她抬手擦了下眼睛，拿起手机看了眼时间，坐起来说道："不说这些了，你早点睡吧。"

"姐……"北柒也撑着床单看向她，于筱冰直接用手机灯照明下了床。

"没事，我一个人待会儿就好了。"

于筱冰拿着钥匙出去了，走到了过道尽头，那里有道通风的栏杆，地上还有不少烟头。

她靠着墙蹲下来，低头按住额头，又沉默地掉了眼泪。

他不是非要她不可，毕竟她也不是什么特别好的人。

她真的很普通，裴译哪怕去大街上随便挑一个她这样的普通女孩说做朋友，对方都能像她这样对他死心塌地。这个世界上比她更好、更优秀的女生实在太多了。

于筱冰用衣服擦着眼泪，蹲在那里哭得停不下来。

这么多年过去了，她从来都不敢去回忆那个阴雨天，刚才猝不及防就把他当时说过的话又说了出来，她的心脏还是像被活生生撕裂了一样痛。痛到让她后知后觉地都有点承受不了了。

有那么一瞬间她突然就觉得干脆跟裴译撇清关系算了，她不想自己未来再过得这么患得患失，也不想再这么累。但是马上去找个普通男人结婚，哪怕只看性格，对方都不可能会有裴译这么好。

于筱冰已经二十九岁，她知道要找到一个能好好过日子的男人，其实真的不是件容易的事，不然现在就不会有这么多人宁愿单身也不想结

第七章 倾心相伴

婚了。

在这方面于筱冰无论如何都是一定会吃亏的，因为认识了他之后，越往后看就越没人能跟他比。

于筱冰的情绪调节能力已经在工作里被练出来了，她只花了一小会儿就把自己的心情平复了下来。正准备回房间睡觉时，她突然顿住了，鬼使神差地又去微博搜索了于楚的账号。紧接着，她又从于楚的关注里，通过头像找出了她那天晚上出现在会所里的朋友。

看过对方的热门微博之后，于筱冰脸上的表情没有任何起伏，那条微博的热度虽然高，之后却并没有掀起多大的水花。事情的确像北菜说的那样，都被陈璟用钱摆平了。

于楚的这个朋友是个美妆博主，于筱冰刷了她的几条视频，下面全是夸她漂亮的话。

她的一条 vlog（视频日志）里于楚也出镜了。于楚穿着一条荷叶边的小白裙，绑了两条麻花辫，看起来清纯无辜、楚楚可怜。评论里很多人都在夸于楚长得漂亮、身材好，有人在求她用的眼影，有人在求她出化妆教程视频。

于筱冰从来都不敢正视自己，可如果无法做到接受自己这个模样，她就只能努力让自己变得更好，这些都是她早晚需要去面对的问题。

她太自卑了，觉得自己不配拥有更好的东西。如果她真变得好看了，裴译应该也会多看她几眼吧，毕竟她从来都没有真的让自己漂亮过……

电影上映那天，于筱冰下班后自己一个人去看了。

她坐在昏暗的电影院里，看着那一帧帧的画面，有种看见了自己孩子的熟悉感。

电影尾声中的下雪天让一些往事重叠，她不可避免地又想起了去年在车站，她第一次带陈璟回老家的画面。

垣县很少有下雪的时候,但那天很罕见地下了鹅毛大雪。

从车上走下来的时候,陈璟顶着那张没睡醒的厌世脸,抬头盯着天空看了很久。

于筱冰还以为他没见过雪,觉得很新鲜,于是蹲下来顺手给他捏了个造型简陋的小雪人。

给他递过去的时候,他有点不解,看着她问:"你要跟我打雪仗吗?"

"你在G市长大,应该从小都没见过雪吧?这是给你捏的雪人,听说G市上一次下雪还是1967年。"

于筱冰看着陈璟把那个雪人摆在一旁积了雪的花坛边。他从自己单薄的大衣里撕下一块暖身贴,用力贴到了她冻红的手上,接着把她的行李拎了起来,轻声说:"不用……日本经常下雪。"

随着电影制作人员的名字开始不断往上移动,大灯也亮起了。

观影结束后,所有观众都起身逐渐离去,最后只留下她一个人还坐在那里,看着每一个或熟悉或陌生的名字,像是在跟那些年的过往做一场道别。

直到过来打扫卫生的阿姨叫了一声"小姑娘",于筱冰这才连忙站起身,有点不好意思地抬手把脸擦了擦,道歉之后离开了电影院。

回家的路上,天色已经完全暗下来了。风有点凉,四面都是闪着霓虹灯的大楼,路上行人匆匆从于筱冰身边走过,她抱了抱胳膊,有种飘荡无依的感觉。

路过一条商业街时,她看着橱窗里的漂亮衣服,第一次自己一个人走了进去。可能因为这一次比较有目的性,她逛街时刷卡买下了许多衣服,还去剪了头发,把长头发剪成了很有层次且刚过肩的中长发,额前还留了很轻很薄的刘海。

理发师技术很好,剪完后还问她是不是南方人来B市读大学的,

第七章　倾心相伴

说她一看就是南方那边出来的姑娘，看着跟北方人不同，说话声音很温婉，长相韵致又灵动。

于筱冰觉得理发师是见谁都会夸的那种人，她自己没太多感觉，就是看着镜子，感觉自己现在这样看起来比之前更显小了。

她高中的时候都没这么显年轻过，那个时候又胖又土，脸上有很多痘，但最近皮肤确实好多了。

从店里的椅子上站起来时，她摸了摸自己肚子上的肉，轻轻叹了口气。刚才试衣服，好多漂亮衣服都穿不上去。肉是从哪里来的？都是自己过去一口一口吃出来的。

周围的人都发现于筱冰这两个月变得好看了，她的上班时间开始恢复正常，不再提前过来，但是能看出她脸上精致了许多。

北菜在于筱冰的宿舍暂住，听她开始对这些感兴趣，每天早上都爬起来给她化妆，晚上又跟她一块买化妆品和各种护肤品。

没多久于筱冰自己就学会了，终于开始用瓶瓶罐罐捯饬起了那张脸，上班前会化个淡妆，整个人气色都好了很多。

小姑娘在阳台上照镜子，转头看了看于筱冰的背影，走过来坐到了她旁边，盯着她的脸仔细看，忍不住念叨："姐，之前你跟陈导谈了那么多年，我从来没见你这么收拾过自己。"

于筱冰化完妆，抿了一下嘴，转头看向了北菜："这样还可以吗？"

"好看，主要是感觉你真可爱。"她给于筱冰顺了顺额前的刘海，稍微斜分了些，"剪个合适的发型感觉你整个人的气质都变了。"

"这个其实是我财务的同事推荐的发型，她眼光特别好。"于筱冰起身去门口换鞋，北菜看着她的背影，觉得她的腿好像细了一圈，又跟了上来。

"姐，你最近是不是吃得太少了？我每天都感觉你没吃饱。"

"我在减肥，减肥怎么能吃饱？"

"其实是可以吃饱的,你只要少吃点热量高的就可以了,节食容易反弹。"

"不会的。"于筱冰穿鞋时沉默了一下,随后开口说,"我想快点瘦下来,不吃饭也不是特别难受的事。"

"可是饿着怎么可能会不难受?"

"看自己胖着会更难受。"

"但你还要上班呀。"北菜看于筱冰要走了,连忙给她递了钥匙。

于筱冰接过后站在了她面前,伸手捏了捏她的脸:"我现在真的很想瘦下来。"她在空中比了一个椭圆形,"我长这么大从来都没见过自己的腰,你知道吗?"

"什么意思?"北菜有点不解,于筱冰索性把自己的衣服掀起来了一点。

"最近围度小了,能看见腰了,之前只能看见肉。"她把衣服放回去,伸出了两根手指,"但坐下来的时候还是两圈肉。"

北菜伸手在她肚子上揉了揉:"没事,你不管有几圈肉我都喜欢,晚上抱着你睡觉多舒服啊。"

于筱冰忍不住笑了起来,伸手把北菜身上的衣服拉平整了一点:"明天我再陪你去看房子,你今天第一天上班,不要迟到。"

北菜连连点头,叹了口气:"姐,大厂竞争都很激烈,我怕人家把我招进去了,我画不好然后不要我。他们的入职测试都是你帮我改的,我会不会不行啊?"

"没事,一直画不好的话就发给我,我帮你看看,等你实习期过了转正就好了,你实力不弱的。"

北菜直接把于筱冰抱住了,揉搓了好几下:"我好羡慕。"

"羡慕什么?"

"羡慕陈导能跟你谈恋爱,还羡慕你领导可以把你娶回家当老婆。"

第七章 倾心相伴

小姑娘把脸埋在她肩上，闷闷地说道，"怪不得就连陈璟那种一只脚迈进精神病院的疯子都能老老实实跟你在一起这么多年，姐你真的太温柔了，你是不是这辈子都没跟人生过气？"

于筱冰想了一下，有点愣住了。

北菜无意中问的一句话，硬是让于筱冰想了一整天。

下午快下班的时候，于筱冰的肚子开始叫了起来。她喝了一大杯水，然后开始继续处理微信上的消息，发现裴译给她发了份行程过来，他要去出差半个月。于筱冰非但没有舍不得，反而有种压在头顶的家长终于要出门了的感觉，连忙给裴译回了消息。

机器人小冰：好的，裴总路上注意安全。

回复完消息之后，于筱冰如释重负。

最近每次扔掉裴译送给她的早餐她都有种做贼心虚的感觉，这段时间在公司里，她看见裴译就躲。裴译缓过那股劲儿后想约她去吃饭，她不去；开全体职工大会时裴译盯着她看，她就在身上套件外套低头不作声，散了会也第一个跑掉。她生怕被他看出来自己最近在断食减肥，暴瘦一圈。

北菜从她宿舍里搬出去之后，她就吃得更少了，双休日两天基本上都处于绝食的状态，周一到周五每天只吃一顿，那一顿也只挑不发胖的食物吃。

于筱冰的衣服尺码早就已经从 L 变成了 M，现在甚至就连 M 码穿在身上都有点宽松了。

一开始想变漂亮是想让裴译能喜欢自己，但最近他出差快回来了，于筱冰反而开始担心自己变瘦了会被他发现。

裴译刚走的时候，还在给她按点叫外卖送早餐，但是没两天就被她用"会自己去买来吃"当作借口推辞掉了，所以比起让他看见自己身上的肉,她好像更怕让他看见她现在的模样。她有没有认真吃早餐,这种事一眼就能看出来了。

但是裴译的压力也只存在了一阵,她的注意力很快就放到了那些总算能够穿得下的漂亮衣服上面。

于筱冰在同事面前并没有遮掩自己减肥的事,她说了自己想要瘦,也在很坚定地执行。

别人一开始还在劝她慢点减不要急,结果看到她说瘦就瘦了,反而开始惊讶,觉得她对自己真的够狠。最关键的是,她瘦了之后真的就跟变了个人一样,几年没变过的发型改了,穿衣打扮也都跟了上来,一笑起来给人感觉特别甜,现在在公司里已经算是能排上号的小美人。

于筱冰衣柜里的衣服前所未有地多,而且各种美妆用品和护肤品也都在不断增加。变漂亮是一个不断得到正向反馈的过程,一旦开始就停不下来,有点像整容上瘾。

晚上于筱冰坐在桌前熬夜画图,她最近消费太高,这两个多月加起来信用卡刷了四五万,不得不去找老同学张越接外包。因为对钱的需求比较大,所以她的工作强度也变大了。

于筱冰的身体有点扛不住了,白天开始恢复饮食吃起了东西,但她依然严格控制着饭量,知道自己现在的情况稍不注意体重就会反弹。

她最近一直晚睡,北菜深夜加班的时候找她改图,她都能马上给反馈,得知她信用卡欠了钱时,北菜甚至还想给她转钱,被她好不容易劝了回去。

公司的工资只能还个零头,主要还是得靠自己接外包,于筱冰上个月到现在已经还了两万,剩下还逾期了两万多,跟张越的联系已经多到让对方想直接挖她去他那边上班了。

张越那边加班也多,有时候大半夜了她都还在给他打电话沟通画稿,因为她白天没时间,只能耽误对方晚上的休息时间,联系一多,两人的交集也就多了起来。

张越那边最后一个外包项目收尾之后，两人都如释重负。

这段时间张越就跟战友一样，于筱冰约他周五晚上吃饭，张越也答应了。饿了两个多月，于筱冰终于决定放纵自己这一顿。线上联系了这么久，这还是于筱冰第一次要去见这位老同学。

周五下班前，于筱冰给裴译发了条消息，麻烦他尽快批一下合同，然后就回家换了衣服，稍微打扮了一下，准备过去赴约。

她甚至忘记了裴译两天前给她发过返程机票时间，所以她完全不知道他其实今天下午已经回来了，现在就在楼上的办公室里。

办公室内的空调正在稳定地运转着，远低于室外温度的空气，把这个原本就很有距离感的办公室衬得更为冷清。裴译正在处理出差这段时间积压的事务，事情很多，他有条不紊地工作，完全看不出有任何个人情绪，直到处理完手里比较重要的事情之后，才分出注意力，点开不久前响过的微信看了一眼。

盯着屏幕上那条于筱冰让他审批合同的消息，裴译松了颗扣子，伸手拿过手机，点开了通讯录。他正想给她打电话，结果韦总的电话却突然打了进来。裴译愣了一下，选择了接听，然后把手机放到了耳边："韦总。"

"喂，老裴，你在哪儿呢？"

"办公室，怎么了？"

"行，就知道你还没吃饭，我给你发个地址，一会儿让老李开车送你过来，今晚给夏玉良接风。"

"夏玉良？他来这里了？"

"是啊，财务科的新科长，能力挺不错的。"韦总说完之后，感觉裴译似乎沉默了一阵，又问他，"怎么了？"

"没事，等我过来再说。"

"行，等着你呢。"

"嗯。"

韦总说完后便挂断了电话。裴译把手机放到一旁，收回视线，开始在待办事项里面找起了于筱冰着急的那份合同。直到确认无误，在会签页面里留下同意签订的意见之后，他这才起身离开了办公室。

于筱冰来 B 市这么久，自己很少出去玩，知道的好吃的地方要么是公司聚餐去的餐厅，要么就是同事们介绍给她的。她挑了一家离张越那边比较近的，过去后一眼就在广场街灯前面看见了他。

张越穿着一身黑色的衣服，个头很高，感觉没有他手底下那个小姑娘介绍的那么胖。她走了上去，站在张越面前，停住了脚步。

"嗨。"

张越本来还在低头看手机，结果抬眼看到于筱冰的时候，整个人下意识往后退了一步。

"于筱冰？你的变化也太大了吧？"

于筱冰抬手摸了一下额前的刘海，还有点不习惯："我最近刚减肥。"

张越把她上下看了一遍，过了好一会儿才相信，眼前这个白净苗条的女生是自己大学时期认识的那个人。他印象中的于筱冰是很内敛文静的女孩，看起来非常普通，放到大街上让人不会多看两眼，她绝对不是现在这样的苗条身材，甚至就连皮肤也白得像雪。

张越有点错愕，感觉她是过分化妆了，但一看她四肢，这确实就是她天生的肤色。其实也不是说她变成了什么大美人，应该说她自己的底子本来就不错，以前可能因为不爱打扮还总低头不跟人交流，整体看上去感觉又土又普通，所以她身上的一些特质也没被人在意。

但现在该收拾的地方都收拾起来了，那些特质全部变成了她的加分项，原生美感完全凸显出来之后，跟现在流行的整容脸完全是不一样的美。

张越觉得她很好看。一想到这段时间每天半夜都是这个看起来娇憨又可爱的女生在跟他打电话，他人都有点呆了。

"先去吃饭吧，你饿了吧？"张越轻声问她，尽量不让自己直视她。但是在她视线够不到的地方，他又会仔细去看她现在的样子。

"没事，我最近吃得不多，不是很饿，先进去吧。"

于筱冰简单地回复了一句，两人一起去了吃饭的地方，被服务员带着坐下了。

一开始他们之间的气氛还有点拘谨，但聊到行业内的一些共同点后，两人就像打开了话匣子一样，几乎有说不完的话。

一顿饭基本上就是聊天聊过去了，回过神来的时候，桌上的菜都已经凉了。张越见于筱冰才吃了两口就放下了筷子，开口说道："你才吃了多少啊？这样晚上真不饿吗？"

于筱冰摇摇头："不吃了，再吃就反弹了，我好不容易才瘦成这样的。"

"你说你才两个多月就瘦下来了，这样减肥真的很不健康，我公司里就有女孩子为了减肥天天不吃饭，她是瘦得快，但她说她的例假不来了，还找我请假去医院检查。"

于筱冰有点不好意思说出口，她的例假其实也已经快两个月没来了。这还是她第一次面临这样的情况，但问题是她自己造成的，她也不好跟别人说，打算这周六就去医院看看，连号都已经预约上了。

"我再吃点吧。"想到这里，于筱冰多少对自己松懈了一点，开始愿意往嘴里放东西了。

她没注意到餐厅里有一些人从包厢里面走了出来，这些人都是熟面孔，每一个都喝了不少，应该是过来参加工作上的一些交际应酬。

裴译今晚的饭局结束，石总他们出去送人，而他就在洗手间里吐了起来。吐完之后，他整个人脸色都不对了，手一直捂着胃，额头上全是冷汗。

冲完水出来漱口时，他顺便往脸上拍了拍水，想让自己清醒一点。

韦总点了支烟，靠在旁边说："真晦气。"

裴译抬眼看向了镜子里的中年男人，只见韦总皱着眉，手指在垃圾桶的砂石上抖了抖烟灰。

"刚在饭局上老石问新科长怎么来得这么快，我都没开口，裴晶那疯婆子前段时间找了裴立彬，把我骂了一顿。"

裴译站直了身，转头看向了他："裴晶来过？"

"来过，就是局里培训那会儿。那女人拿了张调令过来找我，说要干总承包的财务科长，我当时就拒绝了，不肯要她，后面才换了夏玉良过来。"

裴译闭上眼睛，脸色苍白地靠在墙上揉胃，听韦总说了一阵，开口道："夏玉良大学的时候追过裴晶。"

韦总一愣："裴晶不会联手夏玉良背地里来整你吧？"

"不知道。"裴译深呼吸了一会儿，手指在胃上揉了揉，吞咽了一下，声带被胃酸侵蚀过，听起来有点沙哑，"上班就是上班，该怎么做就怎么做。"

韦总叹了口气，知道这事一时半会儿很难找到思路，索性直接换了话题。

"你那高中同学最近是不是变漂亮了？上次在楼下食堂里看见她笑，特别甜，感觉还挺可爱的，快三十岁了看着跟二十岁的小姑娘一样，刚来的时候好像还没现在水灵。"

裴译一本正经地说："不用比，她在我这儿一直都好看。"

"你怎么回事啊老裴？还没结过婚呢，心态就已经跟我们这些结婚

第七章　倾心相伴

十几年的老男人一样了。"韦总把烟叼到嘴上吸了一口，"不过她确实挺不错的，上次她怼裴晶那话让人听着很痛快。"

裴译愣了一下，抬眼看向了韦总："她跟裴晶见过了？"

"可不，就局里培训那天下午，裴晶在那找程贤的事，她直接把裴晶推开了，让裴晶有事就去报警，别搁这儿造别人谣。"

听到这话后，裴译的神情中有了些细微的变化，但很快就平静了下来："我从来没见她跟别人生过气。"

"可人确实生气了，那天裴晶被她推倒脚都扭伤了。"

韦总说着，又伸手在裴译肩上按了按："你要还打算结婚就别等了，我看你这高中同学不错，好好对她，她要不是被之前谈的那个男朋友耽搁了，肯定早就结婚了。"

裴译沉默了很久，低声说："她最近一直躲着我，叫她出来也不答应。"

"不会吧？"韦总伸手就去拉裴译的衣服，摸他身上的腹肌，"你这样的也不行啊？"

韦总问完后，发现裴译把视线转移到了其他地方，直接回避了这个问题。

"我今晚再去健身房练练。"裴译把贴在自己身上乱摸的手拿了下来，动身开始往外面走。

韦总眉头都皱起来了："行了，今晚还练什么，你先去检查一下胃，你再不按时吃饭人都要废了，给别人送早餐倒是送得积极，自己胃病这么多年了都不管不顾的。"

"没事，我这周六就去医院。"

两人正往外走着，路过大堂桌子时，裴译突然停了下来，眼睛紧紧盯着前面的一张桌子。

韦总也跟过去定睛一看，当他认出正在跟陌生男人吃饭的女生是谁之后,心直接"咯噔"了一下。他正想看裴译脸色,就见裴译神情平静地拿出了手机,拨了个号码出去,然后放到了耳边。

于筱冰正在吃东西,看见手机上突然打进来的电话时,筷子里夹着的可乐鸡翅都被吓掉了。

她连忙起身跟张越示意一下,找了个人少的地方,匆匆忙忙地接通了电话:"喂,裴总。"

他没说话,于筱冰不知道是不是因为自己最近在他面前心虚惯了,总感觉裴译今晚的气压好像有点低。她斟酌了一下,小心翼翼地问:"怎么了,您有什么事吗?还是下午的合同有问题?"

"没什么,合同我批了,今晚出来应酬,喝多了酒。"

裴译的声音有点沙哑,带着些醉意,于筱冰想起他那晚带着酒气的滚烫呼吸,心脏像被揪住了一样。正想着该怎么回他,她就听见他又开口了,声音里的沙哑掩盖不住原本就有的干净清澈,语气也稳定而温柔:"这次在外面出差时间太久了,我想你了。"

旁边有服务员推着餐车去送餐,车轮跟地面摩擦的声音越来越远。两边的桌子全是空的,而于筱冰拿着手机站在原地,耳朵后面很明显地浮现出了一层血色。她伸手摸了摸自己的脸,试图用掌心来给自己降温,可没一会儿,连手也都变热了。

"你今晚又喝了多少?"她的语气有点埋怨,裴译喝醉后说的一些话根本就没有效力,他自己统统都不记得。

"没有那天晚上多。"他顿了顿,又低沉地开口了,"冰冰,别再继续躲着我了。"

她就这么被他那简单的一声"冰冰"点燃了,对他满腔的感情非要让她用语言表达出来的话,反而让她在这瞬间陷入失语。

她太久没说话,就连身后什么时候多了个人都没察觉。

有只手在她的肩上拍了拍,她还以为是服务员叫她让道,连忙转身,

第七章 倾心相伴

结果发现是裴译站在那里。

她没反应过来，整个人直接往后退了两步。就这么一小会儿，她手指抖得都要拿不住手机了，一想到自己瘦了好多，根本没办法把身体变化藏起来，她心里就忐忑不已，不知道他会说什么。

"今天晚上财务的新科长过来，韦总在这里给他开了一桌。"裴译挂了电话，垂眸看着她，她那些细微的局促都被他收入了眼底，"我吃完准备走了，刚好看见你在和别的男人吃饭。"

"他是我的大学同学！"

于筱冰见裴译像是没发现她体形的变化，忙抬眼看向了他的眼睛想解释，可视线刚对上就因为心虚移开了。她忘了自己一直不太能跟他对视，他眼角旁的那颗泪痣什么时候都让她心动不已。

"他叫张越，就在局机关楼下的那家互娱公司上班，上次培训的时候联系上的，我最近在接外包，和他联系多了一点。"

裴译还没开始仔细问话，她就恨不得把所有事情都告诉他。他靠近了她一些，手指落在她眼下淡淡的乌青上，触感干燥又温暖。她化了妆，但是并没能完全遮住。

"你现在看起来有点憔悴。"

于筱冰愣住了，一时竟不知道说什么才好。

"我没有别的意思，你过去吧，吃完早点回家休息。"

"嗯。"

她想跟他再亲近一点，但又怕自己控制不住心底逐渐扩大的感情。两人简单说了两句，随后就分开去处理各自的事情。

于筱冰坐回了张越对面，抬头时，远远看到裴译跟韦总从餐厅里离开的背影，感觉心里一阵复杂。她不知道跟人正常谈恋爱是怎样的，但是裴译这段时间确实一直都在给她送早餐，他做了别的男人在追求女人时都会做的事。于筱冰有时候会想自己是不是已经在和裴译交往了，可

299

他又从来都没有提过让她做他的女朋友,他也没有在任何地方对她有过约束。

这种状态跟他以前完全不同,以前他还会对她流露出不满的情绪,很多时候都会很任性地让她跟他认错,可现在他变得让人完全不知道该怎么办才好,他一点脾气都没有了。

裴译从少年彻底变成了男人,一点过渡的时间都没留给她,只有她还留在原地,像活在 20 世纪的人。

周六一早,于筱冰把自己收拾了一下,动身去了医院。

她做了很多项检查,医生诊断是因为过度节食影响了内分泌和肠胃功能,只要复食一段时间,她的月经就会慢慢恢复。

于筱冰把妇科这边的检查单随手折了下放进包里,准备下楼。

跟周围想搭电梯的人一起耐心地等待了一会儿,医院上行的电梯门在眼前打开了。她扫了一眼,像是被触到了某根神经一样,探头往里看了看,然后就发现了站在里面正在低头看手机的裴译。他今天穿了件纯色的黑 T 恤,露出来的一截脖颈修长,下颌线利落,看起来很随意。

于筱冰想叫他一声,可电梯看起来马上就要关了,大脑还没有来得及反应,身体就已经挤了进去。就在裴译抬头看电梯楼层的时候,她终于想起自己今天是来做什么的了,赶紧转过身,避开了他的视线。

电梯门开了,停在了六楼,裴译走了出去,于筱冰也跟着他一块出来了,抬头一看才发现这边是消化内科。裴译直接拿着报告单走向了前面拐角,完全没有发现她。

于筱冰感觉自己就像那种看见好看的人就尾随的流氓一样,赶紧伸手在电梯旁边按了下行键。电梯门过了一会儿又开了,她在门口站了好久,最后还是没忍住,慢吞吞地走到了拐角处,开始偷看起了裴译。

他站在那里看手机,没一会儿就有女生开始看他。

很快,他身边那个很漂亮的女生就主动开口跟他搭讪了:"你的胃也不好吗?"

裴译往旁边看了一眼,只是点了点头,并没有说话,继续低头看手机。

那个气质温柔的漂亮女生跟他对视之后,语气都柔和了不少,很主动地问他是不是在这边上大学。得知他在上班后,她又问他是哪一年生的,总之对他充满好奇,最后还想加他的微信。

于筱冰靠在墙壁上,又想起那天看见程贤时内心的触动感,裴译跟她站在一起时,双方气场都强大到让别人不敢接近。那种自卑就像心理阴影一样如影随形,让她不敢在长得好看的人面前争抢什么。

可很快,就在她绞手指的时候,她发现自己的手指现在每一根也都很细长,不再是那种肿胀的感觉,手背上面甚至还能看见条条筋骨。

她又从包里拿出了镜子,确认自己的妆并没有很夸张,而且今天还穿了一身很漂亮的衣服。那些漂亮女生身上纤细美好的特质,她现在也有。

于筱冰有点紧张,她深呼吸了一下,从拐角后面走了过去,无声地挽住了裴译的手臂,人也贴了上去。

他应该被突然出现的女人吓到了,直到看清楚是于筱冰揽住了他的胳膊,紧绷着的手臂肌肉这才放松下来:"你身体不舒服?"

她没说话,只是摇了摇头。

一般人对她这种行为多少都会有点无法理解,但裴译只是有点无奈地对她说:"你怎么总是喜欢偷偷跟着我?"

"对不起。"她把拉着他胳膊的手放下了,低下头也不敢再去看他。

旁边的女生看出他们认识,上下打量了于筱冰一下,有点尴尬地转身去了另一个地方排队。

裴译看着她在咬嘴皮,伸手用拇指把她的嘴唇弄了出来,然后按了按她的牙齿。

于筱冰眼睛里已经写满了困惑与不解。

"你长了一颗智齿是吗？牙齿多了一颗。"

她愣了一下，抬头看着他："你知道我有多少颗牙？"

"嗯。"裴译抽回了手，"我喜欢数这些。"

他如数家珍般轻声说："你以前是二十九颗，现在左侧的下牙床多了一颗，一共有三十颗了。"

于筱冰非但没有被他现在冷淡的模样伤到，甚至想跟他接吻。

到了裴译的号，他走了进去，于筱冰还在外面等着他，过了一会儿，他拿到了处方笺。

于筱冰陪他下楼去窗口拿了药，离开医院后，她开口问："你的胃现在还难受吗？"

裴译摇摇头："就是早上吃饭的时候有点不舒服，没什么太大的问题。"

她不知道该站在什么立场上去关心他，犹豫了一下，她最后还是低下头，把话说出了口："你这段时间不要再喝酒了，烟也不要再抽了。"

裴译没说话，于筱冰这时突然看到前面开来一辆会路过公司楼下的公交车，连忙说："我先回去了，你好好养胃，平时按时吃饭，别拖太晚了。"

于筱冰跑了没几步，手就被人拉住了，她转头看了一眼，发现裴译不让她走。

他紧紧抓着她的手腕，关节都微微发白。

"我想吃你做的饭。"他直勾勾地看着她，眼底情绪翻涌，像是要把她拉进漩涡里，看得她头皮胸口都一阵发麻，"来给我做鱼吃，可以吗？"

于筱冰沉默片刻后，还是点点头，答应了。

第七章 倾心相伴

两人一起去了超市，上次来裴译家附近的时候没有注意，今天过来才发现，这里地段可以算是顶级的。于筱冰对房子的事情不太了解，但她从环线和周边完善的生活配套设施就能感觉到，这边的房子应该快到最高限价了。

红线在哪里，他这套房产的指导价就在哪里。

在超市里推着车转了一圈，于筱冰问了裴译想吃哪些东西，他给她指了好几样，但是有一半都被她否决了，理由是不好消化，对胃不好。

买完食材后两人就回了家，于筱冰把食材归纳好放进冰箱，一些需要用到的器材也都整理好摆在台面上。于筱冰做饭前有点强迫症，一定要台面非常干净整洁才行，她把所有厨房用具都摆放清楚洗刷干净后，才开始动手切菜。

家里的厨房空间很大，裴译没闲着，在旁边帮忙，时不时要开口问一下她"这样可以吗""这个要不要洗"。于筱冰感觉他很认真，跟以前给她的感觉完全不同。那时和她一起待在厨房的时候，他其实只是不想一个人在外面等着，要在她面前找一下存在感。

但现在他是真的在好好学做饭，有种家里七旬老人刚学上网的感觉，想开口问，又怕自己事情太多会麻烦到她，经常拿着菜在那里自己瞎琢磨。裴译的这种态度让于筱冰有点局促，她能感觉裴译一直都在看着她，那道视线很明显，藏都藏不住。

把饭菜都做好端上了桌，于筱冰又给自己盛了碗汤，她在吃饭前养成了习惯，先喝点东西填填肚子，这样能少吃几口。

也许是因为这是第一次在裴译家里吃饭，她被他盯着，不敢只吃几口就放下筷子，结果就这么一口口地往嘴里塞，吃到最后浑身都开始难受起来。

关键是胃鼓起来了，而她今天穿的这条裙子又很显肚子，稍微多吃一点点都会很难看。

303

她放下了筷子，小声说："我去下洗手间。"

裴译伸手指了一下方向："那边走，左拐。"

于筱冰点头，把碗里剩下的汤一口气喝完了，起身去了洗手间。

裴译就坐在餐桌前，放下了筷子，没再继续吃饭，静静听着。屋里的隔音其实很好，但一片寂静中，还是隐约传出了干呕的声音。他双手十指交叉搭在了桌面上，像在沉思着什么。

于筱冰放在餐桌上的手机"叮"了一声，裴译没在意。过了一会儿，他起身准备往她那边走，就在这时，手机系统的重复提醒让那条短信又弹出来了一次。他侧头的时候不小心看到了，这是一条来自信用卡的催款短信，她有一笔钱已经逾期了，要还款两万多，将近三万。

于筱冰吐完之后才感觉自己的胃稍微舒服了一点，她冲了水打开门，正想要出来，结果发现裴译站在旁边正等着她，他的眼神已经完全冷下来了。

于筱冰缩了缩手，目光闪躲，他直接拉过了她的手，不顾她的阻拦，强硬地把她的手腕翻了过来。看见指关节上面的齿痕后，他又看向了她的眼睛："你刚刚在干吗？"

于筱冰条件反射地要躲，手却被他死死抓住，不管怎么用力都动弹不得。她急了，边挣扎边艰难地从喉间挤出话来："你放开我！"

裴译没松手，他指节分明的手上每一根血管都绷起，还是紧紧地掐着她的手腕。

她白净的手背上催吐的齿痕格外明显，她这段时间飞速地消瘦下来，除了节食，似乎又有了另一个解释。

于筱冰的眼眶直接红了一圈，她开始发脾气了，冲他大声喊道："都说了让你放开我！"

大概被她的态度伤到了，他喉结上下滚动了一下，松开了她的手。于筱冰直接拎起包走到门口，打开门就要离开，裴译跟在后面一起出来

第七章 倾心相伴

了,他看着她一只脚都已经迈了出去,开口说了一句:"你手机忘拿了。"

她停了一下,转头看了裴译一眼,发现自己的手机果然还在他手里。她想过去拿又不敢,客厅空调的低温让她浑身鸡皮疙瘩都起来了。

裴译直接走向她,把手机放到了她的手里,垂眼说道:"催吐容易导致进食障碍,我以前就跟你说过不用这样做,真正喜欢你的人不会在意你身上哪里不好看,哪里不完美。"

他态度很好,语气也温和,这不是她第一次做这样的事。

当年,他没再要求她每天发体重照片后,她就开始用起了这样的方法减肥。

因为高考结束后,于筱冰被宁铃香拉着去了一趟大学校园,本来只是去陪朋友的,可那天她看到大学里的女孩子都漂亮到让她不敢直视。路上随便看见一个女生,几乎都是苗条又精致的,跟高中女生完全不一样。好看的女生特别多,但像裴译这样的男生却少之又少。

好不容易才在自己的小世界里找到了舒适圈,可等到世界再扩大一点,她就立刻意识到了差距。

裴译这样的男生根本就不是她这种水平的人可以靠近的。

她想在上大学之前让自己的形象变得更好一点,可有一次被他看到了手指上的催吐痕迹,那次他的眼神冷得让她以为他可能再也不会原谅她了。因为她做了他最讨厌的事情,对他又瞒又骗。本以为他一定会很生气,可他懒得再管她了,只是将这件事带了过去。

那是她最后悔的时候,他的冷淡让她完全明白了自己当时搞砸了什么。

后来分开之后,她每一天都在反省自己到底做过什么让他想要提分手。她不想承认是自己对他不好,也不想承认是那不受控制的一次错误选择造成了两人最后的分道扬镳,这个错误要付出的代价对她来说太大了,她就只有那一次没有听进去他的话而已。

于筱冰的眼泪直接掉了下来,她太久没哭得这么凶过,整个人的情绪彻底崩溃了。

她抬眼看向裴译,脸上全是泪水,说话时甚至有些泣不成声:"你别骗人了,人怎么会不在意那些东西?谁会不喜欢漂亮的脸蛋?谁会不喜欢性感的身材?

"以前那些骗人的话你对我说过一次就够了,你要是能接受我不好看不苗条,那当初为什么要甩了我?"

她说完就摔门跑了,裴译在她说那些话时一直在看着她,可她一次都没有跟他对视过。

于筱冰回去的路上一直在哭,根本停不下来,她觉得自己就是个傻子。本来她是因为不想跟他分开才做了这么多事情,可现在就连跟他开始都做不到了。

于筱冰回去后抱着被子在房间里哭了一下午,就连做梦都是跟他一起生活之后又吵架分开。

周末就这么哭过去了,她周一就连班都不想去上,请了病假,在房间里窝着。

她看着这间屋子,想到以前裴译在这边住过,心里难受得喘不过气来,突然就很想去外面租房子,很想离他的痕迹再远一点。

下午时分,外面的夕阳已经开始浓烈。

于筱冰露在被子外面的大腿上有一道红色的夕阳光线,她昨晚一整夜都没睡,上午也在难受,下午快一点时才合眼,结果抱着被子睡了一下午。睡得正迷糊时,她的手机突然响了,于筱冰被手机光线刺得睁不开眼,她翻了个身,从床上坐起来,接起了电话放到耳边。

睡眼惺忪地听完电话那头说的话后,她整个人瞬间清醒了。

这通电话是赵思静打来的,叫她今晚过去聚餐,说黄科长要被调职去装配式那边了,大家一起去送送她。装配式公司成立是有预兆的,于筱冰近两个月明显能感觉到自己手里的事情变少了很多。有时候五点下班前,手里的活就已经干得差不多了,所以这两个月她才能专心接外包,不吃饭减肥也还能有力气继续上班。

黄姐去那边的物设科的话,肯定是当正科长,对她来说,这是一件好事。

于筱冰放下手机,低着头,突然就不知道该怎么办才好了。她理智上是明白的,可是心里还是一阵难受,想到平时工作中黄姐对她的照顾,她鼻子酸涩,眼泪又忍不住掉了下来。

因为是科长被调职,饭局上来了很多人,开了不止一桌,公司领导几乎都到齐了,裴泽也出现在了饭局上。

班珍和赵思静还是用平常的样子对待她,该说说该笑笑,周围同事的态度让于筱冰发现世界好像并不是像她想的那样,整个都崩塌了。除了跟裴泽吵了一架,好像什么都没有改变过。

于筱冰情绪不高,自己一个人喝闷酒。她能感觉到自己喝多了,但还是一直在往胃里灌着。快要散场的时候,于筱冰看着黄姐过去把熟人一个个送走,终于忍不住了,站在门口看着她哭了起来:"黄姐,我舍不得你。"

虽然说生活和工作中这样的相聚分离很正常,但她还是感觉到了一阵撕裂般的疼痛,好事似乎永远都无法长久,好戏总会有散场的时候。

黄科长走了过来,把于筱冰抱住了,轻拍着安慰她:"没事,你已经掌握了这份工作,剩下的只要用心去把它做好就行了。"

于筱冰没说话,在闷声哭,她难受的程度多少已经超过了这件事情正常的伤心范畴。

"我觉得你真的很棒,我带过这么多新人,你是上手最快的,错误也犯得最少,这都是因为你在面对每一件事情的时候都足够用心。"

黄科长又拍了拍她的背，把她拉开了，用纸巾给她擦了擦眼泪："有没有用心去浇灌培育一棵果树，是能够从它结果的时候看出来的。"

"嗯。"于筱冰点点头，脸颊、鼻子都哭得通红，眼眶里面还不停有水光在闪烁。

饭局上的人都走得差不多了，于筱冰一直留到了最后。

国庆节过去之后，B市的夜晚就已经开始变冷了，夜间的最低温度才四五度。她把身上的外套拢紧了一点，感觉身体一阵冰冷，没忍住在迎面刮来的北风中吸了吸鼻子。

裴译是真的生气了，一整晚的时间，他连一句话都没有和她说过。动身准备走的时候，于筱冰打开手机想看看现在几点，结果突然发现一个小时前自己收到了一条银行转账的消息。北菜给她转了二十万，说是陈璟让她转的。

于筱冰就站在门口，看到这条短信后沉默了很久，然后给北菜打了电话过去。

等了一会儿，电话被挂了，紧接着北菜就给她发过来一条消息：姐，我在加班，不方便接。

于筱冰直接用手机开始打字，给她回了消息过去：陈璟有说这是哪部分钱吗？他为什么要给你给我转？他怎么不自己给我转？

不管是她投进去的数额还是分红都对不上，陈璟不可能做这种没头没脑的事情，那边等了好久，才给她发来了一条信息：可能是他自己想给你的吧……姐你先把信用卡还了，你分期还都行，不要逾期啊！我都替你着急！

于筱冰沉默片刻，又打字问她：你怎么知道我信用卡逾期了？

于筱冰当时确实告诉过北菜自己信用卡里欠了钱，但她从来没有跟任何人说过逾期这回事。

那边的小姑娘大概察觉到自己说错了话，不敢再回复了。

第七章 倾心相伴

北菜联系不上了，于筱冰只能又登录手机银行，查了查自己的银行卡余额。

她再次确认今晚是真的有一笔二十万的进账，余额直接多了几个零。只有裴译才能从一些细枝末节看出她的变化，他的洞察力一直都很强，比她还要会察言观色。他知道她跟北菜关系很好，知道有一个途径可以直接转钱过来给她应急，而且还不至于损害到她的自尊心。

于筱冰突然就觉得心酸，她直接跑回了餐厅里面，在裴译之前待的地方找了一遍，没有找到人。她又赶紧跑到外面的街道上去看，也是空空如也，根本就找不到他的身影。于筱冰从来没有这么着急过，好像错过了这次，就再也碰不到今晚这样的机会了。拿出手机想要给他拨号的时候，于筱冰看见屏幕上有水滴砸落，这才知道自己又开始哭了起来。

她哽咽着，想着他最近胃不好，她说过让他不要喝酒，于是又去了地下停车场。才过了挡杆走到光线昏黄的地下一层，电话就被接通了。她伸手捂住了脸，好不容易才把眼泪忍住，压抑着声音里的抽泣声，开口叫了他一声："裴总。"

"嗯？"

听到他的声音后，情绪直接控制不住了，她带着哭腔颤抖着小声问："你是不是找北菜给我转钱了？转了二十万过来。"

身后的车突然"嘀"了一声，传来了解锁声，她连忙转过身去看，并没有看见心里最想看见的那个人。正嘲笑自己在做什么梦的时候，她突然意识到，电话里刚才也传来了一次车解锁的声音。

于筱冰又往前走了几步，视线刚转过去，就发现一辆黑色朗逸旁边站了个人，手里正拿着手机远远地看着她。

她的心脏在那一瞬间产生了强烈的悸动。

于筱冰直接跑了过去，风的声音在耳边穿梭，她一头扑进了他怀里，紧紧地抱住了他。

裴译放下了手机，挂断电话，视线也垂了下来。他目光温柔地透过镜片看着她的发顶，抬手也把她抱住了。她的鼻腔里都是他身上的味道，一股难以言喻的安全感从全身渗透出来，温暖又踏实，刹那的心动比她这一生中所有的际遇都要更强烈，她想跟他天长地久。

"你怎么给我转那么多钱啊？"于筱冰哑着嗓子问他。

她用脸蹭着他胸口的时候，听到了他叹息的声音："欠了银行的钱得还上，不然会影响征信的。"

于筱冰伸手摸了摸脸，把眼泪都擦掉了，哽咽着说："没有到那个地步，我就欠了两万多，而且这段时间找老同学接外包已经赚回来了，只要等尾款到了就能还清，我都算好了的。"

她说着又看向裴译："我待会儿把你的钱都还给你。"

裴译摇摇头，轻声说："你先还上，我不缺钱。"

她听到自己的心跳在胸腔里突然加速的声音，酸酸涩涩的，说不上来是什么感觉："对不起……我上次不该那么说你的，是我自己思想太狭隘了，就把别人也想得那么狭隘。"

裴译抬手在她的头发上摸了摸："我不知道你是怎么想的，但我只有待在自己熟悉的人身边才会觉得舒服。"

于筱冰没吭声，知道裴译现在是在安慰她，熟不熟悉其实不重要，反正时间一久不想熟也都熟了。而且他本人不管是穿衣品位还是日常审美都很有格调，一个人有没有那些东西，从他的生活细节里就都能看出来。

"你还有其他话想说吗？"沉默了许久，他开口问了一声。

她垂着颈抬不起头来，刚才奔向他的那种勇气现在已经完全不见了。不知道该说些什么，可是又怕他走。她想了很久，又抬眼看向他的眼睛："你吃不吃鱼？"

他笑着摇头："我吃饱了。"

第七章 倾心相伴

于筱冰不说话了,她没有其他能为裴译做的了。他没有为难她,伸手拉开了车门。

"下次再来给我做饭,今天不早了,我先送你回去,好吗?"

"嗯嗯。"她连连点头,又坐到了副驾驶座上。

他今晚真的一滴酒都没沾,开到中途还被交警拦住查了一下驾照和酒驾,直接就放行了。

十月下旬的昼夜温差大,夜间轻雾使前方道路能见度降低。薄雾虚虚地笼着他那张看不清神情的脸。于筱冰感觉明明就坐在他身旁,却像有一道无形的墙,将他与世隔绝,同时还把试图靠近他的人都浸透到了冰水里,这感觉有点像深入寂静森林中迷失后的孤独感。

她感觉裴译的性格真的变了很多,以前他还会有一些明显的情绪起伏,可现在,哪怕看到她做了什么不好的事情,他也只是无奈地看着她,然后从无数选项中挑出一种最温和的方式,告诉她不必那样做。

她知道裴译的性格和脾气都没问题,他是个很好的人,在跟他相处时,她甚至一度认为他这个人梦幻到接近完美,但他是真的有点冷淡。

他的感情就像一只振翅欲飞的蝴蝶,停下来的时候可以让她欣赏到一些触目惊心的美丽,可一旦动静太大,它受到惊吓后就飞走了。就跟他这个人一样,穿过层层迷雾后,以为已经到达了终点,结果低头一看,前方还有一道很深的裂谷。

她对他的所有事情一无所知,他真的把自己封锁得很严密,以至于他自己都跨不过来了。

于筱冰看了看裴译的侧脸,男人右眼角下方的泪痣若隐若现,每当车远离路灯光线行驶在黑暗中时,他的模样就看不太清楚。她伸手去摸了摸他的眼尾,他没动;她用指尖挠了挠他,他开口淡淡地说了一句:"不要闹,在开车。"

于筱冰把手收回来了,放在腿上摩挲着,垂眸说道:"裴总。"

311

"嗯？"

"我真的很喜欢你，从很早以前就一直在喜欢你了。"

他没太多反应，像是在专心开车，于筱冰也有勇气能够继续说下去，就像是在对他碎碎念一样。

"我想为你付出，也能为你改变，你这次不要再跟我分开了，好不好？"

裴译在红绿灯前猛地停住了，刹车踩得很快，力道大到让他们的身体不受控制地往前倾了一下。他垂眼看着仪表盘，想了好一会儿才总算开了口："以前跟你在一起的那些时间，大概是我这辈子对感情最投入的时候了，我不骗你，那样的感情我一辈子只有这一次了。"

他把手搭在方向盘上面，指节收拢，关节都隐约泛起了白。握紧手之后，他最后还是又放开了："有些事情我不知道怎么说，可那些事对我的影响真的很大，我过不去。"

于筱冰赶紧抓住了他的手，发现他的手背冰凉，指尖都在微微颤抖。

"不管怎样我都会陪你，这点我不会骗你的。"

裴译像是从什么地方清醒过来了，鼻尖上隐约溢出了汗。他看向她，低眉敛目，另一只手放在她的手背上拍了拍，轻声说："开车了。"

于筱冰看到前方的红灯转绿，车河开始流动，而属于他们的时间已经不在了。

一路上没怎么堵车，两人都沉默到了最后。从车上下来后，外面的冷风把于筱冰的头发整个吹乱了。她伸手拢了一下，看着裴译问："你要不要上去坐坐？"

裴译站在车边看着她，伸出手指在她的脖颈上蹭了蹭，像是想带出她埋在衣领里的头发。他的手贴在她的皮肤上，在冰凉的天气里她分不清楚哪个更冷，引得于筱冰不由得起了一身鸡皮疙瘩。

"不去了，你早点休息。明早六点我在这里等你起床去跑步，下午

第七章 倾心相伴

去健身房,只要摄入的热量通过运动消耗了,你就不用再节食。"裴译说完就把她松开了。

于筱冰还是有点舍不得他,伸手拉住了他的手指,将他摸她的那几根手指握在了手心里。

裴译只是盯着她看,没说话。

"我真的很爱你……"

于筱冰低下了头,像是在对他承认错误一样,不敢看着他。

路灯昏黄的光线照在裴译的脸上,他那令人心动的轮廓有将近一半都被埋在了阴影里,连带着她最喜欢的泪痣也看不见了。

他扬起嘴角,轻轻笑了:"我知道。"

她脸上一阵发热,心脏在剧烈地跳动。

"我先回去了,你上楼吧。"

"嗯。"于筱冰点头应了一声,发现自己还是看不清裴译在想些什么。他现在已经不是她记忆中的那个少年了,中间错过了太多年。如果人是通过痛觉来确认爱意的,那这个世界上没有任何人能像裴译,痛到她想用下辈子的时间,把他的一生再仔细地看一遍。

裴译站在原地,看着她的背影慢慢消失。

于筱冰回到房间后,又伏在窗户边往下看了看,刚才还停了车的地方现在已经没人了。

裴译已经离开了。

第二天早上于筱冰迟到了,昨天约好的是六点,可她却睡到了八点才醒。

等她飞速洗漱完换好衣服跑下去时,裴译已经在楼下等了两个小时。

他没戴眼镜,身上套着件宽松的运动外套,运动水壶就拿在手里,包斜挎在背后,身姿看上去相当笔挺。他远离工作的时候,身上甚至还有点少年气。

看到于筱冰跑下来后就撑着膝盖在他面前喘起了粗气,裴译对着手哈了几口气,把她因为静电飘起来的头发理了理:"只有机场能让我等这么久。"

"裴总对不起。"她还没能缓过来,早上电梯里的人太多了,她没等,直接从楼梯跑下来的。

"我们今天还去跑步吗?"于筱冰站直了,扶着腰抬眼看他。

裴译把水壶递给了她,说:"这会儿时间不早了,你喝点温水,先和我一起去吃早餐,吃完回去换身衣服,刚好就差不多到上班时间了。"

"嗯嗯。"于筱冰点点头。

她拿着裴译的水壶犹豫了一下,打开盖含住了吸管,默默吸起了水。

周围都是冷空气,但他水壶里面的水是温暖的。她边喝水边侧头看着身边的男人,他慢慢走在街道上,看着前方不知道正在想些什么,感觉跟周围急匆匆要去上班的人格格不入。

前方人行道是红灯,两人在街道口的位置停下了脚步。眼前的车一辆接一辆地快速驶过,破开了初冬清晨中的冷风,直直吹向路边等候的人,引得人直泛激灵。

"想吃点什么?"他突然开口问了一句。

于筱冰想了一下,说:"我想吃你以前吃得最多的一家店。"

裴译看了她一眼,目光垂落下来,温声说:"好,我带你去。"

过马路后,于筱冰跟在裴译身边走了一会儿,从大街上拐进一条巷子里。裴译最常去的一家店是包子铺,他过去后,那边的店主跟他打了个招呼,问他是不是还按以前的装。

他把小笼包的数量加了一倍,又多要了杯豆浆。

于筱冰坐在他对面老老实实地开始吃东西,记下了裴译的食量,

第七章 倾心相伴

吃到一半，突然问他："你家离公司有段距离，待会儿怎么换衣服去上班啊？"

"去你那里换，行吗？"

她眨了眨眼睛想了一下，发现除了今早起床匆忙没整理被子之外，好像没有其他地方是乱的。于是她点了点头，答了一声："好。"

两人吃完回公寓的时候，已经八点半了，正是大家准备上班的点，下楼的人异常多，到了于筱冰那层后，电梯门刚开，她就看见了正在等电梯的几个脸熟同事。

鲁姐就住在这层，一看到于筱冰旁边的裴译，眼神都有点不对劲了："裴总刚刚是跟筱冰一起去跑步了吗？"

裴译双手都抄在兜里，他低头看了眼身边的于筱冰，漫不经心地笑了笑："她早上起不来床，今天就只带着去吃了个早餐。"

"怎么会起不来——"

鲁姐话都没说完，就被旁边的经营科副科长打断了："天啊，所以公司里正在传的谣言都是真的？"

"什么谣言？"裴译不解地问。

矮矮的经营科副科长立马接话："都在传你俩最近好上了啊。"

于筱冰听到这才总算抬头，正想说"还没有呢"，结果头又被裴译重重按了下去。

人还没反应过来，裴译的手就从她的头上移到肩上，那只干净且修长的手抓住了她的肩膀，将她一把揽了过来。

"也不算最近才好上的。"他笑了一下，看着她说道，"我们是旧情复燃了。"

这回不光是同事，就连于筱冰都把眼睛瞪大了。

"还得回去换件衣服上班，先走了。"裴译摸了摸于筱冰的胳膊，直接揽着她往房间的方向走了,而几个意外目睹八卦现场的同事在后面转身看着他俩,脸上的表情还有点不可置信。

"裴总可以啊,不光房间能继续睡了,里面现在还多了个老婆。"

"没听人说是旧情复燃吗?裴总单身那么多年,说不定就在等这一天呢。"

"不可能,哪有男人会那么深情的。"

"好了好了,领导的事大家少管。"鲁姐出声制止,"先去上班吧,刚来公司就有苗头的事,别少见多怪了。"

于筱冰有点蒙,感觉裴译昨晚不是这样的。她本来以为他并不愿意和她在一起,可没想到他今天就这么大方地对外承认了。

宿舍一个人住绰绰有余,两个人住也不挤,只是并没有留出那么多的隐私空间。

于筱冰正想打开衣柜,就见裴译已经拉上窗帘,站在她的床边脱掉外套,掀起了上衣。男人的肌肉线条随着动作收缩舒展,身体感觉非常有力,肩膀宽阔的样子看起来很可靠。

于筱冰深呼吸了一下,转身收回视线。她推开衣柜的门,迷茫地在叠好的衣服里面翻找着。

房间里拉上了窗帘,不管哪里都很暗,只有门缝下透进来的光能证明现在是白天。

外面偶尔会有脚步声传来,在房间里显得格外明显,过一会儿,裴译突然开口了。

"冰冰。"

她不敢转头,只是呆站在那里,有些小心地应了一声:"嗯?"

裴译低声说:"我可以和你结婚。"

她有些不解:"你为什么突然说这个?"

"昨晚回去后我想了很多,我想尊重你对我的所有感情。"

第七章　倾心相伴

于筱冰沉默了很久，咽下了口中的唾液，说话声音突然开始沙哑。

"陈璟也这么说过。"她的目光瞥向别处，声音轻了很多，"他也说要和我结婚，那是他六年来唯一一次想要尊重我。现在你也是这么想的？"

裴译很无力地对她说："抱歉，我真的很想给你你想要的。"

他的情绪低沉了下来，低下了头。

那是一种发自心底的自卑感，与她对身体的自卑感不同，他的自卑来源于对人类亲密关系的排斥，但怎么会有人不需要他人亲密无间的爱？哪怕是像陈璟那么厌恶女人的男人，在被丢下后，都会像疯子一样满世界找回那个对他好的人。

裴译徘徊在亲密关系的边缘处，他一直试图拥有一段这样的感情，却无法让自己毫无芥蒂地融入。他们都是在成长过程中失去了一些东西，看起来与常人无异，实际只能去体验一些不完整的亲密关系，在里面寻求短暂的温暖。

于筱冰关上衣柜转过了身，从他的背包里拿出了衣服，看见他的衬衣出现了褶皱，手指放在上面摸了摸，轻声说："我去帮你熨一下。"

他们都没再说话了，屋子里只剩下机器产生蒸汽时细微的噗噗声。

于筱冰把衣服熨好了，拎起衣服抖了抖，又朝他走了过去。她伸手给他找出了衣袖的位置，帮他穿上衣服，然后挨个扣上了扣子。

给他系领带的时候，她试了好几次都没有成功，最后裴译按住了她的手，一个步骤一个步骤地教会了她。领带打完后，他握住了她的手腕，将她的手用力抓在掌心里。

"冰冰，我还能为你做什么？"

"不用做什么……这样就够了。"于筱冰的眼里噙着泪花，但她还是努力地试图安抚他，"你还记得吗？我说过我欠了你很多人情和钱，以后都要还给你才行……我哪有找债主要东西的道理。我是被你一次次拉

317

回来的,所以我也想在你状态不好的时候拉住你,我不想看见你一直都这么难过。"

他低下了头,眼圈红了,沉默许久后,伸手把她抱到了怀里:"对不起。"

"好了,没关系的。"

于筱冰伸出双手抱住了他,这是她第一次看见裴译哭。永远都冷淡自持的成熟男人,原来也会忍受不住痛苦抱着她掉眼泪,看起来简直就像一头身受重伤的困兽。

裴译只是罕见地有这么一次情绪失控,之后就很快又恢复了往常的样子。

于筱冰很自觉地把这天早上封存到了记忆深层,没再去翻阅过,而裴译也在公司里丢掉了单身的身份,没再瞒着任何人,所有人都知道他的生活里多了个女人。

于筱冰节食瘦下来后害怕反弹,他就制定计划开始帮她减脂增肌,严格控制了她的饮食和碳水摄入。去楼下食堂的时候,她盘子里的菜都是他给挑的,没看见合适的就开车带她出去吃,他没给她任何节食的机会,每天只要一有时间就会亲自盯着她吃三餐。

于筱冰这个从来都没进过健身房的人,自从被裴译管上之后,每周几乎都要到那里面练几次。

裴译这么多年下来,早就从私教那里毕业了,他便成了她的私人教练。裴译对自己的各项管理明明一直都很严格,但是对于筱冰的态度却很宽松。于筱冰一跟他说累,他就给她更换或是调整,几乎是一对一地带她热身和训练。他不厌其烦地纠正她的发力点,告诉她正确的用力位置,她在做器械的时候,他还会在旁边监督她,问她感觉怎么样,夸她今天很棒,那种被男朋友投来关注的感觉搞得她在锻炼的时候整个人都

第七章 倾心相伴

是飘的。

健身的过程其实很枯燥，于筱冰最大的感受还是裴译带她做训练时很耐心，而且每天练完之后，他都会给她按摩放松肌肉。一开始他还隔着毛巾给她按，但后来就直接上手了，每次那种正好的力气都让她浑身放松，好像这么多年画画劳损的肌肉都舒坦了。

她好多次都想偷懒跟班珍、赵思静她们出去吃大餐，可一想到在健身房能让裴译给她按摩，最后还是乖乖去他那边了。裴译家的厨房特别大，每次锻炼结束后，于筱冰都会跟他去买菜，一起做减脂餐吃。可能因为去他家的次数实在太多，他前不久还把家里的钥匙直接给了她。

天气已经变得越来越冷，在这座四季分明的城市里，树上即将凋零的叶子总是最精准的温度标尺。

十二月不光是季末，还是年末，所有报表和总结都在这个时间段开始增多，裴译忙得连饭都没时间吃一口，每天不是在开会就是在去开会的路上。好不容易闲下来一天，裴译正在办公室里处理工作，新来的财务科长夏玉良向他汇报完数据后，临走前又转身看了他一眼。

"裴总今年也不回去看看吗？"

裴译把手中的笔合上放到一边，冷声说："与工作无关的事情不要在上班时间说。"

夏玉良笑了笑："您真够狠的，八年都没有回去看过，有人想您想得都疯了。再不回去，她就该自己找过来了，到时候您再想瞒着可就瞒不住了。"

裴译抬眼盯着他，过了好一会儿才开口说话："不想干了是吗？"

两人对视片刻后，夏玉良冲他低了一下头："我是好心提醒，您不要反应过激……听说他们最近已经确定离婚了，裴总您要提前做好准备啊。"

于筱冰正在看电脑屏幕上的表格，刚要从旁边抽出一张表来核对，手机突然响了起来。她看了一眼，这个电话号码尽管没有在手机里面存过，但这串尾号她最熟悉不过了。

于筱冰拿起手机离开了工位，找了个安静的地方，把电话接通了："喂？"

电话那头安静了好一会儿才开口："第一期分红还在算，钱还没到账。"

于筱冰握着手机换了个方向站着，垂眼问："你想说什么？"

"你过来参加年会吧，这次也算是庆功宴，电影能成功有你的一份功劳。"

"快到年底了，我这边很忙。"

"就在B市办。"

"我再问问看吧……对了，我有话跟你说。"于筱冰说完这句话后，明显感觉到电话那头没杂音了，她迟疑了一下还是说了，"你把北菜的奖金给她吧。"

那头的人嗤笑了一声："行，你让她先把我的杯子寄回来。"

于筱冰皱起了眉头："那是我的杯子。"

"我用惯了就是我的。"

于筱冰感觉陈璟还是一点没变，唯我独尊，也不会在意别人是怎么想的。

挂了电话后，她的手机就收到了短信，告知她举办年会的地点和日期。

下午下班后，于筱冰跟裴译一起去了健身房，她只练了两个多月左右，但身形已经有所改善了。

在裴译的管理和纠正下，她的体重下降速度虽然缓慢，但裤子松了不少，能看出来围度变小了。

第七章 倾心相伴

于筱冰边拉划船机边跟裴译聊天,像想起了什么,她深呼吸了一下,突然又说:"哦……对了,有件事要告诉你。"

裴译有点出神,但还是第一时间听到了她话里的重点,一秒钟切换到了跟她聊天的状态:"什么事?"

"陈璟今天给我打电话,叫我参加年会,比我们公司的要早一天,时间不冲突,就在B市这边的一家酒店办。"

"好,你去吧。"

于筱冰看了他一眼,他神色如常,见她出了汗,还拿起毛巾给她擦了擦:"去之前可以让班珍带你找地方做下造型,你现在真的改变了很多,陈璟应该再也没有什么难听的话能对你说了。"

"你把他想得太好了,他有说不完的难听的话。"于筱冰做完最后一组之后,下了器械开始休息,她拉住了裴译的手,看着他说,"我已经不太在意那些事情了,只要能跟你一直好好的就可以了。"

于筱冰是在跟他重逢后,才感觉自己的时间终于再次流动了起来,人也一点点变得鲜活。

她最近真的很快乐,跟裴译发展得很顺利,休息时间也很多,可以用来做很多其他事情,这些生活总让她感觉那些不好过的日子都已经变成了上辈子的事。

裴译低头在她的鼻尖上吻了一下,紧接着又轻触了一下她的眉心:"你都放下了就好,这样我也能对你放心了。"

"不要,你别对我放心。"她搂住了他的腰,"我喜欢被你管着,不被你管着就浑身不舒服。"

裴译垂眼摸了摸她的头:"你这是在撒娇还是在求虐?"

"你想怎么理解都行,只要是你就行。"

"好,那你再过去做三组合腿机,一组十个,我就不去看着你了。"

"你去做什么?"

"撸铁。"

于筱冰趁没人注意，抱着他的脖子亲了一口。发现他正垂眼望着她后，她没忍住对他笑了一下。

"亲完了，快去练。"

她没舍得松手，又踮脚在裴译的嘴角亲了一下。他终于有了反应，也没顾忌路人投来的目光，按住她的后脑勺低头对着她就是一阵凶猛的亲吻。

直到她开始试图推开他，他才终于松了手："亲够了吗？"

于筱冰人都快被他亲傻了，连忙点头："嗯嗯……我这就去。"

放开他之后，她搓着自己热乎乎的脸，走到器械面前坐下了。锻炼的时候很辛苦也很累，但是一想到裴译就在身边，她又觉得不是那么难熬了。

没关系，只要他一直都在就好了。

年底的时间在忙碌中过得飞快，转眼就到了元旦前夕。

陈璟的年会举办时间跟公司的元旦晚会只隔了一天，于筱冰今晚去那边参加年会，明天就是公司这边的内部晚会。

裴译提前跟班珍打了招呼，在她的介绍下，给于筱冰约了一家店做整身造型。

于筱冰请了一天假，到了那边之后，首先就开始试衣服，讨论妆造风格，最后选定了一个比较中规中矩的小礼服造型。

花了差不多半天时间，化妆师在她的唇瓣上抹完了最后一下，然后放下了刷子，端详起了她的脸："好了，您看一下吧。"

"啊……好。"于筱冰将视线收回，站了起来，在造型师和化妆师的引导下，抬眼望向了前面的全身镜。

她的妆容比较通透，凸显了长相的清纯感。黑发披肩，没有盘发，

第七章 倾心相伴

做了一个很有层次感的内扣，耳后还有简单的双侧编发。

身上的裙子是香槟色的，抹胸中长款，细节设计就在胸口，有两层波浪形的荷叶边，裙摆的褶皱弧度也很自然，不仅完美地凸显了腰线，而且比起抹胸的性感，整体也不失甜美和俏皮。

妆看起来也不厚，但于筱冰能感觉到自身的很多优势都被放大了，好像哪里都没变，又好像哪里都变了一点。

裴译之前说过今晚会来接送她，所以于筱冰这边结束之后，就穿上了羽绒服外套，坐到一边开始等。他工作结束得稍微晚了一点，最近每天都是这样，像是要把手头积压的事情全部处理干净一样。于筱冰听班珍说这是财务每年都要过的一道坎，能理解他最近的忙碌。

将近六点的时候，于筱冰在休息室里玩手机，突然感觉到旁边女性说话的声音都变小了。她抬眼看了过去，发现是自己等的人过来了，而他一出现就吸引了不少异性的目光。

裴译戴着一副窄边的银框眼镜，穿着黑色的双排扣戗驳领长大衣，内搭深色毛衣，直筒裤显得双腿笔直而修长，这个样子看起来精英感很强，沉稳又严谨。他的身高即便在北方人中也是能打的，于筱冰只看了他一眼就不自觉地收回了目光，感觉他身边的压迫感有点强。

直到他走到她身边停下，单手撑住她身后的椅背，弯腰看着她，她才抬起双眼，跟他对上了视线。裴译伸手把她脸颊旁边的头发拂开，相当专注地看了她一会儿，然后低头在她的耳朵上吻了一下："很好看。"

于筱冰站了起来，献宝一样把外套脱下来了，让他看了看自己全身："还有裙子，好看吗？"

裴译把她从上到下看了一遍，随后又将她的外套拿起来帮她穿上了，目光从始至终都很温柔："裙子也很适合你。"

他把她的衣服拢紧了，拉上拉链，说道："走吧，去地下停车场的时候可能会有点冷，稍微忍一下，车里开了空调，里面是热的。"

323

"嗯。"

于筱冰走的时候没感觉到冷，到车里后就更没感觉了。

路上经过了医院和商圈，有点堵车，不过路况整体来说也还算好，在酒店外面停好车之后，于筱冰看向了裴译，问道："你跟我一起去吗？"

裴译开了车内的灯，摇了摇头："你们在一起的时间不短，应该也有些话要说，我就在这里等你，有事可以给我打电话。"

于筱冰多少有点失望，但她还是放开了裴译的手。

今晚确实有话要跟陈璟说，她得自己去面对。

目送她独自一人上去后，裴译降下车窗，抬手点了支烟。他拿起手机，将开车时挂断好几次的电话拨了回去。

电话很快就接通了，那边传来了韦总的声音："老裴，去哪儿了？你都要调走了，最后一顿还逃呢？"

裴译修长清瘦的手指伸到窗外，接近零下的气温将烟头上的猩红刺激得不断闪烁，烟灰还没有燃成长条，就已经被风扬碎一路飞远了："抱歉，我今晚有事。"

"你小子再骗我一句试试？你这次调得比裴晶空降那次还快，到底什么时候定下来的？能不能跟我有句实话？到底是不是因为夏玉良？"

裴译将烟拿进车里放到嘴边抽了一口，把已经冻到凉透的手指搭到了窗外："不是因为他。韦总，我在陪女朋友。"

"行吧……那我再问最后一句，她知道你要走了吗？有啥情绪没？"

"我会跟她说清楚的。"他垂着眼，不再继续深聊这个话题，简单说了几句之后就挂了电话。

他沉默着，不停地吸着烟。

过了一会儿，车前出现了一对刚从前面甜品店走出来的母子，小男孩被他妈妈牵在手里，不知道聊到了什么，那位妈妈突然蹲了下来，男孩很亲昵地吻了他妈妈的脸颊。

他的手突然用力地握紧了方向盘,他脸色苍白地别开视线,颈间的喉结不受控制地上下滚动,像是感觉到极度不适,想要作呕。

裴译最近一直在想该怎么跟她说自己当年的那些事才好,结果话没酝酿出几句,过去的记忆却开始在他脑内变得越发清晰,某段记忆犹如病毒般蹿了上来。

第八章

痛苦回忆

Chapter 8

有个很大的生日蛋糕摆在桌上，裴译很想吃，于是用手指挖了一点奶油，偷偷吃了一口。他以为没人看见，很笨拙地偷吃了好几次，结果妈妈过来了，对他大喊："你偷吃了？你为什么要偷吃？你知道这是谁的蛋糕吗？"

他有点胆怯，把手藏在了身后，在妈妈神经质般喋喋不休的质问下，害怕得哭了。

可下一秒，妈妈也在旁边哭了起来，她的眼泪掉得比他还凶，眼里满是失望："我也要哭了！今天是我过生日，你为什么不先考虑我的感受？你过生日的时候我偷吃你的蛋糕你会开心吗？"

他明明在害怕，可还是过去抱住了妈妈，哽咽着说："妈妈别哭，妈妈乖，我知道错了，不哭不哭。"

他把手放在妈妈的背上不停拍着，但她一直都不理他，直到他开始亲妈妈的脸，她才抬眼看他。

"你爸每年都不在家，我就只有你了，你知道吗？妈妈在家里很孤独。"

他不是很明白，但还是点点头，带着鼻音委屈地"嗯"了一声。说完，他又看向了旁边，有点不安地问："妈妈，我可以吃蛋糕了吗？"

女人一看他还想着蛋糕，突然变得更生气了，声音放大了好几倍："你怎么光想着吃蛋糕？你就不能把注意力放到我身上吗！我在过生日！"

他被吓到了，赶紧从蛋糕上收回了目光，边掉眼泪边低头说："妈妈，对不起。"

"先给妈妈送生日礼物。"

他亲了一下她的脸，她不满意："再亲一口。"

他又亲了一下，她这才摸了摸他的头："乖，妈妈给你切蛋糕。"

年纪还小的时候，裴译就经常看见妈妈买了很多漂亮的裙子在家里穿，还经常在晚上化妆，对着镜子欣赏自己漂亮的长相。但是爸爸因为在施工处盯着手下重要的工程进度常年不在家，周围人也都看不见，她夜间顾影自怜，白天还是一副贤妻良母的模样。

但她的贤妻良母其实只是一个假象，她并不称职。裴译吃鱼的时候喉咙里卡进一根刺，她在一周后等他说不出话来才能发现。

而裴译之所以会这么听妈妈的话，是因为她根本就没把孩子当回事，她自己就还是个孩子。小时候他一哭她就把他关到房间里，然后自己提着包去外面逛街，逛完回来后他一般就哭累了安静了，于是她又会给他买很多玩具和零食。

他就算害怕，但在肚子饿的时候，还是会感谢那个在旁边摸着他的头发，边陪他吃饭边玩手机的女人。裴译从小就学会了察言观色，他必须要照顾到那个女人的情绪。

八岁那年，妈妈带他去 S 市玩，寄住在叔叔婶婶家里，他有天睡到半夜醒来，发现床边是亮的，妈妈又在跟叔叔打电话，说的话他一句都听不懂。

第八章 痛苦回忆

他翻了个身，用被子捂住了耳朵，可那声音隐隐约约的，吵得他睡不着。

过了一会儿，他翻身看向了她，迷迷糊糊地说："妈妈，你别跟叔叔说话了，我睡不着。"

"什么……妈妈没在跟叔叔说话啊。"她脸上的表情有些错愕，"妈妈是在跟朋友打电话，是女人。"

"不是女人，电话那边就是叔叔的声音。"

她把他的头揽到怀里抱住，用手轻轻拍着他单薄的脊背："妈妈不打电话了，明天带你去吃好吃的。小译乖，早点睡吧。"

他本来就睡意模糊，周围一安静下来，很快就睡着了。

第二天早上，裴译醒来后却发现妈妈不在身边，下楼去看时，他听见客厅里发出了奇怪的声音，像有只猫在屋里跑。他想去摸猫，弯着腰到处找，最后蹲在桌子下面四处看时，看到了妈妈跟叔叔很亲密地靠在一起。

去游乐园玩的那天，他很高兴，可是当他从游乐设施上面下来后，却发现叔叔和妈妈都不见了。

他到处找妈妈，忍着眼泪不哭，最后在一个没人经过的角落里看见了他们两个。

这对一个八岁的孩子来说超出了理解范围，但是他对妈妈产生了一种很陌生的感觉，就好像妈妈突然变成了一个陌生的人，让他有点害怕。

下午回到家里，裴译全程都一声不吭，也不跟妈妈说话。

直到她有了情绪又开始跟他闹，他这才开口问："你和叔叔今天在游乐园的角落里做什么？"

妈妈脸上的表情突然凝住了，她冷声说："你看错了，我没去过那里。"

裴译发现事情不对，她在否定自己做过的事，心里更加害怕了，当即就爬过去想找她的手机给爸爸打电话，结果被妈妈一把抱起来扔到了一边。

他不顾一切地往那边跑，最后还是被她锁在了很黑的房间里。

"你怎么这么不懂事！我说了没有就是没有！"

"就是有！我明明看到了！我看到了好几次！"

外面的女人呼吸变得十分急促，她焦虑地绞紧了双手，指甲把掌心掐到变形。

"你放我出去！我要爸爸！爸爸！"他哭得撕心裂肺。

裴译慢慢长大了，可妈妈还是跟以前那样，一点变化都没有。不光是心态方面，就连她那张脸，都还是家里摆放的那张婚纱照里的模样。

她只念过小学，当初就是靠着这张清纯美丽的脸在信息闭塞的小山村里遇到了那个一心扑在事业上的男人。裴骁锐跟她结了婚，她年纪不大，于是他对她的一切都负起了责任，给她大量的钱花，让她带着儿子住在 B 市。

到了该懂事的年龄，裴译终于明白了妈妈当年到底做过什么。可是这些年来母子二人一直都相处得很平淡，从 S 市回来之后，她好像真的变成了一个好女人。

但每当他觉得她已经变好了的时候，他又总是能从她的一举一动中发现不正常的地方。晚上她偶尔会半夜偷偷从家里出去，第二天早上才出现。她回来时手里总拎着菜，可穿的那一身衣服又不像是去菜市场里买菜的样子。

他没法说，他是她亲手带大的。

这种感情是极端的恨意里掺杂了一生中对母亲最浓烈的爱，还有他对在外工作的父亲深深的内疚感和对他无能的嫌恶。那个女人逐渐变成

第八章 痛苦回忆

了他最厌恶、最恐惧的人,而那个男人也从他最憧憬、最敬畏的人,慢慢变成了他潜意识里最不想成为的人。

爸爸不在家的时候,她表现得就像个不懂事的人,很多地方都需要依靠他。

而他从小就被她驯化,养成了强迫自己照顾他人情绪的习惯,很多时候哪怕内心是抗拒的,但嘴里还是不得不张口叫她妈妈。

家里的那个女人就像个随时会爆炸的炸弹,裴译的青春期没有一天是在轻松安心的状态中度过的。

他十四岁那年,她还很年轻。她过生日那天,爸爸不在家,裴译放学回去,看到她把楼下一个总是跟她搭讪的邻居叫过来给她过生日了。

那男人一见他回来,就跟受到了惊吓一样,连忙拿起外套跑了出去。

裴译放下书包,站在沙发边上看着她:"你为什么要叫不认识的人来家里?想跟他做什么?"

她有点不满地嘀咕:"他是看我一个人买了蛋糕回家过生日太可怜了,所以才提出要来给我过生日的,你不是说你今晚不回家吗?"

裴译闭上眼睛冷静了一会儿,把心里翻滚着的负面情绪压了回去,转身就要回自己的房间。

可她又在门口不停地拍打起他的房门。那扇薄薄的门一直都在被女人蛮不讲理地"哐哐"敲响,她在外面不停地喊着她为了带他付出了多少青春和心血,他居然还要这么对她,他到底还要不要她这个妈了。裴译不得不捂紧耳朵。

初三那年,学校里有个女孩子给裴译写了一封信,他放在了书包里,出去跟往常一样跑了一大圈。回去之后,他洗过澡开始写作业,想起了白天收到的那封信,于是又把信拿了出来。

信封上面有很明显的被撕开过的痕迹，再往里看，就连信纸都被揉成了团，是展开压平成原状后被塞回去的。裴译听到外面传来了抽油烟机打开的声音，直接打开门走了过去。

　　她还是那副居家的模样，穿着幼稚的衣服，这种低龄感在她身上却一点都不显得违和。抬眼看向他的时候，她甚至表现得有点无辜。

　　"小译，今晚想吃什么？妈妈给你做。"

　　裴译感觉到身上一阵恶寒："你以后能不能不要随便进我房间？"

　　她看到了他手里捏着的信，解释道："我不小心把你的书包弄掉了，它自己从里面掉出来的，我是在给你打扫房间……"

　　"我不需要！你管好你自己就行了，别一天到晚都盯着我行吗！"

　　裴译把自己锁在了屋里，缓了很久才总算集中了注意力，让自己能投入学习状态。

　　他不光要应付她，还要满足父亲对他学习上的期望。

　　在很长一段时间里，裴译一句话都没跟她说过。

　　她叫他吃饭，他就去外面吃，绝不在家里碰一口她做的饭；她跟他吵架，他就直接拿了身份证去外面的酒店开房住，彻夜不归。到了最后，他甚至连续一两个月连家都不再回一次。

　　中考结束后，他回去收拾衣服打算找地方租房，等高中开学就去学校寄宿。结果回去拿行李的那天下午，他看见了裴立彬。裴立彬旁边是公文包和行李箱，看样子男人已经在这里住过一阵了。

　　来 B 市出差了大半个月的裴立彬不久前还给裴译打过电话，以叔叔的身份劝裴译回家，多照顾妈妈，不要让爸爸在外面担心。

　　裴译像卸了力气一样，整个人都有点恍惚起来，转身走到了外面。他双眼无神地坐在沙发上，女人出来拉住了他："小译，我错了。"

　　他起身直接坐到了离她更远的地方："你去找我爸谈离婚吧。"

　　女人直接哭了出来，坐在那里小声地啜泣着，说话声音颤抖不已：

第八章 痛苦回忆

"他一年到头就回来一两次,我每天就围着你转,你就不能体谅体谅我吗?"

裴译侧头看向她,眼底没有一丝感情:"你为什么不跟他离婚?"

她抽泣着正要开口说话,裴译就接上了自己之前的问题,给出了回答。

"因为你舍不得钱,你在山村里过够了穷日子,你只想找个能养你的男人牢牢攀住,让他解决你下半辈子各方面的花销。"

女人像是被伤到了一样,抬眼看着他:"你骄傲什么,你难道不是从山村里走出来的女人生的吗?你爸刚跟我结婚的时候,有好几次过年都不回家看老婆儿子,反而跑去工地上看自己没法回家过年的弟弟!

"本来一切都好好的,你要是说出去了,他就会被人当成一个笑柄,我劝你最好还是别讲!再说了,你有证据吗?"

裴译的眼睛很久都没有眨,就连嘴唇都在微微发抖:"你以为我还跟八岁的时候一样?"

他拿出手机,放了一段视频。女人看到这个画面后,表情肉眼可见地僵硬了。

"小译……这样吧,妈妈现在就去工地陪你爸,求你别把视频给他,妈妈带了你十五年,把你养得这么好,真跟你爸离婚了妈妈肯定活不下去的……"

为什么事情会变成这样?为什么他当初没有强硬地阻拦她?为什么他不在小时候就把这件事情告诉爸爸?就因为这个人是他的母亲,那个人是他的父亲?

裴译的鼻尖跟喉咙都酸胀得难受,眼前有些蒙眬,他抬手把自己的脸挡住了:"随你吧,以后你不要再来找我了。"

最后说了这么一句话,裴译放下了揉眼睛的手,起身拉着收拾好的行李,从家里离开了。他没去念那所好不容易才考上的高中,而是离开

335

B市，去了父亲所在的那座城市，自己租了间房子住着。

裴译厌恶任何亲密关系，发自内心地想远离任何人，好像只有这样才勉强可以满足他的自我保护需求。

第一年，裴译就这样自己一个人住在那里，不敢靠近别人，没有任何要从阴影里走出来的迹象。他整个人甚至越来越阴郁，内心的暴戾就像一团不断膨胀的黑影，在他的体内反复冲撞，想要寻找一个发泄的口子。

直到有天下午，他进了一家离得最近的小书店，然后在那里看见了那个女生。

裴译不是第一次来，对这个有点胖胖的还总喜欢低着头的女生很眼熟。之所以会注意到她，是因为他在应付某个找他的女生时，被她看见了。她逃跑的样子让他印象深刻，她当时整张脸都红透了。

裴译知道这个女生跟他在同一所学校上学，但他从来没有详细了解过她。

她今天看起来已经哭了很久，两只眼睛又红又肿，给他换钱的时候，手指在玻璃上划了一条很长的口子。血明明都滴到玻璃上了，她却像是没感觉一样，还在专心干着她妈妈交代给她的活。

在她递钱过来的时候，裴译随口提醒了她一句："有血。"

她反应过来了，连忙摸出了纸巾，她擦的却是要找给他的钱。把上面的血都擦干净之后，她这才再次把钱递给了他。恳求他收钱的时候，裴译第一次记住了她的长相，不是很好看，但是也不算丑，肉肉的，有点土。

他垂眼看了看她的手指，又开口了："我是说你的手受伤了，一点都不痛吗？"

她的反射弧有点长，过了一会儿才反应过来，先把钱给了他，然后自己扯了点纸,把手指包裹住了:"我用纸按一下就好了,没关系,不用管的。"

裴译没再说话,拿着书离开了。他的心里很平静,没有太多想法,只是走出几步之后,他突然发现自己对刚才那个女生,似乎很罕见地没有生出太多的厌烦。

裴译站在街上沉默了片刻,转身去了反方向的一家药店,在里面买了一盒创可贴,装在袋子里给她拿了过去。长到这么大,在各种意义上这都算他第一次对女生主动。

没过几天他就感觉到了,自己身边多了一道视线。

在她不由自主地偷偷观察他时,他也开始能够在第一时间分辨出自己身体所产生的那些微妙的反应。他不适应,又有点奇怪,感觉她就像一个刚被发现的新物种。

他总是习惯去猜别人的情绪,那些人他看一眼就知道他们心里在打什么主意,接触多了,无一例外都让他觉得累。可她不一样,感觉她这个人就没有多少坏心思。

裴译看出来她身上有一股流浪的气息,就好像来自森林误入大城市后找不到归属地的小动物,格外依赖别人的一点温暖,但是她又总想着用自己贫瘠的一切来报恩。

观察了一段时间之后,裴译的防备终于放了下来,所以在她偷偷捡他瓶子的那天下午,裴译回应她了。

"我没有朋友,平时一直都是一个人,如果可以的话,我愿意陪你。"

这句话说出来后,他发现她整个人都愣住了,不光眼睛眨不动了,连呼吸好像都暂停了。

她很呆,没那些爱收拾自己的女生好看,但是裴译明白,外貌只是附加的,跟漂亮的人朝夕相处也未必会觉得舒服。

只有去掉那些表面的东西,才能看到一个人的最深处。她比他见过的任何人都要真诚，就像人只要一靠近火自然就会觉得身边发热发烫一样。

裴译已经为别人服务了太久，不管是思想还是精神都开始累了，他也想被别人照顾一次，如果是她的话，他不用担心自己会被人缠上。

他非常需要她对待别人的这份真诚，因为他自己连一丁点都拿不出来了。

裴译第一次有了一个朋友，而且还是他以前最不愿意接触的女性。他让她不再受限于物质困境，而她需要给他远超其他一切的重视。

他知道她叫于筱冰，知道她是个美术生，还知道她对自己的外表很自卑，而自卑的源头是青春期女生或多或少都会有的长痘和微胖，还有她那个在同学间显得格外贫穷的家庭。这些东西的存在让她不敢接近他，哪怕是他主动提出要陪她消遣时间，她也总是小心翼翼的，只会默默为他做一些力所能及的事。

一段时间后，裴译发现，于筱冰身上确实一点攻击性都没有，她不会伤害他，而且真的对他很好，每次跟她相处一会儿，他都能感觉到自己心间的某些冰雪在消融。

但是那天下午，妈妈突然又过来找他了。他在楼道里看见于筱冰买了菜一个人坐在那里时，他的太阳穴在突突作痛，隐约察觉到她大概看见了些什么，心里一阵不安。裴译说不清自己是在恐惧什么，他开始观察起她跟以往表现得不一样的细节，心不在焉地直接拿起刚煮熟的板栗帮忙剥皮，却被她嫌碍事赶了出去。

放在平时她明明不会这么对他的。

他的心情更差了，他很不喜欢这种感觉，更多的原因可能还是因为他心慌。就算很清楚地知道于筱冰不了解他在 B 市那所学校里发生过的事，也还是本能地觉得胸闷，依然会因为自己心上被别人留下的那些钉子眼而感到痛苦。

第八章 痛苦回忆

吃饭的时候，看到桌上比往常都要多的菜，他几乎要猜出来她想做什么了，她真的一点都不会隐藏，只差没把"做了亏心事"这几个大字写在脸上。

裴译抛了话茬给她，等她亲口告诉他到底想怎样，但她找借口搪塞过去了。

于筱冰骗他的时候让他想到了家里那个总是谎话连篇的妈妈。他没反驳，开始安静地吃饭，但是胸腔里的那颗心开始慢慢变硬。她给他挑鱼刺变了味，给他做饭变了味，就连收衣服前细心地给他熨平整都变了味。

她准备回家时，终于把进屋那会儿就准备对他说的话说出口了。她就像个主动跑到他面前来的活靶子，他直接把今天积累的所有戾气都发泄在了她身上。他的攻击立竿见影，她当场就被他弄哭了，对他坦白起了自己内心的所有想法。

但裴译还是生气，气她居然要走，就像电量过低又硬撑着的机器终于找到了适配的电源一样，被人使用了这么多年终于有机会能给自己充满电，不把她放在眼皮底下他就没有安全感。看着她小心翼翼的样子，他最后还是把所有的不开心都压进了心底。

也许他盯得再紧一点，下次她就不敢再随便骗他了。所以他也退步了，把她在学校经历的一些事情当成钩子抛了出去，但没想到她毫不犹豫地拒绝了。

临走前，他终于对她说出了一句真心话："你刚刚是在担心我也会那样对你吗？"

这是裴译能拿出来的最多的真诚。但当他看到她的背影没入黑暗时，突然产生了想要安抚她的冲动。

他继续道："我不会的，于筱冰。"

这种行为的动机其实跟他那天下午莫名想去给她送创可贴很像，她之所以会受伤其实都是因为他太冷漠，他既不宽慰她当时找不到零钱给他的着急，也不体谅她以前被人伤害过留下的痛苦。但她好像从来就没想过要去怪别人，他一下就心软了。

　　裴译从来都不觉得自己是一个很善良的人，他的成长环境让他希望自己能跟所有人划清界限，别人最好永远也找不上他。他不想被妈妈追着讨债，就好像他被她生出来就欠了她什么一样，恐怖的是他这辈子好像都摆脱不了她。

　　他总是一个人被噩梦惊醒，也总是在心悸中失眠。但是于筱冰总能在这种焦灼不安的时候帮到他。她放假的时候会经常来他这里看书，有时候什么都不做，一下午就坐在那里。

　　裴译在有她待着的地方总是能睡得很好，从小憩一会儿到最后真的睡熟了，在下午四五点钟最孤独的时候醒来，他看见她在洒落一地夕阳余晖的房间里守着他的书看。

　　那是裴译最有安全感的时期，她的情绪总是很稳定，从来不把自己犯的错怪到他身上，也从来不对他发火。他在不知不觉间对她越来越好，他想让她再也没办法把欠他的债都还清。

　　高考结束后，很多人都开始规划起了旅游。裴译独自一人在暗不见光的出租屋里闷头睡了一下午。于筱冰过来的时候，他其实已经醒了，但是并没有睁眼。

　　他发现自己不像别人一样对未来充满希望与憧憬，以后怎么过好像意义都不是非常大，高考结束了一切就都归于零，没有能让他特别开心的事，也没什么会让他特别想要去做的事。

　　可她的身上总有用不完的劲头和专注，仿佛永远都不会迷茫一样，即便正在做的事情并不能让她快乐，她也依然能够用上全部精力去做，对所有好事坏事都能够一视同仁。

第八章 痛苦回忆

一开始裴译只是不想醒,可过了一会儿,他是真的又睡着了。不知过了多久,当裴译再次醒来时,发现天色已经暗了下来,窗帘间的缝隙隐约被风吹动,仿佛世界即将要落幕。

他起来了,准备到外面去拿个杯子接点水喝,有点颓废地从房间里出来后,他又看见了于筱冰。她手里拿着本书正在很认真地看,察觉到他的目光后,她连忙端正了坐姿,像个小学生一样,把书放到了乖乖并拢着的双腿上。

"你想吃点什么吗?"

他沉默着愣了一下,见她突然放下书起身,走到旁边给他倒了杯温开水塞到他手里,然后她又转身去了餐桌,把菜上扣着的碗拿开了。她边去厨房盛饭边开口说:"我本来打算再过五分钟就叫你起来吃晚饭的,现在天色不早了,我得去做兼职了。"

裴译有点迷茫,突然就不知道于筱冰走了以后他该怎么办,他看着她来来回回地在他空荡荡的出租屋里走动,把饭菜都摆好后,又看了眼时间:"今天就不陪你吃了。"

她也不是每天都会过来,更不是每天都会留下来陪他吃饭。高考成绩还没出来,她就已经忙碌着开始到处去找兼职。她成年了,想要给自己赚大学生活费,从而给父母减轻一些负担。

裴译看她的眼神像是能拉出丝一样,最后他却只是低头看了看她不久前塞到他手里的那杯水,没舍得喝。

"你明天还会来吗?"他明明知道于筱冰白天要去兼职,但还是开口问了她,于筱冰闻言停住了,在夕阳逐渐消散的出租屋里回头看向他,像是不太明白他的意思。

裴译吞咽了一下,随后又低下了头:"还记不记得,我说过可以满足你一个愿望?你想要什么都可以。"

"嗯……记得,那个就不用了。"于筱冰伸手抓了抓自己耳边的头发,还是她平时经常会在别人面前表现出来的腼腆的样子,"我现在什么都不缺了。"

裴译站在那里,沉默地注视着她,眼里没有半分笑意:"用钱就能摆平的事果然都不算事。"

"什么意思?"她不解地看着他,见他朝她这边走过来了,脚下不由得往后退了两步,这是条件反射,一种看见危险动物靠近后的本能反应。

裴译不知道没有她以后该怎么办,他还想继续留她在身边,她却已经开始慢慢不需要他了。

其实他看得很清楚,像她这么用心又肯拼的女生,未来一定不会过得太差,等她度过人生中这段最灰暗的时光,像他这种冷漠自私又总爱对别人疑神疑鬼的人,肯定就会被她逐渐排斥在生活外面了。

他知道自己能在别人面前装到什么程度,他还能继续演,可这又像是回到了从小就刻在他骨子里的那段亲密关系:不是别人来取悦他,就是他去取悦别人。

裴译伸手按住了她的脸,第一次想要认真吻上去,可她侧过了头,惶恐不安地想要躲开他。他并没有给她逃走的机会,就在门前用双手抱住了她,低头亲了下去。

他睁着眼睛,能感觉到她快要被亲得喘不上气了,他又抱紧了她一点,将她支撑住,过了半分钟才结束了这个吻。

"现在呢?"裴译侧头抵着她的鼻尖看着她,轻声问,"还是觉得自己什么都不缺吗?"

她伸手把自己的脸跟眼睛都捂住了。

那天两人的关系彻底确定了下来。他说要在一起,她点头答应了。

裴译很满足,因为他这次是真的把人留住了,下一步计划已经变成了大学毕业后就结婚。

第八章 痛苦回忆

裴译开始有更充分的理由对于筱冰提出需求，希望她能够满足他。而于筱冰本来脾气就很好，两人开始谈恋爱之后，她对他就更好了。裴译平时黏她黏得厉害，希望她走到哪里都要把他带上，但她在别人面前总是容易不好意思，他被她带去见过关系最近的朋友，也就只是跟她一起兼职的同事，她不敢让熟人知道她有个男朋友，就好像他让她很拿不出手。

即将出分数的时候，于筱冰开始紧张了。

裴译本来想留在这里陪她一起查分，但爸爸给他发来了信息，让他去项目部那边住一阵，顺便聊聊他以后上大学的事。长这么大，他们一家三口还没怎么在一起住过。裴译有点抗拒，但他还是觉得自己有必要过去一趟，说不上来是为什么，或许是因为他想去找那个女人把一些事情说清楚。

他有了想要保护的人，得在带她回去见家人之前就把前面的障碍扫清，而他妈妈就是他和她之间最大的变数。

他过去后，因为有爸爸在，所有人都表现得很正常。

爸爸对裴译的年龄像是还存在误解，一家人去超市的时候，他还会问他吃不吃零食，会给他看一些有卡通图案的衣服和鞋，直到看见他隔三岔五地跟女朋友打电话，才总算有了他已经长大的实感。

爸爸对他的成长表示了支持的态度，可是家里的另一个女人却歇斯底里地不肯答应，说他还在上学，不接受他这么早谈恋爱。

裴译无时无刻不感觉自己被她侵犯了私人空间，哪怕她靠近他一点，他都会产生毛骨悚然的感觉。爸爸却说是妈妈在关心他，怕会影响到他的学习，毕竟他接下来还要去念大学。

他无法言说，现在在承受痛苦的人是他。

当晚是个极端的雷暴天气，外面下着瓢泼大雨，爸爸在现场指挥防洪。他半梦半醒，听到外面有人用力敲门，还以为是爸爸回来找他有事，于是睡眼蒙眬地下床去开门了。

还没来得及说话,他就看见了门口的女人,在打雷的间隙里,他听到她发着抖说:"小译,妈妈很怕打雷。"

他感觉到了她的恐惧,他对这些一直都很敏感。

"你都多大了还怕这个?"他说完就一把关上了自己房间的门。

后半夜他彻底失眠了,像是又回到了初中,心里烦躁不安,整晚都没办法睡觉。

他没管于筱冰这个点是不是已经睡熟了,直接给她打了电话过去,她哪怕接了他的电话再继续睡都好,只要让他听一听她的呼吸声,他都能感觉安心许多。但电话没有打通,他这边的信号弱到连电话都没办法打出去。

裴译只能自己慢慢熬,不知道凌晨几点,客厅里传来了奇怪的声音。

晚上停电了,他用手机照明去看,却看见了妈妈嘴唇上艳红的口红蹭到了她白皙的脸颊上。

裴译不知道这一晚是怎么熬过去的,屋内隐约有了蒙蒙的光线之后,他抬头看到窗外的天一片阴沉,正在不停往下落着淅沥小雨。

天亮了,他扶着床站了起来,想给于筱冰打个电话。

客厅里没有人,他的手机就放在茶几上,他走了过去,弯腰正要拿起来,就听到那个女人的声音从后面传了出来:"我看到你相册里偷拍她的照片了,你女朋友的长相,等她三十岁了估计也还是现在的模样吧。"

她倚在卧室门口,垂眼看着自己的指甲,慢悠悠地说:"她每天在家里照顾你,你是在找女朋友还是在找妈妈?裴译,你还没断奶吧。"

他胸腔里的心脏像是失控了一样,因为恐惧而狂跳不止,就连手指都在发抖。他不知道该说什么,这种慌乱无法形容,就像是好不容易才

344

第八章 痛苦回忆

建立起来的信念又一次崩塌了一样。

明明是站在家里,裴译却感觉自己在几千米的高空走钢丝,前后出口都距离他很远。他浑身冒冷汗,进退两难,而低头往下看就是万丈深渊,想解脱就只有一个死。

这是一种看清自己处境之后才不断蔓延上来的恐惧。他第一次意识到他这辈子可能马上就要完了,有个神经质的妈妈,哪怕于筱冰脾气这么好的人也不可能会接受他。

裴译脑子里一团糨糊,耳边也在嗡嗡作响,他拿上手机开了客厅的门,走到了外面。

他几乎是无意识地走在路上,针尖般密密麻麻的小雨淋在他的身体上,时不时就有大车载着材料从他身旁驶过。他没有方向,哪里有路就走哪里。就像一具没有感觉的行尸走肉,浑身冰冷,喉咙里不断涌上腥甜的味道。

不知道走了多久,直到他远远地看见了一些工人,意识才逐渐回笼。

爸爸在这里。

裴译的嗓子眼突然发酸,有种解脱的感觉,他的脚步逐渐加快,几乎是跑着冲进了那个项目部。他顶着这里所有人奇怪的目光,浑身湿透地跑到了项目经理的办公室里。

里面没别人,爸爸正坐在位置上打电话。

雨滴贴在窗户玻璃上,明亮的室内光线让阴雨连绵的室外看起来更为阴沉。

裴骁锐抬头看了眼自己的儿子,抬手示意他稍等,自己还在跟电话那头交谈,听起来是在了解现场的排水情况。

几分钟后,他挂断了电话,起身拿了件外套,走到裴译面前,擦了擦他还在往下滴水的头发。

"小译,什么事?"

345

话还没说出口，裴译就已经开始哽咽起来了，眼泪也不停地往下掉。

他感觉自己对不起爸爸，事情变成这样全是因为他。这些年来他从来都没有原谅过自己，每天都活在痛苦中。他很难不承认这一切都是他的错，妈妈正是因为看出了他选择性的沉默，所以才更加肆无忌惮。

他的哭腔太重了，忍了很久，才能对爸爸说出一句完整的话："妈妈做了很多对不起你的事……"

眼前的男人愣了一下，皱起了眉头："不要乱说。"

"没有乱说……真的，我看到了。"他说话时声音沙哑得不行，边说话边流泪。

裴骁锐看裴译已经变成了这个样子，摸了摸他的肩膀安抚他："别哭，我会去处理的。"

裴译感觉自己的眼泪根本就停不下来，他这辈子都没有这么失控过，他的情绪就像找到了一个口子，开始不停地往外涌："爸，对不起，我错了，我错了……"

"你有什么错？"

"我对不起你，我不该帮她瞒这么久，我恨她，我真的宁愿她不是我妈。"

裴骁锐叹了口气，又开始纠正他的想法："男人要是非分明，她做得不对，但这么多年来不是她在家里照顾你吗？我会去把事情弄清楚的，她要是犯了错误，我会让她承担后果，但你也要认清现实，我常年都不在家，她是那个生你、养你的人。"

裴译被安抚下来了，感觉像是一下从高空的绳索上被带到了地面。他终于踩到了平稳的土地，就算跌倒，也只是摔了一跤，最严重就是伤筋动骨，但不会一头栽下去彻底万劫不复。

裴骁锐跟他说完之后，又接到了现场打来的电话，像是出了什么比较紧急的事。他让裴译在这里等一下，拿了外套又出去了。

第八章　痛苦回忆

　　压在心里这么多年的重担终于全被卸了下来，裴译突然觉得自己很累，失眠的疲倦统统都涌了上来。他在办公室的沙发上睡了一觉，做了个梦，梦里充满了光怪陆离的情节画面。他梦见自己打算离开，买了票要出去的时候，爸爸也跟了过来，说要和他一起走。

　　父子俩背着行李在车站买票，全程都没有碰见认识的人。外面下着小雨，他们找了很久才找到那辆长途汽车。车马上就要开了，爸爸上车了，裴译却好像听到后面有人在叫他，那个人的声音很耳熟，听起来有点像他认识的一个女孩。他回头看了一眼，还没在人群中找到她，阴沉的老车站就倏地被一道平地惊雷给照亮了。

　　裴译的意识苏醒了，他想起来了，那个在他上车之前叫住他的女孩是于筱冰。

　　人声变得嘈杂，像是有人在推自己。裴译在昏沉中睁开了眼，发现项目部的一个叔叔正蹲在他身旁，眼眶通红地看着他。门口还有许多人站在那里，但他们都没有进来，裴译迷茫地看了眼窗外，天已经黑透了。

　　因为大雨，山体滑坡突发泥石流，他爸爸在现场指挥一线的时候出了事，被石头砸到了头，当场死亡——他们带来了这个消息。

　　裴译混混沌沌地跟着这些人去了不远处的现场，救护车和消防车顶部的光震慑人心。他站在旁边，远远地看到担架上的人脸上蒙着白布，一只手臂露在外面，身上的衣服就是白天爸爸用来给他擦头发的那件。

　　喉咙突然就酸涩得难以言喻，眼前一片模糊，他没有发出声音，眼泪却开始流了下来。

　　接下来的时间，裴译过得浑浑噩噩，感觉这里好像不会天亮了，无论何时抬头看，天都是阴沉沉的。

　　这个小乡村在不停地下雨，直到他某一刻突然在噩梦中惊醒，不知道究竟过去了多久，这才终于拿起了手机，打开看了一眼。才过去了三天而已。信号稍微好了一点后，他收到了很多来自于筱冰的短信，其中有一条是昨天发来的。

高考分数出来了,她联系不上他,所以过来找他了,而最近一条是两个小时前,她说她已经到车站了,问他能不能过来接一下她。

他不知道自己是怎么到车站的,顶着小雨,在广场前看见了蹲在出口处等他的于筱冰。她穿着裙子,没忍住捂住嘴打了个喷嚏,裴译突然就感觉到了外面的风有多冷。

裴译真的心疼于筱冰,她很真诚,也很纯粹,但这样的人放到现在这个社会上,通常都会显得不太聪明,很容易遭别人的算计。

为什么要在一个男人面前那么卑微?为什么不能像大部分人一样选择更爱自己?

他知道她在他这里吃了多少亏,因为他对她的付出从一开始就是经过精密计算的,没有多少温度,更没有血性和真心。他只是单纯地在她身上寻求温暖,想去稳定地依赖她的情绪。

他不配得到她的喜欢。

裴译紧了紧拳头,最后还是松开了。过了会儿,他沉默地朝她走了过去。

天色很沉,头顶乌云密布,似乎只要拿着剪刀去剪上一下,就会马上有雨水倾泻下来。眼看就要下暴雨了,他手上多了些残留的水珠,刚才的一幕重现,让他分不清是雨水还是她的眼泪。

回家后,妈妈正在办爸爸的身后事,她换上了深色系的套装,整个人终于有了一点成熟的痕迹。

看到他回来了,她只扫了一眼,目光就又落到了手里的资料上,边查保险单边说:"等回 B 市了再给你爸办葬礼,这边见鬼的天气,估计要发洪水,趁早走吧,骨灰已经烧出来了。"

裴译一声不吭,站到了女人身边。

第八章 痛苦回忆

女人皱了一下眉，奇怪地问："你干吗？"

裴译也不知道自己在想什么，沉默片刻，打开门走了出去。外面正下着倾盆大雨，腾起的水汽让四周能见度很低，就连马路上的车灯都只是隐约可见。

他走到马路边上，呆呆地看着黑暗的路，像是没有尽头一样。那个没做完的梦又在他脑子里上演了起来。爸爸先他一步上车了，他因为于筱冰迟疑了一下，或许他也应该上车了。

他的脑子昏昏沉沉的，连妈妈追上自己也不知道。等他再醒过神来的时候，前方就是迎面而来的装载车队，他清醒了一秒，只觉得好累，身体在摇摇晃晃间好像被人拉了一把，他躺在地上，睁开眼睛，暴雨中看不清东西，大货车还在往前开，几辆车很快就经过了，四周又陷入了黑暗。

妈妈为了救他，出车祸死了。

大家都说她是因为老公去世过于悲伤自杀了，剩下的那个孩子精神恍惚，被他叔叔接到了 S 市。

裴译的高考成绩很好，是国内任何大学都能随便挑的水平，他长得也很好看，但现在看起来就像没魂了一样，跟他说话，他的眼里木木的，一点神采都没有。

爷爷腿脚不好，还是从 B 市大老远过来看裴译。他到底还只是刚成年，老爷子担心裴译经历家庭巨变会想不开，亲自交代了以后就由叔叔一家看顾他。

裴立彬这些年调职到了其他地方，并不经常回来居住，裴译也不想让爷爷一把年纪经历了丧子之痛还要再来为他操心，于是妥协了，选择留在 S 市。

他父亲当年是从交大毕业的，裴译想做些能靠近父亲的事，但他的

349

情绪已经出现了裂缝,这种状况严重影响到了他的日常学习。父亲死前对他的人生抱有期望,他必须要完成学业,所以他每周都会定时去做一次心理咨询。

但是没有用,失眠和恐慌对他的影响还是越来越大,他总觉得身边的人都想搞清楚他家到底发生了什么,所有人都在说他不配继续活在世界上。

心理医生帮不了他,因为他现在已经开始有了幻觉和幻听的现象,一旦做出了明确的诊断,那就是比较严重的精神疾病,需要长期治疗。医生建议他转诊去医院的精神科,裴译抗拒了很长一段时间,但最后因为学习效率太低,对周围的世界感到越来越陌生和恐惧,还是去了医院。

看完病之后,他拒绝了住院,拿了药回来,选择定期复诊。

那天下午,裴译站在马路上看着确诊单,第一次感觉自己像是彻底被正常世界排斥了。他很孤独,不知道以后该怎么办才好,很想让于筱冰回来陪他。

其实那次在车站分开后她仍在给他发信息,她想跟他和好。裴译好几次都忍不住想答应她,因为他现在真的比任何人都更需要这份关系。可是每次想起她以前对他说过的那句"我想被人爱",裴译都觉得自己配不上她。

她值得这个世界上最好的东西,但他给不了她对等的感情。她不是该被他召之即来挥之即去的人,她也值得被人珍惜,凭什么他现在过得不好了,就要把她拉回来,让她跟他一起受罪?

她是个很好的女孩,只要跟她相处久了,谁都会喜欢上她的。

裴译知道自己现在的状态已经开始不对劲了,他怕自己会把她拖下水,怕她会烦他,更怕自己可能哪天想不明白就走极端了,到时候他又平白消耗了她的青春,再浪费一次她的感情。他不想麻烦她。

他用这样的念头应付了自己很久,直到有天他想去看她的朋友圈,却发现底下多了这样一句话：非对方的朋友只显示最近十条朋友圈。

他被她删除了好友。

刚看见的时候，裴译想，她终于走出来了。

可后来他就开始胸闷喘不过气，情绪状态更差了。裴译把自己所有的联系方式都换了，不想再让自己无意间突然看见类似于被她删除的这种话，他知道自己根本受不了这样的刺激。

那段时间就连吃药都没有用，严重到甚至在家休学了一段时间。

这样的状态一直持续了很久。他为了自救，养了一条狗，而那条狗在那段时间里就是他的精神支柱。直到有一天，裴译在精神科里碰巧遇到了他婶婶，这才知道原来裴立彬的老婆有家族遗传的精神病史。他没太当回事，只觉得可笑，精神病都凑到一堆了。可他婶婶在发现他偷偷看病后，开始靠近他。

婶婶的家庭背景不凡，对裴立彬的事业很有帮助。她前几年没犯病的时候，一切都很正常，可是自从她家族里的遗传病在她身上出现，她身边的一切就都开始变样了。

发病时她经常折磨亲近的人，导致女儿裴晶被她失手烫伤，做了多次修复手术。在那之后，裴晶便搬到了外面住，也没有再叫过她一声妈。而她的丈夫也跑到外地工作，远离了她。

大概是因为她发现裴译其实也很可怜之后，她就开始把他当成自己的小孩一样照顾。不管裴译怎么拒绝，她依然锲而不舍地过来给他送饭、送水果，滔滔不绝地对他说话，可是这些话半点逻辑都没有，正常人完全无法理解她究竟想表达什么。

分不清她到底是把裴译当成了裴立彬，还是把裴译当成了裴晶。

有次裴译发了高烧，婶婶又大半夜来喂他吃东西。

裴译烧得有点神志不清了，他真的很渴，喝到了一口水，恍惚间像是看见了一个熟悉的人。

"妈妈……"

女人听到这个称呼后,激动得直泛激灵,连给他擦汗的手都抖了一下。她没解释他认错了人,只是连连说:"对对对!我就是你妈妈,不管你想做什么,妈妈都会满足你的。"

自从那次生病神志不清地叫了婶婶一声妈妈之后,婶婶就变得很偏执。他受不了带着狗搬出去后,她又跑到学校里找他。

那天下午,裴译遛完狗回来的时候,看到她拿着雨伞坐在门口等他。

"是谁告诉你我住在这儿的?"

"是你同学啊,妈妈太想你了,想过来陪着你、照顾你。"

"我跟你说了别来缠着我,你是听不懂吗?"

她死死地盯着他,突然抬手打了裴译一耳光,他脸上顿时浮现出了鲜红的掌印。

"有你这样对妈妈说话的吗?我辛辛苦苦养你这么久,你就是这样回报我的?动不动就躲着我,不理我……"

这一刻,裴译最后仅剩的那根神经也终于断裂了。

雨拍打车窗的声音突然间变大,裴译猛地在驾驶座上惊醒,看了一眼时间,只过去了半个小时。他完全失神了,雨夜就像阴影一样彻底将一切笼罩,简直让人压抑得透不过气。

他又把头砸到了手臂上,而手指紧紧地抓住了方向盘,整个人陷入了黑暗。

年会在酒店举行,已经开始一会儿了,刚走进去于筱冰就感觉到了扑面而来的暖气,加湿器正在不停地运作。

于筱冰脱了外套寄存,进入大厅后,发现今晚来参加年会的不光是项目的人,还有媒体和一些其他项目的同行,就连眼熟的艺人都有几个,应该是关系好的人邀请过来的。

她往里走了一会儿,看见了老同事,想抬手和他们打声招呼,他们却像不认识她一样,只是看一眼就收回了视线。她不理解,只能自己一个人在大厅里面转了起来。

于筱冰并没有注意到刚才打过招呼的同事疑惑的神色,在她往前走后,他们就开始频频回头打量她,像是看见了某个熟悉的影子,像她,又不太像……

于筱冰中午和晚上都没吃饭,现在有点饿了,她打量了一圈桌上摆放的食品,最后看见了奶油泡芙,没忍住伸手拿了一个。因为怕沾到口红,她把嘴巴张得老大,刚咬下去,眼角余光就看到一个手里捏着香槟酒杯的西装男人正歪着头盯着她。

她被呛到了,没忍住咳嗽了起来,咳了好几次,最后喝了他递过来的香槟酒,这才把那口气顺了下去。

陈璟注视着她,嘴角挂着若有若无的笑,眼神中还有几分讥讽她的意味。

只要让陈璟不高兴了,他就能从各种角度让你不高兴。于筱冰别开了眼不看他。

陈璟抬起手,主动跟她碰了杯,然后喝了几口,靠着身后的桌子看向了其他地方:"这次电影票房比预期要高,你当时投进来的钱占的份额不大,实际分红只有三百万左右,我给你凑整一次性转五百万,不用等后面几期分红,这笔钱春节前就能到你账户上。"

于筱冰当时给陈璟转的钱对这么大的项目来说其实只是九牛一毛,他当时卖了好几套房子,最后还回去开口找他爸要了钱,这才在撤资后把项目顶了起来。

于筱冰想想也觉得他特别不容易——关键是他给的实在太多了。她又看向他,目光真诚了不少:"你辛苦了。"

陈璟没什么表情，盯着前面的一个盆栽，声音小了很多："别这么假。"

他晃了晃手里的杯子，低头看着杯中金黄色的液体。于筱冰才发现他把自己眼角的那颗痣点掉了。她也不知道该说什么，手里还捏着那个咬了一口的泡芙，犹豫了一下，又低头咬了一口，慢慢嚼了起来。

他看向她，开口道："我赚了很多钱，真的有很多……你回来的话，想要什么我都可以给你买。我可以送你一大串钥匙，就像你妈说的，你不想上班的时候就去收房租。于筱冰，我还在等你回头。"

于筱冰咽下了嘴里的泡芙，沉默了一下，随后抬眼看向陈璟，目光很平静："然后呢？你什么时候再开始厌倦这种日子？你是真的想要对一个人负责，对一个家庭负责吗？"

他盯着她看了很久，喉结动了动，想说什么，但是又什么都说不出来。

她又开口了："之前我们已经说好要结婚了，但你还是在事情确定下来之前跟于楚不清不楚，因为你知道正常情况下我不会生气的，所以你用了更极端的方法想把我赶走，你想摆脱我。"

陈璟捏紧了手里的杯子，开口时声音低哑了许多。

"你不如问一下你自己，你那是爱一个人的状态吗？"他转头看向于筱冰，鼻尖和眼眶都微微发红，"我知道女人爱一个人会有什么表现，但你的心根本就不在我身上。"

说着，他伸手指了指自己已经没有泪痣的眼角："都在他身上，我到底是什么？"

于筱冰把目光收回去了："但是我从来没有要求你给过我什么，陈璟，你不能想着把什么都占了，我一边被你折磨着感情，一边把所有都献给你？我也是人，我活着也需要喘口气。"

陈璟抬眼看着天花板上的吊灯，缓了缓，最后低下头，眼里有水光

第八章 痛苦回忆

闪动。

"你刚认识我的时候不是这样的……于筱冰,就连你也这么骗我,你跟了我这么多年,心里却一直都在想着别的男人。"他眼里有泪光,几乎是有点脆弱地看向了她的眼睛,"你到底爱过我没有?"

于筱冰还在回避他的目光,结果脸又被他捏住转了过去。她垂下了眼,微不可闻地轻声说:"我爱过。"

"什么时候?"

"你去年过年跟我回家,过安检的时候帮我把倒下的箱子拎起来了,那个箱子很重,我觉得很累,但是你后来一直都帮我提着,还给我暖身贴暖手,那会儿跟在你身后真的很有安全感。我当时想过,你如果能一直这样对我好,我就把过去的事情都放下,以后好好跟你过日子。"

陈璟低头掉下了眼泪,他伸手抹掉,一把抱住了她:"你怎么这么没用?这样就被男人拿捏住了。"

于筱冰没推开他,她现在不想再给他任何希望,这是一种沉默的拒绝。过了一会儿,冷静下来的陈璟松开了她。

"你就这么转行太可惜了,回来继续画画吧。"

她沉默片刻,摇了摇头:"我在画,有时候会接外包,跟电影项目太累了,在组里没日没夜地一待就是几个月,以后可能不太适合照顾家庭。"

"你要跟他结婚了?"

"没有,我只是自己这么想,他的工作很稳定,我也想要稳定一点……"

聊了没几句,会场中突然又起了骚动,于筱冰抬眼看过去,发现门口有个女人抱着孩子正在快步朝她这边走来。女人穿过了人群,于筱冰辨认了好一会儿,才勉强看出眼前这个看起来极度疲惫的女人是于楚。

她看起来完全没有之前那种从容稳定的感觉了,上来就质问于

355 ♥

筱冰。

陈璟拦住她:"我说得还不够清楚吗?你这孩子不是我的,我早就结扎了,医院的单子现在就能从手机里翻出来给你看,你找错人了。"

于楚直接哭了起来:"那孩子是谁的啊?"

陈璟觉得好笑,他在这些女人面前从来没有半点真心:"我怎么知道?"

于楚又像什么都没发生过似的,过来拉于筱冰,含着眼泪说:"你劝劝他,不要让他这样对我。"

于筱冰把自己的手抽出来了,声音很冷漠:"我只是邀请你参加婚礼,没让你当新娘,你对得起我吗?"

"于筱冰,初中的时候我是你最好的朋友!没人跟你玩,只有我跟你玩!你难道都忘了吗?"于楚开始跟她扯起了旧情。

于筱冰的语气更冷了:"上次我回了趟老家,遇见了一个初中同学,她告诉我,你当时经常在背后说我的坏话,想让她欺负我。因为开学的时候我帮过她,所以她才没对我做什么,你就是这样当我好朋友的?"

现场的一些媒体已经嗅到新闻热点了。

有人过来采访陈璟,话里话外都是在问他当时为什么要对不起自己的女友,相比之下,他的态度就显得平静多了:"因为我控制不住自己……冰冰愿意包容我的感情缺陷让我很感动,我曾经是真的想过要给她一个家,但最后我还是没能克服自己的缺点。谢谢她陪我这个浑蛋一起走过这几年,她值得这个世界上最好的东西。"

陈璟抬眼时,一眼就找到了隐在人群间的于筱冰,她向他挥手告别,随后就转身离开了。

外面在下雨,空气十分清新,于筱冰站在外面,有种已经重获新生的感觉。

第八章 痛苦回忆

有个陌生男人过来搭讪,问于筱冰需不需要伞,他可以借给她一把。她摇头说不用,随后就跑下了阶梯,直接冲进了雨幕里。

她的心里突然产生了一种强烈的冲动,她特别想见裴译,想跟他说自己心里那种轻松的感觉。

找到熟悉的车后,于筱冰连忙拉开车门进去了,脸上的妆有点被雨淋到,她赶紧抽了纸巾按住吸了吸水。整理裙摆时,她发现裴译正靠在方向盘上休息。

于筱冰的动作不自觉地更轻了,她没有晃醒他,而是在旁边看着他的脸。

这个角度能看到他脸上的泪痕,她伸手去摸了一下,看到他的眉眼动了动,他有点惺忪地抬起眼睛。她冲他笑了一下,眼角都弯下去了,看起来很甜,他的表情却显得有点阴郁,他低头看向一旁,准备开车。

于筱冰看出了他神情异常,于是伸手握住了他准备挂挡的手,开口问道:"你是不是心情不好?"

裴译摇了摇头:"就是刚刚睡醒,有点没精神。"

于筱冰不问了,又看着他开车。一路上雨越下越大,两人都很安静地坐在车上,他的沉默让她莫名地有点心慌。

前面迎面驶来了一辆大货车,裴译在那一刻好像出现了幻觉——雨夜里穿着黑衣服的女人突然走到了车前,抬头望向他。他紧急转动方向盘,惯性带来的冲击力让于筱冰差点受伤,整个人都贴到了车门上。

于筱冰心有余悸,刚才险些发生事故,她的心怦怦狂跳。

"你有没有事?"她连忙解开安全带,靠过去想要看裴译的状态。他摇头,也没说话,只是伸手挡开了她的手。

原本就已经浮出水面的不安情绪再一次被放大了,于筱冰对他的情绪变化一向都是最敏感的,裴译这样让她想起了他跟她提分手的那天。那天,她不知道他在其他地方经历了什么,但他突然就变了,不听她说话,也不给她留任何情面。

于筱冰感觉这一刻的他身上的感觉和那个时期非常像,他的状态变得很不稳定,好像马上就要再一次和她分开了。

她吞咽了一下口水,拉住了他的手,眼睛含泪地看着他:"你怎么了?"

裴译没有抽出手,恍惚地说:"我离职了。"

她心脏像是停跳了一下,眼里顿时就水光闪烁:"你怎么没跟我说?"

"抱歉。"裴译最后还是只对她说了这样一句话。

外面的雨变大了,豆大的雨点砸落在车上,疯狂地啪啪作响。

空旷的路上一个行人都没有,路灯光线都变得暗淡起来,在雨夜里延伸出了一种幽深的感觉。

裴译低下头,双手搭在方向盘上:"还记不记得高中时你说以后不跟我联系的那天下午,家里来了个女人?我知道你肯定看见她了,她长得很漂亮。"

于筱冰点点头,承认了:"对,我看见了……她是谁?"

裴译道:"她是我妈。"

于筱冰完全不明白了,愣怔地看着他,一时间有点不知该问他什么,她暂时无法理解裴译的话是什么意思。

裴译看着自己的手,嗓音变得低哑:"小时候我总会被她关在房间里,可当她想起我的时候,又会亲手把饭喂到我的嘴里。跟你分开的那几天,正好是我爸妈相继去世的时候。"

于筱冰紧紧地皱着眉头,裴译说的话每一句她都能听懂,可是连到一起她又不懂了:"那另一个女人是谁?"

"是裴晶的妈妈,我婶婶。婶婶的精神有些问题,一直把我当成她的孩子,我实在受不了和她发生过争执,结果她发病去了医院。

第八章 痛苦回忆

"裴晶去探望时,从她妈妈那里了解到的版本是,她去我家照顾我,但我打了她。裴晶很震惊,也很内疚,怪自己没照顾好妈妈才让她的病情加重。她为了报复我,所以逢人就说我欺负了她。"

于筱冰的脑子整个都是乱的,她一时间想不明白这些都是什么意思,甚至不敢相信这都是发生在裴译身上的。

于筱冰连忙伸手过去把他抱住了,不停地轻拍着他的背:"她们在乱说,这都不是你的错,事情已经过去了,你以后有我了,不管发生什么事,我永远都会站在你这一边的。"

"没过去,我是真的做错了,我没有向我爸坦诚,我一直都在帮我妈隐瞒她的错误。"

他的声音微微发抖,他从来没有这么脆弱过,于筱冰心疼得不行,就连自己的声音都开始沙哑了。

"可是这些事都跟你没有关系,孩子本来就没有义务去帮父母维护婚姻,那是他们大人自己的事情,你怎么能因他们的事情自责这么多年?"

"因为我爸就在那天死了,你能让一个死人原谅你什么?我活该遭受这一切的,我什么都不配拥有。换作是你,难道你能忍受这样的事吗?"

她连忙点头,怕自己说晚了他就不相信她了:"我当然能!"

"为什么能?你到底喜欢我什么地方?我这样的人有什么值得你喜欢的?"

于筱冰有点想哭了,不知道他到底在说什么,很害怕他又要丢下她了。她抽泣了很久,最后拉住了他的衣袖,双手抱住了他的手臂,哑声道:"你别去想那些了,都过去了还能怎么办呢?或者你再好好跟我说一说,当时到底都发生了些什么,让你痛苦的那些你都可以和我说。然后我们以后就重新开始吧,好不好?"

裴译看着前面的雨，没说话。

她在他的沉默中问道："所以你想要我做什么？还是想要我走对吗？你放不下那些，那我在你心里也不重要吗？我永远都比不过那些过去是吗？"

裴译没有回应，眼眶通红地看着虚无的地方，眼神完全没有聚焦了。

看着他这个样子，于筱冰不忍心，她放缓声音说道："我不会讨厌你，裴译。裴译……只要你需要，我就不会走的。"

她哭得停不下来："难道你永远都要活在过去的阴影里不让任何人靠近吗？"

于筱冰说着哽咽得捂住了嘴，很努力地缓和情绪才能颤抖着继续跟他对话："你从以前开始就是这样了，你什么都不想告诉我，你就只知道不拖累我。裴译，你再这样对我，我就真的不管你了。"

她不顾外面正下着滂沱大雨，哭着走进了冬夜的雨幕里，肩膀不断颤抖，前面就有一家连锁酒店，她连头都没回，提着包径直朝那边走了过去。

裴译坐在车里，看着她消失的方向，陷入了无止境的沉默。

于筱冰参加完陈璟那边的年会之后，第二天就是公司这边的晚会了。

下午，公司的人纷纷去了酒店那边。

于筱冰找了张桌子坐下之后，开始东张西望，会场里的人很多，可惜的是，她没有找到裴译的身影。

参加这次晚会的不光有公司同事，还有一些她根本不认识的人，他们好像都认识裴译，有时候于筱冰吃着饭，旁边桌上不时会有人回头来看她，像是对她感到好奇。

赵思静也发现了投往这边的视线，开口问她："裴总今天怎么没过

第八章　痛苦回忆

来啊？"

于筱冰尽量不让自己表现出尴尬，摇了摇头："我也不清楚，他可能有事。"

她把这个话题带过去了，好不容易才熬到晚会结束，有些人还准备参加第二轮活动，但大部分人已经准备回家了。

于筱冰正要起身离席，韦总就把她叫了过去。他那边的席位上坐着的都是公司领导，还有一些不认识的人，看起来身份都不低。韦总坐下后友善地说了句让她继续吃，然后就直接切入了正题："裴译这家伙怎么回事啊？"

"什么？"于筱冰有点蒙。

"昨天我打电话叫他出来吃饭，他说要陪你，我想着那行吧，陪媳妇儿更重要，反正今晚还有一桌。结果今晚他也不来，还把你一个人晾在这里，你不得说说他啊？"

于筱冰尴尬了两秒，只能轻声回了一句："我能说他什么？"

"老裴女朋友是南方人吧，脾气这么软，你平时管过老裴吗？他工资卡交到你手里没？"一个不认识的领导估计喝多了酒，顶着一张上了头的大红脸，在那儿看着她问。

于筱冰连忙摆了摆手，解释道："我连自己的钱都管不好，更管不了他的钱，他是做财务的，肯定比我会理财。"

她说的都是真心话，她真的从没想过要管裴译的钱，她上次信用卡还逾期过，裴译没把她连人带钱都管起来就已经很好了。

"你是不是被他那张脸唬住了啊？他那模样是挺能祸害小姑娘的。"男人又拿起杯子喝了一口，继续道，"尤其是像你这种刚进社会的，可能是会对他有点崇拜心理，但你也不能什么都听他的，别觉得他年龄比你大资历比你深就怕他，男人都得管着才行！"

石总笑了笑，说道："你发酒疯吧，什么刚进社会，这可是老裴的同学,两人是一届的。"

那人睁大了眼睛,撑着桌子直接站起来仔细打量起了于筱冰。虽说隔了很远,但于筱冰的身体还是不由自主地往后靠了靠。

"长得跟我闺女似的,怎么看着这么小呢?"那领导看了于筱冰好一会儿,最后得出了这样的结论。

韦总皱起了脸,一下就听出了不对劲:"不地道了吧,你这不是在转着弯占老裴便宜吗?"

旁边的人哄堂大笑,旁边人边笑边把那个醉鬼拉了回去,让他好好坐着别瞎闹。

韦总又看向于筱冰:"筱冰,我们这些人呢,跟你对象都很熟,以后你俩要是结婚了,我们肯定都是要去的。

"裴译他就是白长了那么张脸,我韦海滨这辈子还真没见过像他那么专一的男人,他跟异性永远都保持距离,真就一个人单身了这么多年。

"我那会儿不知道你们以前有过一段,有天他突然打电话跟我说想弄个人进来,我问他是谁,他说是他的同学,挺可怜一姑娘,结婚前未婚夫出轨了,家里人还都不理解。

"我当时寻思这关他什么事?他有那么多同学,怎么偏偏就对你上了心?而且那家伙还在于海老家的小县城买了套房子,每年都会过去住,有时候还跟于海两人在一块吃饭。我觉得奇怪,他老家又不在那里,不沾亲也不带故的,他跑那小地方去买什么房子?直到他跟我打完了招呼,又去跟于海联系,让于海用自己的名义给你安排了这份工作。"

韦总不轻不重地拍了一下桌子,看着于筱冰叹了口气:"所以我才说我真没见过裴译这样的人,他就是一直还想着你。别人都把初恋放在心底,分手之后该娶的娶,该嫁的嫁,但他一直都在你身边守着,也没考虑过自己到底等不等得到。

"我总觉得他本来就是奔着孤独终老去的,这么多年他身边一个人

第八章 痛苦回忆

都没有,就见他养过一条狗。"

于筱冰听得喉咙酸涩,眼眶也发胀,她想缓一缓,但刚眨了一下眼睛,眼泪就不受控制地掉了下来。

回家的路上,四周的路灯光线昏黄,许多写字楼已经熄灯了,但是万家灯火依然通明,隐约能看见远处有黑色云层正随着风快速移动。

于筱冰裹紧了羽绒服,尽管她已经把拉链拉到了嘴巴的位置,依然能感觉到零下十几度的冷风吹到身上。不同于南方冬天刺骨的阴冷,北方的低温作用在人的皮肤上带来的是直接粗暴的痛感。她看着脚下的步道砖,脑子里回想的却是过往的旧事。

被裴译分手的那天,她穿着新衣服过来找他玩,口袋里还留着巧克力想送给他吃。

结果面对她伸出来的手,他连眼皮都没抬起来一下。

"你以后别跟着我了,分了吧。"

于筱冰不知道自己做错了什么,心里慌得像是一脚踩空了楼梯一样,整个人顿时就清醒了。开口询问他的时候,她连声音都在跟着身体微微发颤:"为……为什么啊?"

他很久没说话,于筱冰走到他面前拉住他的胳膊,眼泪一下就涌了出来,鼻尖酸涩到让她受不了了。

"你别这样,我要是哪里做得不好,我都可以改,你别不要我……"

裴译沉默了片刻,哑声道:"你没问题。只是你陪我到这儿就行了。"

最后两人什么都没说。等她哭完,他就把手抽了出来,默默转身,独自走进了那天淅沥的小雨里。

第九章

知你欢喜

Chapter 9

于筱冰回去洗了澡，把自己打理好了之后，去楼下拦了辆出租车，报上了那个最近变得越来越熟悉的地址。

站在他家门口后，于筱冰本来想直接进去，可想了想，最后还是按响了门铃。

等了一会儿，屋里没有回应，于筱冰的手都已经从口袋里拿出来放到了密码锁上，可下一秒，门就从里面被人打开了。

屋里有个陌生女人过来给她开了门，手里还拿着拖把，像是正在搞卫生。

于筱冰不确定她是不是裴译请的保洁，于是开口问了一句："请问您是……"

眼前这个人的反应很古怪，她上下打量了于筱冰很久，非但没回答，反而直接反问她："你是谁？"

她的态度和语气都给人一种不是特别友善的感觉。于筱冰本能地对她有了一点抵触感，就连自我介绍都变得强硬了起来："我来找我男朋友。"

眼前女人的脸色变了，像是有点不敢相信，又像是在强烈地排斥着什么。

于筱冰总觉得这个人的精神有点不太正常，如果她是裴译请来的保洁，那他真应该考虑换个人了。

于筱冰没理会她的表情，直接走进去，开口问道："裴译呢？他在家吗？"

女人在她身后不停地用怀疑的眼神打量她，小声说道："他有事出去了，今晚不会回来了，你走吧。"

于筱冰直接拿出手机给裴译打电话，很快裴译的手机就在卧室里面响了。于筱冰皱紧了眉头，转头看着那个女人，对她晃了晃自己的手机，挂断了电话。

"你不是说他不在家吗？"

"可能是他出门的时候手机忘记带了。"

女人还在想办法搪塞她，于筱冰终于不再忍了，说话时语气变得锋利了起来。

"你最好现在就告诉我你到底是谁，不然我就报警了。"

那女人嘴巴动了好几下，最后强硬地说："我是他婶婶！"

于筱冰愣了两秒，眼睛微微眯起，终于将眼前满脸皱纹的老女人和裴译回忆里的那个始作俑者对上了。

"婶婶？"

女人更激动了，直接道："谁允许你们在一起了？你们谈恋爱怎么不告诉我？"

于筱冰觉得好笑："什么时候侄子谈恋爱还要经过婶婶同意了？"

她很冷静地走到卧室门口，直接当着她的面，从口袋里拿出钥匙，打开了裴译卧室那扇被反锁的门。

当她进去的时候，那个女人也想冲进来，于筱冰一把推开了她，直截了当地反锁上了门。

第九章 知你欢喜

屋子里面窗帘没有拉严实,城市的光线微弱地照了进来,于筱冰没忍住看向了床上的那个人。

等眼睛慢慢适应了黑暗,她走过去打开落地灯,把亮度调到了最低。她把身上的外套脱下来挂在了椅子上,然后上床俯身抱住了裴译。

他额头上有张退烧贴,耳朵里也戴着降噪耳塞,不知是不是因为这样才没有被吵醒。

于筱冰看了一会儿,怕外面那个女人敲门会影响他休息,正要去外面让她安静,手就被他拉住了。

她转身看了过去,发现裴译的眼睛不知何时睁开了,他在昏暗中静静地凝视着她,于筱冰只能止住想要下床的动作,躺到他身边,又看向他的眼睛:"你发烧了?有没有吃药?"

"吃过了。"他把耳塞拿下来,又揭下了自己额头上的退烧贴,轻声说,"我睡不着……你今晚怎么过来了?"

他的表情都隐没在了阴影里,屋里光线太暗了,于筱冰只能看到他皮肤上因为反复发烧退烧流汗而折射出来的湿润反光。她感觉到裴译的视线落在她脸上,没忍住抬手抱住了他的腰。

"你今天没去公司的晚会,但是我很想见你……"

"抱歉,我烧得有点厉害,所以才没有去,韦总他们今晚是不是盘问你了?"

于筱冰的鼻尖感觉有些酸涩,她摇了摇头:"你生病了怎么都不跟我说?我来照顾你啊。"

裴译伸出一只手把她脸颊边的头发拨开,轻声说:"家里有不好的人过来了,我不想让你看了生气。"

他的声音很温柔,于筱冰一想到自己那天晚上对裴译说的那些不好的话,就觉得特别内疚。

门外的声音已经消失很久了,窗帘外的阳台那里又传出了新的声音。

于筱冰刚想走过去查看，裴译伸手把她拉了过来，往她身上套了件外套，直接把她带到了客厅。

"我联系了精神病院的人，他们晚点会过来。"

裴译说着垂下了眼睛，轻声解释了起来："昨晚我是因为发烧了所以才情绪不好，对不起，我可能跟你说了一些奇怪的话，你不要多想，我以后不会这样了。"

裴译在让她跟他一起来面对这一切的时候，显得格外没底气，他刚才明明还好好的，可当婶婶出现后，他却开始在她面前小心翼翼起来，像是生怕她会被那个人吓走。

于筱冰想说点什么，但是又不知道自己该说些什么。感觉他连这次发烧都是被吓出来的，现在这样说，只是不想再在她面前表现出昨夜那样的软弱。

没过多久，精神病院的人过来了，裴译去楼下开门按电梯，一些穿着非常专业的人上来，把婶婶送去了医院。

房间重新安静下来，于筱冰看见裴译在拿药片，她过去把药拿过来看了一眼，看着他问："你晚上吃东西了吗？它上面写着要饭后吃。"

裴译皱了下眉头，又去看药盒里面的说明书。于筱冰看他这样就知道他肯定没吃东西，走到冰箱前看了看，里面的菜还是她上次过来时买好的。她看过后，转身问道："你吃面吗？"

"都可以。"

她晚上没吃多少东西，这会儿也有点饿，所以下了两碗面，中途裴译去洗了个澡。

把面放到桌上，裴译已经洗完澡出来了，他的头发看起来有点凌乱，发梢偶尔往下滴水，这个模样显得他整个人要憔悴很多，是人在发烧时才有的那种精力不振。

第九章 知你欢喜

于筱冰有心事,但她不知道该怎么问裴译。昨晚他的情绪变化很突然,而且说出来的话也有点复杂,她不知道该怎么回应,只关注了自己的感受,完全忽视了裴译说出这话背后的原因。

她现在其实很后悔,可又不知道该怎么跟他说,也不知道他的心里会不会已经对她有什么隔阂了。吃到嘴里的面好像没有一点味道,于筱冰盯着碗里的煎蛋发起了呆,突然听见他在一旁开了口:"谢谢你。"

于筱冰有点不明白,抬眼看着他,问道:"为什么谢我?"

裴译喝了口汤,放下碗之后沉默了一会儿,回复她:"谢谢你今晚还愿意过来。"

于筱冰抿了抿嘴,心里说不上来的难受。收回视线时,她发现他的面已经快吃完了,不知道他会不会没吃饱,于是顺手把自己的煎蛋又夹到了他的碗里。

等裴译把碗里的东西吃完,她给他送了药过来,收了碗去厨房清洗。

裴译吃了药,拿着杯子走了过去,从后面抱住了她的腰:"你在想什么?在想我昨晚在车上对你说过的那些话?还是在想当初我在你最喜欢我的时候跟你说了分手?"

"不是的。"于筱冰摇摇头,压抑了整晚的情绪一下就涌了上来,声音都有点哽咽了,"我是在想,如果自己以前不那么自卑,强硬一点留在你身边的话,你是不是过得会稍微好一点。"

"还有就是,昨晚听到那些话之后,我应该留下来安慰你、陪着你的……明明你一直都在对我好,但我总是让你自己去承受那些不好的事情。

"对不起。"

她说这些之前都没有思考,说完之后才发现自己好像有点想哭,眼里已经泪光闪烁。

裴译沉默了一会儿,然后直接将她打横抱起,走进了卧室。

于筱冰整个人都睡蒙了，第二天听到旁边的闹钟响起，还想着要上班，撑着床就要爬起来。身后的男人伸了只手臂过来，拿起手机关掉闹钟，然后隔着被子把手横搭在了她身上，把她按回了床上。

过了一会儿，他又把搭在她身上的那条手臂收了回来："抱歉，我忘记关闹钟了……你再睡会儿。"

他刚睡醒，声音里有很重的鼻音，裴译在温暖的被窝里动了动，本能地贴紧了她，像只在寻找舒适区的猫。

于筱冰刚醒的时候一心想着要上班，直到回忆起两人昨晚都干了什么，才不由得面红耳赤，想起公司今天都已经开始放元旦假了。

闹钟被关掉之后，于筱冰根本不敢再动，睡意没有了，被男人这样抱在怀里感觉真的很热，她很想掀一下被子，可是又怕自己这样会弄醒他。

房间里面很安静，一早起来就感觉到了屋里暖气的威力，周围门窗紧锁，连角落都暖烘烘。她身上还严严实实地盖着被子，肩膀和脸颊上都被焐出了潮湿的红晕。

过了一会儿，身后的男人又开始叫起了她的名字。

"冰冰。"

于筱冰被他这么一叫就浑身泛激灵，她想下床去洗漱，可那只手还紧紧搂着她。

"别乱动……"他的声音几乎是贴着她的耳根响起的，刚睡醒所以略显沙哑，带着点模糊不清的尾音，让她的耳朵都在发烫。

"裴总……您醒了吗？"她声音特别小，但两人现在离得近，他还是听到了。

"别这么叫我。"裴译垂眼吻她的后颈，"我是你男人。"

她没再抗拒他的接触。

第九章 知你欢喜

这个早上他们过得很是荒唐,昨晚本来就没睡好,于筱冰感觉自己现在真的一点力气都没有了。

她从来没有想过自己还能跟裴译重新在一起,就像一个在沙漠里迷路了十几年的人,最近终于被救了出来。任何一点舒适的体验,对她的感官而言都被放大了无数倍。

她在他怀里翻了个身。过了一会儿,他放在她腰间的手指动了动,两条手臂都收紧了一点:"身上都是汗,去不去洗澡?"

"你再抱抱我。"

裴译很自然地把她揽进怀里,低头时在她的头发上轻吻了一下:"好。"

现在的裴译已经完全没有了那种令人捉摸不透的感觉,她突然觉得,就算现在跟他结婚了,以后好像也不会再有特别不安的时候。班珍那天在机场说的话突然又回到了她的脑海里,于筱冰现在心情很平静,于是就对他开口了:"裴总,我现在这么叫你可以吗?"

抱着她的男人嗓音听起来有些疲倦:"叫我裴译很困难吗?"

于筱冰想了想,最后很老实地点头:"嗯。"

"为什么不能直接叫我的名字?"

"有时候会叫不出来,很早之前就这样了……我其实很想被你管着。"

"生活上也想这样吗?"

"想。"

只有在以前那个小出租屋里时,他表现出来的才是他最真实的一面。

初恋时一旦动了真情,对一个人的影响通常都很深刻,第一次用的是怎样的模式相处,之后也就很容易再朝那方面靠近。

"作为男友,我其实并不合格,还有比我做得更好的。"

于筱冰还以为他又在钻牛角尖,正想要安慰他,就听到了他接下来的话。

"但你现在已经是我女朋友了,我就算做得不好,也不会轻易答应跟你分手。"

于筱冰有点困惑:"你真的很优秀,怎么会觉得自己做得不好?"

"优秀只是表面,是吸引其他人关注用的。不管外在条件多好,在感情里想要跟人建立一段两人都感到舒适的亲密关系,还是需要靠一些内在的东西。"

他说完之后,又把她耳边的头发撩开:"我的感情世界从头到尾都是个很混乱的地方,在这段关系里推动我的人一直都是你……冰冰,一直都是我更需要你,你以后别再离开我。"

于筱冰陷在了他刚才的情话里,脸开始微微泛红。过了好一会儿,她才开口:"以前聊天的时候,有人跟我说了关于你的事。"

"嗯,说了什么?"

"说你是没办法被人掌握的,就算结了婚也不可能把你抓在手心里,大概是这个意思吧。"

裴译轻笑了一下:"班珍说的。"他直接连问句都不用了,像是对这件事情很肯定。

于筱冰当场愣住。

"你怎么知道是她说的?"她觉得很神奇,明明她从来都没对裴译说过这些话,他怎么会一下就猜对?

"她是会说这种话来劝你的人。冰冰,我会慢慢证明给你看,不管是结婚还是别的,你想要的,我都会给你。"

于筱冰一开始还没反应过来,裴译说完,过了一会儿她才回过味来。他可能以为她说那种话,是在暗示他快点给她更多的安全感,但是裴译有自己的想法和节奏,所以让她不要急。

第九章 知你欢喜

她的脸瞬间红了,她嗫嚅道:"我……我说那话不是想催你结婚的意思,我就是随口一说,我俩还没在一起多久,可以先慢慢培养感情,你别误会我。"

"你是这么想的吗?"他仔细地观察着她的表情,"想和我培养感情,不想先跟我结婚?"

于筱冰连连点头,生怕他不相信,忙说道:"我们可以再等等。"

裴译看了她一会儿,脸上没什么情绪:"要我等多久?"

她想说等到你觉得合适为止,但最后还是选择了保持沉默。裴译说他不喜欢被人强迫,想结婚的时候,他自然就会提了。于是于筱冰就真的没再开口说话了。

这时外面突然响起了手机铃声,跟他平时的铃声不同,应该是特别设置的。

"我去接电话,你洗完早点出来。"

"嗯。"

从卫生间出来时,她看到裴译正背对着她坐在床边,心里顿时安心不少。她拉开了他的衣柜,在里面取出了一件宽大的毛衣穿上,随后她走到裴译身旁,双手抱住了他的胳膊,趴在他肩上问道:"我穿这件可以吗?"

裴译戴着蓝牙耳机,转头看到她之后,温和地点了点头:"可以,很好看。"

于筱冰不知道他是不是在讲工作上的事,换作是以前,她根本不敢在这种时候凑上去听他说话。

可今时不同往日,于筱冰在他的大腿上坐了下来。也就是这个时候,她很清晰地听到了裴译耳机里那个苍老的男性声音:"哪个女人这么早就在你旁边试衣服?"

375 ♥

裴译的声音很干净，带着点调侃的笑意。他单手揽着于筱冰的腰回应："爷爷，是我对象。"

"哟，你终于愿意谈对象了？哪个姑娘？小程？"

"不是，是小于。"

于筱冰听到这是他爷爷之后，整个人立马害羞了。她现在就想快点从裴译身上下去，腰却被他紧紧扣住了，不得不继续坐在这里，听他跟他爷爷打电话。

"不管是谁，你只要能带个人回家，我这颗心就算放下来了……小于是个什么样的姑娘？她在哪里上班？"

"我改天带她回来看看您。"

"什么改天，就今天吧，我想见见，她把你这棵多少年的铁树都催开花了，真不容易。"

"爷爷，我先去好好跟她说说……也不知道她今天做好准备没有，她容易害臊。"

"好好哄哄人家姑娘，早点把这婚结了，你知道吗？"

裴译一脸无奈，浅笑道："知道了。"

挂断电话，裴译又看向了于筱冰："你紧张什么？"

于筱冰觉得他明知故问，有点犹豫地小声问："今天真的要去见家长吗？"

裴译将姿态放低，反过来牵住了她的手，说道："我父母都不在了，这么多年只有爷爷对我好。他身体越来越差，去年还动过一次手术，进了ICU，那几天真的是不知道什么时候就不在了，他最放心不下的就是我……我也确实不争气，一直都没办法让他安心。"

于筱冰又开始心疼他："那今天就去看看你爷爷吧。"

他又问她："你会不会紧张？第一次就这么突然，会有点勉强吧。"

她连忙摇头："没关系，去吧。"

第九章 知你欢喜

"那我送你回家整理一下。"

她点头,感觉他顶着这张脸,不管说什么她马上就会心软,根本舍不得看他难过。

于筱冰回去把自己收拾了一下,换了身衣服,又化了个提气色的淡妆。

而裴译就一直待在她的宿舍里等她,可能因为来这里的次数不多,他一直在观察她收拾出来的屋子,他像是对她的生活用品很感兴趣似的,一些摆放的东西偶尔还会让他伸出手拿起来看一看。

收拾得差不多后,她起身来到身后的男人面前,让他看看自己:"我这样还可以吗?你觉得好看吗?"

裴译收回视线,将她上下都看了看,然后伸手直接抱住了她的腰,高大的身形把她整个人都裹了起来:"我觉得你怎样都是好看的。"

于筱冰当即脸上一热,说不出话了。裴译很温和地捋了一下她的头发,低头在她脖颈上落下轻吻:"你把自己收拾得很好,走吧。"

下楼的时候,两人还碰上了几个同事,大家都简单地打了招呼。

这些人在裴译面前就规规矩矩地问好,一跟于筱冰接上话就开始八卦,问她打算跟裴总上哪儿玩。

现在公司基本都知道他们在谈恋爱,他们就算走在一起也不会再有人议论了,而且可能因为他们的气质完全不同,身高差也大,甚至形成了一种完整的互补:一个看起来很冷峻禁欲感很强,一个看上去可爱甜美。

第一次见到他们时大家可能多少会有点惊讶于这样的搭配,但看多了就隐约能感觉到他俩之间到底是谁在做主。于筱冰没谈恋爱的时候就已经给人一种很乖的感觉了,现在跟裴译这样的男人在一起,完全就是被他牢牢拿捏住了。

年末的最后一天是难得的晴天，云层间混杂着淡金色的阳光，在蔚蓝天空的衬托下，看起来显得非常透亮。可能因为今天出了大太阳，下午并不是很冷，还有些许温暖。

于筱冰手里拿着一盒茶饼，是裴译直接从家里拿给她的，他说爷爷会喜欢这个，让她用来当见面礼。裴译说老爷子主要是想看看她，而且他爷爷自己一个人在家里待久了，常年感觉很孤独，她就算空手过去都行，只要能见着人他就很开心了。

于筱冰没法再反驳什么，被裴译这么一说，她总感觉他爷爷好像有点可怜……上车之后，于筱冰犹豫了很久，又转头看向裴译："之前你给我转的钱，我都还给你好不好？"

裴译正准备开车，闻言顿了一下，放在挡杆上的手开始摩挲了起来，问道："为什么？"

"我知道你家境好，年薪也高，但你不用给我钱。"

他并没有马上说话，而是先发动了引擎，让车辆上了路，拐过了第一个弯道后，才淡淡地开了口："理由。"

于筱冰心里一紧，原本放松坐着的，这会儿背挺起来了，双手也握拳放在了自己的大腿上，正儿八经的，就像个小学生："我就是觉得这样不好，什么都依赖你的话，早晚有一天你会嫌我烦。"

于筱冰在反省自己了，最近她其实很黏裴译，不管做什么都要先问问他的意见。

买东西的时候会问他哪个更好，穿衣服的时候会问他这么穿好不好看，就连自己无聊的时间该怎么打发都要问问他。

裴译没说过她什么，一直都对她很耐心，是她自己偶尔反应过来，感觉这样好像还挺招人烦的。

前面是个长达一分钟的红绿灯，裴译将手从方向盘上拿了下来，透过鼻梁上架着的眼镜看向她。他神色平静，目光也很柔和，声音清澈中

第九章 知你欢喜

带着一点清冷:"我喜欢关心你的生活细节,这会让我感到愉悦。

"你可以把自己的一切都展示在我面前,而我有时候也会有一些不好的情绪,只有你才能帮我缓解,你可以理解吗?"

男人清晰的下颌线条与脖颈形成了一个微妙的角度,显得长相更为英俊精致,于筱冰能很清楚地从他身上感觉到一种美感。

"我理解,我其实很喜欢你像以前那样对我,我就是怕谈钱会伤感情,不想让你觉得我总是在用你的……"她说着说着低下了头,手指在衣摆上揉弄起来,"而且我现在有钱,电影那边五百万的分红年前就会到账,我已经不缺钱了。"

沉默片刻后,他轻笑一声,点了点头:"好,我知道了。"

于筱冰发现自己好像把天聊死了,整个人都非常局促,只能眼巴巴地一直看着他,过了好久才闷闷地憋出了一句话:"你会觉得不高兴吗?"

裴译单手放在方向盘上,眼底的笑意渐浓:"你误会了,我现在能马上动用的现金全部加一块也没你那么多。小富婆,你都能包养我了。"

于筱冰有点蒙,又问他:"那你现在缺钱吗?我一时半会儿也用不上,等到账了我可以都转给你,你想用来做什么都行。"

"你这么想给我钱?"

她不知道说什么就点点头,裴译说什么她都照单全收。裴译实在逗不下去了,恢复正经:"如果你信我的话,我可以帮你打理,你觉得麻烦直接去银行存定期也行,每年的利息可以用来当零花钱。"

他的态度自然而平和,给人感觉她每年就算多了这笔零花钱,也并不影响他给她花钱。

于筱冰听出了这层意思,也知道裴译的资产比她的多,连连点头,说道:"我肯定信你,你手底下过的账随随便便都比我这点多,而且班珍说你能三十岁坐到这个位置上,属于领域专家级别的了,他们不提拔你别人也会来挖你,让你专门帮我打理是我麻烦你了。"

他很平静地回道:"你不知道背靠大树好乘凉这一说法吗?我也不是纯粹靠自己爬上来的。"

"可是你就是很厉害啊,班珍说你以前参与搭建管理财务共享中心,好多东西都懂,来总承包这边都还是韦总把你挖过来的……"

她说着说着,声音变小了:"你别多想,不是班珍喜欢说你,是我总问她你以前的事。我不会理财,完全没有概念,也不喜欢跟数字打交道,你不嫌麻烦的话,还是你来算吧。"

裴译沉吟片刻,问她:"你这是以后结婚了想要我来帮你管钱的意思吗?"

"我没什么钱能管的,而且我花钱上头的时候比你想象的恐怖多了,信用卡还会逾期。"于筱冰感觉脸有点热,最后看向了前方的路,放在腿上的手也握紧了点,"我只是想把自己有的都分享给你。"

前方又是一个红绿灯,裴译停了下来,等待的时候,他垂下了眼睑,目光看起来很温柔:"冰冰,谢谢你……我很高兴。"

他说完之后,喉结上下滚动了一下,抬眼看向了前面正朝右侧通行的车辆:"大学填报专业之前我父亲过世了,我当时对未来很迷茫,不知道自己以后要做什么。

"有天晚上我突然想起你以前在桌边算这个月买菜用了多少钱,很简单的两位数相加减都要按一下计算器,那个时候我就想,还是学财务吧,你好像不太擅长这些,以后我可以帮你。"

前方的车辆依旧川流不息,车胎摩擦地面的杂音充斥着外面的世界,可在两人相处的空间里却异常安静。于筱冰看着他的手指沉默了一会儿,拿起他的手握紧,然后低头在他的手上吻了一下,想象起了裴译的无名指上戴婚戒的模样。

她突然就想和他结婚了。

第九章 知你欢喜

元旦假日期间,路上有点堵车,红绿灯很多,而且等待的时间也长,到了裴译爷爷家的时候,已经是下午四点多了。

爷爷住在胡同院里,屋子前面有个小庭院,两边种了很多菜。于筱冰过去的时候爷爷不在家,但是司机刚从外面买菜回来,保姆开始张罗晚饭了。裴译问都没问,像是知道老爷子去了哪里,直接让她放下手里的东西,带着她一起出去了。

在路上的时候,他给于筱冰介绍了一下刚才的司机和保姆。那两人其实是两口子,他们照顾爷爷很长时间了,就跟自己的家人一样。

说话间,他们就已经来到了一个茶馆门口,周围聚了很多人,正在夕阳底下看人下象棋。裴译走进去,伸手拍了拍其中一个拎着鸟架子的高瘦老头,很快对方就回过了头,正要说话,目光却先落到了一旁的于筱冰身上。

旁边有人先他一步开口了:"哟,您孙子这是带媳妇儿回来过元旦了呀?"

"可不是。"老头虽然瘦,但还是很有精神,看起来也非常面善,"丫头,怎么穿这么少,这外头冷吧?走,咱先回屋。"

"不冷,没关系的。"于筱冰连连摆手。

鸟架子上长着翠绿色羽毛和浅黄色喙的小鸟突然叫了一声:"好冷,好冷。"

于筱冰第一次见鹦鹉说人话,盯着那只鸟就开始目不转睛地看。裴译伸出了手,鹦鹉伸嘴去啄,结果很快就被他带了出来。小小的鸟在他的手指间跳动,两只爪子一直都扣在他手上。裴译玩了一会儿,两手的拇指和食指都扣成了环,一边能让它探出头,一边放着它的尾巴。

小鸟随时都可以动,并没有感觉到危险,自由又宽松,但是一直都逃脱不了裴译的掌心。

"把手给我。"他看向了于筱冰,于筱冰有点犹豫地把手伸了过去,结果小鸟被放开后，居然真的就这么跳到了她的手上。

于筱冰眼睛都亮了，小时候鸟都是她一靠近就飞走了，这还是她第一次碰见这么亲近人的鸟，但她还是不敢乱动，怕吓到这只小鸟。

裴译把鸟顺走了，总算是解除了她一动都不敢动的状态。

"先回去吧，爷爷家里还有很多鸟，有只画眉很灵，会学小孩哭，让它学给你听。"

"真的吗？"

"真的。"一旁的老爷子直接接话了，把鸟架子塞到了裴译手里，"你小子今天怎么跟开了屏的孔雀似的，在对象面前什么都想露一手是吧？走，别在外头待着了，带你回去看看爷爷养的鸟。"

于筱冰还没反应过来，就在回家的这段路上被健谈的老爷子不着痕迹地引导着，几乎把自己的户口都交代了。

明明刚恋爱不久，他们却已经聊到了婚后话题。

"那你这个南方姑娘在北边儿能待习惯吗？这里比不得南方湿润，秋冬干燥得让人流鼻血。"

"能习惯的，我在潮湿的地方待着容易长痘，到北方来反而不长了，我觉得干燥的环境可能会比较适合我一点。"

"那正好了，你俩以后结婚了，没事就一块过来陪陪我这个老头儿。小译性子太淡，他没成家，脑子里根本就没什么家的概念。"

于筱冰连连点头，听话得很。

到家的时候，保姆和司机已经开始包饺子了。于筱冰擅长做这些，也过去帮忙。也就是这时，她发现了一个细节，裴译虽然不会做饭，但他包出来的饺子要比她的好看许多，精巧又扎实。

后来家里陆陆续续来了一些过来看望老爷子的人。裴译过去接待，送他们离开后才继续回来包饺子。

本来气氛很和睦，但后面来了一个不速之客。

第九章 知你欢喜

裴晶过来的时候，手里还拎着东西，她一看到于筱冰正坐在她爷爷的桌子边包饺子，脸上的表情就不对了。

上次局里培训之后于筱冰就再没看见过裴晶，她只记得自己上次推了她，来之前完全没想过还能跟她在家长面前见面，眼下难免有点尴尬。

裴译伸手捏住了于筱冰的手腕，像是在让她别怕。而裴晶也很快就明白了，表情里带上了明显的轻蔑："果然还是会有人不嫌弃你以前干过的那些丑事，冲着你的脸和钱选择嫁给你。"

这话她是凑到裴译身边说的，说话时目光一直盯着于筱冰，裴译还没来得及回话，爷爷一个遥控器就砸了过来，直奔裴晶的头去："混账！在我面前一直装出一副什么事都没有的样子，结果你就是这么在背后算计你堂哥的？"

于筱冰还没看清楚，遥控器就越过她砸到了前方的墙壁上，摔成了几块。

裴晶没想到爷爷会凶她，从最初的震惊里回过神后，马上就掉眼泪了，情绪也激动了起来："我妈好不容易才从医院里出来，她说想去找裴译我就让她去找了，我有错吗？"

"她在医院被关了那么多年！我妈心里的创伤谁来弥补？她根本就是被裴译弄成疯子的！"

她在那儿哭闹，老爷子气得身子都晃起来了，还是司机过去扶住了他。

"你弄清楚一点，你堂哥才是受害者！"

裴晶知道爷爷无论如何都会帮裴译说话的，想着出了这扇门再算账，可没想到老爷子还没说完："是你妈发病的时候把你烫伤了，你不肯原谅她，所以她才犯的病，把裴译当成自己孩子。后来她住了院，你过去看她，照顾她，让她有了被重视的感觉，这才有了你当时听到的话！那些话都是她为了博你的同情瞎编的！为了让你信，她到现在都还在扮演受害者,你居然还相信她?"

裴晶的嘴唇都有点发抖了,她看着老爷子,小声问:"爷爷,这么多年过去了,你为什么还是只维护自己的孙子?"

说着,她伸手指向了裴译:"就连我爸也亲口说过,难道我爸会骗我?"

"你爸就不是个东西!"老爷子都快被气疯了,"他在裴译八岁那年做过的缺德事你大可以去问他!"

于筱冰牵住了裴译的手,发现他的指尖冰凉。

跟他对上视线后,他只是看了她一眼,示意自己没事,随后又把视线收了回去,开始擀饺子皮。裴晶还在哭,像是一时半会儿没法接受这件事情。她顿了一会儿,直接拿起手机去外面打电话,像是跟电话那头的谁吵了一架。

于筱冰看着裴译擀饺子皮,隐隐约约听见裴晶在大声喊裴立彬,吵完回来后,裴晶哭得更厉害了。

她站到了裴译跟前,问:"当年的事,你真的是亲眼看到的吗?"

裴译抬眼看向裴晶,点了一下头,并没有再说别的什么。

"可我爸一直都在我面前说你,说你因为你妈去世了,来我家后觉得我妈对你好,所以你在她身上找安全感……"

裴译在那块饺子皮上放了馅料,熟练地包起来,把包好的饺子放到一边后,他低声说:"我从来没这样想过,裴立彬当年的事是我初三的时候亲眼看到的。"

他抽了张纸擦了一下自己手上的面粉,又把纸巾递到了裴晶面前。

裴晶愣了一下,抽了张纸出来擦眼泪。

"你下次再看见他的时候,麻烦帮我跟他带一句话,我现在过得很好,已经不恨他了。"

裴晶没再说话了,哭了好一会儿,最后抬头时看到了于筱冰,嘴唇动了动，开口叫她："嫂子……上次的事，是我的问题，我不该在你面前说那些难听的话。"

这态度就已经算是彻底软化下来了，于筱冰勉强放软了声音："没关系，我知道他没有。"

裴译给裴晶台阶下，顺口问道："你今晚留在这儿陪爷爷吃饺子吗？"

"不吃了，孩子去他同学家玩了，我要去接他……我还得去找一下裴立彬。"

他们说完之后，裴晶离开了，屋子里恢复了平静。爷爷忽然走到于筱冰身边，伸手拍了拍她："小于，你跟我来。"

爷爷带她来的地方应该是间书房，书架上面摆了很多与建筑有关的书，而窗户后面是一些老树，屋中的许多装饰和摆设看起来都很有年代感。老爷子站在了窗前，顿了顿，开口对她说道："小译的妈妈年轻的时候不安分，对他做过很多不好的事，他跟你说起过这些吗？"

于筱冰想起那晚在车里发生的事，点了一下头："他提起过一些，我不明白，但是我不太敢问。"

"他妈妈在他八岁左右的时候和他亲叔叔关系很亲密，可是因为他当时年纪还小，他就帮她把事情瞒了起来。

"懂事之后，这件事成了他心里的一根刺，他想离她远点，可那个女人把他带大，对他一直都有控制欲。在跟她相处的那些年里，他一次又一次对自己的母亲失望。这导致他后来对亲密关系非常恐惧，毫无信任。"

爷爷叹了一声，手指落在桌面上，能看出来他在心疼裴译。

"这么久了，我本来没打算看他结婚了，但我没想到他会突然带你回来，他一定对你彻底敞开心扉了……你就是他当年的同学，那个学画画的小姑娘，是吗？"

于筱冰愣住了，讪讪地问："所以那会儿是您联系了人，去跟我爸说有家画室不收学费，然后送我去学习吗？"

老爷子点了点头："嗯，他打电话找我的时候我就在想，我孙子不是会多管闲事的人，但当时我也没多想，想着能帮就帮了。

"后来他大了，在垣县买了房，每年都会过去住一段时间。我一开始以为他只是比较喜欢那边的风土人情，不知道究竟有什么东西迷住了他，所以有一年就跟着他过去了。

"本来我是想去看看当地人怎么过年的，结果他一整天都只在一个地方转，让他去别的景点他都不愿意。我当时想不通，直到后来在他包里看到一张照片。

"那天有一个穿着苗服、戴着银头饰的小姑娘在景区门口做接待。她笑起来甜甜的，拉人拍照，那照片要二十块钱一张，他不但拍了，还买下来了，你说他哪里是会做这种事的人……"

"那个人……是我？"于筱冰多年前的记忆其实慢慢模糊了，但那次她是有印象的。

好像是五年前，她过年回家很无聊，按照惯例去找堂妹这个在景区上班的同龄人一起吃饭、看电影，结果刚好赶上对方生病，所以最后饭没吃成，还被迫去顶了班。

她那个时候已经在和陈璟交往了，体型算是那些年里比较纤细的时候，皮肤状态也还可以，穿那套衣服确实非常好看。但冬天穿苗服冷得要命，贴暖身贴也没用，第二天她还是感冒了。

她笑了一天，脸都僵了。当时是旺季，游客实在太多，她根本不记得跟哪些人拍过照，只记得自己那天赚了很多钱，完全没想过那天跟自己拍照的人里面有裴译。

于筱冰还在愣神，老爷子这边却已经把该说的话都说得差不多了。

人老了就爱念叨，他最后又说："那天晚上下了场小雨，但很快就

第九章 知你欢喜

停了,他回去后连那只萨摩耶都没遛,就拿着那张照片发呆。我说你要是喜欢那个小姑娘就去追吧,但他当时就摇了下头,起身去收拾行李,第二天就回去了。

"他那几年一直都过得不太好,但他每年都会回去找你。"

从爷爷的书房出来的时候,于筱冰的神情有点恍惚。

饺子已经包好拿去下锅了,厨房里正在开火,裴译在帮着洗菜。于筱冰也进去帮忙,全程都没有说过什么话,只是静静地站在他身边。于筱冰不知道自己该怎么面对裴译,那个住在她心里但一直都遥不可及的人,好像比她想象的还要爱她。

上桌吃饭的时候,裴译陪爷爷喝了点酒。

老爷子喝得醉醺醺的,说等他们结婚了,他要给于筱冰一套房子,名字直接写她的,就当是给她的改口费。于筱冰哪儿敢要房子,整个人都慌了神,连忙拒绝。但老爷子的态度异常强硬,直接打断了于筱冰的话,她仿佛从他身上看到了一点他退休前在工作上说一不二的气势。

"本来都是给裴译留的,他没爹没妈,该分给他的东西我都给他留着,一点都不少,不过他自己也有本事,不怎么靠我……

"我已经老了,不知道还有几年活头,现在就盼着你俩赶紧结婚,让我再抱上个曾孙或是曾孙女,我这辈子就再没遗憾了。"

都说到生死问题上了,于筱冰实在没法拒绝,只能点头说好。

裴译今晚喝了酒没办法开车,是家里的司机送他们回去的。车开上路后,司机问他们要去哪里,于筱冰看了眼身边这个刚上车就靠在她肩上闭着眼睛的男人,想也没想就说了他家的地址。

司机对去裴译家的路已经很熟了,开车之余便跟于筱冰聊天。司机身上也有着 B 市司机那股能聊的劲儿,从他年轻的时候办厂做生意再到后来工厂倒闭,再到跟于筱冰聊起他怎么追到了他媳妇儿,生的几个孩子多有出息。

于筱冰甚至还从他口中了解到了裴译不跟爷爷一起住在胡同的原因，纯粹是因为住在胡同的冬天太冷。

但老爷子也不愿意去其他地方住，他就爱胡同里的人情味儿。裴译过来看望爷爷的频率不低，经常会出现他跟爷爷喝多了酒，然后被司机送回去的情况。就跟今晚差不多，不过这次他身边多了个姑娘照顾他。

于筱冰听得津津有味，有时候司机讲到离谱的地方，裴译还会突然开口插两句，给他纠正一下。

通过车内昏暗的光线于筱冰隐约能看见他高挺的鼻梁和线条利落的眼镜，这个样子的裴译透着一股她很久都没见到过的少年干净感。只有在真正的长辈面前，他才偶尔会露出这样稚气纯真的一面，到了外面，他就又变回了那个严谨沉稳的裴总。

她伸手把他的眼镜摘了下来拿在手里，好让他能靠得更舒服。

回到家之后，于筱冰给他热了杯牛奶。她端着牛奶进卧室的时候，洗完澡的裴译正坐在沙发上，头上搭着毛巾，正在淡黄色的灯光下看书。

于筱冰没说话，把牛奶轻轻放在了他旁边的桌子上，正要走的时候，腰突然被他揽住了。她只能顺着他的力坐在了他旁边，视线正想落到他在看的书时，脸就被他按住了。

她听到了书落地的声音，紧随其后的就是落在她唇上的吻。她从裴译呼出的气体中感觉到了亲密和温暖。

这个带着淡淡的酒气和薄荷的味道的吻停下来后，裴译摸着她的脸，开始仔细地凝视她。

于筱冰抬手钩住他的脖颈，想起爷爷今天下午说过的话，又对他产生了一阵止不住的心疼。

"爷爷跟我说了你以前的事，我跟你太亲近的时候，你是不是会觉得难受？"

第九章 知你欢喜

裴译沉默了一下，视线落到了她纤细的脖颈上："不会难受……会有种被你亲吻了伤疤的感觉。"

他与她对上了视线，眸子在淡黄色的光线下满怀愁绪，一眼无法看到底。

"冰冰，你想不想嫁给我？"他突然就说出了这样的话来。

于筱冰都有点呆住了。她低头看着身前的男人，愣怔片刻后轻声问："你是不是喝醉了？"

他看向她，黑眸在灯光下看上去显得很亮，眼角的泪痣清冷又好看，给她的感觉就像是与十几年前那个少年的影子重合了。

"我想和你结婚。"

明明早上出门前两人都还在因为结婚的事情推拉，弄不懂对方的心思究竟是怎样的，现在他却率先发出了邀请。

她知道这件事情会发生，但没想到会来得这么快，一时间不知道该怎么回复他。可她又实在是抵挡不住裴译的注视，他说什么她都拒绝不了。

"嗯。"于筱冰沉默了片刻，想起那天早上他醉酒后直接断片儿的画面，又开口问他，"但是你今晚也喝酒了，会不会明天早上醒来后就不记得了？"

裴译把她抱到了怀里亲："你看我现在的状态像醉了？"

于筱冰摇了摇头，声音也很小："我就是怕你跟上次一样，对我说过的话自己又不记得了。"

"那次是个意外，我其实很少喝多，唯一一次醉酒就被你碰上了。"裴译又吻了吻她的脸，"我是真的不太记得发生了什么，我们到底做了什么？"

"真的没有，我没有骗你。"于筱冰脸红了，没想到他居然还是没放下……

"冰冰，这次回去过年，去你爸妈那边吧。"裴译摸着她的肩膀，突然换了话题。

于筱冰微微一愣，问他："回去做什么？"

"去跟他们说一下……看他们同不同意把女儿交到我手里，我想早一点娶你。"

元旦过后就即将迎来除夕，临近小年，公司陆续有人开始提前申请休假。

回家前，于筱冰又去了一趟公司宿舍，把最后一些需要用到的东西也都收拾走了。

她现在已经和裴译同居了，基本上不回这边，上午去胡同里看了爷爷，下午两人就买了机票离开 B 市前往 C 市。

在机场值机时，他们还碰见了经营科的李棠东，就是之前那个用领导的 OA 账号给于筱冰批合同的小伙子。他正好跟俩人同一趟航班，和于筱冰算是老乡。

一看裴译要去于筱冰那边见父母，他整个人都异常精神，一直在问这问那。裴译答得很耐心，说这次回去之后，大概年后就会结婚，到时候会邀请他来参加婚礼。

于筱冰被裴译牵着手，没怎么参与话题，但耳后已经泛起了一层淡淡的红色。

下飞机后，天色已经暗了下来，裴译在 C 市提前订好了酒店，晚上也没闲着，带着于筱冰去步行街上闲逛。

等逛到一个商圈时，裴译突然将于筱冰拉了过去，径直走到了一个比较老牌的金店："结婚的话，我是不是应该给你买点黄金？"

于筱冰手里还拿着臭豆腐，被店员迎上来时，有点反应不过来。她开始怀疑裴译今天带她出来玩就有这层意思在里面，转身一看，这附近都是卖金饰的店铺。

"我……"她一时间有点语塞,也不知道该怎么回复店员的询问,拘谨地挽住了裴译的胳膊,结果被他抓住了手,直接反手握住了。

"喜欢什么就都试一试。"

逛了几家店,最后裴译给于筱冰买了一堆镯子、项链、耳饰,他甚至还给她妈妈买了一个黄金手镯当见面礼,给她爸爸的据说是早就买好的一块手表。

从金店离开后时间还早,她本来就没吃饱,逛完街之后更饿了。

沿途满是各式各样的小吃,于筱冰的心情有点亢奋,食欲莫名被那些金子刺激到了,每一个摊都想去尝试一下。

裴译跟在她背后,目光一直落在她的侧脸上。她对什么都有兴趣,眸子亮晶晶的,精力比以往任何时候都要更充沛。

气象预报说上午有雪,可这场雪直到晚上才逐渐飘落下来,凛冽的寒风将半空中的雪卷起,在浩荡的湘江水面上纷纷扬扬地盘旋坠落。

"下雪了。"周围有人开始惊叹,南方人很少能碰见下雪天,一看见雪就个个都开始兴奋起来。

于筱冰也抬头看向天空,细小的雪花落在她的鼻尖上很快就融化了,她的头顶一重,有人给她戴上了帽子。

白色的绒毛在红色帽檐上镶了一圈,将于筱冰的视野遮挡了,她只能看见羽绒服里面的深红色内衬。于筱冰把帽檐抬起来了一些,转头看向了裴译,发现他一个常年能在B市看到雪的人,现在也正望着空中凌乱纷飞的雪花。

裴译站在步行街的中心,周围人潮汹涌,他眼里的光随着树上挂着的彩灯和商圈的霓虹流动,五色晶莹,时幻时灭,万家灯火在这双眼睛之下仿佛都沦为了陪衬。周围像是被抽成了真空,从喧哗中走进了瞬间的寂静,于筱冰在他身上感觉到了一种莫名的孤寂,忍不住牵住了他的手指。

"你怎么了？"她不知道他为什么会突然这么沉默，心里不免有些好奇。

裴译回过了神，垂下眼睛看着她的手，用拇指在她的指节上面摩挲了起来："想起了一点以前的事。"

"什么事？"

"去年下雪的时候……你要回老家结婚，我听到了你在他身边笑。"

于筱冰的手被他抓得很紧，就连骨头都被攥疼了。她回过神后，直接抱住了裴译，双手放在他背上，几乎将他拥了个满怀。

"我跟陈璟在一起，只是因为他有颗泪痣长得像你。我当时其实有很多事情想为你做，我真的……"

"不用说了。"他轻声回应了一句，随后也将她抱住了，用身躯为她遮挡住了绝大多数从四面八方吹过来的风雪。

"我知道。"于筱冰闻着他身上熟悉的气息，用力抓紧了他背后的衣服，眼睛莫名有点酸胀。她深吸了一口气，把他抱紧了。

自从上次去爷爷那里得知了一些事情后，她就时常会觉得人的宿命是件很难说的事。明明有这样的长相和家境，裴译过得却很苦，他十几岁就没有父母，后来亲戚也对他不好。

她不知道他这一生到底有没有真正地开心过，总感觉他好像一直都在按部就班、毫无激情地工作、生活。

一般来说，拥有他这种履历的人，在这个年龄段或是更早之前通常就会开始锋芒毕露，去挑战一些更刺激的职场，实现自己的价值。裴译却能在眼前这个条条框框很多的职场中沉下心来，和身边那些比他大一整轮的男性共事，并且十年如一日地沉稳低调。

他可能不觉得有什么，但于筱冰站在旁观者的角度上看，总是会觉得很心疼。他把自己压抑得太深了，生活怎么能把一个人折磨成这个

第九章 知你欢喜

模样?

那场雪下到半夜就停了,第二天路上有了一层薄薄的积雪。

于筱冰早上起来趴在酒店窗户上往外看时,所有屋顶上都是白茫茫的一片。

他们在C市过了一夜,然后就启程回老家,下高铁后就有人过来接他们。在路上闲聊时,于筱冰得知这人是B市人,他在湘西做旅游业生意,和裴译是朋友。

前段时间他回了趟B市,要往这边走的时候裴译联系了他,让他给采办了不少东西,现在都还堆在后备厢里。

于筱冰好奇地看去,发现后备厢里有不少大大小小的袋子和箱子,里面有烟、有酒、有茶叶,还有很多保健品,甚至就连给小孩吃的零食都有,全都是很高档的东西。

"你带这些干吗?"

裴译闻言看向了她,说道:"都是送给你老家亲戚的东西,我们去了总不能空着手。"

"其实不用这样的,过去了直接去周围超市买就可以了。"

她其实是想说不用准备这么好的,以前于筱冰给爸爸买了一块几千块钱的表想尽孝心,最后还被他要求退掉了。说实话她挺紧张的,裴译送的表更贵,她不知道爸爸会不会收,要是不收的话场面估计会很尴尬。

"嫂子,您可别这么说啊,您是不知道裴译前段时间有多招人烦。"

"他怎么了?"于筱冰有点好奇。

前方打着方向盘的男人大大咧咧地说:"他一直在那儿问我娶媳妇要准备些什么,女婿第一次上门有没有什么讲究,当地人有没有什么忌讳。

"我寻思他顾虑这么多,这是要娶外国人啊?结果一问,嫂子您跟

393

他不都是一个国籍的吗?他到底在那儿紧张个什么劲儿啊?"

于筱冰没忍住笑了起来,伸手拉住了裴译的手指:"你以前不是说自己三十岁离异带俩娃吗?跟我都是二婚了,怎么还会觉得紧张?"

裴译从于筱冰的手里抽出了手,看着她问道:"那你有没有想过,我的第一任也是你?"

于筱冰在他的注视下顿了一下,很长时间都没有再说话。

到家的时候,天色已经暗下来了,发动机停住时,就连路灯都已经在昏暗的天色下提前亮了起来。

于筱冰从车上下来,等着裴译锁好车,就背着包回了家里那个小店。

有个娃娃脸的男生正坐在柜台后面看手机,他抬眼看到于筱冰后愣了几秒,随后就皱紧了眉:"姐?"

他站了起来,手机也收到了羽绒服的口袋里,他身高没到一米八,但至少一米七五的个子在南方这边也不算矮了。两人的眉眼长得很像,一看就是亲姐弟。

"你怎么瘦成这样了?"男生看见她之后,皱着眉开口问道。

于筱冰在亲弟面前毫无包袱,直接把裤子往上撸了点,让他看腿:"于啸昂,我的腿现在比你的要细了。"

他有点无语:"B市的风再刮大点就能把你吹跑了。"

于筱冰完全不听:"你看是不是又长又直?"

于啸昂觉得他姐在发癫,伸手揉了揉头发正想到后面去叫妈出来,结果眼角余光就看到家门口正站着一个男人。男人戴着很斯文的眼镜,穿着黑色高领毛衣和中长款大衣,气质突出,腿很长,手里提着很多袋子。

他首先注意到的是这个人的气场,然后才是他的长相,帅得让他不知道说什么才好。

第九章 知你欢喜

于啸昂听他姐说过今年会带结婚对象回来,他当时的想法还挺悲观的。以为见过去年那个,之后不管谁都不会再给他带来什么冲击了,可万万没想到,他现在还是被吓到了。

正在后面做饭的于母听到声音后,连忙穿着围裙跑出厨房,一看见裴译,她的两只眼睛顿时亮了,人连忙迎了上来:"哎呀,回来啦!小裴你累不累啊?"

裴译摇了摇头,很温和地说:"中午就到了,和冰冰在家里休息了一阵才过来的……对了,给您和叔叔带了点东西。"

"哎呀哎呀,你人来了就行了,哪里要这么客气?!"

于啸昂还没来得及说话,就见裴译被她妈当成亲儿子一样请到了里面喝茶,亲生子女同时被亲妈当成垃圾遗弃在了旁边。

于筱冰戳了一下于啸昂:"他给你也买了东西,我去给你拿。"

于啸昂一时间还有点混乱,跟着于筱冰出来后,就看到裴译开过来的车:"姐,你男朋友是不是很有钱?"

于筱冰正在后备厢里翻找东西,然后从里面拎出了一个大箱子:"他家条件是挺好的,你怎么突然这么问?"

于啸昂边帮她抬箱子边说:"他开辉腾。"

于筱冰让于啸昂自己抱住箱子,然后关上了后备厢,又看了眼裴译的车标:"他好像就是挺喜欢开大众的车,在 B 市上班的时候私车是大众,公司给他安排的车也是大众。"

"你说的该不会是朗逸和帕萨特吧?"

于筱冰一愣,回忆了一下,点点头:"还真的是,有什么特别的吗?"

于啸昂又看了眼自己手上没一两万搞不定的电脑主机,摇了下头:"也没什么特别的,就是这车看着便宜,但它在市场上的竞争对手其实是宝马 7 系、奔驰 S 级这种车,价格基本在七十万到两百多万,我觉得这人挺低调的。"

于筱冰有点困惑:"我没听懂,这跟他和我谈恋爱有什么关系?"

"意思就是说,他不像大家都喜欢追捧表面,而是更喜欢安静地享受实质,他是真的能看见你有多好,谢天谢地你终于找了个正常点的男人。"

于啸昂表现得跟去年面对陈璟时完全不同,开口就是夸裴译的话,于筱冰有点惊了。她本来以为于啸昂会比她爸更难搞定,因为去年他看见陈璟的时候脸都快拉到地上去了,差点没跟她吵起来。

于筱冰笑了一下,又抬眼看向了弟弟,眼睛里面有亮亮的细小光点:"这个确实,他就是很好,他对我也好。"

于啸昂伸手在她头上用力揉了揉:"行了,别得意了。进屋吧,爸做了一堆菜。"

"不是妈妈在做吗?"

"她做的还没你做的好吃,她有自知之明,说什么小裴要来家里,一定得让他吃点好的,忙活一天了……"

超出于筱冰预料的是,她爸那个有着顽固臭脾气的男人也特别喜欢裴译。不但收下了裴译送给他的腕表,甚至还答应跟妈妈一起去县城逛街买新衣服来配这块表。

她妈比她爸更高兴,从来都没有收过那么贵重的金镯子,还舍不得戴上手。后来再一看裴译给于筱冰买的那些金饰,她当晚就给于筱冰的姨妈打电话念叨了一两个小时,又坐在于筱冰房间里跟她叮嘱到大半夜,让她以后一定要好好跟裴译过日子。

于筱冰困得直打哈欠,忽然想起自己前天到账了五百万,于是又把自己的存款拿出来给妈妈看了一眼。

她妈人都傻了,老半天都没反应过来,好不容易弄清楚了这钱的来历,又让她有钱了千万不要到处声张,接着就跟她说起了结婚时彩礼和

第九章　知你欢喜

嫁妆的事。她妈说不用她补贴家里，彩礼钱她拿去跟裴译一起建设小家庭就行了。

家里现在的条件已经不像以前那么差了，她爸现在在外面开超市，每年有固定的收入。于啸昂自己985大学毕业，月薪不少，性格也靠谱。反倒是于筱冰，父母操心得最多，她马上就要三十岁了还跑去加油站打工，去年这个时候全家都在为她操心，好在她今年也算是稳定下来了。

裴译过来之后，很快就跟于筱冰的父母提了想跟她结婚的事，老爷子身体不好，没有特地赶过来，但也是当场跟于家父母通过电话的。爷爷表达了自己对这个孙媳妇的喜欢，说了彩礼的事，顺便又不动声色地把自己的孙子吹得天花乱坠。

于是这场婚事两家都欢欢喜喜地答应了下来，除夕那天，于筱冰的叔叔于海赶回来过年了，裴译又带着于筱冰去跟他见面。

于海是带着妻子儿女一块回来的，孩子一直住在城里，没怎么回过乡下。

男孩长得偏胖，女孩清秀又白净，上次见叔叔的小孩，于筱冰感觉他们都还是小娃娃，现在却已经快上高中了。

晚上大家都去了家族里一个比较年长的亲戚那里过除夕，裴译是真的把每个人的喜好都摸透了，拿出手的礼物别人都特别喜欢。

第一次见面的小孩，每个人还都有八百块钱的红包。于筱冰看他弯腰给她家亲戚的那些小孩发零食和红包的时候，心里软得不知道该说什么才好。

都说谈恋爱是两个人的事，可结婚就是两个家庭的事。陈璟去年来的时候，根本没有对她的家人花过心思，明明要忙着备婚，却总是找不到他人。没有经历过不好的感情来对比，她都不知道裴译对她到底有多好。

电视里在放着春晚，裴译被于筱冰家里的那些亲朋好友围起来

397

聊天。

以往裴译来见于海都用的同校师兄弟这层关系，但这次他是用于家女婿的身份在跟于海喝茶了。于筱冰之前一直都没问过裴译接下来会去哪里上班，这回也从他们的对话里了解到了。他依然在 B 市工作，只不过变成了更高一级的领导。

从于海那边能听出来，好像裴译在总承包本来就是用作过渡的，局里那边原先的领导被调去了其他地方，多出来的位置就空出来给他了。一般人是不会升这么快的，但裴译不是一般人，他无论是人脉还是能力都无可挑剔。

装配式公司的成立是他简历上非常出彩的一笔，这几年给局里赚够了钱。他手里该有的从业资格证也都有了，没有任何人能用年龄来挑他的问题。

用于海的话来说就是，裴译在任何情况下都能沉得住气，是真的潜力股，也是真的未来可期。

过完除夕夜，回家的时候已经有点晚了，裴译把于筱冰跟她家人都送回了家，要离开的时候被于母硬拉着在家里留宿了。

她边给裴译铺床单被罩，边说反正明早还要一起去亲戚家里拜年，大晚上的还走什么走，就这么明目张胆地留了女婿在自家过夜。十二点刚过，两口子还给他发了个厚厚的红包，让他早点休息。

晚上于筱冰有点睡不着觉，好不容易慢慢有了困意，可闭眼还没半小时，她的手机突然又响了起来。

于筱冰翻过身拿起手机眯着眼看了一眼，就赶紧裹着睡衣从床上起来，打开了房门。

"你怎么还没睡呀？"

"冷，睡不着。"裴译就站在门口，说话声音不大，但足以听清。

第九章 知你欢喜

他摸了摸于筱冰的手,于筱冰心里一惊,感觉他冷得像冰块,连忙把他拉到了自己房间。身边多了个男人,感觉温度一下就上来了。

"你房间里的空调坏了吗?"

"我没开空调,想跟你睡。"他喉结动了动,于筱冰听见了他吞咽的声音,但他呼吸又很均匀。

"你今晚的红包是什么时候包的?怎么弄了那么多啊?"

"让于海叔的两个小孩帮忙包的,我说到时候给他们的红包里多塞点,他们给我包了一堆。"

于筱冰抱着他也没忍住笑出了声:"我也想要你的红包。"

"到时候没发完的都给你……"在黑暗中裴译低头吻了一下于筱冰。

于筱冰抓住了他的手臂,并没有抗拒他的靠近。

新年的第一天,他们直到深夜才睡。

大年初一基本上就是外出给亲戚们拜年,一些关系比较近的亲戚都已经见过面了,过去也就是坐着闲聊、吃饭。

中午家里的人要去其他地方拜年,拉着裴译一起去了。

裴译语言不通,应该说是听不懂当地的方言,所以他有时候是蒙的。于筱冰觉得他这样很可爱,主动给他充当了翻译的角色。别人一看就知道这是个外地女婿,老婆走到哪儿他就跟到哪儿。因为他根本听不懂当地人说的那些方言味很重的普通话。

过完这个新年,两家就开始正式商量起结婚的事了,于筱冰的父母跟她去了趟 B 市,亲家正式见面吃了饭。

于筱冰手里有钱,裴译那边直接准备了彩礼,车、房都有。爷爷之前说要给于筱冰一套房也是真的,他真的不差这一套房,吃过饭律师就过来把合同交给了她。

房子在 X 市,还是套海景房,爷爷以前在那边工作过几年,为了居住方便才买下来的。当时房价也不贵，没想到现在已经涨疯了。其实家里还有几套闲置的房，都在裴译名下，以后随他们自己安排。

于筱冰的妈妈本来以为陈璟那种人家就已经很有钱了。没想过女儿新找的对象家里也这么有钱。关键是过来感受过了才知道，这家的底子是不能用钱来衡量的，有很多关系别人用钱也找不到。

于筱冰的父母临走前，把户口本交给了她，两口子彻底放了心，也没再多交代她什么，只是拍了拍她的肩，让她以后好好生活，然后就启程回老家去了。

于筱冰突然有了一种远嫁的惆怅感，一千四百多公里的路程，将她和那个家远远地分开了。明知道现在的交通工具来回很快，而且举办婚礼的时候双亲也会过来陪她，但她心里还是有种说不上来的难受。这种感觉或许只能自己去慢慢消化。

父母离开 B 市的第二天下午，她和裴译去领证了。

流程很快，拿着那个盖了钢印的小红本走出民政局时，于筱冰看着里面简单的文字，目光都移不开。

照片是他们提前拍好的，这其实是她第一次跟裴译合照。以前恋爱的时候她从来没想过跟他拍照，这张照片上的两人看起来很般配，都穿着白衬衫，双方的表情也都很放松。她走路的时候还在看，直到身边的裴译牵住了她的手。

"小心看路，别摔了。"

"不会的，要是摔了你背我回去。"

她很小心地把结婚证收到了口袋里，无名指上跟他同款的婚戒在光线下熠熠生辉。

裴译笑了一下，语气无奈地说："你能不能有出息一点？"

"你现在是我老公了。"她抬腿踢起了街边的一片落叶，"我觉得我很有出息。"

"冰冰,你有没有什么愿望想要我帮你实现?"

路边凉风习习,开春时分,街道上的枝丫上面涌出了绿芽。于筱冰低下头想了想,说道:"我想和你一起去看海、星空,还有极光。"

裴译点了点头,将她的手指握紧了:"好,等婚礼办完去度蜜月,都满足你。"

他牵着于筱冰的手往前走,她几步跟了上去,又说:"你今天发个朋友圈吧,平时都在转发那些新要求、新制度,我从来都没见过你在朋友圈分享自己的生活。"

"你想看?"

"想看啊。"她说着把自己的手从他手里挣出来了,拿了手机和结婚证出来,裴译也很配合地拿出了那个小红本,让于筱冰拍了几张照片。

"恭喜裴总又多了一个证。"

她把照片发给他之后,又重新收起手机,两人的手很自然地相扣在一起。

"我要想个文案,"她有点兴奋,在他旁边蹦蹦跳跳的。

裴译看着她脸颊边上的碎发,开口提醒:"地上有冰,你不要乱蹦,容易滑倒。"

"'全世界他最爱我',怎么样?"

她说着还牵着他的手去踩新雪,雪地靴陷在里面,抽出来的时候浅色麂皮面上沾满了雪。

"你就只敢在我面前这么说。"

"我是真的敢发。"

"所有人可见?"

"嗯……感觉这个对你的形象不好,还是只有你可见吧。"

"只有我可见的话,你只发这句话是不够的。"

初恋

于筱冰感觉她好像给自己挖了个坑，一时间不知道该说什么，索性装傻，下垂的眼尾看起来很甜："去趟超市吧，你今晚想吃什么？我给你做。"

"鱼。"他的口味一如既往地单一，他吃了一个菜觉得好吃之后，就会一直想吃那道相同的菜。

于筱冰跟他一起推着车逛完超市，排队结账的时候，点进微信看了一眼，结果发现自己的信息突然多到都要爆炸了。

不管是熟悉的朋友还是不熟悉的同事，都给她发来了信息，就连黄科长都发来了消息祝她新婚快乐，还问她打算什么时候办婚礼。

于筱冰有点困惑，不知道这些人怎么会这么快就收到了消息。她想到了一点头绪，连忙点进朋友圈看了一眼，刚一刷新，就发现最上面的那条是她家先生的结婚证。

这条朋友圈没有配文，但这是他发过的唯一一条与他个人生活有关的朋友圈。

婚庆公司已经找好了，两人抽空去拍了一套结婚照，接着就开始安排起了后续的事情。

婚礼方面有很多细节需要商定，不光要确定宾客名单，给远道而来的人预订酒店房间，还得做好大致的资金预算，列出各方面的花费。

这方面裴译跟婚礼策划师商量后，很快就敲定了。结婚这么一件在很多人看来容易让人焦头烂额的事，在他高效的安排下很稳定地推进着。他把需要完成的事都列好了计划，几乎每周都能做出几个决定。其中试婚纱花费的时间是最长的，他陪她去了好几家婚纱店，最后才挑中满意的。

筹划的时间其实很紧张，但在这点上他们有种无声的默契，都想早点步入婚姻。两人在准备婚礼期间完全没有吵过架，日期就定在于筱冰去年入职的时间段。

婚礼当天来了很多人,于筱冰起得特别早,打扮得比往常都要美艳一些,确实是当天最漂亮的那个人。伴娘就是于筱冰的堂妹、赵思静还有北菜,至于伴郎都是裴译那边的朋友、同学。她们三个伴娘昨天跟于筱冰的老同学和朋友商量了好久该怎么堵门,于啸昂也给她们出了不少馊主意。

因为离娘家太远,接亲地址是于筱冰家人入住的酒店。本来昨晚睡前都还好,可是凌晨起来化妆的时候,她就莫名感觉紧张,尤其是等接亲车队来的时候,心跳就更剧烈了。

当外面真的有人过来敲门时,于筱冰都能听到自己心跳的声音。她紧张得甚至想找个地方躲起来,听到门外裴译跟伴娘们说话的声音,整张脸都烫得不行。

一通问题问下来,红包给下来,房门总算是打开了。本来以为于啸昂这个小舅子会刁难裴译最多,可没想到鬼点子最多的是班珍这个老下属。她难得能找到这么个机会折腾领导,直接把昨晚几个伴娘最后商量好的那张纸拿了出来。

"裴总,平时上班的时候我就想说了,您心算真的很厉害,每次问我个什么数,我低头还在使劲找数据呢,您自己就已经算出来了,关键是也没见您摁个计算器什么的。"

裴译今天穿了一身西装,梳了背头,戴着眼镜。他笑了笑,说道:"别卖关子了,还有什么你赶紧说。"

"不是说新郎精通什么就往哪方面问吗?您看这张纸上面的题,三分钟之内做完它,把三道题的答案的第一个数字连起来对着新娘念一遍,伴郎就可以开始找婚鞋了。"

裴译接过纸和笔,扫了一眼,随后就单膝跪在于筱冰床前,开始一个个地解了起来。

于筱冰感觉自己跟他领证的时候都没有现在这么紧张。她看了一眼纸上的题,她在想班珍平时是被裴译压迫成什么样了,才会弄出这么复杂的题,这完全就是工作里一些问题的翻版,只不过询问对象换了过来。

她连第一题的字都还没读明白,裴译就已经把答案写得差不多了。

一共三道应用题,裴译解完了,然后用笔把每个答案的第一个数字连了起来,看了一会儿,抬头看向于筱冰:"我爱你。"

周围一片欢呼,于筱冰脸上却一片通红。她低头看了眼他的纸,上面的三个数字连起来正好就是521。

明明已经跟他结婚了,可亲耳听他说出这三个字,于筱冰还是会觉得心跳加速。她觉得今天就像是第一次认识眼前这个男人一样,结婚后的新生活是真的要正式开始了。

两只婚鞋其中一只在凳子底下找到了,另一只在抽屉里,大家闹够了,又出发去了另一边的婚礼现场。

于筱冰在后台换了衣服,穿上了那条纯白色的婚纱,在化妆镜前等待仪式开始时,她的心才慢慢平静下来。

她的无名指上此刻空无一物,但很快就会套上一枚戒指。婚礼仪式赋予了戒指一层特殊的含义,裴译这样的男人会第一次在公开场合佩戴腕表以外的饰物,也就意味着今后他的身份也会被牢牢套住。

领证的那一刻还没有成为他另一半的真实感,可是今天当着这么多亲朋好友的面举行了婚礼,她突然就清楚地感觉到,自己今后在外人眼里会成为他的爱人。

宾客已经落座,现场仪式正式开始。于筱冰听到了司仪主持婚礼的声音,闭上眼睛缓了两秒,深呼吸之后,从椅子上站了起来。

当舒缓的《婚礼进行曲》响起时,她挽住父亲的手,怀着陌生又期待的心情走向了前面正在等她的那个男人。红毯很快就走到了尽头,司仪在说什么她已经有些听不清楚了,手被交给裴译的那刻,她能感觉到

第九章 知你欢喜

自己身体和心脏的颤抖。

裴译用力捏住了她的手指,让她挽住了他,带她走完了剩下的那段路。

于筱冰紧张到有点想哭,不知道为什么会这样,明明只是最正常的流程,现在却因为身边的这个人,让她感觉一切都变得不平凡。

司仪继续主持,说起了他们恋爱的一些经历,于筱冰听着那些浪漫的话,感觉自己要是现在开口的话,声音肯定会抖。

气氛开始慢慢变得轻松下来,有时候司仪抛出来的一些问题还会引得台下的宾客发笑,她也逐渐找到了平时的感觉。婚礼流程正在进行,司仪和裴译说了两句话,于筱冰没听清,但是很快,婚礼就多了一项她没有听说过的新流程。

司仪说道:"婚前其实我跟新郎聊过一次,他说今天想送给新娘一份特别的礼物。"

于筱冰愣住了,不解地看向裴译,开口问道:"什么礼物?"

裴译扶了一下鼻梁上架着的眼镜,笑着说道:"本来没打算再拿出来了,因为现在放出来挺不合时宜的,但是我最近听到了一些话,我觉得大家都有点误会,不光是对我太太存在误会,对我好像也有点误会,所以我想着干脆就在婚礼上澄清一下。

"很多人都知道我和她是同学……但其实并不是她追到了我,不管是以前,还是去年,一直都是我先对她主动。

"我是个很别扭的人,有时候自己都拿自己没办法,只有她知道该怎么做才能让我也学着对别人坦诚一点。

"你们可能不知道,她是我生命中最重要的人。"

很快,身后的大屏幕上面就播出了一段视频。

视频里,裴译穿着一件灰色的连帽卫衣,头发有点乱,精神看起来也不是太好,眉眼间透着一股疲惫感。他只是坐在镜头前,低头双手按

405

着脸,然后就没有更多的动作了。

过了一会儿,他喉结动了一下,抬眼看向了镜头,努力露出了笑容,开口时嗓音沙哑,第一句就是:"于筱冰,新婚快乐。"

像是觉得这样不好,过了一会儿,他又抬手把这段录像掐掉了。很快,屏幕上又开始播放起了下一段录像。这一段视频里的他稍微精神了一点,但眼神还是很恍惚,黑眸里没有光,视线也像是没有焦距。他沉默了几秒,又看向镜头。

"新婚快乐,我最近在想要给你送点什么东西……但是想出来的好像都不太好,嗯……"

他反复录制了十一次,从时间不足一分钟,再到在镜头前沉默四五分钟,各种长度的视频都有,可每段想要表达的内容都是一样的。他在试着用不同的状态和语气来给她录制一段祝她结婚快乐的视频。尽管没有大的肢体动作,可从那些微反应里能看出来,随着时间的逐渐推移,他真的越来越焦躁。

在最后的那段视频里,他已经穿上了厚外套,坐在那里,眼眶通红。对她说完了那句"新婚快乐"后,他终于再也忍不住,低下头捂住了自己的脸,直接颤抖着开始哭了。这段视频被掐掉之后,于筱冰的眼前已经跟着模糊起来了。画面黑了一段,视频传来了窸窸窣窣的声音。

他这次没有再开视频了,只录了声音,嗓音听起来有点哑,但语气已经正常了。

"于筱冰,新婚快乐……我是裴泽,嗯,你应该对我没什么印象了,毕竟我们已经十一年没见过了。

"我觉得你是个很好的女孩子,任何跟你相处之后的人都会喜欢上你的。我们当年分手……是我提的,但我从来没有觉得你不好,都是我的问题。

"抱歉……你都要结婚了,现在还是不说这个了吧。

第九章 知你欢喜

"其实我小时候学过钢琴,我妈喜欢这些,她以前总逼我练,但我已经很久没弹过了。最近几年下班之后很闲,一个人待着没事做,所以就又捡起来陆陆续续地弹了一阵。

"我给你唱首歌吧,就当是我送给你的结婚礼物,我不太会唱歌,从来没主动在别人面前开过口,可能会不好听,希望你不要嫌弃。"

他试了一下音,随后那边就陷入了短暂的安静,很快响起了纯净的钢琴声。

刚听到这首歌的前奏,于筱冰的鼻尖就开始发酸了,她的眼泪开始簌簌地往下掉。

第一段旋律由浅入深,充满了力量与感情,让人忍不住联想到演奏者会是个如何温柔沉静又专一的人。

着迷于你眼睛,银河有迹可循。

穿过时间的缝隙,它依然真实地,吸引我轨迹。

这瞬眼的光景,最亲密的距离。

沿着你皮肤纹理,走过曲折手臂。

做个梦给你,做个梦给你。

等到看你银色满际,等到分不清季节更替,才敢说沉溺。

还要多远才能进入你的心,还要多久才能和你接近?

咫尺远近却无法靠近的那个人,也等着和你相遇。

环游的行星,怎么可以,拥有你?

…………

他弹完了这首曲子,深呼吸了一下。

"这个视频大概也不会送到你的手里……你永远也不会知道我对你有过什么心思。这样也好。希望你和他能幸福,冰冰,祝你新婚快乐。"

视频到这里就结束了,画面又恢复了之前的模样。于筱冰已经哭得快受不了了,丢开捧花不顾一切地抱住了裴泽,已经泣不成声。

裴译伸手帮她擦了眼泪,看着她轻声说:"别哭了,我看着心疼。"

于筱冰的声音里带着很重的哭腔:"你怎么不早点来找我?你怎么不早点来找我……"

他摸了摸她的头发,然后当众低下了头,很轻地吻了上去。

"以后不会了,我会永远在你身边陪着你。"

婚后那场蜜月旅行的尾声,在车站等待去小镇看星空的车时,于筱冰的手机里面突然收到了一条短信。是之前网站上心理咨询师发来的复诊消息,问的是她一年前的问题:现在对她的影响还大吗?

于筱冰呼了一口气,抬眼时,看到了身旁穿着厚实白色羽绒服、戴着口罩正在小憩的裴译,他头发有点凌乱,只露出紧闭起来的眼睛,看起来很帅。

身处异国他乡,四周都是些陌生的外国人面孔,于筱冰转头看向光线时明时暗的地方,紧紧握住了他的手。她很快就被他回握住了,而窗外,是悬浮在冰天雪地中绚烂多彩的极光。

如果他知道你的羞耻,他会抱住你吗?

嗯,他会的。

这就是她生命中,与初恋有关的全部。

(正文完)

番外

重逢以前

黑色辉腾停在垣县的车站外面，裴译听着窗外呼啸的风声，点了支烟放到嘴里。

　　外面在下雪，洁白的绒花在半空中打着旋，风一大起来就被纷纷扬扬地吹开了。

　　电台里在播放着一首欧美金曲 *Yesterday Once More*，他习惯性地把手放到了副驾驶的位置上，指尖却摸了个空。裴译侧头看了过去，这才想起来，那只陪了他很久的萨摩耶两年前就已经不在了。

　　他取下唇间的那支烟，用手指夹着，把手搭到了窗户外面，任由冰凉的风将手背上的皮肤彻底吹冷。

　　上个月他从同一所大学毕业的师兄于海那里得来了消息，于海的堂侄女今天会带着未婚夫回老家准备筹办酒席，给亲戚朋友都发了请帖。

　　这也是裴译前女友的婚礼，所以昨晚他在家里没能睡得着觉。凌晨天刚蒙蒙亮的时候，他就从房子的抽屉里翻出了车钥匙，在车站外面一直等到了现在。

　　离开小区时裴译抬眼看了眼天，上面飘着大片的云，像是要下雪了。

　　像是有冰凉的液体沿着皮肤从他单薄的袖管里面灌了进去，指间猩红的火光偶尔闪烁几下，在灰蒙蒙的天空下充满了野蛮的生命力。

裴译看了眼窗外，发现自己的手背上多了一些刚融化的雪水。空中到处都充斥着缓缓降落的细小碎片，仿佛尚未天亮的世界将它映成了带有阴霾的灰色，沉沉地往下压着。

突然，他的目光像是被某种强力的磁场所吸引，一动不动地看向了出站口的那个方向。

穿着短款羽绒服的女生蹲在外面，伸手捧着积雪揉成团。她捏了两个雪球，一大一小，然后将它们叠在了一起，做完之后，又低着头在地上到处找细小的石子。

裴译只看到她一个人在那里蹲着，但是很快她就站了起来，拿着那个小雪人跑向了不远处的一个男人，对他说了些什么。男人面无表情地跟她对话，随后拿过那个小雪人放到一边，从自己的大衣里撕下一张暖身贴，用力粘到了她的掌心里。

从远方吹过来的冷风又强烈了一点，在风中突然变亮的火光烫到了裴译手指上的皮肤。他的手条件反射地抽搐了一下，烟蒂掉落到了车外面。

他低头看了眼残留了一些黑灰的指关节，用拇指在上面擦了擦，拉开车门，下去捡起那个烟蒂，顺手丢到了一旁的垃圾桶里。

转身要回车里时，他注意到那两人朝他这边走来。周围等着拉客的司机蜂拥而上，询问他们要不要坐车。于筱冰正跟司机谈价，在混乱中，那个男人隔了很远的距离，朝他身上看了一眼。

裴译将自己的外套拉链拉到下巴底，低头时领子很自然地挡住了他的小半张脸，回到车内后，他打开雨刷器，接着车窗玻璃随着发动机一块动了起来，将整个世界封锁在了外面。

临走前，他透过窗外纷飞的大雪又看向了她，她像是找好合适的车了，伸手紧紧地拉住她未婚夫的手腕，跟着司机走向了前方不远处的一辆白色轿车。

　　裴译的视线黏在她的身上，从头到尾都没有移开过。等到她的身影消失在了外面，他才低下头，抿了抿自己干燥到起皮的嘴唇，挂挡倒车，从这里离开。

　　每年的这个时候他都会回到这里，对他来说湘西是个陌生的地方，第一次带着小笼包踏上这片土地的时候，路边一个女性很热情地往他手里塞了一张房产销售的优惠传单，让他有需要可以考虑去看房。裴译就跟往常一样拿着传单往前走着，四处闲逛，准备顺便用这个给狗铲屎。结果没走多久，他的眼角余光就瞥见了传单上那有点眼熟的小区名字。

　　当天下午，他牵着小笼包一起进去看了看，全款买下了一套精装房。

　　房子已经买了很多年，这么久了，房价几乎没动过，唯一的变化就是当年和他一起住进来的狗已经离世，但狗生前用过的那些东西还依然放在原来的地方，完全没有任何变化。

　　有时候裴译发现自己好像变成了回忆里的一件旧物，时间像是没有流动一样，他身边的东西还是那些，就好像他被谁放进了杂物间，外面天大地大，全都与他无关，他眼里能看见的就只有那些已经泛黄的东西。

　　回过神来的时候，他才发觉自己今年已经三十岁了。

　　冰冷的空气中充斥着大量湿气，整天开空调还是摆脱不了这种阴冷潮湿的感觉。到小区后裴译在楼下的店里吃了碗炒河粉，然后就回家靠在飘窗上坐着，翻看着一本有些老旧的相册。这里面大多数是小笼包的照片，憨态可掬的萨摩耶看着镜头笑，就跟他身侧的玻璃窗倒影一样虚幻。

　　他马上就要翻到她了。

　　手指停留了一下，他最后还是翻开了那页照片，那年跟于筱冰在景区的合照闯进了他的眼里。

　　她穿着苗族的服饰，身上佩戴着大量银饰，脸上笑意盈盈，看起来甜美又可爱。相机将她那时的模样留在了他的手里,只要翻到这一页,就会让他短暂地产生自己还拥有她的错觉。

裴译眼眸低垂,凝视着照片上笑容明朗的女孩,当时她主动过来问他要不要合照,他戴着口罩,还以为她认出他了,背上瞬间出了汗。

但随后她就介绍说,她可以带他在这里的地标性建筑合照,照片打印出来收费也不贵,二十块钱一张,另外还有苗家特色的衣服可以租下来穿着拍照,五十块钱能租一个小时。

裴译没想租但也开始跟她讲价,问她能不能便宜点。她说那我给你算三十块钱一小时吧,这个价格很划算了,现在是旺季,到处都涨价了,这个价格很难租到。

他说再便宜点,于是她从裙子里翻出一个小本子看了看,又跟他说,那给你算二十五块钱吧,这是最低价了,行吗?

裴译盯着她看,问她能不能再少点,她好像有点不清楚底价是多少,让他稍等,她去打电话问下别人。

见她又把本子塞回衣服里转身要走,裴译跟了过去,伸手拉住了她:"别问了,去跟我拍张照吧。"

听到这话后,她应了声好,很快又带他走到了前面的一个照相机前,还跟以前一样,整个人就像没脾气似的。

裴译心不在焉,觉得她还跟以前一样好欺负。他肚子里的黑水在咕噜噜地翻滚,心想现在把她扛到肩上弄走,逼她跟她男朋友分手,跟他和好,她搞不好会答应他。

但现实里一切相安无事,什么事情都没发生,两人面对镜头时,她突然仰头对他说:"你把拉链拉下去一点吧,帽子也摘掉,不然照片拍出来会看不见脸。"

裴译有点愣地听话照做了,将自己身上的层层武装全都解除。

他的心脏像要从喉咙口里顶出来了一样,就像第一次被喜欢的女孩靠近后,男生会有的反应一样,他这辈子都没有这么手足无措过。

但她没再抬头看他一眼,只是礼貌地靠近他,对着镜头露出笑。跟他合完照后,她指了一下让他去那边看照片,祝他玩得开心,随后就又转身去接待另一群新来的游客。

裴译自己过去让那边的工作人员洗出了照片,付了二十块钱,然后拿着那张照片,转头定定地看了她好一会儿,才慢吞吞地离开了这里。

那张照片被他很好地保存起来了,有段时间手机屏保和壁纸都是它,但他可能看久了有点心堵,所以就又换回了小笼包的照片。

就在这个阴灰色的下午,他又一次把那天留下的照片翻出来看了很久,因为他现在就只剩下这张照片了。

裴译不知道以后该怎么办,外面飘着的雪每一片都像铁块般沉重,再落下去,马上就要压得他喘不过气。他总觉得自己的病没有被治好,前女友要结婚了,他应该祝她幸福才对,可他像个神经病一样,偷偷过去盯着,跟她拍下一张照片,一整个下午他都没放下来过。

晚上七点,裴译接到了一个电话,于海问他现在还在不在垣县,叫他出来一块吃饭。他拎了点东西过去了,晚饭过后,两人坐在寂静的茶室里喝茶,聊了很多关于建筑行业未来发展前景的事,末了于海说到他堂侄女结婚,家里最近会办发嫁酒,问他有没有空过去坐下喝一杯,裴译突然就被茶具烫到了手。

"没事吧?"于海抬眼看向了他。

他收回手指摸了摸,摇头说:"没什么事。"

"要我说,你也该找个人结婚成家了,你看你孤零零的,一年到头全是自己一个人过,日子有没有趣另说,以后真要发生点什么意外,做手术都找不到人来给你签字。"

于海这些年喝酒应酬把肠胃搞垮了,前段时间做了一场手术,住院切掉了一截肠子,以至于最近跟裴译一块吃饭,他总是跟裴译聊起生老病死、世事无常这些话题。

　　裴译点点头，但他除此之外就没有其他反应了。于海只能叹了口气，收回视线，吹了吹冒着白雾的茶水，小心地喝了口："行吧，算我认输，老韦说得半点没错，你就是块石头，过的压根不是凡人的日子。"

　　裴译摩挲着手里的紫砂杯，说道："我今年可能会提前回去陪爷爷，就不过去喝喜酒了，到时候我准备一个红包，麻烦您帮我随一下份子。"

　　于海瞥了他一眼："你人都不到场，还随什么份子？用不着这么讲究。"

　　裴译低下头，看着杯里平静的茶水："我想沾点喜气。"

　　"你还不如自己早点结婚，天天在外面说自己离婚带俩娃，你要真带了两个娃，你爷爷倒没现在这么担心你了。他老人家上次还专门打电话给我说，等你今年过来的时候，让我一定要再好好地劝劝你……"

　　裴译只是听着，时不时回应两句，从于海家里离开的时候，外面的雪已经停了，时间是晚上十点整。

　　他把车开回了家，然后来到楼下，独自一人在街上散步，地面上有很多已经被踩脏了的积雪，在路灯下呈现出一种很不自然的、看上去十分冰冷的黄色。

　　就这样漫无目的地满世界乱逛，裴译在凌晨两点的时候才回了家，洗过澡之后喉咙就开始疼，他的身体重到连胳膊都抬不起来，昏昏沉沉地在床上睡了过去。

　　那天之后裴译就病倒了，高烧不退。他没去医院也没买药，自己一个人迷迷糊糊地在房子里半睡半醒，就连睡觉都觉得很痛。他吃不下东西，但会一直吐，最后烧到了四十一度，整个人已经处于一个神志模糊的状态，是他爷爷反复给他打电话却始终联系不上人，让于海到他家里来看他，这才把他弄到了医院里。

　　一通治疗下来，还关心着他的人免不了对他又是一番批评和教育。

裴译在医院里边跟爷爷视频通话边点头，他现在没办法开口说话，身上很多地方都出现了炎症感染，扁桃体肿得跟荔枝核差不多大。

挂断视频后，又只剩下了裴译一个人。他这些年来其实很少进医院，就算去了也是看望其他人。他躺在病床上，看着病房里来来往往的病人家属，闭上眼睛开始睡觉。

他们都说再这样下去，等他以后年纪大了进医院会找不到人陪，其实他就没想过自己四十岁以后的事。他的身体确实会难以避免地开始走下坡路，但那个时候爷爷大概早就不在了，这个世界上也没有什么事情再值得他留恋。

他从来就没想过要长命百岁。

在医院养好了身体，离那边的发嫁酒也只剩最后一天了，于海又给他打了电话，说他既然还没回去陪爷爷那就赶紧过来蹭饭，人家结婚的喜气说不定能冲冲他身上的病气，不然到时候带着一身病过新年不吉利。

裴译结账出院了。回家后，他包了一个厚厚的红包放在枕头边，恍恍惚惚地做了个她最后没能结成婚的梦。结果梦还没醒，说好要办酒的那天，于海早上七点突然又给他打了个电话，说这酒办不成了，那男人婚前出轨，跟过来参加婚礼的一个什么女网红在一起了。

整个世界不知何时被抽成了真空，裴译突然就什么也听不见了，直到外面响起邻居用力摔门的声音，四面八方传来的细微声响才总算触动了他的耳膜。

这一刻他脑子全空了，连忙从床上爬了起来，到处找起了衣服，明明从头到尾都很冷静，但是他又不知道自己现在到底该去哪儿。

在那之后，裴译就开始关注起了于筱冰一家人的状态，本来他已经做好了充分的准备，等着跟她重逢，他会劝她跟那个男人断掉联系，甚至还做好了从她的家人那里入手的准备。

只要心里有了相关的想法，裴译就总是能把每件事情都做得很漂亮，可那段时间他总在担心事情会不会出现最坏的结果，不知道自己到底要怎么做这件事才会万无一失。

如果所有的方案都行不通，要是她真的爱自己的未婚夫爱得那么深，那他就把她弄到以前的那个出租屋里去，软磨硬泡也好，强硬一点也好，总有一天她会回想起以前跟自己在一起的时候其实也很开心。

可那个男人好像也跟他一样，被她的好脾气惯坏了。他自己出了轨，还反过来气她怎么躲起来不见他，没两天就回了 G 市。她回自己家的时候都有点畏首畏尾，生怕被那个男人看见了。

她还跟以前一样没变过，对一些无可救药的男人还是这么好。

他开始心疼她，不想对她很强硬，可又怕她突然跑了，所以不断跟公司延长假期。他每天都在远程办公，非重要文件就代签，重要文件就都寄过来签。不管公司怎么催，他都借口有事不回去，搞得那帮领导班子还以为他想辞职，就连韦总都差点要亲自过来看看他到底出了什么情况。

裴译没太在意外界正在发生的事情，工作之余他都在到处跟人聊天。

他打听到她把这些年攒下来的钱全给了那个男人，她家里每天都让她去找那个男人把钱要回来；还打听到她跟父母大吵了一架，她情绪崩溃，跑去隔壁镇上的加油站当了加油工。

时隔多年，两人再次产生交集，是他去她工作的加油站里加了一次油。

那晚裴译停稳了车，听到有人用手指轻叩他的窗户，他知道外面的人是谁，解开安全带，随后放下车窗，将钥匙递了出去："麻烦帮我加两百块钱的。"

这一次他没有再遮住自己的脸，可她的目光只是扫过他的手，她接过钥匙低头说了声好,然后就走到前面拿起油枪,帮他操作了起来。

裴译看她穿着一身蓝色的工作服在那里认真工作,心想是不是自己戴眼镜了所以她才认不出来,于是又低头把眼镜摘了放到一边。

给他的车加完油之后,她抽出油枪放了回去,过来收钱:"我们站里有活动,加满两百块钱可以送两提抽纸或者一箱水,请问需要帮您拿哪样?"

"谢谢,不用拿了,我车里都有。"

她像是有点奇怪,抬头看了他一眼,借着前方车灯射来的光,裴译在视力状态不佳的情况下勉强看清了她。她没休息好,一个人在偏僻荒凉的地方被冷风吹着,看着像是有点累。

确认她还是没能认出自己,裴译接过钥匙后把手从车窗外收回,拿起眼镜戴上了,又转头温声对她说:"下雨了,外面气温很低,你回去吧,不要感冒了。"

她抬眼看了下天空,才发现外面的世界已经被细密的雨帘所覆盖,于是也往后退了点:"那您路上注意安全,这边路有点黑,小心慢点开。"

"嗯,我会的,再见。"

裴译发动了车辆,直到在后视镜里看不见她,车窗玻璃才缓缓向上升起。

他最后学会的一件事情是尊重她的想法,可把人放到自己的眼皮底下,并不代表他不会尊重她。几天后,他帮她联系了一份新工作,托她堂叔的关系把人介绍了过去。

裴译结束了自己漫长的假期,买了最早的那趟航班回到了北京。

他不知道还要多久才能再次和她相见,但是他想,应该快了。

这次不会比十一年更长了。

(全文完)